신화

로 읽는 중국의 문화

金榮權 著
任振鎬 譯

文現 도서출판 문현

인간이 살아온 경험과 사건의 기억은 역사로 기록된다. 인간은 그 역사적 사실을 통해 자신을 돌아보며 삶의 방향을 찾아간다. 그러나 역사의 사실성은 신들의 원초적인 이야기를 지워버리고 인간들의 이야기로 전락시킴으로써, 인간에게 오히려 왜곡된 현실과 좌절의 경험을 안겨주는 문제점도 지니고 있다. 그에 반해 신화는 역사의 사실성이 인간에게 부과하는 삶의 굴레와 공포를 벗어나 의미와 희망을 발견할 수 있는 계기를 마련해 준다는 점에서 신화의 가치는 우리 삶 속에서 더욱 빛이 난다. 또한 신화는 오랜 세월에 거쳐 축적되고 변형됨으로써 또 다른 이야기를 만들어내는 인류 최초의 사유 형식을 간직하고 있어 우리 인류에게 상상력의 원천이 되어 왔다. 그러므로 신화를 읽는다는 것은 오래된 인류의 기억을 더듬어 가는, 그러나 여전히 우리의 삶을 만들어가고 있는 마음의 수수께끼를 푸는 열쇠를 찾아가는 일이라고 할 수 있을 것이다.

신화는 비록 나라와 민족에 따라 저마다 다르지만, 신화가 지니는 상징성으로 인해 서로 다른 나라와 민족의 신화 속에서 공통성과 일반성을 찾을 수 있다. 즉 내용이 서로 다른 신화 속에서 고유의 가치를 가진다 해도 넓은 안목에서 볼 때, 문화적 체계에 따른 의미의 추측이 가능하며, 비록 각기 다른 나라와 민족의 신화이지만 세계를 인식하는 부분에서 동일한 사고를 나타낼 수 있다. 또한 각 나라와 민족의 신화에 대한 비교가 가능하며, 이 비교 과정 속에서 서로의 신화에 대한 보다 정확한 인식을 가져 올 수 있다. 따라서 동아시아 사유思惟의 원천으로 인식되고 있는 중국의 신화에 대한 이해와 관심은 결국 동일한 한자문화권에서 이웃하고 살아 온 우리 민족의 기원과 민족의 정체성을 확인하고 새롭게 정립해 나가는데 있어 필요한 기본적인 토대라고 할 수 있다.

중국의 신화는 과거 유교적 성향의 전통적 사회에서 허구나 과장으로 치부되어, 그 중요성을 인정받지 못하고 중국인들 스스로 신화 빈국으로 여겨 왔다. 그러나 19세기 말에 서양의 신화학 이론이 중국에 소개되면서 중국학자들도 신화의 가치와 본질에 대해 인식하기 시작하였으며, 오늘날 중국 신화에 대한 연구는 많은 발전을 이룩하여 학문적 성과물 뿐 만 아니라 현실생활에서도 우리에게 다양한 문화 창출의 모티프를 제공하고 있다. 즉 신화에 원천을 두고 있는 천지를 개벽한 창조의 신 반고, 중국민족의 시조신 황제, 인간을 창조한 여신 여와, 전쟁의 신 치우, 열 개의 태양을 활로 쏴 떨어뜨린 후예 등과 같이 우리에게 익숙한 중국 신화의 수많은 이미지들이 변형되고 재해석되면서 출판, 광고, 영화, 방송, 애니메이션, 게임, 캐릭터 등의 다양한 문화 산업을 통해 우리의 눈앞에 다시 되살아나고 있다. 중국의 신화적 상상력의 세계는 서구의 그것과는 또 다른 특징을 가지며 독특한 분위기를 형성하는데, 이러한 중국 신화의 모티프를 주위에서 흔히 찾아볼 수 있을 만큼 우리 곁에 가까이 다가와 있다. 바야흐로 신화의 부활 시대로 접어들고 있는 것이다.

이 책에서 저자는 오랫동안 신화 연구에 종사해오면서 느꼈던 역사적 인식을 바탕으로, 그동안 중국의 수많은 전적에 흩어져 그 형체를 알아 볼 수 없었던 중국 신화의 편린들을 모아 간결하면서도 알기 쉽게 재구성하고 그 전후 사정을 밝혀 신화론을 정립한 후 그 틀 속에서 보다 진지한 이해를 시도하고자 하였다. 그리고 신화 속에 등장하는 신들의 계보 체계를 정립하여 중국 신화의 착란과 유실 등의 변천 과정과 원인을 규명하고 중국인들의 사유체계와 그 바탕에 흐르는 문화정신을 파악하고자 하였다. 여기에 신화에 관련된 판본 소개와 신화 자료가 보존된 고적을 부록으로 덧붙여 필자의 견해에 대한 이론적 기초를 마련하는 한편, 독자들로 하여금 중국 고대신화에 대한 전체적인 윤곽을 보다 쉽게 이해하고 접근할 수 있도록 배려한 작자의 고심과 노력이 돋보인다.

이 역서를 내게 되기까지 많은 분들의 도움이 있었다. 먼저 이 책의 번역을 허락해 주신 김영권 선생, 연구실에서 밤을 새느라 집에 들어가지 못하는 날이 많아도 싫다는 불평 한마디 하지 않고 항상 묵묵히 옆에서 지켜 봐 준 사랑하는 아내와 요즈음 부쩍 커버려 지나간 시간의 아쉬움과 소중함을 다시 한 번 일깨워 주는 아들 평재와 딸 지민에게 미안한 마음과 함께 고마운 마음을 전한다. 그리고 출판을 흔쾌히 허락해 주신 한신규 사장님, 기획편집의 실무를 맡아 애써 주신 엄승진 부장님께 충심으로 감사드린다.

물아혜 동학골에서
2010년 1월
임 진 호

중국 고대신화와 전통문화
— ≪신화로 읽는 중국의 문화≫의 한국어 번역본 서문

　신화는 한 민족의 오랜 기억인 동시에 그 민족의 초기 역사와 문화에 대한 그림자라고 할 수 있다. 그래서 비록 신화가 아주 먼 과거에 일어났던 일이라고 하지만 신화 속의 영웅들은 수 천년의 시공을 뛰어 넘어 우리 눈 앞에서 여전히 찬란하게 빛나고 있는 것이다. 축일逐日이나 보천補天, 이산移山, 전해塡海 등의 신화는 중화민족이 오랜세월 동안 진리와 자유, 민족의 행복을 위해 용감하게 싸울 수 있었던 힘의 원천이 되었으며, 또한 방패와 창을 휘두르던 형천刑天과 부주산不周山을 머리로 들이받은 공공共工의 영웅적 기개, 탁록涿鹿의 들판에 메아리 쳤던 치우蚩尤의 함성소리는 후손들에게 백절불굴의 정신을 유산으로 물려주었다. 그리고 자연에 대한 태고시대 사람들의 인식과 생명에 대한 이해, 자신에 대한 반문은 후대 문명의 길을 여는 토대가 되었다. 한편, 이러한 문명의 발전 과정 속에서 후대의 사가史家들은 연역적 추리를 통해 태고시대의 신화를 살아 숨쉬는 역사로 생생하게 엮어 내었고,. 유가儒家에서는 도덕적·윤리적 선택을 통해 신화 속의 영웅을 인간 제왕帝王의 전형으로 하나씩 재창조하였다. 그리고 문인들은 신화와 전설을 불후의 문학작품으로 재창조하여 인류의 문화유산으로 남겨주었다.

1. 신화는 민족정신이 담겨있는 연못이다.

민족정신이란 결코 한 왕조만의 특별한 문화도 아니며, 더더욱 특별한 역사시기에 표출 되었던 개성적인 문화적 산물도 아니다. 이는 한 민족의 문화가 가장 본질적이면서도 가장 집중적으로 구현된 것이라고 할 수 있다. 다시 말해서 민족 대다수의 구성원들이 인정한 풍부한 생명력을 지닌 우수한 사상적 품격, 가치취향, 도덕규범 등의 총체적인 가치를 일컫는다. 그러므로 신화는 한 민족이 오랜 역사적 발전 과정 속에서 축적되고 형성된 전통문화와 그 정신적 내용을 담고 있다고 말할 수 있다.

중화민족 역시 수 천년간의 역사적 발전 과정 속에서 독특한 문화적 색채와 민족정신은 중화민족을 발전시키는 강력한 정신적 동력으로 작용해 왔다. 근면하고 용감한 자강불식과 도전정신, 진실을 추구하는 진취적인 민족적 기개와 희생정신, 화합과 중용의 덕을 중시하는 사상은 모두 중화민족의 우수한 전통을 구현한 정신적 품성이라고 하겠다.

신화시대로부터 면면이 이어져 온 자강불식의 정신은 이미 중화민족의 영혼 속에 깊이 파고들어 불변의 믿음이 되었다. 이러한 정신적 특징은 다른 민족의 신화, 특히 그리스신화와 비교해 볼 때 더욱 두드러지게 나타난다. 즉 중국 고대의 비극적인 신화가 후대에 물려준 유산은 감정상의 연민이나 영혼의 정화적인 측면보다도 품덕과 강인하고 완강한 의지를 표현한 백절불굴의 정신을 더 강하게 표출하였다. 세계의 많은 민족이 대홍수에 대한 경험이나 혹은 이와 유사한 자연재해에 대한 경험을 가지고 있지만, 치수에 얽힌 곤우鯤禹 부자의 이야기처럼 불굴의 의지로 한 민족의 핵심적인 정신을 구현한 경우는 매우 보기 드문 예이다. 홍수뿐만 아니라 다른 자연재해에 직면해서도 마찬가지로 중화민족의 선민들은 적극적인 태도를 가지고 어려움을 극복해 왔다.

신화 속의 영웅들의 몸에 의해 구현된 숭고한 희생정신은 훗날 중국 문화 속에서 고상한 인격을 요구하는 전통으로 이어져 내려온 반면, 북유럽 신화나 바빌론의 신화에서 그 주신인 오딘과 자연과 사회의 질서를 상징하는 신들은 모두 싸움에서 패배한 상대방의 유해를 가지고 천지의 만물과 인류의 창조를 전제로 하고 있기 때문에 신화 내용 자체에 이미 신과 인간의 적대적 정서가 암시되어 있다. 중국신화 속에서 개벽신 반고盤古는 용감하게 자신의 육체를 희생하여 천지를 개벽하고 만물을 창조하였다.

영혼은 천지와 우주에 충만하고, 목소리는 우레와 바람으로, 두 눈은 해와 달로, 몸의 사지는 산악으로 변하고, 피는 대지 위에 뿌려져 자손들의 자양분이 되었다. 그리고 근육은 비옥한 토지로 변해 자손들이 대대로 번창하게 하였다. 반고의 죽음을 단순하게 형체의 변환으로 볼 수도 있으나, 풍부한 상상력과 드높은 기상으로 볼 때, 반고신화가 비록 다른 신화에 비해 뒤늦게 출현했으나, 중국신화가 태생적으로 갖추고 있는 자기 희생정신을 담고 있고, 또한 인류와 자연만물, 천지, 신령 등과의 조화로운 화합관계에 대한 고대인들의 이해를 구현하고 있어, 중국 신화 첫머리에 놓는다고 해도 억지는 아닐 것이다. 이처럼 신화 내용 속에서 윤리와 도덕을 강조하는 문화정신은 후대 전통문화의 핵심 내용으로 자리 잡음으로써 중국은 역대로 예의지방禮儀之邦이라는 찬사를 듣게 되었던 것이다.

한편, 그리스신화의 비극적 운명은 고대 그리스의 철학사상을 충분히 반영하고 있다. 그리스철학 중에서 인물의 "운명"은 현상세계를 결정하는 논리, 이론, 형식, 실체 등의 형이상학적 본질로 간주는데, 이에 비해 중국 고대신화의 비극적 표현은 윤리적, 도덕적 기준에 근거하여 선과 악, 좋고 나쁨, 아름다움과 추함, 옳고 그름, 정의와 비정의라는 대립적 개념으로 나누어지는 결과를 가져왔다. 그래서 황제皇帝·복희伏羲·여와女媧·제곡帝嚳·요堯·순舜·우禹·고도皐陶·후직后稷 등은 사회의 정의를 구현하는 세력을 대표하게 되었지만, 공공共工·곤鯀·상류相柳·치우蚩尤 등의 무리는 사악한 힘을 대표하는 세력으로 전락하고 말았던 것이다. 선과 악이라는 양대 진영이 형성됨에 따라 신화시대의 모든 분쟁은 좋고 나쁨, 아름다움과 추함, 옳고 그름으로 구분되는 대립적 개념이 등장하게 되었으며, 모든 전쟁 역시 선과 악, 정의와 불의로 대립하게 되었다. 이러한 까닭에 중국 신화 속에 등장하는 비극적 주인공들은 모두 사회와 역사에 있어 정의의 화신이자 완벽한 윤리와 도덕성을 갖춘 인물로 묘사되어 왔다.

도덕을 숭상하는 중국의 고대신화 정신은 우선 신에게 백성을 보호하고 돌보게 하는 동시에 자신의 이익을 위해 인간을 해롭게 하는 행위에 대한 부정을 첫 번째 임무로 부여하였다. 그래서 중국의 고대신화 속에 보이는 영웅신들은 때때로 사람의 감정이나 욕망이 보이지 않으며, 불에 익힌 음식도 먹지 않는다. 또한 어떤 신들은 신성한 광배를 두른 감정 없는 공허한 우상의 형상으로 등장하기도 하는데, 이러한 형상의 정형성으로 인해 점차 신화 속에서 신성이 소멸되고 종교적인 의의가 강조되는 결과를 가져오게 되었다.

그러므로 오늘날 여러 전적 속에서 우리 눈앞에 드러나는 신화 속의 복희·염제炎帝·황제·전욱顓頊·제곡·요·순·우 등과 같은 영웅신들의 형상이나 사적은 당연히 역사적 진실이 아닐 수밖에 없다. 이것은 서주西周시대로부터 춘추전국시대에 이르는 세월동안 도덕적인 가공을 통해 제왕의 전형을 수립해 가는 과정 속에서 사관史官들과 선진先秦시대 제자諸子들의 사회적 이상에 근거를 두고 창조되어 나온 산물이라고 할 수 있다. 따라서 이들의 신상에는 이미 도덕을 숭상하는 선진시대 사상가들의 상덕이상尚德理想이 구현되었다고 볼 수 있으며, 이와 동시에 중화민족 역시 문화의 발전 과정 속에서 상덕 전통을 계승하게 되었다고 하겠다.

인애仁愛사상은 고대신화 속에 등장하는 영웅들의 품격을 설명해주는 하나의 전형적인 특징이라고 할 수 있다. 중화 민족은 문명시대로 접어들어, 특히 서주시대 이후 이미 일정한 사회적 기초를 갖추었으며, 혈연을 주체로 하여 제후들에게 일정한 땅을 나눠주고 다스리게 하는 분봉分封제도를 통해 주周나라는 튼튼한 기반을 마련하였다. 더욱이 춘추전국시기에 이르러 인문정신에 대한 강렬한 호소와 인본주의 정신이 출현함에 따라 인애사상은 일종의 철학적 사유체계로써, 또 치국방책治國方策과 수신의 준칙, 그리고 처세의 도로써 주나라의 사관을 비롯한 유가와 묵가에 의해 성대하게 역사적 무대 위로 등장하게 되었다.

선진양한先秦兩漢시대의 사람들은 당시의 전통적인 문화적 분위기 속에서 인애의 품성을 갖추었느냐하는 준칙을 가지고 신화 속의 모든 인물을 선과 악이라는 확연히 다른 두 개의 진영으로 구분해 놓았다. 즉 인애의 품성을 구비하는 것이야말로 선한 것이며 정의로운 것으로 시조신과 영웅신을 찬미하는 기준으로 삼게 되었다. 그래서 이러한 기준에 미달되는 인물들은 모두 "인仁"도 없고, "애愛"도 없는 사악하고 추한 모습의 전형으로 매도되었고, 결말에 가서는 정의로운 신들이 인애의 품성과 위대한 도덕적 힘으로 사악한 신을 물리치는 상황이 연출되었던 것이다. 그리고 이로부터 민심을 얻는 자가 천하를 얻는다는 명분이 성립됨으로써 인자무적仁者無敵이라는 진리의 구현에 힘쓰게 되었던 것이다.

2. 신화와 문화심리, 그리고 문화전통

2천여 년전 춘추전국시대에 등장했던 제자들의 백가쟁명은 중국 역사상 중화민족에게 영향이 가장 큰 영향을 주었던 문화운동이라고 할 수 있을 것이다. 유가, 도가, 묵가, 법가 등을 대표하는 제가들은 예지의 눈빛과 철학적 사고로 자신의 인생을 통찰하고 사회를 관조하는 한편, 침울한 우환의식과 책임 의식으로 인간의 추악함과 사회의 어두운 측면을 폭로하고 비난하면서 확신에 찬 자신감으로 정치적 방향과 사회에 대한 올바른 청사진을 그려내고자 하였다. 제자들의 사상 중에서도 특히 유가와 도가사상은 후대의 개조·융합·보충의 과정을 거치면서 중국 전통문화의 주류로써 전통문화의 기본 방향과 문화정신에 지대한 영향을 주었다.

유가와 묵가 양대 학파는 전형적인 제왕帝王의 모습을 만들어내기 위해 옛 것을 빌려 현실을 바꾸는"탁고개제托古改制"의 방법을 활용하였다. 그들은 우선 현실적인 정치적 이상을 상고시대의 유토피아적 세계에 의탁하여 완벽한 인간의 전형이라고 할 수 있는 성왕聖王의 형상을 그려내었다. 그들은 입으로 구전하거나 문자로 기술하는 과정에서 신화 속의 영웅적인 형상에서 "신성神性"을 벗겨내고 역사의 개척자, 문명의 창조자, 정의의 사도, 인간 제왕이라는 이름으로 문화의 전당에 올려놓았다. 이로부터 신화 속의 영웅적인 형상은 인간적인 성현의 모습으로 탈바꿈하게 되었는데, 이와 같은 유가와 묵가의 신화 개조는 중국 고대 신화의 역사화를 가속화시키는 동시에 상고시대 신화 속에 내재된 문화정신을 민족정신의 혈액 속에 주입시키는 결과를 가져왔다.

세계 각 민족의 신화와 전설 속에서 등장하는 여성신화는 비교적 높은 지위를 향유하고 있는데, 이는 문명이 발전함에 따라 후대의 도덕적 규범과 문화적 품격이 시공을 초월하여 전설 속의 여성신女性神에게도 눈길을 돌리게 된 것으로, 이와 같은 특징은 중국의 고대신화 속에서 더욱 분명하게 드러난다. 고대 중국에서 여성신의 운명 변화와 지위의 몰락은 주로 다음과 같은 경로를 거쳐 완성되었다.

중국의 여성신은 후대신화의 재편으로 인해 독립된 정치적 지위와 사회적 지위를 상실하게 되었고, 그 운명 역시 역전되고 말았다. 선도仙道문화의 번창으로 인해 여성신들은 분분히 신계神界에서 선계仙界로 자리를 옮기게 되었고, 이와 동시에 신화의 내용도 변이를 일으켜 여성신으로써의 형상 역시 변화되는 운명을 맞이하게 되었다. 여성신 가운데 후대에 가장 큰 영향을 끼쳤다고 할 수 있는 여와는 "보천補天", "조인造人" 등의 공적으로 인해 사람들에게 추앙받았으나 후에 복희의 아내로 전락하였고, 서방세계를 다스리는 서왕모 역시 비록 "정과正果(깨달음)"를 얻었다고는 하지만, 오히려 "여신女神"에서 "여선女仙"의 모습으로 변질되고 말았다. 또한 무수한 남녀에게 사랑을 받았던 항아嫦娥 역시 후예后羿를 버리고 달로 도망간 부도덕한 여인의 형상으로 바뀌었고, 무산巫山신녀는 음탕한 여성의 대명사로 전락하고 말았다.

그 밖의 희화羲和, 직녀織女, 신무여축神巫女丑, 한신여발旱神女魃, 낙신복비洛神宓妃, 상수湘水의 신인 아황娥皇과 여영女英 등의 여신들도 때로는 문화라는 이름하에 도태되거나, 때로는 억지로 그녀들과 아무런 상관없는 남자들과 결합되는 운명에 처하였다. 항아는 몰래 선약을 훔쳐 먹고 도교 사원인 광한궁廣寒宮에 갇히게 되었고, 직녀는 옥황상제의 생질녀가 되었으며, 서왕모는 옥황상제의 처가 되어 뭇 선녀들의 우두머리로 개조되었다.

중국 고대신화 중에서 여성신의 지위가 집단으로 몰락하게 된 경위는 문화의 발전 과정 속에서 중화민족이 선택한 문화적 기준이 반영된 것이며, 또한 중화민족의 윤리와 사상, 도덕적 요구, 그리고 심미적 취향이 투영된 결과라고 할 수 있다.

고대 중화민족의 생사관은 형체물화形體物化에 대한 상상, 생명의 영속설에 대한 기대와 영혼불멸의 신앙의식을 담고 있는데, 여기서 사물의 변화를 의미하는 물화物化관념은 바로 원시만물에 영혼이 존재한다는 사상의 산물이며, 또한 생명의 영속성에 대한 일종의 해석이기도 하다. 영원히 생명이 지속되기를 바라는 기대는 사망에 대한 원시 인류의 공포와 생명에 대한 갈망을 표현한 것으로, 영혼이 불멸한다는 신앙은 바로 생生과 사死에 대한 인류의 이성적 사고와 문화적 선택에 토대를 두고 있다고 할 수 있는데, 이는 또한 위에서 언급한 두 가지 생사관념의 출발점이자 귀착점이기도 하다. 이러한 관념은 후에 전통적 제례祭禮와 가족관념, 생명의 가치판단 등 일련의 문화적 관념과 민족의 문화심리, 그리고 생명문화에 관한 중화민족의 심미적 이상에 커다란 영향을 주었다. 고대 생사관 중에는 비록 침중한 슬픔과 비애가 실려 있지만 그 기조에는 오히려 영웅적인 기개가 돋보이며, 엄숙함과 비통함을 뛰어넘는 늠름한 기백과 초월적인 면모를 보여주고 있다. 또한 이외에도 고대인들의 유치한 환상이 담겨 있어 현대인들에게 웃음거리로 비춰지기도 하지만, 그들은 여전히 자신들의 위대한 진리를 후대에 전해 주고 있다.

졸저 ≪신화로 읽는 중국의 문화≫는 1998년 중국에서 출판되었는데, 이제 임진호 선생이 심혈을 기울여 장차 한국어로 번역하여 한국의 학술계와 독자들에게 소개한다고 하니, 이를 계기로 한국 독자들에게 중국의 고대신화와 고전문화를 이해하는 기회가 되었으면 하는 바

램을 가져본다. 이 자리를 빌어 임진호 선생께 진심으로 감사의 말을
전한다.

중국 하남 신양에서

2008년 11월

김 영 권

〈 목 차 〉

머리말 3

저자 서문(한국어 번역본 서문) 5

제1장   중국 고대신화에 대한 단상斷想 23

   1. 영웅적인 민족과 영웅의 후예 ·················· 23

   2. 주신主神이 없는 중국 상고신화 ·················· 24

   3. 중국 신화의 삼대 계보 ·················· 26

   4. 중국 고대신화 기록의 착란錯亂 ·················· 27

   5. 중국 신화의 유실 ·················· 29

   6. 중국 신화의 변천 ·················· 30

   7. 신화 체계의 확립 ·················· 30

   8. 이성적인 원칙과 공리적 목적 ·················· 31

   9. 여신의 비애 ·················· 32

   10. 영웅의 비극 ·················· 34

제2장   제준帝俊과 그 신계神系 37

   1. 제준帝俊에 대하여 ·················· 38

     1) 제준과 소호少昊의 동원同源관계 확립 ·················· 38

　　2) 제준과 제곡은 이름이 다른 동일신이다 ····················· 42

　　3) 제준의 후예인 소호와 제곡의 아들 계契는 동일인이다 ·· 44

　2. 제준 신계神系에 대하여 ······································ 45

　　1) 제준은 해日와 달月의 아버지 ····························· 45

　　2) 제준과 그가 창조한 문명의 자손들 ····················· 46

　　3) 제준 자손의 나라 ··· 47

　　4) 제준 부족의 이주와 산거散居의 원인 ··················· 50

　3. 제준 신화의 분화와 소멸 ···································· 55

　　1) 제준의 형상 개조 ··· 56

　　2) 제준 신화의 이식과 접목 ································· 57

제3장　염제炎帝와 그 신계 - 염제와 황제의 싸움을 겸하여 59

　1. 염제에 대하여 ·· 60

　　1) 염제는 강수姜水에서 출생 ································ 60

　　2) 염제와 황제의 친연親緣 관계 ···························· 61

　2. 염제와 황제의 동천東遷과 탁록지전涿鹿之戰 ··············· 63

　　1) 염제부족의 중원 진출 ····································· 63

　　2) 황제의 동진東進과 탁록지전 ····························· 66

　　3) 염제부족의 남천南遷 ····································· 68

　3. 염제 후예의 항쟁과 염·황 분쟁의 연속 ···················· 70

　　1) 공공과 제신諸神의 전쟁 ·································· 71

　　2) 삼묘난강회三苗亂江淮 ··································· 73

　　3) 과보축일夸父逐日 ······································· 75

　　4) 형천무간척刑天舞干戚 ··································· 77

　4. 중국 신화 체계의 형성에 대하여 ························· 78

제4장 황제皇帝와 그 신계 81

1. 황제에 대하여 ·· 81

2. 황제의 신계에 대하여 ································· 84

   1) ≪산해경山海經≫에 보이는 신계 ············· 84

   2) ≪세본≫, ≪사기≫, ≪대대례기≫에 보이는 계통 ······ 85

3. 전욱顓頊과 그 신계에 대하여 ···················· 86

   1) 서북에서 남쪽으로 이주한 전욱족 ·········· 87

   2) 전욱족의 남쪽에서 북쪽으로의 세력 확장 ·········· 92

4. 전욱족의 세계世系에 대하여 ······················ 93

제5장 민족의 융합과 문화공동체 형성 103
‐복희伏羲 신화의 계시

1. 복희씨 동방민족의 시조 ····························· 104

   1) 복희의 석의釋義‐복희 동방민족의 시조라는 증거 하나 107

   2) 복희와 태호太皞의 합체
     ‐복희 동방민족의 시조라는 증거 둘 ·················· 110

   3) 복희의 출생지 "뇌택雷澤"
     ‐복희 동방민족의 시조라는 증거 셋 ·············· 111

2. 민족의 이주와 융합, 그리고 문화의 전파 ················ 114

3. 복희 중화민족의 시조 확립 ························· 118

   1) 인간 제왕과 문화신의 지위 확립 ············· 118

   2) 여와女媧의 결합, 중화민족의 개벽신과
     시조신의 지위 확립 ······························· 122

제6장 중국 고대신화의 역사화 궤적 127

1. 천신天神겸 시조신 – 원시혈통관념 ·························· 128
2. 주周나라 사람의 천도관 – 혈통에 대한 도통道統의 보완 132
3. 선양설禪讓設의 탄생 – 제신諸神의 퇴위 ················· 135
4. 신화의 정합整合 – 오제五帝의 계보 형성 ················ 141
5. 사마천의 선택 – 신화 역사화의 완성 ················· 151

제7장 전통문화심리의 상고신화에 대한 개조 155

1. 흉악한(원시적) 모습에서 아름다운 모습으로 개조
   – 중국신화의 형태 변화 연구 ························· 155
   1) 형상의 개조 - 서왕모의 모습(용모) ·············· 157
   2) 무정한 살육과 도태 - 흉신의 비극 ·············· 161
2. 어긋난 윤리에서 합리적 변화로
   – 중국 고대신화의 성변性變 연구 ···················· 162

제8장 선화仙話의 개입과 내용 변화 167

1. 항아嫦娥의 원형은 원래 월모상희月母常羲이다 ·········· 168
2. 선약仙藥의 개입과 "항아분월嫦娥奔月"의 신화 발생 ····· 170
3. 두꺼비蟾蜍 – 생식숭배의 산물 ······················ 173
4. 선도사상과 "분월奔月"신화의 내용 확대 ··············· 177
5. "분월奔月"신화에 대한 비평 ························· 179

제9장 신화의 중첩과 재생 – 후예后羿신화의 계시 181

1. 신화 속의 영웅 후예 ································· 181
2. 후예사일后羿射日신화의 탄생 ················· 184
3. 천신 후예와 유궁씨 후예와의 중첩 ············· 189
4. 후예의 비극적 종말 ····························· 194
5. 후예신화에 대한 민간의 재창조 ·············· 196

제10장 신화를 통해 본 중국 고대의 생사관념 201

1. 고대신화 중에서 생사와 관련된 세 가지 관념 ········ 203
   1) 죽으면 사물로 변한다 ······················ 204
   2) 죽음에서 회생하여 산다 ···················· 212
   3) 죽어도 영혼은 존재한다 ···················· 216
2. 생과 사의 두 가지 통일 ······················ 218
   1) 생명신과 사망신의 합일 ···················· 218
   2) 생명이 시작되는 땅과 죽으면 가는 곳이 함께 있다 ···· 223

제11장 중국 고대의 생사관념과 전통문화 229

1. 흉악하고 잔인한 인간 순장과 경건하고 정성스러운 제사 231
2. 죽으면 근본으로 돌아간다고 여기는 도가 정신 ······· 236
3. 선약에 대한 미련과 망상 ····················· 239
4. 중국 고전문학의 독특한 비극적 구상 ·········· 243
5. 여론 ·· 246

제12장 도덕을 숭상하는 문화정신–신화에 대한 문화의 선택 249

1. 희생에 대한 추앙과 예찬 ····························· 249
2. 백성을 보호하는 직분 요구 ····················· 252
3. 인간의 음식을 먹지 않는 신의 형상 묘사 ············· 254
4. 신성神性의 소실과 문화의 선택 ····················· 256

부록 1. ≪산해경≫의 유전遺傳과 중요 고본古本의 고평考評 259

   2. 신화자료를 보존하고 있는 고적의 제요 275

제1장 중국 고대신화에 대한 단상斷想

1. 영웅적인 민족과 영웅의 후예

수 백 만년의 진화 과정 속에서 몇 차례의 상전벽해를 거치는 동안 언제부터인지 황토 고원 위에도 중화민족의 선조들이 등장하여 삶을 영위해 나가기 시작하였다. 수많은 시련과 고통 속에서, 또한 번득이는 칼날과 창끝 아래에서 얼마나 많은 피 냄새를 풍겼을지 모르지만 흩어져 있던 민족이 하나로 모여 마침내 염황炎黃부족이라는 강대한 민족으로 성장하였다. 염황부족의 등장으로 중국의 고대 문명은 새로운 시대를 맞이하게 되었고, 오늘날에 이르기까지 수많은 세월 동안 도도하게 쉬지 않고 흘러가는 강물처럼 수많은 영웅호걸들을 잉태해 내었다.

중화민족의 신화 속에는 영웅에 얽힌 매력적이고 아름다운 이야기들이 가득 차 있다. 이들 이야기를 함께 모아 놓으면 비장하고 다채로운 민족의 대서사시가 펼쳐진다. 물론 이렇게 구성된 서사시들의 불완전한 측면과 후대 문명에 의해 개조된 흔적이 여기저기 보이지만, 유치한 원시적 사유 속에서도 품위를 갖춘

하남성 정주시 황하풍경명성구에 위치한 높이 106m의 염제와 황제의 조각상

영웅적 모습의 투영을 통해 문명의 서광을 엿볼 수 있다. 더욱이 이러한 중화민족의 위대한 시사시가 후대 민족문화의 혈맥 속에 깊이 스며들어 민족문화정신을 구현하는데 빼놓을 수 없는 중요한 요소가 되었다.

2. 주신主神이 없는 중국 고대신화

중국의 수많은 서책을 펼쳐놓고 조각난 신화의 편린들을 찾다보면 문득 한 가지 의문이 생기는데, 그것은 바로 중앙집권제를 국가의 주요 통치체제로 삼았던 중국이었건만, 고대의 신화 속에서는 중심이 될 만한 주신主神의 모습을 그 어디에서도 찾아 볼 수가 없다는 점이다. 제준帝俊이 비록 대신大神의 기백을 보이기는 하지만 그도 역시 동남쪽의 한 지역을 다스리다 끝내 신단神壇에서 쫓겨나 자취를 감추고 마는 신세로 전락하였고, 복희伏羲와 여와女媧가 인류를 만들고 천지를 개벽했다고는 하지만, 복희도 문화신文化神의 자리에 머물렀을 뿐 결국 신들을 통치하는 진정한 주신主神의 자리에는 오르지 못하였다. 여와女媧에게 뚫린 하늘을 막고 인류를 창조한 큰 공이 있다고는 하지만 여와 역시 땅의 어머니地母, 신의 어머니神后와 같은 영예는 얻지 못하고, 결국 후인들에 의해 삼황三皇이라는 허울 좋은 이름 가운데 놓였을 뿐이다. 염제炎帝 역시 농업신農業神이라는 신분으로 신단 위에서 최고의 지위를 차지하였지만, 결국 그도 삼황이라는 허울 좋은 이름 가운데 놓이는 신세가 되었다.

중국 신화 중에서는 오직 황제만이 주周나라 사람들에 의해 지고무상한 주신의 지위에 오르게 되었다. 그 결과 '황제皇帝 - 전욱顓頊 - 제곡帝嚳－요堯－순舜'과 '황제皇帝－염제炎帝－태호太昊－소호少昊－전욱顓頊'이라는 두 개의 오제五帝 계보가 만들어졌는데, 전자에서는 황제가 오제의 첫 번째 자리를 차지하고 있는 반면, 후자에서는 다른 네 명의 제帝와 함께 병존하는 주신으로 묘사되고 있다. 이처럼 황제가 주신 가운데 하나로 묘사되고 있지만 그 지위에 있어서는 그리스신화 속의 제우스와 비교 될 만한 권위도, 또한 주신主神의 자리를 영원히 보존할 만한 복도 주어지지 않았다.

중국의 신단神壇에서는 절대적 권위를 지닌 주신主神이나 중심신中心神이 보이지 않는데, 이와 같은 상황이 초래된 직접적인 원인은 바로 고대의 수많은 부족이 오랜 세월 속에서 서로 투쟁과 융합을 반복하며 점차 하나의 민족으로 형성되었기 때문이다. 이러한 융합과정 속에서 부족과 부족과의 관계는 오직 정복자와 피정복자의 관계만이 존재하였을 뿐, 소멸되거나 소멸 당하는 일은 발생하지 않았다. 그러므로 강한 부족에게 정복당한 부족이라도 여전히 하나의 집단으로써 존재하면서, 자신들의 조상신을 계속 신봉할 수 있었다. 게다가 각 부족의 구성원들이 각자 조상들의 업적을 대대로 전송傳誦함에 따라, 중국신화

복희와 여와 돈황석굴 제285호

가운데 여러 명의 주신主神이 등장하지만 최고의 신이나 혹은 중심신이 없는 특수한 현상이 초래되는 결과를 가져오게 되었던 것이다.

3. 중국 신화의 삼대三代 계보

중화민족은 여러 민족이 융합하여 형성된 민족이라고는 하지만, 대략 황제·염제·제준 등의 3대 부족으로 크게 구분해 볼 수 있다.

① 황제부족 : 전욱부족과 하夏부족을 포함.
② 염제부족 : 거인巨人족 과보夸父, 치우蚩尤, 공공共工 및 삼묘三苗족을 포함.
③ 제준부족 : 복희伏羲와 십일十日부족, 상의常儀와 십이월十二月부족, 주周부족, 상商부족과 태호太昊(복희)부족, 소호少昊부족 등을 포함.

이 3대 부족 가운데 제준은 동방의 부족으로써 염제와 황제 두 부족이 중원으로 이주해오기 전까지 동쪽 연해안 일대의 광활한 토지를 차지하고 있었다. 북쪽 발해만에서 시작하여 남으로 장강의 하류지역까지, 그리고 서쪽 하남성 동부까지 모두 그들의 활동영역이었다. 반면에 염제와 황제 두 부족은 서방의 협서陝西와 감숙甘肅 두 지역에서 발원하였는데, 후에 염제족이 동쪽으로 이동하면서 황하 중하류지역의 토지를 점거해 나가며 동쪽으로 세력을 뻗어 나가자 제준부족과 충돌이 일어났다. 얼마 후 황제족 역시 염제족의 뒤를 이어 중원에 이르게 되면서 두 부족 사이에 그 유명한 염황지전炎皇之戰이 발생하게 되었다.

염황지전에서 염제족이 싸움에서 패하고 남쪽으로 이주함으로써 두 부족간의 전쟁은 막을 내렸다. 하지만 염제부족에게 승리를 거둔 황제부족은 동쪽으로 계속 영토를 확장하여 제준부족의 영토를 점거하게 되자 제준부족은 동서남북 사방으로 흩어져 이주하는 운명을 맞이하게 되었다.

이 세 부족간의 투쟁과 융합은 고대 역사의 한 장면을 장식하고 있을 뿐만 아니라, 중국의 수많은 고대신화 가운데 무수한 내용이 모두 이 세 부족의 역사와 밀접한 관계를 맺고 있다. 상세한 내용은 본서 제1편을 참고하기 바란다.

황제黃帝는 성이 희姬, 일설에는 공손公孫이라고도 하며, 호는 헌원씨軒轅氏 또는 유웅씨有熊氏, 진운씨縉雲氏이다. 약 4,000여년 전 황하유역에서 활동하던 유명한 부족연맹의 장으로, 중화민족의 시조로 추존되어 오고 있다. 전설에 의하면, 100여세까지 살다가 용을 타고 승천하였다고도 하고, 또 다른 전설에 의하면, 100년간 재위했으며, 111세까지 살다가 형산荊山 남쪽에서 죽었다고도 한다.

4. 중국 고대신화 기록의 착란錯亂

명·청시대 이래로 수많은 학자들이 고대신화에 대한 편집과 정리작업에 많은 노력을 기울여 왔지만, 그 결과는 그다지 만족스럽지 못한 편이다. 엄격하게 말해서 지금까지도 여전히 신화다운 고사를 써내지 못하고 있는 형편이라고 할 수 있는데, 그 주요 원인은 중심신을 찾기 어렵다는 점과 착란현상에서 찾을 수 있다. 하나의 동일한 신이 몇 개의 신분을 가지고 등장하는가 하면, 서로 다른 신의 모습에서 동일한 신의 원형이 나타나기도 하고, 또한 동일한 사건에 서너

명의 신이 함께 등장하기도 하지만, 현재로서는 그 진위를 판별해 낼 수 있는 방법이 없다.

한편, 착란을 일으킨 주요 원인을 문자 기록의 대체에서 찾기도 하는데, 이러한 주장을 대표하는 학자인 제이크 피터Jake peter는 ≪민간문예집간民間文藝集刊≫ 제2집에 발표한 ≪중국의 고대신화中國古代神話≫라는 문장 중에서 "문헌 A 중의 상형문자 X가 문헌 B 중에서는 상형문자 Y로 쓰였다. 그리고 Y는 문헌 C에서 또한 상형문자 Z처럼 쓰였다. 그렇다면 X와 Z는 서로 대체하여 쓸 수 있다는 말이다. 수많은 중국학자들은 이러한 탐구방법을 이용하여 고대문헌의 해석에 기적을 창조해 내었다. 그렇지만 동시에 이와 같은 방법의 남용은 오히려 그들로 하여금 완전히 믿을 수 없는 결론을 가져다 주었다."고하여 문자 대체의 문제점을 분명하게 지적했다. 하지만 이는 다만 상형문자에 대한 사람들의 형체 식별과정에서 일어날 수 있는 문제점만을 지적했을 뿐, 기록자가 고의로 문헌 가운데 겉은 그대로 두고 내용이나 본질을 몰래 바꾸어 넣는 투량환주偸梁換柱의 방법으로 인해 신화의 착란 현상이 더 심각해졌다는 사실을 미처 인식하지 못한 아쉬움이 있다. 고대 중국의 전적 가운데는 종종 두 서책에 동일한 사건이 기록되었음에도 불구하고 등장하는 인물이 서로 다른 경우를 볼 수 있는데, 이 점에 대해 물론 작자 나름대로 근거를 가지고 기록했다고 볼 수도 있겠지만, 사실 어떤 부분들은 이미 누군가에 의해 수정된 내용이 기록되었다고 봐야 할 것이다.

5. 중국 신화의 유실

중국의 고대신화가 훗날 여기저기 흩어져 유실된 원인에 대해 연구자들마다 각기 서로 다른 견해를 보이고 있다. 노신魯迅은 ≪중국소설사략中國小說史略≫ 중에서 중국 신화가 산발적이고 단편적으로 전하게 된 원인에 대해 첫째, 중화민족이 가장 먼저 황하 유역에 거주하였지만, 이들은 자연적인 혜택을 받지 못하는 상황 속에서 너무 과중한 노동으로 인하여 현실적인 문제를 중시하고 환상적인 것을 가볍게 여기는 풍조가 생겨났으며, 둘째, 공자가 수신, 제가, 치국, 평천하 등의 실용적인 지식의 교육을 목적으로 삼았기 때문에 신화를 배제시키는 현상을 초래하였다는 견해를 밝혔다. 이어서 그는 또 고대에는 신神과 귀鬼에 대한 구분이 불분명하고, 또한 사람과 신이 서로 뒤섞여 나타나기도 하는데, 이는 원시신앙의 흔적이 신화 속에 섞여 들어간 것으로 종종 전설 같은 신화들이 창조되었으며, 이러한 상황 속에서 원시신화는 점차 본 모습을 잃어버리게 되었고, 이로 인해 새롭게 출현한 신화마저도 역시 생기 없는 모습을 지니게 되었다는 주장을 제시하였다. 곽말약郭沫若은 ≪신화연구神話硏究≫ 가운데 실려 있는 〈중국신화연구초탐中國神話硏究初探〉 중에서 신화가 소멸하게 된 원인에 대해, 첫째는 신화의 역사화에 기인한 것이고, 둘째는 "당시 사회적으로 서사시인이 출현할 만큼 전 민족의 심령을 울릴만한 대사건이 없었기 때문이다."고 주장하였다.

이와 같은 관점들은 서로 다른 각도에서 신화의 소멸원인을 해석한 것이나. 이외에 신화가 소멸하게 된 원인으로는 신화외 전설에 대한 후대의 문화적 선택과 개조에서 찾아볼 수 있으며, 여기에는 정치적, 윤리적인 여러 가지 측면이 포함되어 있다.

6. 중국 신화의 변천

중국의 고대신화는 본래 다양한 형태와 색깔을 지니고 있었으나, 후대로 내려오면서 어떤 신화는 정치와 윤리, 도덕 등을 위해 개조됨으로써 원래의 형태에서 벗어나 팔다리가 잘린 기형적인 모습을 지니게 되었으며, 심지어 그 흔적을 찾아보기 힘들 정도로 해체되어 오늘날 그 원래의 형태조차 알아볼 수 없는 지경에 처한 것도 있다. 신화의 변천과정에서 신화의 역사화, 윤리화, 정치화, 선화仙化는 그 주요 경로로써, 이러한 과정을 거치면서 신화형태의 변형과 성질의 변화, 심지어 신화 자체가 변질되는 상황이 연출되었다.

7. 신화 체계의 확립

중국의 고대신화 체계를 정립함에 있어 황제 한 사람만의 신상에만 초점을 맞추기 보다는 신화 자체에서 주신을 찾아내어 형상화해야 한다는 점을 전제로 할 때, 중국 고대신단神壇에서 제준帝俊만이 오직 이러한 대임을 감당 할 수 있는 조건을 갖추었다고 할 수 있을 것이다.
제준의 신화는 주로 ≪산해경山海經≫ 중에서 찾아 볼 수 있는데, ≪산해경≫에 보이는 제준의 형상은 범인의 특징을 거의 찾아볼 수 없는 농후한 신성神性을 잘 보존하고 있어 고대 신왕神王 혹은 시조신 중에서 유일하게 그 형상이 훼손되지 않은 신성인물이라고 할 수 있을 것이다. 제준은 놀라운 능력을 지닌 태양신 희화羲和와 달의 신 상희常羲를 아내로, 열 개의 태양十日과 열 두개의 달十二月을 자식으로 두고 있으며, 또한 그는 자손들이 천지 사방에 흩어져 있는 방대한 가족 구성원을 거느리고 있다. 이러한 방대한 가족 구성원과 농후한 신성으로 볼 때, 그를 주신主神의 자리에 추대한다고 해도 무방해 보인다. 따라서 제준의 지위를 먼저 확립시킨 후 염제와 황제 부족간의 투쟁을 주요 내용으로 삼아 중국의 고대신화를 손질한다면 비교적 합리적이고 타당성 있는 신화체계를 수립할 수 있을 것이다.

8. 이성적인 원칙과 공리적 목적

중국의 고대신화와 그리스신화를 비교해 볼 때, 분명한 것은 사유체계에 있어 고대 중국인과 그리스인들 사이에 상당한 차이가 있다는 점이다. 그리스신화가 이성에 대한 파악과 문화, 과학 지식에 대한 추구에 중점을 두었다고 한다면, 중국의 고대신화는 도덕적 성향에 대한 강한 인식과 진선미眞善美에 대한 명확한 판단, 그리고 실용을 중시하는 공리적 목적을 강조하는 방향으로 발전해 왔다고 볼 수 있다.

그리스신화에서는 신의 직책과 그 주관 업무에 대해 매우 명확하고 자세하게 구분되어 있다. 예를 들어, 문예文藝는 아홉 명의 여신이 각기 역사, 음악, 희극, 비극, 무도, 서정시, 송가頌歌, 천문, 사시史詩를 나누어 분장하였으며, 운명을 관장하는 세 여신 가운데 첫째, 아트로포스Atropos는 생명의 실을 끊는 일을 주관하였고, 둘째, 라케시스Lachesis는 운명을 결정하는 일을 주관하였는데, 그녀는 인간의 생명선을 비비 꼬아놓아 인간이 긱기 다른 운명의 곡절을 겪도록 하였다. 셋째, 클로토Klotho는 생명의 실을 뽑는 일을 주관하였다. 이들 세 여신 이외에 아름답고 지혜로운 세 여신이 또 있었는데, 그 중에서 에우프

로쉬네Euphrosyne는 인간을 즐겁게 하는 일을 주관하였으며, 탈리아 Thalia는 꽃을 주관하였고, 아글라이아Aglaia는 빛을 주관하였다. 그리고 유명한 아테네Athena는 여성의 보호신, 과학의 신, 방직기술의 신, 지혜의 여신이며, 또한 전쟁의 신으로 등장한다. 그리스신화 중에는 이외에도 달의 신, 바다의 신, 사냥의 신, 승리의 여신, 운명의 신, 사랑의 신, 복수의 여신, 분쟁의 여신, 정의의 신, 기쁨의 신 등등 다양한 성격의 신들이 등장한다.

중국의 신화 중에서는 때때로 수많은 문화의 발명을 한 사람의 신이 발명한 공적으로 귀결시켜 놓고 있어, 신의 성격과 특징이 불분명할 뿐만 아니라 문화의 신, 과학의 신, 예술의 신 등과 같은 다양한 신들의 형상도 보이지 않는다. 이러한 결과로 인해 신화에 등장하는 신은 오직 인류의 생존을 이롭게 하는 영웅과 인류의 생존을 위협하는 괴물만이 존재하는 양상이 전개되었다. 즉, 신들은 대개 선과 악이라는 두 부류로 나누어지며, 선은 진리·정의·유도有道 등을 대표하며, 악은 오류·사악·무도無道 등을 대표하게 되었다.

9. 여신의 비애

고대 중국의 신화 중에서 유명한 여신은 겨우 손에 꼽을 수 있을 정도로 아주 적은 편이다. 즉 여와女媧·항아嫦娥·서왕모西王母, 그리고 후에 출현하는 무산신녀巫山神女 정도라고 할 수 있는데, 이들을 그리스신화에 등장하는 수많은 여신과 비교해 보면 정말 가련할 정도로 빈약한 형편이다.

그러나 이들의 수가 비록 많지는 않지만 모두 쟁쟁한 이름을 가진 여신들이라고 할 수 있는데, 가령 여와는 구멍 뚫린 하늘을 메우고 인류를 만든 공적과 중매신의 직책을 겸하고 있어 고대 신화 중에서도 매우 중요한 지위를 차지하고 있으며, 또 항아가 달로 도망갔다는 신화는 낭만적이고 아름다운 전설을 담고 있어 끊임없이 후대 문인들에게 암송되어 왔다. 한편, 서왕모는 전염병과 사망의 신으로 묘사되고 있는데, ≪목천자전穆天子傳≫ 중에서 서왕모는 천제天帝의 딸에서 비할 수 없이 아름다운 선녀의 우두머리로 변신하였다가 다시 옥황상제玉皇上帝에게 시집을 가는 것으로 소개되고 있다. 무산신녀는 화려하고 아름다운 전설로 인간세계의 무수한 청춘남녀들에게 영향을 주었다.

곤륜산의 호수 요지에 서왕모西王母가 강림하는 광경

그러나 그리스신화 가운데 보이는 여러 여신들과 비교해 볼 때, 중국의 여신들은 확실히 비애감을 느끼게 한다. 감히 마음을 열고 크게 웃지도 못할 정도로 전통문화에 너무 무겁게 짓눌려 있어 달로 도망갔다는 항아는 사람들의 조롱꺼리가 되었고, 무산신녀는 음탕한 여자로 취급당하였다. 어와 역시 하늘에 뚫린 구멍을 메우고 인류를 창조했다고는 하지만 대신大臣으로써의 권위가 보이지 않는다. 다만 서왕모만이 선녀의 우두머리로써 대신으로 인정받게 되었는데, 이는 후인들이 개조한 결과의 산물이라고 하겠다.

10. 영웅의 비극

중국의 신화를 말할 때 치우蚩尤·과보夸父·공공共工·후예后羿·형천刑天 등의 영웅신과 정위조精衛鳥로 변해 서산의 돌을 물어다 동해를 메웠다는 여와女娃를 빼놓고서는 이야기를 할 수가 없다. 왜냐하면 바로 이러한 영웅신들 이야말로 고대 신화왕국에 충만한 생명력과 영웅적인 비장함을 불어넣고, 자강불식의 인문정신을 충만하게 하는 요소들이기 때문이다. 비록 이들의 조우가 다르고 사적事迹이 각기 다르지만 비극적 운명이라는 하나의 공통된 결말을 가지고 있다. 당시 치우의 신력은 그 누구에게도 뒤지지 않을 정도로 강했지만, 결국 황제부족과의 싸움에서 패하여 목숨을 잃고 말았으며, 또한 머리로 부주산不周山을 들이받아 하늘이 서북쪽으로 기울고 땅이 동남쪽으로 푹 꺼져 해와 달이 서쪽으로 가라앉아 강물이 동쪽으로 흐르게 할 정도의 괴력을 보여준 공공도 결국 실패자로 끝나고 말았다.

태양을 쫓아가면 잡을 수 있다고 생각한 과보는 오히려 목이 말라죽는 참담한 결과를 불러왔으며, 천신天神의 신분으로써 인간세계에 내려와 열 개의 태양十日을 활로 쏘아 떨어뜨리고 해악을 끼치는 맹수를 제거하여 백성들에게 도움을 주었던 후예는 불행히도 소인小人의 손에 죽음을 당했다. 천제와의 싸움에서 목이 잘린 형천刑天은 가슴의 양쪽 젖꼭지를 눈으로 삼고, 배꼽을 입으로 삼아 간극干戚을 휘두르며 싸움을 계속하는 신력을 보여주었지만, 결국 그도 비극적인 운명을 맞이했다.

이러한 영웅들의 죽음은 고대신화 속에서 한 곡 한 곡 눈물겹도록 사람의 영혼을 감동시키는 슬픈 선율이 되어 전해져오고 있다.

중국의 신성神性 영웅들이 이와 같이 비극적인 운명을 맞이하게 된 주요 원인은 그들의 생활이 자연적으로나 사회적으로 매우 험난하고 어려운 생활환경에 놓여 있었기 때문이다. 고대 사람들은 대대로 자신들의 목숨을 희생하면서 자연을 정복해 왔다. 토지와 생존 공간을 위해, 또 자신의 민족을 보호하기 위해, 강한적의 침입에 맞서 싸우기 위해, 그들은 대대로 목숨을 걸고 싸울 수밖에 없었다. 이러한 상황은 고대인들의 마음속에서 비장한 영웅 신화를 창조하는데 원동력이 되었다. 하지만 그들의 비극적인 죽

목이 잘린 형천刑天이 도끼와 방패를 들고 싸우는 형상

음은 외부적인 환경에 의해 결정된 것으로 그들 개인의 성격이나 운명과는 아무런 관계도 없었다.

이 처럼 중국의 비극적인 내용의 신화는 그리스신화와 완전히 다른 특징을 보여줌으로써, 이들은 세계의 비극신화에 있어서 각기 서로 다른 유형을 대표하게 되었다.

그리스신화 중에서 비극적인 영웅의 출현은 결코 자연이나 사회적인 힘에 의해 야기된 것이 아니라 선천적인 운명, 즉 항거할 수 없는 신의 예언에 의해 만들어진 것이기 때문에, 애써 그들이 운명을 마주하든 아니면 운명을 회피하든 비극은 필연적일 수밖에 없는 한계를 가지고 있었다.

사르페돈Sarpedon은 그리스신화 중의 유명한 영웅으로써 트로이 전쟁 Trojan war에서 파트로클로스Patroklos와 서로 마주칠 때부터 그의 죽음은 이미 예정된 것이었다. 비록 그의 아버지 제우스가 무한한 능력을 가지고 있었다고는 하지만, 다만 아들을 위해 눈물을 흘리는 것 이외에는 아무것도 할 수가 없었다. 제우스의 또 다른 아들 헤라클레스는 제

우스의 깊은 사랑을 받았으나 그도 역시 정해진 운명대로 헤라Hera의 증오로 인해 죽음을 당하고 말았다.

그리스신화 중에서 가장 비극적인 운명을 지닌 영웅은 바로 오이디푸스Oedipus이다. 그가 출생하기 전에 그의 아버지 라이오스Laius는 장래에 아들이 그를 죽일 것이라는 예언을 듣고, 아들이 출생하자 그의 두 다리를 칼로 찌르고 들판에 버려 들짐승의 먹이로 주었다. 그런데 집에서 일하는 하인 중에 하나가 마침 아들이 없어 고민하는 코린토스의 왕 폴리보스Polybus에게 그를 바쳤다. 오이디푸스가 성인으로 성장하여 폴리보스를 자신의 부친으로 삼았으나, 신의 계시에 의하면 그는 장차 아버지를 죽이고 어머니를 취한다고 했기 때문에 코린토스를 떠나기로 결정하였다. 그가 네거리 골목 입구에 이르렀을 때 우연히 그의 생부인 라이오스를 만나 싸움을 벌이게 되었고, 결국 라이오스와 그 수행원들을 모두 죽이고 도망치는 신세가 되었으나 테베로 가는 길에서 스핑크스의 수수께끼를 풀어 테베인들에게 평화를 되찾아 주고 국왕으로 추대되었다. 오이디푸스는 예언대로 자신의 어머니를 아내로 취하여 2남 2녀의 자녀를 두게 되었지만, 훗날 그를 살려 준 하인을 통해 모든 진실을 알게 된 오이디푸스는 후회하며 스스로 두 눈을 뽑아내었고, 끝내 자신의 아들에게 쫓겨나 방랑의 길을 걷게 되었다. 그리고 그의 모친이자 아내였던 이오카스테 역시 스스로 자살하는 비극적 종말을 고했다.

이에 반해 중국의 영웅들은 운명으로 인해 죽음을 당했다기보다는 투쟁의 과정에서 죽음을 맞이하였다. 이러한 백절불굴의 항쟁 정신은 훗날 중화민족의 문화 속에 깊숙이 스며들어 민족의 생존과 발전을 위해 영원히 변치 않는 초석이 되었다.

제2장 제준帝俊과 그 신계神系

　제준은 중국 고대신화 중에서 수수께끼와 같은 신성神性을 지닌 인물이다. 그의 사적에 관해서는 정사에서도 찾아 볼 수 없으며, 또한 제자諸子들에 의해서도 전해진 바가 없다. 다만 《산해경》 가운데서 그 일부를 찾아 볼 수 있는데, 특히 《대황大荒》과 《해내海內》 두 편에 집중적으로 보인다. 그 신계의 연원과 맥락을 살펴볼 때, 그는 분명 염제의 계보에 속하지 않으며, 또한 황제의 계보에도 속하지 않는 염제와 황제라는 양대 신계와 병존하는 또 다른 하나의 신계로 볼 수 있는데, 재미있는 것은 우연하게도 그에 관한 사적이 때때로 황제를 비롯한 제신諸神의 사적과 일치하는 부분이 많이 보인다는 점이며, 그의 신계에 속하는 인물들 역시 황제의 자손들과 서로 구분 짓기 어려울 정도로 뒤엉켜 있다는 점이다.

　제준과 그의 신계에 대한 탐구는 중국의 고대 씨족과 민족의 융합과정을 연구하는데 중요한 실마리를 제공한다는 점에서 중요한 의미를 지니고 있다. 그러므로 여기에서는 제준과 그 신계에 대해 집중적으로 살펴보는 동시에 제준의 신계와 황제 신계에 대한 관계를 재정립 해보고자 한다. 신화의 역사화는 고대신화에 대한 정합整合과정으로 볼 수 있는데, 이 과정에서 문명시대의 정치적 필요와 문화심리가 때로는 많게 때로는 적게 반영되어 나타난 고대신화에 대한 개조 방식이었다고 할 수 있을 것이다.

1. 제준帝俊에 대하여

소호의 성은 이르, 일설에는 영嬴이라고도 하며, 이름은 지摯, 호는 금천씨金天氏 또는 궁상씨窮桑氏, 청양씨靑陽氏라고 한다. 100세까지 살았다고 전해지며 84년간 재위했다.

고대 중국의 신 가운데 제준의 지위에 대해 오늘날까지도 여러 가지 학설이 분분하나, 일반적으로 제준은 고대 동방민족의 조상신으로 인정받고 있다. 이러한 견해는 ≪산해경≫에 기재된 제준의 활동 지역과 그 자손들의 나라가 대부분 동방에 위치하고 있는 사실과도 서로 일치한다고 보기 때문이다. 그런데 여기에서 우리가 간과한 것이 하나 있는데, 그것은 때때로 남방과 북방, 그리고 서방 등의 지역에서도 제준의 사적과 그의 후손들이 세운 나라가 등장하고 있다는 사실이다. 바로 서주국西周國과 같은 나라인데, 제준의 처인 상희常羲가 달을 목욕浴月시켰다는 지역 역시 서방에 위치해 있다. 그렇다면 어째서 제준의 후손들이 서방에서 출현하는 것이며, 또 어째서 그에 관한 사적이 서방과 관련이 있는가 하는 문제는 분명 탐구해 볼 만한 가치가 있다.

이외에도 제준의 사적과 고대 여러 신들의 사적이 때때로 중첩되어 나타나는 현상이 보이기도 하는데, 예를 들어 제준과 황제皇帝·소호少昊·전욱顓頊·제곡帝嚳·요堯·순舜 등의 신상에 한결같이 제준의 그림자가 보인다는 점이다. 그 주요 원인은 후인들이 제준의 신화를 재정리하는 과정에서 발생한 결과라고 할 수 있으나, 제준·소호·제곡과의 관계는 예외적인 성격을 지니고 있다. 이는 바로 세 사람의 관계와 제준의 신계를 재건할 수 있는 중요한 열쇠라고 할 수 있는데, 다시 말해서 몇 가지 사실만을 가지고도 제준·소호·제곡이 원래 하나의 신계였다는 사실을 밝힐 수 있기 때문이다. 비록 제준과 제곡帝嚳이라는 이름이 서로 다르기는 하지만 사실은 동일 신이며, 소호와 제곡의 아들인 계契 역시 이름만 서로 다른 동일 신으로 이들 모두 제준帝俊(嚳)의 후예라고 할 수 있는데, 만일 이러한 관계를 증명할 수 있다면, 고대신화 중에서 준俊·곡嚳·소호少昊 등과 관련된 문제에 대해 비교적 합리적인 해석을 얻을 수 있을 것이다.

1) 제준과 소호少昊의 동원同源관계 확립

제준과 소호의 혈통 관계를 증명하는 일은 결코 간단하고 쉬운 일만은 아니다. 그 이유는 신화의 역사화로 인해 진한秦漢대 이래로 소호가 황제의 신계 속으로 들어가 버렸기 때문이다. 그래서 ≪제왕세기帝王世紀≫와 ≪통지通志≫ 등에서 한결같이 모두 소호의 이름을 지摯, 자는 청양靑陽 또는 현효玄囂라고도 일컬으며 황제의 아들로 기재되어 있는데, 이러한 기록은 오랫동안 의심 없이 사람들에게 전해짐으로써 사실로 굳어지고 말았다. ≪산해경≫ 중에서는 소호의 계보를 언급한 기록이 보이지 않는데, 이는 한대漢代 이래 중화민족의 대통일이라는 관념에서 나온 산물로 볼 수 있다. 어쨌든 후대의 유가들은 고심 끝에 소호의 신계를 구성해 냈으나 종종 자신들의 학설을 그럴듯하게 꾸며대지 못하고 결국 곳곳에서 결점을 드러내는 실수를 범하고 말았다. ≪제왕세기≫나 ≪통지≫의 견해에 따라 소호가 읍邑을 궁상窮桑에 도都를 곡부曲阜에 세웠다는 주장을 하면 소호가 고대 동방에 위치한 어떤 부족의 조상이라는 설이 성립되는데, 그 이유는 궁상이 동방에 위치하고 있기 때문이다. ≪습유기拾遺記≫에서는 소호가 궁상에서 태어났는데, 궁상은 바로 서해西海의 해변가에 처해 있다고 하였다. 그리고 서방을 주관하는 금천씨金天氏가 되었으며, 백제白帝의 아들이라고 기록되어 있다. 그렇다면 궁상은 바로 서방에 있는 지역을 의미한다. 이러한 모순은 소호를 황제의 신계에 편입시킬 때 여전히 고대신화의 그림자를 찾아 볼 수 있도록 우리에게 실마리를 남겨준 것이라고 할 수 있다. 그러므로 우리는 후대의 역사화된 자료를 통해 적어도 세 가지 측면에서 제준과 소호의 관계를 증명해 볼 수 있다.

첫째, ≪산해경・대황남경大荒南經≫에서 "제준의 처는 아황蛾黃이며, 삼신국三身國의 시조를 낳았다."고 하는데, ≪습유기≫에서도 소호의 모친을 "아황蛾黃"으로 기록하고 있으며, ≪노사路史・후기後記≫에서는 소호의 모친을 "아娥"라고 기록하고 있는데, 여기서 "아황", "아" 등은 사실상 "아황"을 잘못 기재하거나 혹은 생략하여 쓴 것이라고 볼 수 있다.

둘째, 제준족과 소호족은 모두 중국 동부지역에 위치하며 "새鳥"를 토템으로 숭상하는 고대의 동일 부족이었다. ≪산해경・대황동경大荒東經≫에서 "오채조五彩鳥가 있는데, 한 쌍이 서로 잡을 듯이 훨훨 날며 춤을 춘다. 오직 천제인 제준만이 내려와 그들과 친구로 사귀는 것을 좋아한다. 지상에 제준을 받드는 두 개의 신단神壇이 있는데, 오채조가 주관한다."고 언급하고 있는데, 이는 바로 두 마리의 오채조가 서로 마주보며 춤을 추는 모습을 나타낸 것으로 인간세계에 있는 제준의 친구들을 의미한다. 제준은 인간세계에 두 개의 제단을 가지고 있었으며, 바로 이들이 맡아 관리한다는 것을 의미한다. 여기서 말하는 오채조는 사실상 신화 가운데 보이는 "봉조鳳鳥"를 가리키며, 이들은 제준과 매우 친밀한 관계를 유지하고 있었다는 사실을 엿볼 수 있다. 따라서 이는 당연히 제준족의 숭배물이라고 말할 수 있다. 더욱 중요한 점은 전국시대이래로 사람들은 태양 가운데 있는 신조神鳥를 "준조踆鳥"

라고 여겨왔다는 점이다. 하신何新은 ≪제신의 기원諸神的起源≫에서 "준조"는 바로 제준을 말하는 것으로 태양신의 대명사라고 주장하였다. 제준의 "준俊"은 또 "준夋"(장사長沙 출토 백서帛書에서 인용)으로도 쓰는데, 이 글자는 갑골문 중에서 실제로 새의 형상자로 쓰였다. 소호 역시 "조鳥"와 끊을 수 없는 인연을 맺고 있다. ≪통지通志≫권2 ≪오제기五帝記≫에서 소호는 "봉새의 상서로움으로 인하여 새로써 관직의 법도를 정하였고, 새로써 본보기로 삼았으며, 또한 새의 명칭을 사용하였다. 봉조씨鳳鳥氏는 사정司正을 관장하고, 현조씨玄鳥氏는 사분司分을 관장하고, 백조씨伯趙氏는 사지司至를 관장하고, 청조씨靑鳥氏는 사계司啓를 주관하고, 단조씨丹鳥氏는 사폐司閉를 관장하고, 축구씨祝鳩氏는 사도司徒를 관장하고, 저구씨雎鳩氏는 사마司馬를 관장하고, 시구씨鳲鳩氏는 사공司空을 관장하고, 상조씨爽鳥氏는 사구司寇를 관장하고, 골구씨鶻鳩氏는 사사司事를 관장하도록 하였다."고 전한다. 이는 엄연한 하나의 "새鳥"의 왕국의 모습을 보여 주는 것으로 봉새鳳鳥를 중심으로 뭇 새가 보좌하도록 하였으니, 이는 바로 제준족과 동일한 토템신앙을 가지고 있었음을 의미한다.

셋째, 제준과 소호는 모두 태양신이라는 점이다. ≪산해경·대황남경大荒南經≫에 의하면 "희화羲和는 제준의 처로써 열 개의 태양을 낳았다."고 하는 내용이 있는데, 이를 통해 볼 때 제준은 의심할 것도 없이 분명 태양의 아버지인 태양신을 의미한다. 그렇다면 여기서 추론해 볼 수 있는 점은 이 열 개의 태양이 제준족 중에서 열 개의 큰 부족을 의미하는 것이 아닌가 하는 점이다. 하지만 씨족의 명칭에 대해서는 이미 너무 오래되어 오늘날 구체적으로 알 길은 없고, 다만 이들과 제준의 신계 중에서 열 두 개의 달十二月로 대표되는 씨족(≪산해경·대황서경大荒西經≫에서 제준의 처 상희常羲가 열 두 개의 달을 낳았다)이 혈연관계를 갖고 있는 제준의 부족으로 구성되어 있다는 사실을 엿볼 수 있을 뿐이다. 소호 역시 태양신으로 불리우는데, "호昊"자 역시 "호皡"로 쓰기도 하며 "크게 밝다大明"는 의미를 지니고 있어 태양신을 상징하기도 한다. 그러므로 소호는 당연히 제준 이후에 출현한 또 하나의 위대한 부족의 선조인 동시에 제준의 계승자인 셈이다.

이상의 세 가지 관점을 토대로 우리는 기본적으로 제준과 소호의 혈연관계를 판단해 볼 수 있을 것이다.

2) 제준과 제곡은 이름만 다른 동일신이다

고대의 신화와 후세 전설을 살펴보다 보면 제준과 제곡이 놀랍게도 서로 중첩되어 나타난다는 사실을 발견하게 된다. 이렇게 서로 중첩되는 현상은 훗날 유가儒家들에 의해 제준의 신화가 개조되거나 혹은 조각조각 찢어지면서 완전히 소화되지 못하고 남겨진 흔적들이라고 할 수 있다. 하지만 이러한 흔적들은 오히려 우리에게 진정한 제곡의 신분을 증명하기에 충분한 근거를 제시해 주고 있다. 이제 이러한 근거에 의거해 다섯 가지로 나누어 살펴보고자 한다.

첫째, ≪제왕세기≫에서 "제곡이 출생하자마자 스스로 그 이름을 '준夋'이라고 불렀다"고 하는데, '준夋'과 '준俊'은 동음으로 자형도 비슷하기 때문에 두 사람은 분명 동일한 사람이라고 볼 수 있다.

둘째, 사서에 의하면 후직后稷은 제곡의 정실인 강원姜嫄이 낳았다고 전하며, ≪산해경 · 대황서경大荒西經≫에서 "제준이 후직을 낳았다."고 말하고 있으니, 이 역시 제곡과 제준이 동일한 인물이라는 사실을 증명해 준다고 볼 수 있다.

셋째, 사서에 전하는 상대商代의 시조 계契는 제곡의 둘째 부인인 간적簡狄이 현조玄鳥의 알을 삼키고 낳았다고 하는데, 상인商人의 시조가 바로 제곡이다. 그리고 왕국유王國維도 '준俊'은 상대의 조상 가운데 지위가 가장 높은 자(≪왕국유유서王國維遺書≫제1책 ≪복사소견선공선왕고卜辭所見先公先王考≫)라고 여겼으며, 하신何新 역시 '준俊'이 상인商人의 선조(≪제신적기원諸神的起源≫)라고 여겼으니, 이 역시 '준俊'이 바로 제곡이라는 사실을 증명해 주는 것이다.

제준에게는 아황娥皇, 희화羲和, 상희常羲라는 세 아내가 있었고, 아황은 머리 하나에 몸이 세 개인 사람이 사는 나라인 삼신국三神國을 낳았다고 전해지며, 희화는 태양의 여신으로서 태양의 아들 열을 낳았고, 아들들을 차례로 올려 보내어 하계에 빛을 주었고, 또 상희는 달의 여신으로써 달의 딸 열둘을 낳아 이들을 차례로 하늘을 올려 보내어 밤을 밝게 하였다고 한다.

넷째, ≪산해경·대황남경大荒南經≫에서 "제준이 계리季厘를 낳았다"고 했는데, 학의행郝懿行의 ≪소疏≫에 의하면 "≪좌전≫ 문공 18년에 고신씨高辛氏에게 재주가 있는 아들 여덟이 있었으며, 그 중에 계리季厘라는 이름을 가진 자가 있었다. '리狸'는 '리厘'와 음이 같으니 의심스럽다."는 견해를 제기하였는데, 이러한 학씨의 주장이 매우 합리적이다. 이는 제준과 제곡이 본래 한사람이라는 것을 증명하는 것이다. 그렇기 때문에 두 사람의 아들 이름 역시 동명同名인 것이다.

다섯째, 필원畢沅은 ≪산해경·대황서경大荒西經≫의 주석에서 "≪사기≫에서 제帝가 취자씨娶訾氏의 딸을 취하였다고 하며, ≪색은索隱≫에서도 황보밀皇甫謐이 여인의 이름을 상희常羲"라고 주장하였음을 밝히고 있다. 제곡의 처와 제준의 처가 같은 이름을 갖고 있다는 사실은 절대로 우연도 아니고 괴이한 일도 아니다. 왜냐하면 두 신이 원래 한 사람이었던 까닭에 이런 현상이 발생한 것이다.

3) 제준의 후예인 소호와 제곡의 아들 계契는 동일인이다

사서에 전하는 소호의 이름은 지摯이다. 지摯는 바로 상商나라의 시조인 계契의 자이다. 이에 대해 왕소순王小盾선생은 "소호少昊와 상商민족의 시조인 계契는 서로 중첩되는 인물로써, 소호의 이름자를 지摯라하는데 당시에는 [keat]라 읽었으며, 계契자의 독음과 서로 같다. 그래서 '소호가 지이다'는 말은 바로 '소호는 계季'라는 말을 뜻하며, 이외에 소호의 '호昊'는 '호契(Xie)'자로 전환하여 쓴 것으로, '호昊'자의 의미는 새鳥를 뜻하는데, 혹자는 구체적으로 순흑색의 작은 새라고 주장하기도 한다. 그래서 '소호少昊'라는 이름 가운데는 새의 토템 혹은 현조玄鳥의 토템이라는 의미가 내포되어 있다."(≪원시신앙화중국고신原始信仰和中國古神≫)고 주장하였는데, 이는 왕씨가 문자학과 민속학의 입장에서 소호와 계가 서로 중첩 관계라는 논증을 통하여 두 사람이 원래 한 사람이었다는 사실을 밝힌 것이다. 후대에 이르러 사가들의 신화 개조로 인하여 제준의 사적을 제곡의 몸에 덮어씌우게 되었고, 이로 인해 계契와 지摯라는 두 개의 서로 다른 명칭이 출현하게 됨으로써, 신화 속에서 제곡의 아들로 둔갑하게 되었던 것이다. 그러나 후인들은 두 사람이 이름만 다를 뿐 동일인이라는 사실을 모르고 아예 두 사람을 각기 다른 두 사람으로 간주해 버렸던 것이다. 그런 까닭에 ≪제왕세기≫ 집본輯本 중에서 계는 제곡의 둘째 처인 간적簡狄이 낳았으며, 지摯는 넷째 처인 상의常儀가 낳았다고 기록함으로써 제준의 처 상희常羲가 제곡에게 개가한 꼴이 되었으며, 그녀의 아들 지摯마저도 제곡의 가속에 편입되어 제준의 남편과 아버지로서의 권리를 빼앗기는 기이한 현상을 초래하게 되었던 것이다. 그러나 오히려 이와 같은 왜곡은 곡嚳·준俊·계契·지摯의 관계를 밝히는데 더 충분한 근거가 되고 있다.

위에서 서술한 내용을 종합해보면, 고대신화 중에서 등장하는 제준과 제곡이 본래 동일인으로써 제곡이 제준으로부터 갈라져 나왔음에도 불구하고, 오히려 시조신의 지위를 대신 차지하여 중화민족의 시조반열에 올라서게 되었다는 사실을 발견할 수 있다.

제곡帝嚳은 성이 희姬, 이름은 준이라고 하며, 호는 고신씨高辛氏이다. 전설에 의하면 150세까지 살았으며 70년간 재위하였다.

2. 제준의 신계神系에 대하여

1) 제준은 해日와 달月의 아버지

제준 신계의 구성원은 주로 ≪산해경≫ 가운데 기재되어 있다. 제준은 희화羲和·상희常羲·아황蛾黃이라는 세 명의 처를 두고 있으며, 이들 가운데 앞에 보이는 두 처가 더 유명하다.

희화는 제준의 처로써 열 개의 태양을 낳았다.(≪산해경·대황남경≫)

어떤 여자가 마침 달을 목욕시키고자 하였다. 제준익 처인 상희常羲로써 열두 개의 달을 낳았다. 이로부터 그들을 목욕시키기 시작하였다. (≪산해경·대황남경≫)

열 개의 태양과 열 두 개의 달을 낳은 두 여신을 상징적으로 말한다
고 할 때, 제준과 그의 처가 바로 태양과 달의 부모인 동시에, 또한 고
대 일월신日月神을 의미한다고 할 수 있다. 신화의 심층적인 의미에서
본다면, 두 여성은 제준의 부족 중에서 태양을 숭배하는 부족과 달을
숭배하는 두 부족의 집단을 번창시킨 주요 인물로 단정해 볼 수 있을
것이다.

2) 제준과 그가 창조한 문명의 자손들

　제준의 신계 중에는 민족적 자부심을 가져도 좋을만한 자손들이 많
이 존재하고 있다. 이들은 자신들의 지혜를 이용하여 인류에게 새로운
시대를 열어 주었을 뿐만 아니라, 또한 자신들의 부족이 야만적인 시
대에서 문명의 시대로 발전하는데 지대한 공헌을 남겼다.

　제준은 우호禺虢를 낳았고, 우호는 음량淫梁을 낳았으며, 음량은 번우番
禺를 낳았는데 번우가 배舟를 처음 만들었다. 번우는 해중奚仲을 낳았
고, 해중은 길광吉光을 낳았다. 길광은 처음 나무로 수레를 만들었다.
(≪산해경·해내경海內經≫)

　제준은 안용晏龍을 낳았고, 안용은 처음으로 금琴과 슬瑟이라는 악기를
만들었다. 제준은 여덟 명의 아들이 있었는데, 이 여덟 명의 아들들이
가무를 만들었다. (≪산해경·해내경≫)

　제준은 삼신三身을 낳았고, 삼신은 의균義均을 낳았다. 의균은 처음으
로 하층민을 위해 갖가지 농기구를 발명하였다.(≪산해경·해내경≫)

　제준은 후직后稷을 낳았고, 후직은 백곡의 종자를 하늘에서 가져와 인

간에게 주었다. 후직의 동생은 이름을 태보台璽라 하는데 숙균叔均을 낳았다. 숙균은 그의 부친과 후직을 대신하여 백곡을 파종하고 경작법을 발명하였다. (≪산해경·대황서경≫)

위에서 언급한 이러한 예들만 가지고도 이미 충분히 짐작할 수 있듯이 제준부족의 발달된 문명을 엿보기에 충분하다. 배, 수레, 가무, 거문고, 비파, 갖가지 기술, 식물의 파종, 먹을 것에서 탈 것까지, 노동에서 가무까지, 어디하나 지혜의 빛이 번뜩이지 않는 곳이 없다. 여기서 모든 발명의 공을 제준이 아닌 그의 자손들에게 돌리고 있는데, 이는 역사화된 신화 속에서 모든 발명을 삼황오제의 공으로 돌렸던 상황과 완전히 다른 모습을 보여주고 있어 보다 사실적이기는 하지만, 애석하게도 제준은 끝내 신의 계보에서 분화되어 신단에서 축출되었고, 그의 자손도 역사의 문화전당에서 쫓겨나는 신세가 되어 그들이 세운 모든 공적마저도 다른 신들에게 돌려지고 말았으니, 만일 ≪산해경≫이 없었다고 한다면 어찌 후인들이 그들의 이름을 기억할 수 있었겠는가?

3) 제준 자손의 나라

제준이 비록 고대 동방부족의 시조로 알려져 있지만 그의 후손들은 오히려 동쪽, 남쪽, 북쪽 등의 지역에 나라를 세우고 다스렸다. 처음에 이들은 씨족이나 혹은 씨족 집단에 불과하였으나 후에 제신諸神체계 중에서 주목받을 만한 강한 나라로 발전하였다. 이 가운데 제준의 신계神系로 단정지을 수 있는 십여 개의 나라가 보인다.

중용국中容國이 있었다. 제준이 중용국의 시조를 낳았다. 중용사람들은 들짐승과 나무의 과실을 먹었으며, 네 종류의 야수를 부릴 줄 알았는데, 즉 호랑이, 표범, 곰, 큰곰 등이다. (≪산해경·대황동경≫)

백민국白民國이 있었다. 제준이 제홍帝鴻을 낳았고, 제홍은 백민국의 시조를 낳았다. 백민국의 성은 소쇄씨이며 기장을 먹고 네 종류의 야수를 부릴 줄 알았다. 즉, 호랑이, 표범, 곰, 큰곰 등이다. (≪산해경·대황동경≫)

사유국司幽國이 있었다. 제준이 안용晏龍을 낳았고, 안용은 사유를 낳았다. 사유는 사사思士를 낳았으나 처를 맞이하지 않았다. 사녀思女를 낳았으며, 사녀는 시집가지 않았다. 기장을 먹었으며, 또한 들짐승을 먹었다. 네 종류의 야수를 부릴 줄 알았다. (≪산해경·대황동경≫)

흑치국黑齒國이 있었다. 제준이 흑치국의 시조를 낳았으며, 흑치국의 성씨는 강姜이다. 기장을 먹었으며, 네 종류의 야수를 부릴 줄 알았다. (≪산해경·대황동경≫)

제준의 처 아황蛾黃은 삼신국三身國의 시조를 낳았으며, 성씨는 요姚이다. 기장을 먹었으며, 네 종류의 야수를 부릴 줄 알았다. (≪산해경·대황남경≫)
양산襄山이 있었고, 또 중음산重陰山이 있었다. 어떤 사람이 야수를 먹었는데 이름을 계리季厘라고 하였다. 제준이 계리를 낳았다. 그런 까닭에 이름하여 계리국季厘國이라 불렀다. (≪산해경·대황남경≫)

서주국西周國이 있었는데, 성씨는 희姬이며 오곡을 먹었다. 어떤 사람이 마침 씨앗을 뿌리고 있었는데, 이름을 숙균叔均이라 불렀다. 제준이 후직后稷을 낳고, 후직은 백곡百谷의 종자를 하늘에서 가져와 인간에게 주었다. 후직의 동생은 이름을 태보台璽라고 불렀는데, 숙균을 낳았다. (≪산해경·대황서경≫

담이국儋耳國 있었는데, 성씨는 임任이고, 동해 우호禺號의 자손이다. 오곡을 먹었다. (≪산해경·대황북경≫)

우려국牛黎國이 있었는데, 사람들의 몸에 뼈가 없었다. 담이국儋耳國의 자손이다.(≪산해경·대황북경≫)

이상에서 언급한 중용中容·백민白民·사유司幽·흑치黑齒·삼신三身·계리季釐·서주西周·담이儋耳·우려牛黎 등 아홉 개의 나라에 은상殷商을 더하면 모두 열 개의 나라가 된다. 그 중에서 담이와 우려 두 나라에 대해서는 제준이 낳았다고 분명히 밝히지는 않았으나 우호가 담이를 낳았고, 담이가 우려를 낳았으며, 제준이 우호를 낳았다고 하니 당연히 담이와 우려 두 사람 모두 제준의 자손들이 세운 나라로 단정지을 수 있을 것이다.

이러한 나라들 중에서 중용과 계리 두 나라 사람들만이 "야수"를 먹었으며, 나머지 다른 나라 사람들은 모두 "기장"을 먹었다. 그리고 중용·백민·사유·흑치·삼신국 등은 모두 "네 마리 야수를 부릴 줄 알았다"고 하였는데, 여기서 네 마리 야수는 바로 호랑이, 표범, 곰, 큰곰 등을 의미한다. 고대에는 새鳥나 짐승獸을 모두 같은 동물로 보았기 때문에 비록 짐승獸이라도 여전히 그 명칭을 "새鳥"라고 불렀다. 이 "사조四鳥"가 뜻하는 의미는 무엇인가 하는 점에 대해서는 현재 일부 가까운 혈연 씨족 구성원들에 의해 갈라져 나온 한 계파의 씨족 칭호라는 의미로 이해되고 있다. 그 이유는 이 나라(씨족)들의 연원이 같은 까닭에 각 나라의 내부적 구조가 서로 일치하며, 또한 각 나라(씨족)마다 동물 명칭을 사용하는 네 개의 계파로 나누어져 있기 때문이다. 이렇게 서로 비슷한 씨족의 구성 방식은 이들 나라가 모두 하나의 연원으로부터 갈라져 나왔다는 사실을 반증해 주는 것이라고 하겠다. 다시 말해서 그들이 비록 친하에 흩어져 살았지만 부족의 신앙과 먹는 음식, 그리고 조직의 구조와 네 종류의 야수를 부리는 생활 방식은 크게 변하지 않았음을 의미한다. 여기서 우리는 제준 가계의 연속성과 그들간의 긴밀한 관계를 엿볼 수 있다. 이는 고대 중국의 사회 조직과 사회생활을 연구하는데 중요한 참고적 가치를 지니고 있다. 또한 이러한 점은 염제와 황제의 계보에서 엿볼 수 없는 부분이기도 하다.

4) 제준 부족의 이주와 산거散居의 원인

신화에 수록된 내용을 근거로 하여 살펴볼 때, 제준 부족의 발생과 형성, 그리고 발전은 모두 동부 지역에서 이루어져 왔으며, 또한 중요한 후손들의 나라들도 역시 동부에 위치하고 있었음에도 불구하고 훗날 어떤 원인으로 인해 사방으로 흩어져 살게 되었는지 현재로서는 명백히 알 길이 없다. 다만 여기에는 분명 어떤 중대한 사건이 발생했었을 것이라는 사실을 추측할 수 있을 뿐인데, 아마도 그 가장 큰 원인은 부족간의 전쟁에서 찾아야 하지 않을까 생각된다. 그렇다고 한다면 여기서 또 하나의 의문점이 생기는데, 도대체 또 어떤 부족이 당시 막강한 세력의 제준 부족을 대규모로 이주하게 만들 수 있었단 말인가? 당시 상황을 고려해 볼 때, 그것은 아마도 먼저 염제부족을 축출하고 다시 중원을 점거한 황제부족 밖에는 없다고 추측된다. 이 전쟁의 발단은 바로 황제 부족 가운데 뛰어난 수장이었던 전욱顓頊으로부터 시작되었고, 이로 인해 소호가 커다란 타격을 받게 되었다고 생각된다.

우리가 이처럼 추측하는 까닭은 결코 단순히 상상에만 의존한 것이 아니라 믿을만한 사적에 근거하고 있기 때문이다.

≪산해경·대황동경≫에서 "동해밖에 커다란 골짜기가 있는데, 그곳이 바로 소호국이다. 소호는 이곳에서 전욱顓頊을 길렀으며, 전욱이 어려서 가지고 놀던 거문고와 비파가 여전히 그 깊은 골짜기에 있다." 고 언급하였는데, 이 뜻밖의 기록에 대해 다른 어떠한 신화자료의 도움을 받는다고 해도 지금으로서는 그 전후사정을 밝히기는 어렵다. 이는 현존하는 신화나 혹은 그 내용을 해석할 수 있는 대부분의 신화 자료들 역시 그대로 ≪대황동경≫의 잘못된 내용을 계승하고 있기 때문이다. 여기서 핵심은 '유孺'자에 있다고 할 수 있는데, ≪산해경≫에 주석을 붙인 대부분의 사람들은 이 글자를 양육, 또는 기른다는 뜻으로 해석하였으며, 거문고와 비파는 소호가 어린 전욱을 즐겁게 해주기 위한 놀이기구였다고 설명하였다. 예를 들어, 학의행郝懿行은 "유孺란 양육의 의미를 지니고 있다."고 풀이하였고, 또 "소호少皞가 어린 전욱을 양육하며 가지고 놀았던 거문고와 비파를 이곳에 남겨두었다."(≪

늘어진 귀의
섭이국聶耳國 사람

산해전소山海箋疏·대황동경大荒東經≫ 주석)고 설명하였다. 이러한 해석의 합리성을 증명하기 위해 사람들은 때때로 ≪제왕세기≫에 기록된 "전욱이 태어난 지 십 년이 되어 소호少昊를 보좌하기 시작하였다"는 말을 가지고 증거로 삼아왔다. 사서에 의하면 소호는 바로 황세의 아들 현효玄囂이며, 전욱 역시 황제의 손자이기 때문에 전욱이 어렸을 때 소호에게 의탁했다가 성장한 후에 소호를 보좌했다고 하는 일은 지극히 자연스러운 일이었다고 할 수 있다.

그런데 뜻밖에도 사람들은 하나의 의외의 전제를 잊고 있었다. 그것은 소호가 결코 현호도 아니며, 더더욱 황제의 아들도 아닌 동방의 부족 가운데서 태어난 제준의 후예라는 사실이다. 그러므로 소호·청양靑陽·현호를 소전少典씨족에 편입시켜놓은 것은 한漢대 이후 유가儒家에 의해 만들어진 걸작품이지 결코 상고시대 신화의 진면목은 아니라는 사실을 알 수 있다.

여기서 '유孺'자는 양육이라는 의미보다는 친목의 의미로 보는 것이 더 타당하다고 할 수 있다. ≪시경·소아·상체常棣≫에서 "형제가 모두 살아 있으니 화락하고 또 친목하라."는 구절이 있는데, 유자는 이 구절 중에 있는 '유孺'자와 같은 의미이다. 이 구절의 내용을 통해 저 먼 상고시대로 상상의 나래를 펼쳐보면, 황제 부족이 중원을 점거하고 다시 동방으로 진출하면서 원래부터 그 지역에 거주하고 있던 제준 부족과 서로 만나게 되는 장면을 상상해 볼 수 있을 것이다. 어쩌면 두 부족이 서로 처음 만나면서 두 부족의 계승자간에 일종의 공존을 위한 협약이 있었는지도 모를 일이다. 즉 한쪽은 힘을 재정비하기 위해, 또 한쪽은 평화를 유지하기 위해 두 부족이 한시적인 연합 국면을 취하는 상황 속에서 전욱을 접대하며 거문고와 비파로 친목의 뜻을 표현했을 수도 있는데, 이것이 바로 "소호가 전욱과 화목하였다."는 신화에 내포된 진정한 의미가 아닌가 추측해 볼 수 있다. 후에 전욱의 부족이 대거 동진하면서 소호의 부족을 공격하게 되자 서로간의 우의가 깨지게 되었고, 이러한 상황을 묘사한 "거문고와 비파를 깊은 계곡에 던져 넣었다"는 말로 친목이 깨진 두 부족의 관계를 표현했다고 볼 수 있다. 이렇게 서로의 맹약이 깨어진 후 벌어지게 된 전쟁에 대해서 그 어떤 신화 속에서도 명확하게 밝히고 있지는 않으나, 역사서 중에서 이와 관련된 흔적들을 찾아 볼 수 있다. ≪국어國語·초어楚語≫하下에 다음과 같은 일단락의 말이 전한다.

소호의 왕국이 쇠락하자 구려九黎가 반란을 일으켜 천하가 혼란에 빠지고, 덕이 무너져 백성과 신이 서로 뒤섞여 그 지위와 신분을 다시 분별할 수 없게 되었다. 사람들은 각자 제멋대로 제사를 거행하고 집집마다 무사巫史를 부르게 되니 서로의 믿음이 사라지게 되었다. 사람들은 제사비용의 지출이 너무 많아 의식이 부족해질 지경에 이르렀지만 신으로부터 복과 보살핌을 받지 못했다. 제사를 거행함에 있어 법도가 지켜지지 않아 신의 신분 역시 인간과 서로 동등하게 되었다. 사람들은 신에 대한 맹세를 가볍게 여겨 공경하고 두려워하는 마음이 사라졌다. 이에 신 역시 인간의 습관적인 제사를 일반적인 것으로 여겨 제사에 대한 정결함도 요구하지 않았다. 그런 까닭에 곡물은 신령의 복을 받지 못해 제사지낼 만한 곡식을 수확하지 못하게 되었고, 재앙과 재난이 빈번하게 닥쳐 천지의 운행이 잘 통하지 않아 신과 백성 모두 생기를 잃고 말았다. 전욱顓頊은 이러한 상황을 극복하고 남정南正 중重에게 명령을 내려 하늘을 주관하여 신과 합류하도록 하였다. 그리고 화정火正 려黎에게 명령을 내려 땅을 주관하여 백성들과 합류하도록 하고, 동시에 일체의 옛 질서를 회복시킴으로써 더 이상 서로 가볍게 넘보지 못하도록 하였다. 이것이 이른바 지상의 인간과 천상의 신이 서로 통하지 못하게 한 일을 말한 것이다.

위의 단락은 후세의 유가들이 전욱의 재주와 덕을 찬양했던 주요 문장 가운데 하나로, 여기서 "지상과 하늘이 통하지 못하게 하였다"는 말은 신의 지고무상한 지위를 확립시켰다는 의미로 후세의 제왕을 위해 이론적이고 실천적인 근거를 찾아낸 것이다.

사실상, 이 일단락의 문장은 염炎·황皇·준俊 등의 세 부족이 중원에서 서로의 목숨을 걸고 싸웠던 역사의 축소판인 동시에 황제부족이 승리한 후에 그 시위를 공고히 하기 위해 취했던 중요한 조치들을 반영한 것이라고 볼 수 있다.

또 여기서 "구려九黎가 반란을 일으켜 천하가 혼란에 빠지고 덕이 무니졌다"는 말에는 제준의 부족이 포함되어 있으며, 또한 염제부족도 포함되어 있다. 전욱은 염제를 몰아내고 소호를 물리친 후 두 부족의 씨족 구성원들을 통치하기 위해 두 부족이 원래 존경하고 받들던 시조신 염제와 제준을 폐하는 강경한 조치를 취하였다. 그리고 소전少典 부족에 편입시켜 "사람들은 각자 제멋대로 제사를 거행"하는 등의 다신 숭배행위를 금지시킴으로써 황제를 유일한 시조로 확립시키고자 하였다. 이것이 바로 "지상과 하늘이 통하지 못하게 하였다."는 말의 진정한 의미이다.

제준 부족은 이 중대한 사건을 거치면서 생존을 위해 부득이하게 대거 이주하게 되었는데, 씨족 가운데 일부 사람들은 여전히 원래 살던 장소에 남았고, 또 씨족의 다른 일부 사람들은 동서남북 사방으로 각기 흩어져 살게 되었다. 이처럼 동방의 대부족이었던 제준 부족이 사방에 흩어져 거주하게 되자 소호 역시 자신의 일족을 거느리고 서방으로 옮겨가 정착하게 되었으며, 그가 죽은 후 금천씨金天氏에 추대되어 서방의 신이 되었던 것이다. ≪산해경·서산경西山經≫에 "장류산長流山은 백제白帝 소호少昊가 사는 곳이다. 그 곳 짐승의 꼬리와 새의 머리에 무늬가 있는데, 대부분 옥석의 무늬이다. 이곳은 원신외씨員神魄氏의 궁이며, 그는 이곳의 신으로써 저녁 해를 주관한다."는 내용이 기록되어 있는데, 원신외씨는 바로 소호를 가리킨다. 소호가 원래 동방의 태양신이었음에도 불구하고 여기서 서방 석양신의 모습으로 등장하고 있는데, 이는 소호가 원래 거주하던 곳에서 다른 곳으로 이주해 간 후 그곳에 소호국을 다시 세운 결과의 산물로 볼 수 있다.

소호가 서방으로 이주하면서 부족은 원래 그들이 살던 동방의 지명을 서방에 그대로 옮겨 놓았다. 그래서 후대의 전설 가운데 동서방 양쪽에서 모두 이른바 부상扶桑, 궁상窮桑 등의 지명이 보이는 것이며, 이러한 지명들은 모두 소호부족의 대이주와 관계가 있다.

3. 제준 신화의 분화와 소멸

고대 동방부족의 시조신으로써, 또한 후대 자손들에 의해 천지의 창조자로써 숭배를 받아오던 제준은 그의 후예인 소호시대에 이르러 서방에서 이주해 온 소전少典부족에게 부족이 해체될 정도의 큰 타격을 받고 천지 사방으로 뿔뿔이 흩어졌다. 후에 이들은 차츰 하나 둘씩 독립된 씨족 혹은 부락을 세워 나갔지만, 그들은 다시는 예전과 같은 강력한 힘을 가진 구성체를 형성하지 못하고 중원에서 멀리 떨어진 산간오지에서 자신들의 신앙과 조상들의 업적을 대대로 계승하며 생활해 나갔다. 오랜 세월이 흐르자 선조들에 대한 기억 역시 자연히 멀어져 이름마저도 간신히 기억할 수 있을 정도로 모호해졌다. 심지어 소전少典부족에 동화된 부족의 구성원들은 자신들의 조상이 어디서 왔는지조차 모르게 되었다. 이러한 상황 속에서 제준 역시 역사 속으로 사라질 수밖에 없었다. 하지만 일부 제준의 후예들이 제준의 사적과 영웅적인 이야기를 대대로 전송함으로써 훗날 문명시대에 출현하게 되는 ≪산해경≫에 그 내용이 실릴 수 있는 단서들을 남겨놓았다.

역사의 수레바퀴가 비록 사람들의 생각을 혼란스럽게 만든 측면도 있었지만, 고대 사람들의 머릿속에 각인된 기억을 완전히 지우지는 못하였다. 그러므로 시간의 흐름이 제준의 신화를 소멸시킨 주요 원인이라기 보다는, 실제로 제준의 신화를 소멸시켜 버린 것은 바로 문명사회의 정치적인 요인과 역사화가 그 주요 원인이었다고 하겠다. 즉 정치적 필요성과 통치를 위해서, 그리고 역사적인 측면에서 사회적 통합과 황제黃帝계보의 확립을 위해 제준의 신화를 소멸시키지 않을 수 없었던 것이다. 그래서 후대의 유가儒家와 역사학자들이 심혈을 기울여 신화의 내용을 분화하거나 서로 뒤바꿔 이식하는 과정에서 제준의 이름을 신의 계보에서 지워버리는 과오를 범하게 되었던 것이며, 제준은 이렇게 신단에서 쫓겨나고 말았던 것이다.

1) 제준의 형상 개조

제준의 형상에 대한 개조는 대부분 오제五帝 중의 하나인 제곡帝嚳의 창조를 통해 이루어졌다. 제곡이 제준을 대신하게 되자 이름 뿐 만 아니라 성마저도 바뀌게 되었다. ≪제왕세기≫에서 "제곡은 고신씨高辛氏이고 성은 희姬이다. 그 어머니에 대해서는 알지 못하며, 태어날 때부터 신령하여 스스로 이름을 말하였다."는 내용을 전하고 있는데, 이러한 야사가 비록 제곡을 등장시켜 제준을 대신하고 있지만, 여전히 "스스로 이름을 말하였다."고 하는 부분에서 개조된 흔적을 발견할 수 있다. 더구나 미처 가계보家界譜도 마련되지 못한 상태에서 각종 정사正史와 야사野史의 견강부회를 거쳐 "제곡은 고신씨이고, 황제의 증손이다."(≪사기史記≫, ≪노사路史≫)는 계보가 확립되었다. 그래서 ≪사기史記 · 오제본기五帝本紀≫에서는 다만 "고신씨는 태어날 때부터 신령하여 스스로 그 이름을 말하였다."는 말만 있을 뿐 "준俊"자는 생략되어 있다. 이러한 미세한 변화는 바로 제곡이 제준의 그림자로부터 완전히 벗어나 이미 환골탈태의 목적을 이루었음을 의미한다.

제준이 제곡으로 개조되면서 계리季厘 · 소호少昊(지摯)와 같은 후손과 처자였던 상희常羲의 형상 역시 조금씩 개조되어 제곡의 이름 밑으로 옮겨지게 되었고, 이로 인해 제준이 신단에서 사라져버리고 제곡이 갑자기 불쑥 뛰어나와 오제五帝 가운데 하나가 되었던 것이다.

2) 제준 신화의 이식과 접목

제준의 형상을 개조시키는 과정에서 유가들은 제준 신계의 방대한 가족군과 그 거대한 영향력으로 인해 뒤늦게 출현한 제곡의 신상에 제준의 사적과 전설을 완전히 재현해 낼 수가 없었다. 더욱이 전설과 신화 속의 사적 역시 충만한 생명력을 유지하며 대대로 유전되어 왔기 때문에, 후대 유가들도 어쩔 수 없이 제준의 신화를 조금씩 나누어 황제·전욱·요·순 등의 신상에 접목시키는 상황을 연출하게 되었고, 이로 인해 이들의 신상에도 제준의 그림자가 엿보이는 결과가 초래되었다.

이렇게 접목된 내용 가운데 가장 먼저 반영된 것은 신화 사적의 이식이라고 할 수 있다. 신화 속에서 제준의 처인 희화羲和와 상희常羲(혹은 의儀라고도 쓴다)가 각각 열 개의 태양과 열 두 개의 달을 낳았다는 내용이 바로 제준 신화의 정수라고 할 수 있는데, 유가들은 이러한 내용을 황제의 신상에 다시 이식시켜 "황제는 희화로 하여금 해를 관장하도록 하였고, 상의에게는 달을 관장하도록 하였다"(≪사기史記·역서색은歷書索隱≫)는 내용으로 새롭게 개조해 놓았다. 이로 인해 제준의 두 처는 별안간 황제 밑에서 역법을 관장하는 두 대신으로 변질되는 결과를 낳았으며, 후예后羿의 신화 역시 제준 계통의 신화 가운데 중요한 내용을 차지하게 되었다. 즉 ≪산해경·해내경海內經≫에서 "제순은 후예에게 홍색의 활과 백색 줄이 달린 화살을 하사한 후, 그에게 지상에 내려가 인간세계를 돕도록 하였다. 후예는 지상세계에 내려와 사람들을 어려움과 괴로움으로부터 구하였다."고 기록하고 있는데, 여기서 후예가 백성들을 위해 해로운 짓을 제거한 것은 바로 제준의 명령을 받아 행한 일이다. 그러므로 백성을 편안하게 살 수 있도록한 공은 당연히 제준에게 돌아가야 하지만, ≪회남자淮南子≫에 이르러서는 이 내용이 "요堯임금시절 열 개의 태양이 함께 출현하였다."는 내용으로 변질되어 후예가 요임금의 명을 받고 태양을 활로 쏘아 떨어뜨렸다는 사건으로 개조되었다. 그리고 여기서 백성들에 대한 애민지덕의 공적 역시 모두 요임금에게 돌림으로써 후예의 신화를 제준의 신화체계 속에서 완전히 떼어내는 성과를 거두었다. 이처럼 유가들은 이식과 접목이라는 수단을 통해 제준신화의 기본적인 틀을 제거함으로써 제준 신화의 체계를 무너뜨리고 말았다.

이처럼 내용의 본질이 뒤바뀐 제준의 신화는 이에 그치지 않고, 다시 그의 처자와 후예들도 이식과 접목의 수단을 통해 이름과 성 또한바뀌는 처지가 되었다. 제홍帝鴻은 황제의 아들이 되었고(≪산해경·대황동경≫, ≪노사路史·후기육後記六≫), 중용中容은 전욱의 아들(≪좌전·문공 18년≫)이 되었으며, 계蓚는 제곡의 아들이 되었다. 그리고후직后稷 역시 제곡의 계보에 편입되었고, 제준의 처 상희常羲가 제곡에게 개가하는 상황이 벌어지게 되었으며, 아황蛾黃이 순舜임금의 궁전으로 들어가는 기이한 상황이 벌어지게 되었다.

인적이 끊긴 빈집처럼 제준의 신계는 깨진 벽돌과 기왓장만 나뒹구는 폐허가 되어버리고 말았다. 덩그러니 남아 있는 주춧돌 사이로 오가며 찬란한 오색의 파편들을 들춰보다 보면, 먼 그 옛날의 소박한 문명을 보는 듯하여 무한한 감개가 밀려온다.

제3장 염제炎帝와 그 신계

— 염제와 황제의 싸움을 겸하여

중화민족은 용의 자손으로써 이제까지 염·황炎黃의 후손으로 자처하여 왔다. "염·황"이라는 명칭은 수 천년의 세월을 거치면서 강력한 응집력을 형성하게 되었다. 그래서 봉건시대의 통치자들은 이를 통치권력을 공고히 할 수 있는 방법으로 이용해 왔으나, 오늘날에는 천하의 화하華夏민족을 이 깃발 아래 단결시켜주고 있다. 민족 대융합의 환호성 속에서 역사를 거슬러 올라가 상고시대의 질박하고 환상적인 신화와 전설 속을 거닐다보면 대융합의 험난한 역정과 고난을 충분히 상상해 볼 수 있을 것이다.

고대의 전적을 뒤적여 전설의 시대를 찾다보면 고대의 신화사가 대부분 염·황 두 부족의 투쟁사로 귀결된다는 사실을 어렵지 않게 발견할 수 있다. 이들의 투쟁은 거의 모든 신화와 전설 속에서 때로는 기이하고 낭만적이며, 때로는 잔인하고 흉악한 모습으로 생생하게 우리 눈앞에 고대사를 연출해 주고 있다.

본 장에서 우리는 다시 염·황 두 부족간의 투쟁에 관한 역사적 원인과 과정을 고찰해 보고, 아울러 이를 바탕으로 중국고대의 신화와 전설에 대한 체계를 수립해 보고자 한다.

1. 염제에 대하여

염제 · 황제의 발상지와 두 신의 관계는 중국고대의 신화 연구 중에 있어서도 매우 흥미로운 문제이다. 그들이 동일한 시기에 중국 서쪽에서 출현하였으며, 또한 잇달아 중원으로 들어온 상황을 고려해 볼 때, 그들 사이에 매우 가까운 혈연관계를 가지고 있는 듯하다.

1) 염제는 강수姜水에서 출생

지금의 협서성 기산岐山현 서쪽에 그다지 크지 않은 강이 있는데, 이 강은 옛날에는 강수로 불리웠다가 후에 다시 기수岐水로 불리워졌다. 기수는 기산에서 발원하여 동남쪽에 있는 저수渚水와 합쳐져 위수渭水로 흘러 들어간다. 바로 이 작은 강에서 고대의 위대한 신성을 지닌 영웅과 그의 부족이 잉태되어 나왔는데, 이것이 바로 염제와 그의 부족이다.

기수는 옛부터 강수라고도 불려 왔다. 일찍이 남북조시대 역도원酈道元이 지은 ≪수경주水經注≫ 권18에서 "위수渭水"를 일러 "기수는 또한 동으로 흐르는 강수姜水의 하반"이라고 하였고, ≪제왕세기帝王世紀≫에서도 "염제는 신농씨神農氏이며, 성은 강姜씨이고 어머니는 여등女登으로 화영化陽에서 노닐다가 신神에 감응하여 염제를 낳았는데, 강수가에서 자랐다."고 하였다. 당唐대의 사마정司馬貞 역시 ≪사기보史記褓 · 삼황본기三皇本紀≫에서 염제는 "강수가에서 자랐기 때문에 이로써 성을 삼았다."고 말하였다.

"강姜"자를 분석해 볼 때, "양羊"과 "여女"로부터 "양羊의 어머니"라는 사실과, 또한 "머리에 양의 뿔을 쓴 여인"이라는 사실을 발견할 수 있다. 그러나 어떻게 해석을 하던 간에 이 씨족은 처음부터 양을 숭배의 대상이나 혹은 주식으로 삼았으며, 가축업을 위주로 하는 유목부족이었다는 점은 분명한 사실이다.

2) 염제와 황제의 친연親緣 관계

역사상 후대의 많은 사람들은 염제와 황제가 동일한 하나의 선조로부터 갈라져 나왔다고 여겼다. 즉 염제와 황제는 모두 소전씨少典氏의 후예로써 염제가 먼저 태어났고, 후에 황제가 출생하였다고 보았다. ≪국어國語·진어晉語≫ 4에서 "옛날에 소전은 유교씨有蟜氏의 딸을 취하여 황제와 염제를 낳았다. 황제는 희수姬水유역에서 성장하였고, 염제는 강수가에서 자랐다. 그들이 성장하여 성인이 된 후, 서로 품성이 달랐다. 그렇기 때문에 황제는 희姬를 성으로 삼았으며, 염제는 강姜으로 성을 삼았다."고 설명하고 있다.

≪국어國語≫에 기록된 선진시대 전설에서는 염제와 황제 두 사람이 같은 아버지와 어머니 밑에서 자란 형제인 것처럼 말하고 있으나 전설상으로 볼 때, 두 사람은 결코 같은 시기에 출생한 것은 아니었던 것 같다. 그래서 ≪제왕세기帝王世紀≫에서는 이에 대한 기록을 더욱 상세하게 남기고 있다.

황제는 유웅씨有熊氏 소전의 아들이며, 성은 희姬이다. 어머니는 부보附寶이며, 그 선대는 즉 염제 유교씨의 딸이며, 대대로 소전씨와 결혼하였다. 신농씨 말년에 이르러 소전씨는 또 부보附寶를 취하였다. 커다란 번갯불이 북두칠성을 감싸며 교외의 들판을 비추자 부보가 감응하였으며, 임신한지 25개월 만에 황제를 수구壽丘에서 낳았으며, 희수姬水가에서 성장하였다.

이 단락의 신화내용 중에서 비록 한漢대의 참휘讖緯설이 엿보이기는 하지만, 염제와 황제 두 사람이 결코 같은 어머니나 같은 아버지에게서 태어난 것이 아니며 다만 소전씨 가족의 구성원에 지나지 않는다는 사실을 알 수 있다.

황제 모친의 이름은 "부보附寶"이고, 염제 모친의 이름은 "등登"이며, 그리고 모두 유교씨有蟜氏의 딸들이다. 염제와 황제가 비록 모두 소전少典씨에게서 출생하였다고 하지만, 여기서 소전은 사람의 이름이 아니라 씨족의 명칭을 가리키는 것이기 때문에 두 소전씨가 동일한 사람이었다고 확신할 수는 없다.

전설을 통해 우리가 알 수 있는 점은 고대 협서성과 감숙성이 마주하는 경계지역에 일찍이 비교적 강대한 두 부족이 살고 있었는데, 하나는 소전씨이고 하나는 유교씨로 두 씨족이 대대로 통혼 관계를 가지고 있었다는 사실이다. 이러한 사실은 염제와 황제시대에 이르러 이미 혈혼제血婚制가 우혼제偶婚制로 대체되고, 족내혼族內婚에서 족외혼族外婚시대로 발전한 당시의 사회상을 보여주는 하나의 증거라고 할 수 있을 것이다.

오랜 세월 시간의 변화 속에서 소전씨의 가족은 점차 확대 분화되어 각각의 독립된 씨족으로 발전하게 되었다. 이 가운데서 양을 토템신앙으로 삼았던 강씨족과 곰熊을 토템신앙으로 삼았던 희姬씨족이 점차 소전씨의 대가족 중에서 강대해져 각기 위수渭水유역 동쪽과 서쪽에서 생활하였는데, 이들이 바로 중화민족의 시조인 염제와 황제의 씨족이었다.

2. 염제와 황제의 동천東遷과 탁록지전涿鹿之戰

염제와 황제 두 부족은 강대해지면 서 점차 각자 자신들만의 부족을 형성 하게 되었으며, 이들은 육식을 위주로 하였다. 그런데 염제가 양을 토템신앙 으로 삼았다는 사실은 그들의 문명이 이미 동물을 사육하는 단계에 이르렀 다는 사실을 반영한 것으로, 수렵을 위주로 하던 희姬씨 성 부족에 비해

풀을 씹어 맛을 보고 있는 염제炎帝

선진화된 문명을 가지고 있었다는 사실을 보여준다. 부족의 세력이 확 대됨에 따라 산과 들은 이미 그들에게 충분한 양식을 제공해 주지 못 하게 되었고, 이로 인해 두 부족은 깊은 산림을 벗어나 동쪽의 광활한 중원지역과 기주冀州평원으로 잇달아 이주하게 되었다. 염제가 먼저 위하渭河를 따라 동진하여 황하를 건너 산서성山西省에 도달하였고, 황 제는 황하를 건너지 않고 하동河東을 따라 곧바로 중원에 진입하였다.

1) 염제부족의 중원 진출

염제 부족은 중원에 진입한 후 농경의 발전으로 인해 유목 시대의 막을 내리게 되었고, 생활이 상대적으로 안정을 찾게 되자 부족 구성 원들은 중원에 그대로 머물러 생활하게 되었다. 하지만 지금은 시대가 너무나 오래되어 이미 이러한 사실조차 알 수 없게 되었다.

신화의 편린과 야사의 내용을 통해 살펴볼 때, 염제 부족이 중원에 들어와 가장 먼저 활동하던 지역은 서쪽에 위치한 산서성과 협서성

중간지대인 황하 주변지역과 동쪽의 하북성 동부지역, 그리고 북쪽으로는 히북성괴 산서성 중부지역에서 남쪽의 하남성 시북지역에 이른다. 이들은 광활한 이 지역 곳곳에 자신들의 신화를 증명할 만한 흔적들을 남겨 놓았다.

이러한 흔적 가운데 첫 번째가 정위精危와 발구산發鳩山이다. ≪산해경山海經·북산경北山經≫에 의하면 발구산 위에 사는 정위는 바로 염제의 딸인 여와女娃가 변한 것이다. 발구산은 지금의 산서성 중부에 있으며, 탁장수濁漳水의 발원지로써 이 일대가 염제 부족의 주요 활동 지역이었음을 알 수 있다.

두 번째는 과보夸父와 등림鄧林이다. ≪산해경山海經·해외북경海外北經≫에 의하면, 과보가 해를 쫓아가다 "목이 말라 죽게 되었을 때 지팡이를 버리자 지팡이가 변하여 등림이 되었다"고 한다. 지금의 하남성 영보현靈寶現에 과보곡夸父谷이 있는데, 과보산이라고도 불린다. 전하는 바에 의하면, 이곳이 바로 과보가 목이 말라 죽었다는 곳이라고 한다. 옛날 이 일대 사방 백여리가 모두 복숭아나무로 뒤덮여 있었기 때문에 명칭을 도림새桃林塞라고 불렀다고도 한다. 또 전하는 바에 의하면 이 복숭아나무 숲이 바로 염제의 후손 과보가 버린 지팡이가 변한 "등림鄧林"이라고 한다. 이곳 "팔대사八大社"의 주민들은 지금까지도 자신들이 과보의 후손이라고 자칭해 오고 있다.

세 번째는 요희瑤姬와 고요姑瑤산이다. ≪산해경山海經·중산경中山經≫에 의하면, 휴여산休與山과 고종산鼓鍾山 동쪽에 고요산이 있는데, 제녀帝女가 이곳에서 죽어 사람을 매혹시키는 영초靈草로 변하였다고 한다. 여기서 말하는 제帝는 바로 염제를 가리킨다. 그리고 제녀帝女는 ≪양양기구기襄陽耆舊記≫ 중에서 "제녀帝女는 요희瑤姬를 말하며, 시집 가지 못하고 죽었다."고 하였다. 휴여산과 고종산은 모두 영보靈寶와 숭현嵩縣 사이에 있으며, 고요姑瑤는 그 동쪽에서 멀지 않은 일대에 위치한다. 훗날 염제의 부족이 남쪽으로 이주하면서 이 전설 역시 남쪽으로 옮겨지게 된 것이며, 지명도 무산巫山으로 바뀌고 요희 역시 무산신녀巫山神女로 바뀌게 되었던 것이다.

네 번째는 공공共工과 공공의 나라이다. 공공 역시 염제의 후손이다. 그래서 주방포朱芳圃 선생은 "공공국은 황하이북내의 공현共縣(지금의 하남성 휘현輝縣)에 있었으며, 공공이 홍수를 일으켰다는 곳 역시 바로 이 강수降水이다."고 주장하였다.

부족 구성원들의 증가와 역량이 커짐에 따라 부족의 세력 범위 또한 점차 동쪽으로 확대되어 산동 반도에까지 이르게 되었다. 사서에서는 염제가 처음에 진陳에 도읍을 정했다가 후에 다시 곡부曲阜로 천도하였다고 전한다. 진과 곡부에 도읍을 두었다고 하는 설에 대해, 이미 너무 오래되어 고증할 방법은 없으나, 이러한 주장만으로도 중원지역에 대한 염제 부족의 영향력을 설명하기에 충분하다고 보여진다.

이 시기 염제족은 동쪽으로 세력을 뻗어나가는 동시에 남쪽으로도 그 영역을 확대하여 회화淮河이남의 광대한 지역까지 이르렀다. 오늘날 화북성 수주隨州시 북쪽에 려산厲山에 석혈石穴이 있는데, 옛부터 전해지는 바에 의하면 이 곳이 바로 염제가 태어난 곳이라고 한다. 또 이 산을 열산列山이라고도 부르며, 산의 봉우리가 서로 연이어져 있다고 하여 중산重山이라고도 부른다. 그래서 염제를 려산씨厲山氏, 열산씨列山氏, 연산씨連山氏라고 부르는 것이다.

염제의 부족은 중원에 정착하면서 완전히 농경을 위주로 생활하게 되었고, 염제는 농업의 발명자가 되었으며 후에 신농씨神農氏로 불리워지게 되었다. 염제는 "사람의 몸에 소머리人身牛首"의 형상으로 표현되는데, 이는 아마 당시 우경牛耕의 출현을 설명해 주는 것이라 보여진다. 이렇듯 염제는 중원에 대한 영향력과 농업에 대한 발명으로 인해 중화민족의 시조로 자리잡게 되었다.

2) 황제의 동진東進과 탁록지전

염제 부족이 중원에 터전을 잡고 안정시기로 접어들 무렵 황제 부족 역시 염제 부족의 뒤를 이어 중원으로 이주하게 되자, 이 두 부족 간에는 중원 쟁탈을 위한 처절하고 비참한 전쟁을 치루어야만 했는데, 후대에 이를 두고 "염황지전炎黃之戰" 혹은 "황제와 치우蚩尤의 전쟁"이라고 부른다.

엄격하게 말해서, 이 전쟁은 염제와 황제가 직접 싸웠던 것은 아니고, 염제의 후예인 치우와 황제간에 벌어졌던 혈전으로써 이들의 싸움터는 바로 탁록琢鹿의 들판(지금의 하북성 탁록현 동남쪽의 탁록 산기슭)이었다. ≪산해경山海經≫으로부터 정사와 야사에 이르기까지 모두 이 전쟁에 관한 내용을 전하고 있다.

치우가 각종 병기를 만들어 황제를 공격하자 황제는 바로 응룡應龍으로 하여금 기주冀州의 들판에서 그를 막도록 하였다. 이에 응룡이 대량의 물을 모아두었다. 치우가 풍백風伯과 우사雨師를 불러 큰바람과 비를 일으키자 응룡이 모아두었던 물이 아무런 작용을 하지 못했다. 황제는 바로 발魃(가뭄을 맡은 신)을 불러 가물게 하자 비가 그치고 드디어 황제가 치우를 죽일 수 있었다. (≪산해경山海經·대황북경大荒北經≫)

판천씨阪泉氏 치우는 성이 강姜씨이며, 염제의 후예이다. 형제가 팔십 명이다. (≪노사路史·후경사后經四≫)

황제와 치우는 탁록에서 전쟁을 벌였다. 치우가 큰 안개를 만들어 삼일동안 앞이 보이지 않게 하자 군사들이 모두 두려워 떨었다. 황제가 찬바람을 일으킨 후 법두기法斗機로 하여금 지남차指南車를 만들게 하여 방향을 구분할 수 있게 되어 드디어 치우를 사로잡았다. (≪태평어람太平御覽≫권15 ≪지림志林≫)

헌원軒轅이 처음 즉위했을 때 치우의 형제는 일흔 두 명이었다. 구리로 된 머리에 철로 된 이마를 가지고 있었으며, 철과 돌을 먹었다. 헌원이 탁록의 들판에서 치우를 죽였다. 치우는 능히 구름과 안개를 만들 수 있었다. (≪술이기述異記≫상권)

황제는 치우를 려산黎山의 언덕에서 죽여 대황大荒의 송산宋山 위에 던졌는데, 후에 풍목지림楓木之林이 되었다. (≪운급칠첨云笈七簽≫권100 ≪헌원본기軒轅本記≫)

치우가 죽은 후 천하가 다시 혼란에 빠졌다. 이에 황제가 치우의 형상을 그려 천하에 위험을 보였다. 천하 사람들은 치우가 죽지 않았다고 말하면서 사면팔방에서 모두 복종하였다. (≪예문류취藝文類聚≫권11에서 ≪용어하도龍魚河圖≫)

위의 전설들은 내용이 풍부하고 줄거리가 분명하며 장면들이 생생하게 묘사되어 있어 마치 한 편의 신화소설을 보는 것 같은 착각을 들게 할 정도이다. 물론 치우의 형제가 이른 둘이든 아니면 여든이든 간에 어쨌든 전쟁에 수많은 부락이 참여했다는 사실은 분명한 일이다. "구리머리에 철로 된 이마, 철과 돌을 먹었다", "풍백과 우사를 불렀다."는 등의 말은 바로 치우 부족이 뛰어난 재능과 강대힘을 설명해 주는 것이다. 일찍이 치우가 황제에게 패배를 안겨 주기도 했지만, 결국 황제의 승리로 막을 내림으로써 치우는 죽임을 당하고 말았다. 치

구려九黎 신족의 우두머리이자
전쟁의 신이기도 한 치우

우를 죽인 후에도 치우의 영향력과 부족이 여전히 강대한 힘을 가지고 있어 완진히 굴복시키지 못하자, 황제는 치우의 형상을 그리게 하여 그의 위엄을 빌려 천하를 평정하고자 하였다.

탁록지전으로 인해 염제의 후예들은 중원에서 생존할 수 있는 자격을 상실하고 다른 지역으로 다시 이주하게 되었고, 황제는 이 싸움을 통해 중원의 주인이 되는 대업을 이룸으로써 그의 부족 또한 중원에서 가장 강력한 집단이 되었다.

3) 염제부족의 남천南遷

염제 부족의 영웅신이었던 치우가 전사한 후, 그들 가운데 일부 유민들은 장강을 건너 지금의 강서성, 호남성, 호북성 등의 지역으로 흘러들어 갔다가 다시 서남쪽으로 발전해 나갔는데, 그 주체 세력이 바로 고서에 자주 등장하는 "삼묘국三苗國"이다. 고서의 기록에 의하면 삼묘국의 활동지역은 대략 다음과 같다.

삼묘국은 적수赤水의 동쪽에 있으며, 이 곳 사람들은 서로 바짝 붙어 다니는데, 일설에는 삼모국三毛國이라고도 한다. (≪산해경山海經 · 해외남경海外南經≫)

옛날 삼묘씨가 살던 곳은 왼쪽에 동정洞庭이 있었고, 오른쪽에 팽려彭蠡가 있었다. (≪사기史記 · 오기열전吳起列傳≫)

묘족은 옛 삼묘족의 후예이다. 장사長沙, 완浣, 진辰으로부터 남쪽의 야랑夜郎까지 이들이 흩어져 살았다. 저이氏夷와 서로 섞여 있어 일반적으로 남만南蠻이라 부른다. (≪염요기문炎徼紀聞≫)

≪산해경山海經≫에서 삼묘족 사람들은 서로 바짝 붙어 다닌다고 묘사해 놓았는데, 이러한 모습은 끊임없이 이주해야만 했던 그들의 상황을 형상적으로 그려낸 것이라고 볼 수 있다. 우리가 삼묘족을 염제와 치우의 후예로 판단하는 이유는 오늘날 묘족의 풍속과 전설 중에서 이들과 관계되는 옛 흔적들을 찾아 볼 수 있기 때문이다. 이 점에 대해 왕소둔王小盾 선생은 ≪원시신앙과 중국신화原始信仰和 中國神話≫ 중에서 비교적 상세하게 설명하고 있다. 예를 들어, 묘족 사람들에게는 지금까지도 민족의 기원을 서술해 놓은 ≪풍목가楓木哥≫라는 제목의 노래가 전하고 있는데, 그 내용은 지구상에서 가장 먼저 등장한 생명체인 단풍나무楓樹로부터 나비가 태어났고, 나비는 다시 열 두 개의 알을 낳았으며, 이 열 두개의 알로부터 묘족의 시조인 강염姜炎과 동물들이 태어났다는 내용으로 구성되어 있다. 여기서 "강염姜炎"은 분명히 강씨 성의 염제를 일컫는 말임에 틀림없다. 또한 귀주성 서북쪽에 사는 묘족의 옛 노래인 ≪탁록지전≫에 실린 주요 내용 역시 "격치염노格蚩炎老"라는 선조신을 찬양하는 내용으로 구성되어 있는데, 분명 강씨성의 선조인 염제와 염제 부족의 또 다른 영웅인 치우의 이름이 합쳐져 만들어진 말이 분명하다. 이는 아마도 오랜 세월 구전으로 전해지는 과정에서 두 사람이 점차 한 사람으로 변모해온 듯 하다. 이러한 까닭에 오늘날 동족侗族과 묘족 사람들은 모두 염제를 자신들의 위대한 영웅으로 여기고 있다.

위와 같은 예증 이외에 사서에서도 역시 신빙성 있는 증거들을 찾아 볼 수 있다. ≪후한서后漢書·서강전西羌傳≫에서 "서강의 조상은 삼

묘족으로부터 시작되었으며, 강씨 성의 일족이다. 그 나라는 남악南岳
(호남성의 형산) 부근에 있다."고 한 말처럼 이들은 삼묘족 중에서 갈
라져 나왔으며, 후에 서북쪽으로 이동하여 그들 조상들의 발상지로 다
시 돌아오게 되었던 것이다. 그래서 사서에서는 서강西羌이라 불리운
다. 염제의 후예들이 남으로 이동함에 따라 염제의 사적 역시 그들을
따라 강남으로 옮겨지게 되었다. 고서에 이르기를 염제 사후에 장사長
沙의 다릉茶陵 혹은 여릉余陵에 장사지냈다고 하는데, 후대에 이르러
염제는 오방대제五方大帝 중의 하나인 남방을 주관하는 신의 모습으로
출현하게 되었고, 염제의 딸인 요희瑤姬의 전설은 무산巫山으로 옮겨져
세상에 미모로 널리 알려진 무산신녀巫山神女가 탄생하게 되었다.

3. 염제 후예의 항쟁과 염·황 분쟁의 연속

　　염제 부족은 탁록지전의 실패로 인해 그 주체 세력은 중원에서 멀
리 떨어진 강남으로 축출되었고, 나머지 부족들은 황제부족에 동화되
거나 혹은 사방 각지로 흩어지게 되자 일찍이 강대했던 염제부족은
그 찬란했던 시대의 종말을 고하고 말았다. 하지만 염제의 후예들은
이에 굴복하지 않고 탁록의 치욕과 중원에서 강제로 축출된 원한을
가슴에 새기며 다양한 형식의 투쟁을 통해 황제의 후예들과 목숨을
건 전쟁을 대대로 전개 하였다. 이로 인해 비극적인 영웅들이 부족내
에 등장하게 되었고, 또한 이들의 이야기는 새로운 역사 위에 새롭게
쓰여지게 되었다. 바로 이러한 영웅들의 출현으로 인해 중국고대의 신
화세계는 피비린내 나는 전쟁과 비장한 선율, 그리고 아름다운 광채로
충만하게 되었다. 해를 쫓아가다 죽은 과보夸父, 화가 나서 머리로 부

주산不周山을 받은 공공共工, 간척干戚을 춤추듯 휘둘렀던 형천刑天, 백절불굴의 삼묘족 등은 개인적으로 혹은 부족의 역량을 모아 끊임없이 황제의 후예들을 괴롭혔다. 이와 같은 염제부족의 영웅적인 투쟁사가 그들의 신화사를 관통하고 있다.

1) 공공과 제신諸神의 전쟁

염제의 후예 중에서 공공씨족은 비교적 강대한 집단 중의 하나였다. 염제의 일부 후예들이 강남으로 옮겨갔을 때도 그들은 여전히 선조들이 개척해 놓은 중원의 대지를 떠나지 않고 생활하였다. ≪산해경山海經・해내경海內經≫에서 공공씨의 계보에 대하여 다음과 같이 기록하고 있다.

> 염제의 처는 적수赤水족의 여인이며, 이름을 청옥廳沃이라 불렀다 한다. 청옥은 염거炎居를 낳았고, 염거는 절병絕并을 낳았고, 절병은 희기戲器를 낳았다. 희기는 축융祝融을 낳았고, 축융은 폄적되어 강수가에서 거주하였으며, 공공共工을 낳았다.

계보상으로 볼 때, 공공은 염제의 먼 후손 뻘이 된다. 그 부족의 거주지에 대해서는 역사상 많은 논쟁이 있어 왔다. 예를 들어 ≪산해경山海經≫에 의하면, 공공은 장강 유역 혹은 서부지역에서 거주했다고 하였는데, 이에 대해 많은 학자들은 일반적으로 이곳의 "강수江水"를 중원의 "강수降水"라고 여겼으며, 공공의 부족이 생활했던 곳도 지금의 하남성 휘현輝懸일대라고 생각하였다. 서욱생徐旭生은 ≪중국고사의 전설시대中國古史的傳說時代≫에서 다음과 같이 주장하였다.

전욱顓頊의 터는 제구帝丘인데, 지금의 하남성 복양현濮陽縣이다. 공공씨가 만일 먼 서방에 있었다고 한다면 결코 전욱과 어떠한 관계도 발생하지 않았을 것이다. 독휘현獨輝縣과 복양현은 서로 이웃하고 있기 때문에 전욱과 공공의 싸움이 비로소 가능했던 것이다.

주방포朱芳圃 역시 "강수降水는 하수河水의 지류로써 공공씨의 나라가 있던 곳이다. 이는 바로 황하 이북에 위치한 공현共縣(지금 하남성 휘현輝縣)이며, 공공이 홍수를 일으킨 곳도 역시 이 곳 강수降水이다."라고 주장하였다. 일부 학자들 가운데는 공공을 곤鯤으로 보기도 하는데, 이는 두 사람 이름의 음이 같기 때문에 생긴 현상으로 사실은 한 사람이 아니다. 그런데 사서에서는 오히려 "우禹가 공공의 나라를 공격하였다" 혹은 "우가 공공을 정벌하였다"는 내용이 보인다. 하지만 우는 곤의 아들이니 당연히 아들이 아버지를 정벌하고 아들이 부모의 나라를 정벌한다는 도리는 논리적으로 이해가 되지 않는다. 그러므로 이러한 주장은 사실상 근거 없는 이야기라고 밖에 볼 수 없다.

곤은 곤이며, 공공은 공공일 뿐이다. 곤은 황제의 후예이고, 공공은 염제 후예의 부족 가운데 하나로써 양자를 함께 묶어 이야기 할 수는 없다. 공공의 부족이 여전히 중원지역에서 생활하였으며, 더구나 그곳은 황제부족의 활동 중심지역이었기 때문에 황제부족의 후예들과 끊임없이 전쟁을 벌이게 되었고, 이러한 역사적 사실이 신화사에서 제신諸神과 공공의 투쟁이라는 재미있는 장면으로 연출되었던 것이다.

옛날 공공이 전욱과 천하의 자리를 놓고 전쟁을 벌였는데, 공공이 화가 나서 머리로 부주산을 부딪치자 하늘을 떠받들고 있던 기둥이 꺾이고, 땅을 붙들어 매고 있던 줄이 끊어지자 하늘이 서북쪽으로 기울어져 해와 달, 그리고 별들이 모두 한 곳으로 몰리고 대지는 동쪽으로

기울어져 물과 먼지가 동쪽으로 흐르게 된 것이다. (≪회남자淮南子・천문훈天文訓≫)

옛날 공공의 이름을 부유浮遊라 하였는데, 전욱에게 패하자 스스로 회수淮水의 깊은 물에 투신하였다. (≪태평어람太平御覽≫ 권98 ≪쇄어瑣語≫의 인용문)

(순舜)이 공공을 유주幽州에 유배시켰다.(≪상서尙書・요전堯典≫)

순舜임금때 수신 공공이 홍수를 일으키자 큰물이 동쪽의 부상扶桑까지 임박하였다. (≪회남자淮南子・본경훈本經訓≫)

우禹가 공공共工을 정벌하였다.(≪순자荀子・의병議兵≫)

요堯가 천하를 순舜에게 양위하고자 하니 …… 공공이 또 간언하자, 요가 다시 군사를 일으켜 유주幽州에서 공공을 주살하였다.(≪한비자韓非子, 외저설우상外儲說右上≫)

이러한 기록으로 살펴볼 때, 공공과 황제의 후예인 전욱・요・순・우 등과의 사이에 대대로 전쟁이 끊이지 않았다는 사실을 엿볼 수 있다. 특히 공공과 전욱의 싸움은 매우 치열하여 하늘이 무너지고 땅이 갈라지며 일월의 운행이 변하고 물의 흐름이 바뀔 정도였다고 하니 이들의 전쟁이 얼마나 격렬했는지 충분히 상상하고도 남을 것이다.

2) 삼묘난강회三苗亂江淮

공공족과 마찬가지로 남쪽으로 이주한 삼묘족 역시 선조들의 옛 영토를 다시 찾고자 하는 마음을 잊지 않고 공공과 서로 호응하게 되자 중원의 제신諸神들은 수차에 걸쳐 이들에 대한 정벌을 단행하였다.

요堯는 단수丹水에서 싸움을 벌여 남만南蠻을 굴복시켰다.(≪여씨춘추呂氏春秋·시군람恃君覽·소류召類≫)

요堯는 삼묘족을 삼위三危에 축출하였다.(≪회남자淮南子·수무훈修務訓≫)

순舜은 남방에 가서 삼묘족을 정벌하였다. …… 창오산蒼梧山을 지나는 도중에 죽었다. (≪회남자淮南子·수무훈修務訓≫)

옛날 삼묘족이 거주하던 곳은 좌측에 팽려彭蠡 호수가 있고, 우측으로는 동정호가 있었으며, 문산文山은 그 남쪽에 있었고, 형산衡山은 그 북쪽에 있었다. 삼묘족은 험한 지세를 의지하여 살고 있었기 때문에 국정을 잘 처리할 수 없었다. 그 결과 우禹가 삼묘족의 우두머리를 내쫓았다. (≪전국책戰國策·위책魏策≫)

삼묘국三苗國의 사람으로서
삼모국三毛國이라고도 한다.

치우의 후예인 삼묘족에 대한 정벌은 요·순·우 등에 걸쳐 지속적으로 이루어졌고, 결국 순도 이 전쟁 중에 목숨을 잃고 말았다. 사서에 요와 순이 삼묘족을 삼위三危로 축출하였다는 기록이 있는데, 여기서 말하는 삼위산三危山은 지금의 감숙성 주천酒泉의 서쪽인 돈황시敦煌市 경내에 있다. ≪산해경山海經·대황북경大荒北經≫에서 "서북쪽의 바다 밖에 있는 흑수黑水 북쪽에 날개 달린 사람이 있는데 이름을 묘민苗民이라 한다."는 내용을 기록하고 있는데, 여기서 묘민이란 바로 삼위三危지역으로 축출된 남방 삼묘족의 일족을 의미하며, ≪산해경山海經≫에서 전욱의 아들로 오인하고 있는데, 이는 잘못된 것이다. 그 당시 묘민과 강족姜族이 함께 서쪽으로 이주해갔으며, 강족은 ≪산해경山海經≫에서 저강氐姜으로도 불리우며, ≪해내경海內經≫에서 "백이부伯夷父는 서악西岳을 낳았고, 서악은 선용先龍을 낳았으며, 선용은 저강氐姜의 선조를 낳았다. 저강인은 성이 걸乞이다."는 기록을 남기고 있다. 초주譙周는 ≪고사고古史考≫에서 "여상呂尚의 성은 강姜이고, 이름은 아牙로서 염제의 후예이다. 백이伯夷 이후에 사악四岳을 장악한 공이 있어 여呂 땅에 봉해졌으며, 자손들이 봉해진 지명을 따라 후에 상尚자를 붙여 부르게 되었다."고 주장하였다. 위의 두 기록과 ≪후한서後漢書・서강전西姜傳≫의 "서강족은 본래 삼묘족에서 나왔다."는 말을 함께 고려해보면, 삼묘족과 서강족이 모두 염제의 후손일 뿐만 아니라 여상呂尚 역시 이 일족의 먼 후손이라는 사실을 발견하게 된다.

3) 과보축일夸父逐日

염제족 가운데 또 다른 영웅으로 과보夸父를 들 수 있다. 과보가 해를 쫓아갔다는 고사는 무수한 시인묵객의 호방하고 장엄한 기개와 대자연에 대한 후대인들의 투쟁의지를 북돋워주었다. 과보에 대한 계보와 과보축일 고사에 대한 기록이 ≪산해경山海經≫에 보인다.

> (공공은 후토后土를 낳았다) 후토는 신信을 낳았고, 신은 과보를 낳았다. 과보는 자신의 힘을 생각하지 않고 태양을 쫓다가 우곡禹谷에 이르렀다. …… 응룡應龍이 이미 치우를 죽였고, 또한 과보를 죽였다. 응룡은 힘이 다하여 하늘에 오르지 못하고 남방에 가서 거주하게 되었다. 이로 인하여 남방에는 비가 많이 온다. (≪대황북경大荒北經≫)

과보가 해를 쫓아가다 태양의 강렬한 열기에 목이 말라 마실 물을 찾았다. 황하와 위수의 물을 모두 마셨으나 여전히 목이 탔다. 그래서 그는 또 북쪽으로 가서 대택大澤의 물을 마실 생각이었으나 이르지 못하고 도중에 목이 말라죽었다. 죽기 전 그가 지팡이를 버렸는데 등림鄧林으로 변하였다. (≪해외북경海外北經≫)

과보가 해를 쫓아갔다는 과보축일 신화에 대해 많은 사람들은 중국 고대인들과 자연의 투쟁, 즉 가뭄과의 투쟁을 반영한 것으로 이해하고 있다. 그러나 이러한 관점은 사실상 표면적인 의미일 뿐 신화의 심층적 구조는 사실 그렇게 간단하지 않다.

앞에서 언급했던 황제와 치우의 전쟁 중에서 응룡應龍이 황제를 도와 치우를 죽인 일과 응룡이 "과보를 죽였다"는 사실을 연계해보면, 과보의 죽음이 황제 부족과의 또 다른 전쟁으로 인해 발생했다는 사실을 추론해 볼 수 있다. 즉 이 전쟁에서 염제부족의 또 다른 위대한 영웅이 장렬하게 죽음을 맞이한 것이다. 신화 중에는 이 전쟁에 대한 명확한 기록이 보이지 않지만 민간의 전설 속에서 생동적으로 오늘날까지 전해오고 있어 누락된 신화의 내용을 보완해 주고 있다.

신화 중에 보이는 등림은 또한 도림桃林이라고도 불리우는데, 지금의 하남성 영보현靈寶縣 일대에 있다. 그리고 "황하와 위수를 마셨다"는 신화의 내용을 통해서도 과보축일 신화 역시 이 일대에서 발생했음을 알 수 있다. 지금도 영보현 지역에는 과보에 관한 신화와 전설이 전해지고 있다.

장진리張振犂 선생은 민간에 전하는 이야기를 조사하여 그 결과를 바탕으로 과보가 황제와 전쟁을 일으킨 감동적인 고사를 서술해 놓았다. 이 고사의 줄거리는 아래와 같이 구성되어 있다.

① 황제와 염제 사이에 전쟁이 일어났는데, 염제가 패해서 협서성으로 도망쳤다.
② 황제는 대장 응룡을 파견해 추적하도록 하였다.
③ 염제족은 서쪽으로 계속 쫓겨 예豫와 협陝의 경계에 이르렀다. 염제족의 일족인 과보족이 하남의 영보를 지나게 되었는데, 마침 '십년대한十年大旱'이라고 할 수 있는 혹독한 가뭄을 만나게 되었다.
④ 과보족의 통치자였던 과보는 영보현 남쪽 25리 지점인 진령秦岭의 북쪽에서 목이 말라 죽었다.
⑤ 과보가 임종할 때 그 자손들에게 복숭아나무를 심어 베지 말 것을 부탁하였다.
⑥ 과보가 죽은 후 과보욕산夸父峪山 앞에 장사지냈는데, 이 산이 바로 과보산이다.
⑦ 과보족이 살았던 지역의 "팔대사八大社" 사람들은 오늘날까지도 자신들을 과보의 후손이라고 자칭한다.

이처럼 완전하게 줄거리를 갖춘 신화는 과보의 내력과 쫓겨가게 된 원인, 죽은 경위 등을 상세하게 보여주고 있다. 비록 후인들이 가공한 흔적이 엿보이기는 하지만, 이는 분명 고대부터 대대로 전해온 선조들의 신화로써 응룡이 과보를 죽였다는 사실과 또한 염제와 황제와의 전쟁에서 과보가 죽었다는 사실을 뒷받침해 준다.

4) 형천무간척刑天舞干戚

중국의 신화 가운데 죽음 앞에서도 굴복하지 않았던 영웅이 있었는데, 그가 바로 형천刑天이다. 그의 내력과 계보에 대해서는 ≪산해경山海經·해외사경海外四經≫ 중에서 "형천과 제帝가 서로 신의 자리를 놓고 싸웠다. 제가 형천의 머리를 베어 상양산常羊山에 매장하였다. 머리가 없어진 형천은 자신의 유두를 눈으로 삼고, 배꼽을 입으로 삼아 두

손으로 간척干戚을 잡고 춤추듯 휘둘렀다"는 내용이 보이는데, 여기서 말하는 형천이 누구이고, 제帝가 어떤 신을 의미하는지는 밝혀져 있지 않다. 하지만 다행히도 전해오는 야사 가운데서 형천과 황제의 관계를 엿볼 수 있다. 즉 ≪노사路史・후기삼后紀三≫에 "형천은 염제 때 악관樂官을 지냈으며, ≪부리扶梨≫, ≪풍년豊年≫등의 악곡을 지었다."고 하는 내용이 전하고 있는데, 형천이 실제로 악곡을 지었는지에 대해서는 알 길이 없으나, 그의 출현은 염제부족에게 위대한 영웅을 하나 더 보태는 결과를 가져왔다. 그가 반대한 "제帝"가 황제였는지 아니면 전욱이었는지 이미 추측할 수 없게 되었다.

4. 중국 신화 체계의 형성에 대하여

중화민족의 형성은 각 부족간의 투쟁과 융합을 거치면서 오랜 시간 속에 이루어져왔다. 고대에는 각 부족마다 자신들만의 선조와 신앙, 그리고 신화와 전설을 가지고 있어 중국의 신화는 그리스신화처럼 단순하게 하나의 체계로 정립되지 못하고 다신多神의 상황이 출현하게 되었으며, 이로 인해 신화의 형태가 혼란스럽고 불규칙한 모습을 보여주게 되었다.

하지만 진지하게 중국의 신화세계를 살펴보면 중국의 신화체계가 세 개의 커다란 신계神系, 즉 제준신계, 염제신계, 황제신계로 이루어져 있다는 사실을 발견할 수 있다. 중국고대의 신화와 전설 중에 보이는 수많은 자연신과 영웅, 그리고 각기 사방에 흩어져 살았던 씨족들은 대부분 이 세 개의 대신계大神系와 서로 복잡하게 뒤엉켜져 있다. 그러므로 이 세 개의 대신계가 중국 고대신화의 체계를 구성하는 가장 중요한 내용이라는 사실을 알 수 있다.

원래 동방에서 생활해오던 제준부족은 후에 중원으로 이주해 온 황제부족에 의해 정복당하고, 후대에 사가들에 의해 개조된 제준은 일찌감치 신단神壇에서 축출당하여 오늘날 위대했던 천신 제준을 아는 사람이 거의 없다시피 하게 되었다. 아마 그의 후손들은 염제의 후예들처럼 강력한 힘과 전투력을 지니지 못했던 것 같다. 그래서 훗날 신화체계가 정립될 때, 염제와 황제의 전쟁을 중심으로 염제 후손들의 항쟁 내용이 주요 줄거리로 다루어짐으로써 중국 고대신화 속의 주요인물들과 고사가 모두 자연스럽게 염제와 황제를 중심으로 전개되는 결과가 초래되었다고 하겠다.

신계神界의 분쟁을 통해 우리는 중국의 고대 역사 뿐 만 아니라 중화민족의 융합과 그 발전과정을 되짚어 볼 수 있었다. 이러한 방식을 통해 수립된 신화체계는 우리가 고대와 그 사회를 인식하고, 민족의 기원 및 발전, 그리고 고대의 역사를 인식하는데 있어 커다란 도움을 준다.

제4장 황제皇帝와 그 신계

1. 황제에 대하여

≪국어國語·진어晉語≫의 기록에 의하면, "옛날 소전少典씨는 유교有蟜씨의 딸을 취하여 황제와 염제를 낳았다고 하는데, 황제는 희수姬水가에서 자랐고, 염제는 강수姜水가에서 자랐다. 그들은 성장하면서 서로 다른 품성을 갖추게 되었다. 황제는 희姬를 성씨로 삼았으며, 염제는 강姜을 성씨로 삼았다."고 하며, ≪역사繹史≫ 권5에서는 ≪신서新書≫를 인용하여 "염제는 황제와 동모이부同母異父의 형제이다. 각자 천하의 반을 나누어 가졌다."는 기록을 남겼다.

그러나 여기서 한 가지 매우 흥미로운 의문점은 황제가 도대체 어디에서 발원하였으며, 그와 염제가 어떤 관계인가 하는 점이다. 황제의 기원에 대해서는 대체로 다음과 같은 몇 가지 설이 전한다.

황제는 천수天水에서 태어났는데, 상규성上邽城 동쪽 70리에 헌원곡軒轅谷이 있다. (≪수경주水經注·위수渭水≫

황제는 희수姬水가에서 성장하였으며 희姬씨로 성을 삼았다. (≪사기史記·오제본기五帝本紀≫의 ≪색은索隱≫ 황보밀皇甫謐의 말)

황제의 도읍은 진창陳倉이다. (≪노사路史≫)

황제의 도읍은 유웅有熊에 있는데, 지금의 하남성 신정新鄭이 그곳이다. (≪태평어람太平御覽≫ 권5에서 ≪제왕세기帝王世紀≫)

황제는 수구壽丘를 낳았다. (≪사기史記·오제본기五帝本紀≫의 ≪색은索隱≫)

여기서 말하는 천수天水는 지금의 감숙성 천수를 의미하며, 진秦나라 때는 상규현上邽縣이었다. 희수姬水 역시 지명으로 지금의 협서성에 위치하고 있다. 진창陳倉은 즉, 지금의 협서성 보계寶鷄시를 가리킨다. ≪수경주水經注·위수渭水≫에서 "위수는 동쪽에서 진창현을 지나 서쪽으로 간다."고 하였는데, 주석에 의하면 "황제가 도읍을 이곳에 두었다."고 한다. 유웅有熊은 지명으로써 지금의 하남성 신정현新鄭縣에 위치한다. 수구壽丘 역시 지명으로 ≪사기史記·오제본기정의五帝本紀正義≫에서 "수구壽丘는 …… 지금의 연주兗州(하북성과 산동성 일부) 곡부현曲阜縣 동북쪽 60리에 있다."고 하였다.

이상의 여러 가지 설들을 통해 알 수 있는 사실은 황제의 출생지역과 도읍이 서쪽에서 동쪽에 이르기까지 여러 지역에 있었다는 점과 황제부족이 가장 먼저 활동했던 지역이 협서성과 감숙성 일대라는 점인데, 이러한 주장은 매우 타당성이 있다고 생각된다. 이는 고대의 신화자료를 통해 비교적 쉽게 증명할 수 있다. ≪산해경山海經·해외서경海外西經≫에서 "헌원軒轅의 나라는 궁산窮山 부근에 있었다."고 하며, ≪산해경山海經·대황서경大荒西經≫에서는 "헌원국이 있었는데, 그곳의 사람들은 강산江山의 남쪽이 길하다고 여겨 그곳에 살기를 좋아하였다."고 하는데, 이를 통해 헌원국이 서방에 있었다는 사실을 알 수 있다. 또 ≪산해경山海經·서산경西山經≫에서 "다시 서쪽으로 480리를 가면 헌원산이 있다."고 하였는데, 곽박郭璞의 주에 "황제가 이 산에서 거주하였으며 서릉西陵의 딸을 아내로 맞이하였기 때문에 헌원구軒轅丘라고 부른다."고 하였다.

사서에서는 대부분 황제를 헌원씨軒轅氏라고 일컬으며, ≪산해경山海經≫ 중에 보이는 "헌원국"이란 바로 황제족의 후예들이 모여 세운 나라를 의미하는 것으로 이곳이 황제족의 초기 활동지역이었음을 증명해준다.

이밖에 고대의 신화와 전설 중에서 황제는 대부분 곤륜산昆侖山과 관계를 맺고 있다. 곤륜산은 지금의 감숙성과 신강의 경계지역에 위치하고 있으며, 지금의 곤륜산을 말하는 것은 아니다. 이 또한 황제족의 기원을 증명해주는 것이라고 하겠다. ≪열자列子·황제편皇帝篇≫에서 "황제와 염제는 판천阪泉의 들판에서 싸움을 했는데, 곰熊, 큰곰羆, 늑대狼, 표범豹, 추貙, 호랑이虎 등을 대장으로 삼아 선봉에 세우고, 수리雕, 할鶡, 매鷹, 소리개鳶 등을 깃발로 삼았다."고 하였는데, 여기서 표면적으로는 날짐승과 맹수를 전쟁에 참여시킬 수 있었던 황제의 신통한 능력을 언급하고 있으나, 실제로는 당시 전쟁에 참여했던 대다수의 부족들이 날짐승이나 맹수를 토템으로 신봉했다는 사실을 설명해 주는 것으로 볼 수 있으며, 또 한편으로는 염제 부족이 중원에 이주하여 이미 농경생활에 접어들었을 시기에도 황제부족은 여전히 초원과 고원 위에서 유목생활을 영위하고 있었다는 사실을 설명해 주는 것으로 볼 수 있다.

하남성의 서부와 중부, 그리고 산동에서 발견된 황제의 유적에 관련된 전설 역시 황제가 서방에서 동쪽으로 옮겨 온 경로를 설명해 주고 있다. 즉 감숙성에서 협서성까지 보계寶鷄를 거쳐 황하의 남부를 따라 하남에 진입한 후 중원지역을 점령하고, 이어서 신정新鄭을 중심으로 동쪽, 남쪽, 북쪽 등 세 방향으로 영토를 확장하여 마침내 산동지역을 정복하였다. 산동지역은 원래 제준족의 활동지역이었으나 황제부족이 염제부족과 제준부족을 싸움에서 물리치고 중원을 통치하기 시작하였으며, 이로부터 황제의 지위 역시 점차 높아지게 되었다.

2. 황제의 신계에 대하여

황제부족은 신화적 인물이 많고 인물의 형상이 잡다하게 서로 뒤섞여 있을 뿐만 아니라, 후대인들의 개조로 인해 오늘날 이를 연구하기에는 상당한 어려움이 있다. 황제의 신계는 대체로 양대 계보로 나누어 볼 수 있는데, 하나는 ≪산해경山海經≫에 보이는 상고시대의 신계神系이고, 또 다른 하나는 ≪세본世本≫, ≪사기史記≫, ≪대대례기大戴礼記≫ 등에 보이는 신계이다.

1) ≪산해경山海經≫에 보이는 신계

유사流沙의 동쪽, 흑수黑水의 서쪽에 조운국朝云國과 사체국司彘國이 있었다. 황제는 뇌조雷祖를 취하여 창의昌意를 낳았다. 창의가 폄적된 곳이 약수若水였는데, 이 곳에서 한류韓流를 낳았다. 한류는 긴 얼굴에 작은 귀, 사람의 얼굴에 돼지의 입을 하고 있었으며, 기린의 몸에 밭장다리였고, 한 쌍의 돼지발굽을 가지고 있었다. 그는 뇨자족淖子族인 아녀阿女를 아내로 맞아 제帝 전욱을 낳았다. (≪해내경海內經≫)

황제는 낙명駱明을 낳았고, 낙명은 백마白馬를 낳았는데 백마는 바로 곤鯀이다. (≪해내경海內經≫)

황제는 우괵禺䝞을 낳았고, 우괵은 우경禺京을 낳았다. 우경이 사는 곳은 북해 바다이고, 우괵이 거처하는 곳은 동해바다로 바다 신이 되었다. (≪대황동경大荒東經≫)

황제는 묘용苗龍을 낳았고, 묘용은 융오融吾를 낳았다. 융오는 농명弄明을 낳았고, 농명은 백견白犬을 낳았다. 백견은 수컷과 암컷이 있는데, 이들이 서로 배필이 되어 견융犬戎족이 되었다. 육식을 하였다. (≪대황북경大荒北經≫)

북적국北狄國이 있는데, 시균始均이라 부르는 황제의 손자가 있었다. 시균은 북적의 조상을 낳았다. (≪대황서경大荒西經≫)

≪산해경≫에 서술된 황제의 시계에 의하면 대체로 아래 표와 같이 열거해 볼 수 있다.

황제 ─┬─ 창의昌意 ─ 한류韓流 ─ 전욱顓頊
      ├─ 낙명駱明 ─ 백마白馬 (곤鯀)
      ├─ 묘용苗龍 ─ 융오融吾 ─ 농명弄明 ─ 백견白犬 (견융犬戎)
      └─ 시균始均 ─ 북적北狄

사실 ≪산해경≫의 기록을 근거로 하여 황제의 세계를 살펴보면, 단순하면서도 명확하여 믿을만한 점이 많이 보인다.

2) ≪세본≫, ≪사기≫, ≪대대례기≫에 보이는 계통

≪세본世本≫, ≪사기史記≫, ≪대대례기大戴禮記≫ 등은 모두 전국시대로부터 진한대秦漢代에 걸쳐 편찬된 서적으로, 여기에는 서주西周

로부터 춘추전국시대의 사람들이 개조해 놓은 신화체계가 많이 실려
있어 역사적 낙인이 선명하다. 그 신계는 아래의 표와 같다.

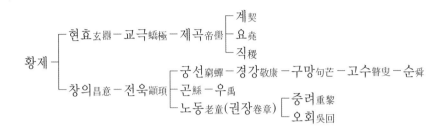

이 표에서는 ≪산해경≫의 세계世系와 완전히 다르게 배열해 놓고
있다. 세계 가운데 현효玄囂·교극蟜極·곡嚳·계契·요堯 등이 보이며,
심지어 주周나라의 시조 직稷도 이 세계에 배열되어 있다.

사실상 여기서 제곡帝嚳은 원래 제준帝俊을, 계契는 바로 소호少昊를
가리키며, 직稷은 제준 부족의 구성원이었다. 그리고 요堯는 후대의 인
물이었다. 이처럼 ≪세본世本≫, ≪사기史記≫, ≪대대례기大戴礼記≫
등의 사서를 통해 후대의 사가들이 고대의 신화를 개조한 흔적들을
새롭게 발견할 수 있다.

3. 전욱顓項과 그 신계에 대하여

절지통천絶地通天의 전욱

전욱은 중국 고대신화 가운데 "하늘과 땅을
통하지 못하게" 하는 위대한 업적으로 한 시대
의 획을 그었던 영웅으로, 훗날 사서에서 오제
五帝의 두 번째 서열에 배열될 정도로 명성이
드높았던 인물이다. 그러나 전욱의 신분과 민

족의 기원, 그리고 발전 등에 대해 학계에서는 각기 서로 다른 주장들을 내세우고 있는데, 본 절에서는 이러한 관점들을 살펴보고 새로운 의견을 개진해 보고자 한다.

1) 서북에서 남쪽으로 이주한 전욱족

황제부족의 핵심세력이 서북쪽에서 동쪽으로 이주할 때, 그의 또 다른 일족도 남쪽을 향해 이주하면서 완전히 서로 다른 경로를 거치게 되었다. 이 일족은 먼저 서남쪽에 거주하다 후에 장강 상류지역으로부터 강을 따라 장강의 중류지역으로 내려가 점차 강남의 넓은 지역을 차지하였으며, 그 과정에서 토착민족과 융합하여 강대한 민족으로 다시 성장하였다. 초인楚人은 바로 이 민족의 일족이다. 이제 서쪽에서 남쪽으로 발전하게 된 전욱의 궤적을 다음과 같이 증명해 보고자 한다.

첫 번째, ≪산해경山海經 · 해내경海內經≫에서 "황제는 뇌조雷祖를 취하여 창의昌意를 낳았다. 창의가 폄적된 곳이 약수若水였는데, 이곳에서 한류韓流를 낳았다. 한류는 긴 얼굴에 작은 귀, 사람의 얼굴에 돼지의 입을 하고 있었으며, 기린의 몸에 밭장다리였고, 한 쌍의 돼지발굽을 가지고 있었다. 그는 뇨자족淖子族인 아녀阿女를 아내로 맞아 제帝 전욱을 낳았다."고 하는데, 이 중에서 약수若水가 있었다고 하는 곳은 서남쪽 방향이다. ≪수경水經≫에서 "약수는 촉군蜀郡 모우요외旄牛徼外에서 나와 동남쪽의 고관故

하남성 복양시濮陽市 현궁玄宮의 전욱상. 전욱顓頊의 성은 희姬, 호는 고양씨高陽氏이다. 전설에 의하면 98세까지 살았으며, 78년간 재위하였다고 한다. 죽은 후에는 다시 반은 사람이고 반은 물고기인 어부魚婦로 화하였다고 한다.

關에 이르기 때문에 약수라 한다."고 약수의 위치에 대해 고증해 놓았
는데, 이는 지금의 아롱강雅礱江을 말하며, 파안객랍산巴顏喀拉山 동쪽에
서 발원하여 남쪽 금사강金沙江으로 흘러 들어간다. ≪산해경山海經≫
에서 창의昌意가 "뇨자淖子를 취하였다"고 하고, ≪사기史記·오제본기五
帝本記≫와 ≪대대례기大戴礼記·제계帝系≫에서도 "촉산씨蜀山氏의 딸"
을 취하였다는 기록을 남기고 있는데, 이는 "뇨淖"와 "촉蜀"의 음이 서
로 같아 가차하여 쓴 것이라고 하겠다. 그러므로 창의를 증명할 수 있
다고 하는 것은 전욱이 원래 황제와 같은 일족이었으며, 후에 서남지
역으로 발전해 나갔다는 사실을 증명해 주는 것으로 볼 수 있다.

두 번째, 전욱은 남초南楚의 대신大神이자 또한 초나라 사람들의 시
조이기도 하다. 이러한 사실은 이미 중국 고대 전적에 기록된 내용과
초나라 지방에 전하는 전설과 문학작품을 통하여 증명되고 있다.

전욱은 노동老童을 낳았고, 노동은 중려重黎와 오회吳回를 낳았다. 오회
는 육종陸終을 낳았고, 육종씨는 귀방씨鬼方氏의 딸을 취하여 여섯 아
들을 두었다. 임신했을 때 죽을 정도로 고생하여 삼년만에 좌측 갈비
뼈를 열고 여섯 아이가 태어났다. 첫째는 번樊이라 부르는데 바로 곤
오昆吾이다. 둘째는 혜련惠連이라 부르는데 바로 삼호參胡이다. ……
여섯째는 계련季連이라 부르는데, …… 계련은 초씨楚氏의 시조가 되었
다. (≪역사繹史≫권7에서 ≪대대례기大戴礼記≫)

초의 선조는 제帝 전욱顓頊과 고양高陽에게서 나왔는데, 고양은 황제의
손자이며, 창의昌意의 아들이다. (≪사기史記·초세가楚世家≫)

≪대대례기大戴禮記≫와 ≪초세가楚世家≫에 보이는 세계世系는 뚜렷
한 역사화 경향을 보여주고 있어 그다지 믿을만하지는 못하지만, 전욱

을 초나라 사람들의 시조라고 언급한 부분은 근거 없는 허황된 말이라기보다는 전하는 전설에 근거를 두고 한 말이다.

중일전쟁 무렵 장사長沙 동쪽 교외에 위치한 두가파杜家坡에서 전국시대의 초나라 무덤 중에서 백서帛書가 출토되었는데, 이 백서 가운데 전욱과 관련된 내용이 보인다. 즉 먼저 "능전能電의 조상은 전욱顓頊에게서 나왔다"는 말을 하고, 이어서 전욱이 사방을 순수하고 사계절을 관장하여 일년을 만들었으며, 수 천년이 지나 일월과 제준이 태어나자 전욱은 준俊에게 일월의 운행을 관장토록 하였다는 내용 등을 언급하였다. 이 내용은 분명 전국시대의 초나라 사람들의 기록으로 볼 수 있는데, 여기서 말하는 "능전能電"은 바로 초나라 사람들의 시조를 일컫는 말이다. 비록 내용 가운데 제준의 신화가 융합된 흔적이 보이기는 하지만 선진先秦시대 초나라 사람들이 전욱을 자신들의 대신과 시조신으로 보고 있었다는 사실을 엿볼 수 있다. 그래서 초나라 굴원屈原은 ≪이소離騷≫의 첫머리에 자신을 "제帝 고양高陽의 묘예苗裔"라고 밝히면서 전욱의 후예라는 사실이 자랑스럽다는 심정을 토로하였던 것이다.

세 번째, 봉절奉節과 강릉江陵 사이에 고양高陽이라는 지명이 있는데, ≪수경水經·강수江水≫에서 "강수江水는 다시 동쪽에서 오른쪽의 양원수陽元水와 합쳐지며, 물은 양구현陽口懸에서 나오고 서남쪽에 있는 고양산高陽山의 동쪽으로 흘러간다."고 설명하고 있다. 양자경揚字敬 역시 "현懸은 지금의 봉절奉節 서남쪽에 있으며, 주석에서도 고양산은 서남쪽에 있다고 했으니 역시 봉절의 서남쪽에 있다."고 주장하였다. 일찍이 봉절 일대는 초楚나라 선조의 무덤군이 있던 곳이며, 또한 초나라의 선조인 웅역熊繹이 처음으로 거주했던 곳이기도 하다. 그런 까닭에 고양이란 지명이 이곳에서 출현하게 된 것은 결코 우연이 아니라고 할 수 있으나 지금 감히 여기가 고양의 옛터, 또는 고양씨가 기원한 곳으로 단정지을 수는 없다. 다만 적어도 이곳이 전욱과 관계가 있다는 것을 미루어 짐작해 볼 수 있을 뿐이다.

네 번째, 전욱은 남초南楚에서 혼인했다고 하는데, ≪산해경山海經 · 대황서경大荒西經≫에서 곽박은 ≪세본世本≫을 인용하여 "전욱은 등분씨騰墳氏의 여인을 취하여, 노동老童을 낳았으며, 노동은 초나라의 시조가 되었다."고 주장하였다. 여기서 "분墳"과 "황隍"은 음이 서로 비슷한 까닭에 가차하여 쓴 것이다. 주학호朱學浩는 ≪설문說文≫ 주석에서 "등騰자는 수부水部에 속하는데, 하분河墳과 여분汝墳을 가지고 예로 들 수 있기 때문에 이는 당연히 물의 이름이다. 그리고 ≪설문說文≫에서도 '물이 솟아오르는 것'이라고 하였다. 허군許君이 또 '용涌은 등滕을 의미하며, 용수涌水는 초나라에 있다.'고 주장하였다. …… 단옥재段玉載는 ≪좌전左傳 · 장공십팔년莊公十八年≫에서 염오閻敖가 용수에서 노닐다 달아나자 초나라 왕이 그를 죽였다. 두예杜預는 용수가 남군南郡 화용현華容縣에 있다고 하였는데, 지금의 호북성 형주부荊州府 염리鹽利 땅이다. 용수는 지금의 강릉江陵 동남쪽에 있으며 염리현鹽利縣이라 하고, 하수夏水의 지류로 흘러 들어간다. …… 고양高陽은 초나라의 선조로써, 용분涌墳을 취하여 지위와 명망에 부합되었다."고 주장하였다. 비록 주朱씨의 설이 전욱의 사적을 고증한 것은 아니지만, 오히려 전욱이 강남에서 아내를 취하였다는 사실을 반증해 주고 있음에 주목할 필요가 있다.

다섯 번째, 전욱을 남방에 매장했다고 하는데, ≪산해경山海經 · 해내동경海內東經≫에서 "한수漢水는 부어산鮒魚山에서 나오는데, 제帝 전욱을 한수의 양陽(북쪽)에 장사지냈고, 여빈女嬪은 음陰(남쪽)에 장사지냈으며, 네 마리 뱀이 이를 지킨다."고 하였다. 여기서 부어산鮒魚山은 ≪해외북경海外北經≫ 가운데 보이는 무우산務隅山을 가리킨다. 실제로는 같은 이름이지만 음이 같기 때문에 가차하여 쓴 것이다.

여섯 번째, 전욱과 어부魚婦의 신화는 남방에서 발생하였다. ≪산해경山海經·대황서경大荒西經≫에서 "반신이 마른

반인반어 형상의 저인국氏人國 사람

물고기가 있는데, 이름을 어부魚婦라 하며, 이는 전욱이 죽었다가 다시 태어난 것이라고 한다. 바람이 북쪽에서 불어오자 샘물이 바람에 날려 용솟음쳐 나왔고, 뱀은 물고기가 되었다. 이것이 바로 어부이다. 전욱이 죽어 다시 태어난 것이다."고 하였고, 또 같은 책 ≪해내서경海內西經≫에서 "'저인국氏人國은 건목建木의 서쪽에 있는데, 그 곳 사람들은 죽었다가 다시 살아나며, 그 사이에 물고기로 변한다."고 하였다. 이 세 가지 신화의 내용은 기본적으로 상통되기 때문에 다른 부분은 서로 보완할 수 있으나, ≪대황서경大荒西經≫에 기록된 자구의 뜻이 명확하지 않아 함축된 의미를 파악하기 어려우며, 내용도 완전하지 않아 어부魚婦가 도대체 전욱과 어떤 관계였는지 판별하기는 더욱 어렵다. 그렇지만 ≪해내서경海內西經≫과 ≪지형훈地形訓≫을 참고하여 살펴보면 보다 쉽게 이해가 되며, 내용 또한 보완할 수 있다. 먼저 ≪대황서경≫의 말뜻을 풀어보자.

"어떤 한 마리의 물고기가 있는데 반은 살아있고 반은 죽어 말랐는데, 이름을 어부라 한다. 전욱이 죽은 후 이런 물고기로 부활하였다. 이 물고기는 원래 뱀이었으나, 바람이 북쪽에서 불어와 천하에 큰비가 내리자 뱀이 물고기로 변하였다. 원래 전욱이었던 까닭에 다시 반이 마른 어부로 변하였다. 전욱이 죽은 후 물고기로 다시 부활하였다."

여기서 말하는 어인국魚人國은 바로 저인국氐人國으로, 사실상 ≪산해경山海經·대황서경大荒西經≫에서 "호인국互人國"의 "지氐"와 "호互"의 자형이 비슷하여 서로 가차하여 쓴 것과 같다고 하겠다. ≪대황서경大荒西經≫에서 "호인국互人國이라는 나라가 있었는데, 사람의 얼굴에 물고기 몸을 하고 있었다. 염제의 손자로 영개靈恝라 부르는 자가 있었다. 영개는 호인互人을 낳았는데, 능히 하늘에 오르내릴 수 있었다."고 하였다. 호인국互人國은 건목建木의 서쪽에 있으며, 건목은 고대에 하늘을 오르내릴 수 있는 사다리天梯를 말하는 것이기 때문에 호인국互人國의 사람들이 "하늘에 오르내릴 수 있다"고 말한 것이다.

이러한 예들을 연계하여 추측해 보건데, 전욱과 어부의 고사가 의미하고 있는 것은 아마도 고대 전욱이 남방으로 도망간 염제족의 후예를 정복한 사실을 노래한 전설을 내포하고 있는 듯하다. 다만 신화의 기록이 완전하지 못해 그 상세한 사정을 고찰해 볼 수 없을 따름이다.

이상의 논증을 통해 보면, 전욱의 부족이 서북방향에서 서남방향으로 옮겨갔으며, 또한 서남쪽에서 강을 따라 발전해 나갔다는 주장을 인정하지 않을 수 없을 것이다.

2) 전욱족의 남쪽에서 북쪽으로의 세력 확장

전욱부족은 남쪽지역의 패권을 장악하자 자신들의 지역에 만족하지 못하고 동쪽과 북쪽지역을 향해 세력을 확장시켜 나갔으며, 이 과정에서 동방 제준족의 후예인 소호少昊와 가장 먼저 격돌하게 되었다.(제1장 제준과 그 신계 참조) 전욱부족의 후예들이 장강의 남쪽과 북쪽 양쪽 지역에 세력을 미치게 되자 전욱과 관련된 유적 역시 장강유역에서 황하유역에 이르기까지 곳곳에 등장하게 되었다. 황보밀皇甫謐은

≪제왕세기帝王世紀≫에서 전욱이 처음 제구帝丘에 봉해졌는데, 이는 옛날의 상구商丘로써, 또한 복양濮陽이라고 하며, 옛날에는 위衛나라의 땅이었다. 후에 다시 고양高陽으로 옮겨갔는데, 지금의 하남성 개봉開封이다. 서안西安 역시 고양이라는 명칭으로 불렸기 때문에 ≪장안지長安志≫에서 고양은 바로 장안 서남쪽 20리에 있다고 말한 것이다. 이 외에 진류陳留 역시 고양이라는 명칭으로 불리웠는데, 여기서 고양高陽이라는 지명이 황하유역에 널리 퍼져 있었다는 사실을 알 수 있다. 이와 동시에 전욱의 무덤 역시 장강 유역에서 황하 유역으로 옮겨지게 되었다. ≪제왕세기帝王世紀≫에서 전욱을 "동군東郡 돈구현頓丘懸 광양리廣陽里에 장사지냈다."고 주장하였고, ≪황람皇覽·총무기冢墓記≫에서는 "전욱의 무덤은 동군東郡 복양구濮陽丘 성문외곽 광양리廣陽里에 있다."고 주장하였는데, 이러한 기록에 비춰보면, 전욱의 도읍은 복양濮陽에 있었고, 복양에서 장사지냈다는 사실을 짐작해 볼 수 있다. 그래서 ≪좌전左傳·소공십칠년昭公十七年≫에서 일찍이 "위衛의 땅은 전욱의 옛 터이다."고 주장했던 것이다.

이러한 자료들은 바로 전욱부족이 남쪽에서 북쪽지역으로 발전해 나갔다는 사실을 증명해 주는 것이며, 또한 그의 자손들이 북쪽으로 이동하면서 남쪽의 지명까지 함께 북쪽지역으로 옮겨가게 된 사실을 증명해 주는 것이라고 하겠다.

4. 전욱족의 세계世系에 대하여

전욱부족은 북쪽지역에 비해 상대적으로 안정되었던 남쪽지역에서 세력을 키워나갈 수 있었던 까닭에, 훗날 다시 북쪽지역으로 이주해

갈 무렵에는 이미 커다란 위세를 떨칠 수 있을 만큼 막강한 세력을 형성하고 있었으며, 더구나 사방에 흩이져 있던 부족들의 세력이 커짐에 따라 전욱부족은 점차 중심세력으로 성장하게 되었다. 전욱의 후예는 대부분 ≪산해경山海經≫에서 찾아볼 수 있으며, 다른 전적에서도 이들에 관한 기록을 살펴볼 수 있는데, 대체로 다음과 같다.

전욱은 노동老童을 낳았고, 노동은 중重과 려黎를 낳았다. 전욱은 하늘과 땅의 통로를 끊기 위하여 중重에게 명하여 두 손으로 땅을 잡고 아래로 밀도록 하였다. 이렇게 하늘과 땅이 점차 멀어지게 되었다. 려黎는 내려가는 대지 위에 살게 되었고 아들을 낳았는데, 이름을 희噎라고 불렀다. 희는 대지 서쪽 끝에 살면서 태양, 달, 별의 운행을 관장하였다. (≪산해경山海經·대황서경大荒西經≫)

망산芒山, 계산桂山, 요산榣山이 있는데, 그 위에 사람이 있었다. 그 사람의 이름을 태자장금太子長琴이라 한다. 전욱은 노동을 낳았고, 노동은 축융祝融을 낳았으며, 축융은 태자장금을 낳았다. 그는 요산榣山 위에 거주하는데 처음으로 각종 음악을 창제하였다. (≪산해경山海經·대황서경大荒西經≫)

대황 가운데 대황산大荒山이라고 부르는 산이 있는데 태양과 달이 지는 곳이다. 그 곳에 세 개의 얼굴을 가지고 있는 사람이 있는데, 전욱의 자손이다. 얼굴이 세 개인 사람은 팔이 하나이다. 얼굴이 세 개인 사람은 불로장생한다. 이것이 바로 이른바 대황야大荒野이다. (≪산해경山海經·대황서경大荒西經≫)

나라이름을 숙사국淑士國이라 하는 나라가 있었는데, 전욱의 후손이 번성하여 이루어진 나라이다. (≪산해경山海經·대황서경大荒西經≫)

숙헐국叔歜國이 있었는데, 전욱의 자손으로서 기장을 먹었다. 호랑이, 표범, 곰, 큰곰 등 네 종류의 야수를 부릴 줄 알았다. (≪산해경山海經·대황북경大荒北經≫)

성산成山이라고 부르는 산이 있었는데, 감수甘水는 바로 이곳에서 흘러간다. 계우국季禺國이라는 나라가 있었는데, 전욱의 자손이다. 기장을 먹었다. (≪산해경山海經·대황남경大荒南經≫)

이름을 백복伯服이라 부르는 나라가 있었는데, 전욱이 백복을 낳았으며, 백복의 후예가 이 나라를 건립하였다. 기장을 먹었다. (≪산해경山海經·대황남경大荒南經≫)

서북방 나라밖에 있는 유사流沙의 동쪽가에 중편국中偏國이라 부르는 나라가 있었는데, 전욱의 자손이 세운 나라이다. 기장을 주식으로 삼았다. (≪산해경山海經·대황북경大荒北經≫)

서북방 바다밖에 흑수黑水의 북쪽가에 날개 달린 사람들이 살았는데, 이름을 묘민苗民이라 하였다. 묘민의 성은 리厘이며, 육식을 하였다. (≪산해경山海經·대황북경大荒北經≫)

전욱씨에게 재능 없는 아들이 하나 있었는데, 가르치고 타일러도 말을 듣지 않고, 나쁜 일만을 골라하기를 좋아하였다. 나쁜 사람들과 무리를 지어 우매한 사람들을 기만하여 하늘의 도리를 어지럽혔다. 그래서 천하의 사람들이 그를 '도올檮杌'이라 하였다. (≪좌전左傳·문공文公十八年≫)

옛날에 전욱씨에게 세 아들이 있었는데, 죽어서 역귀疫鬼가 되었다. 하나는 강수江水에 사는데 역귀疫鬼라 불렸으며, 또 하나는 약수若水에 사는데 망량귀魍魎鬼라 불렸다. 그리고 나머지 하나는 사람의 궁실宮室에 살면서 어린아이를 잘 놀라게 함으로 소아귀小兒鬼라 불렸다. (≪수신

기搜神記≫ 권16)

고양씨의 아들 수약瘦約은 좋은 옷이 해져 떨어지고 죽을 먹는 지경에 이르렀다가 정월 그믐날 골목에서 죽었다. 세상 사람들은 죽을 끓이는 한편 해진 옷을 버려 이날 골목에 제사를 지내는데, 이를 일러 '송궁귀送窮鬼'라 한다. (≪천중기天中記≫권 4에서 ≪세시기歲時記≫)

전욱이 백곤伯鯀을 낳았다. (≪산해경山海經 · 대황서경大荒西經≫ 곽박郭璞의 주석)

이 밖에 ≪국어國語 · 정어鄭語≫에서는 전욱 이후 축융의 후예인 여덟 가지 성姓씨에 대한 기록을 남기고 있다. 즉 사巳 · 동董 · 팽彭 · 독禿 · 운妘 · 조曹 · 짐斟 · 초楚 등이다.

이상 여러 전적에 기재된 내용을 통해 살펴 볼 때, 전욱의 부족이 가장 큰 세력을 형성하고 있었다는 사실을 알 수 있다. 물론 이 중에는 적지 않은 논쟁거리가 산재해 있다고는 하지만, 전욱의 후예 중에서 노동老童 · 중重 · 려黎 · 태자장금太子長琴 · 삼면인三面人 · 숙사淑士 · 계우季禹 · 백복伯服 · 묘민苗民 등이 모두 ≪산해경山海經≫에서 등장하고 있는 것처럼 비교적 오래된 신화와 전설에서는 후대인들의 개조 흔적이 적게 보이기 때문에 믿을만한 신화자료로 볼 수 있다.

"도올檮杌"은 초나라의 방언으로써 초나라 사람이 만든 전설이다. 초나라의 사서 역시 "도올檮杌"이라고 칭하였다. 전욱의 아들 가운데 보이는 삼역귀三疫鬼와 궁귀窮鬼 역시 초나라 지방에 전해오는 전설인데, 이를 뒷받침할만한 충분한 근거를 찾아볼 수 있다. 곽박이 주석에서 "전욱이 백곤伯鯀을 낳았다."고 주장했는데, 이 부분은 유념해서 살펴 봐야 할 것이다. 왜냐하면 ≪산해경山海經≫에서는 곤鯀을 황제의 아

들로 보고 있어, 이 설과 상당한 차이를
보고 있기 때문이다. 이것은 아마도 곽박
이 전국시대와 진한秦漢대의 후대인들이
편집한 신의 계보를 근거로 주석을 덧붙
였던 원인이 아니었나 하는 생각이 든다.
물론 신화를 개조한 사람들도 충분한 논
리성을 가지고 있다. 즉 전욱이 바로 황

사람의 얼굴에 호랑이의 몸을 한
도올檮杌

제의 후예이므로 곤鯀 역시 황제의 후예라는 점이다. 그런데 춘추전국
시대에 이르러 전욱의 지위가 점차 높아지게 되자 사람들은 황제와
곤의 뒤에 전욱을 끼워 넣어 전욱의 지위를 한 단계 더 끌어올리는 동
시에 제위帝位의 전승관계를 조작하였고, 이에 따라 곤 역시 자연스럽
게 전욱의 아들로 둔갑하고 만 것이다.

전욱부족 중에서 또 주목할 만한 인물은 바로 축융祝融이다. ≪산해
경山海經·해내경海內經≫에서 축융은 염제의 후예로 기록되어 있으나,
여기서는 전욱의 후예로 언급되고 있다. 신화적인 측면에서 볼 때, 염
제와 전욱이 분명 동일 인물이 아니기 때문에 이 양자간에는 필연적
으로 문제가 발생하게 된다. 이미 ≪산해경山海經≫의 내용을 가지고
는 그 진위를 판별할 수 없는 상황이고, 또한 이와 같은 전설이 오래
전부터 유래되어 온 것을 보면, 아마도 상고시대부터 이처럼 전해져온
듯하다. 그렇다면 왜 이러한 상황이 출현하게 되었는지 하는 문제에
대해 세 가지 가능성을 염두에 두고 생각해 볼 수 있을 것이다.

첫째, 축융신은 원래 염제부족의 영웅이었다는 사실이다. 그래서 염
제 부족이 북방에 거주할 때부터 이미 농사를 짓기 시작했던 까닭에
신농神農이라는 칭호가 있었다고 볼 수 있다. 현재 상상해 볼 수 있는
것은 상고시대의 농업기술은 매우 낙후되어 있어 석도石刀, 석부石釜를

사용하여 농사를 짓는 방법 이외에 불을 지펴 경작하는 방식이 있었 나는 점이나. 그러므로 전문적으로 불씨를 책임지는 사람도 있었을 것이다. 만일 이렇다고 가정한다면, 축융은 당연히 염제부족 중에서 불씨를 관장하는 사람이었을 것이며, 역시 염제 부족의 화신火神이었을 것이다. 그래서 후대 민속 중에서 축융을 화신火神 또는 조왕신灶神으로 삼아 제사지내는 것은 바로 이와 관련 있다고 볼 수 있을 것이다.

염제가 남쪽으로 이주할 무렵 축융부족도 그의 뒤를 따라 남쪽으로 이주하였다. 그래서 ≪산해경山海經·해내경海內經≫에서 "축융이 폄적을 당해 강수江水에 와서 살게 되었다. 공공共工을 낳았다"고 한 것으로, 축융은 원래 화신火神으로 불리웠다. 그런데 화신의 칭호가 강남으로 옮겨진 후 전욱의 후예인 초나라 사람들도 축융을 화신火神으로 부르기 시작하였고, 오랜 시간이 흐르자 축융을 자신들의 신神으로 간주하기에 이르렀던 것이다. 그러므로 이와 같은 상황이 출현하게 된 것이라고 볼 수 있다.

그러나 자세히 생각해 보면, 이 또한 신빙성이 떨어진다는 생각이 든다. 왜냐하면 초나라 사람들은 자신들의 선조신 죽웅鬻熊을 대하는 것처럼 축융을 숭배했기 때문이다. 이와 관련된 내용은 ≪좌전左傳·희공이십육년僖公二十六年≫의 기록에서 살펴볼 수 있다.

"기자夔子가 축융과 죽웅에게 제사를 지내지 않자 초나라 사람들이 그를 비난하였다. 기자가 대답하여 말하길, '우리의 선왕 웅지熊摯가 병이 들었는데 귀신도 그를 용서해 주지 않았기 때문에 스스로 기夔까지 도망쳐 나왔습니다. 이로 인해 우리나라는 초나라의 도움을 받지 못하게 되었는데 무슨 제사를 지낸단 말입니까?' 가을에 초나라의 성득신成得臣, 투의신鬪宜申이 군대를 이끌고 와 기나라夔國를 멸망시켰다. 그리고 기자를 붙잡아 초나라로 돌아갔다."

기(夔)의 멸망에 혹시 다른 이유가 있었을지도 모르겠지만, 초나라 사람들은 축융에게 제사를 지내지 않았다는 이유를 빌미로 삼아 기나라를 정벌한 것을 볼 때, 초나라 사람들의 마음속에 자리잡고 있는 축융의 지위가 어떠했는지 충분히 엿볼 수 있다. 이러한 축융의 위치는 결코 다른 부족의 신이 대신할 수 있는 것이 아니었다. 왜냐하면 외부의 신이 초나라 사람들의 감정을 이렇게 깊게까지 자극시킬 수는 없기 때문이다.

둘째, 축융은 본래 남쪽지역에 있던 초나라의 대신大神이었으나, 축융부족이 북쪽으로 세력을 확대해 나가게 되자 축융의 이름도 함께 북방지역에 전해지게 되었고, 북방의 염제족 역시 축융의 이름을 빌려 사용했던 까닭에 두 명의 축융이 출현하게 되었다고도 볼 수 있으나, 이러한 가능성은 별로 크지 않다고 보여진다. 축융의 여덟 성씨 가운데 남방의 초楚인을 제외하고 나머지 일곱 성씨는 모두 장강 북쪽에 있는 황하강 유역일대에 분포하고 있기 때문이다. 여기서 한 가지 의문점이 남는 것은 축융이 원래 남방의 신이었다고 한다면 어째서 남방에는 오직 초楚나라 사람만을 제외하고 다른 후예들은 모두 북방에서 등장하는가 하는 점이다. 더구나 염제부족이 번성하였던 시대는 초나라 사람들이 강성했던 시대보다 한참 이르기 때문에 염제부족이 후대에 출현한 초나라 사람들의 신을 자신들의 대신大神으로 삼지는 않았을 것이라는 생각이 들기 때문이다.

셋째, 염제와 전욱부족 사이에서 등장하는 두 사람의 축융은 원래 서로 아무 상관도 없는 두 부족의 대신大神이었으나, 이름이 서로 같기 때문에 후대 전설 속에서 한 사람으로 혼동되었을 가능성이 가장 그다고 볼 수 있다.

지금으로서는 자료 부족으로 인해 신중을 기할 수밖에 없기 때문에 세 번째의 가능성에 무게를 둘 수밖에 없는 것이 현실이다.

제준부족신계도표帝俊部族神系圖表

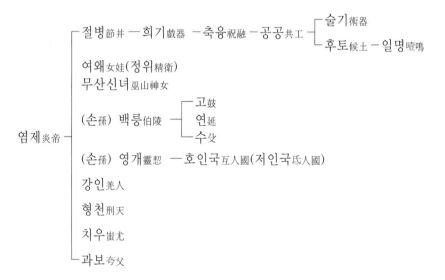

염제부족신계도표炎帝部族神系圖表

황제부족신계도표黃帝部族神系圖表

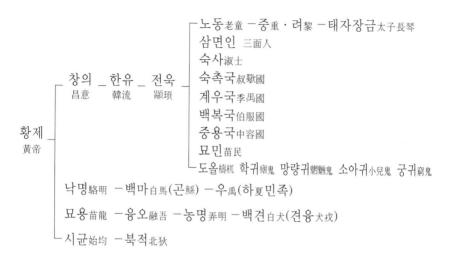

황제黃帝

┌ 창의昌意 ─ 한유韓流 ─ 전욱顓頊
│ ┌ 노동老童 ─ 중중重·려려黎 ─ 태자장금太子長琴
│ ├ 삼면인 三面人
│ ├ 숙사淑士
│ ├ 숙촉국叔歜國
│ ├ 계우국季禺國
│ ├ 백복국伯服國
│ ├ 중용국中容國
│ ├ 묘민苗民
│ └ 도올檮杌 학귀瘧鬼 망량귀魍魎鬼 소아귀小兒鬼 궁귀窮鬼
│
├ 낙명駱明 ─ 백마白馬(곤鯀) ─ 우禹(하夏민족)
│
├ 묘용苗龍 ─ 융오融吾 ─ 농명弄明 ─ 백견白犬(견융犬戎)
│
└ 시균始均 ─ 북적北狄

제5장 민족의 융합과 문화 공동체 형성

— 복희伏羲 신화의 계시

상고시대의 중화민족은 본래 각기 독립된 민족 혹은 부족으로 나뉘어 광활한 대지 위에 흩어져 살아왔다. 오랜 기간 서로 목숨을 건 투쟁을 거치면서 부족들은 점차 자연스럽게 서로 융합되어 갔고, 부족의 융합이 가속화될수록 싸움 역시 점차 치열하게 전개되었다. 일반적으로 무력에 의한 민족이나 부족의 통합에 있어 반드시 문화와 신앙적 요소가 함께 수반되지만, 시대가 너무 오래 지나버린 까닭에 오늘날 사람들은 상고시대의 정복자들이 어떠한 수단을 써서 피정복자를 개조시키고 자기 부족의 유기적인 구성원으로 만들었는지 추측해 볼 수 있는 방법이 없다. 다만 지금까지 전해지고 있는 씨족 혹은 부락의 토템(학술계에서 인정한 하나의 씨족 공동체가 공동으로 숭배하는 어떤 동식물)의 형상을 통해 부족간의 문화 융합이 존재하고 있음을 판단해 볼 수 있을 뿐이다. 신화시대의 투쟁과 융합이 물론 역사시대 이전의 민족문화 공동체를 형성하는 주요 방법이었다고 하지만 이것만이 유일한 방법은 아니었을 것이다. 즉, 민족의 대이동으로 인한 문화의 전파 효과와 민족의 자연스러운 융합이 중국 민족문화 공동체 형성에 있어 또 다른 하나의 중요방식이었다고 할 수 있다.

1. 복희씨 동방민족의 시조

중국 고대신화 중에서 복희는 시조신
과 문화신이라는 이중적인 신분으로 등
장하며, 신화상에서도 가장 높은 지위를
차지하고 있어 더더욱 신비로운 베일에
가리워져 있는 인물이다. 그 영향력이
확대됨에 따라 그의 유적도 전국각지에
두루 분포하게 되었고, 민간의 전설 역
시 지금까지도 널리 전해지고 있어 사
람들마다 모두 자신들의 지역이 바로
복희의 출생지 또는 활동지역이었다고
말하며, 혹은 과거 복희의 매장지였다고
주장한다. 그렇다면 복희는 도대체 어디
에서 왔으며, 그 신분은 또한 어떻게 규
정해야 하는가?

태호 복희씨는 중화민족 문화의 시조이
고, 염제나 황제 보다 빠른 "삼황의 으
뜸"이며, 성씨는 풍風이다. 전설에 의하
면 150년간 재위하였다고 한다.

필자가 생각하기로 복희는 원래 고대 동방부족의 시조신이었다고
보여진다. 복희와 관련된 최초의 자료는 선진시기 춘추전국시대의 제
자서와 사서 중에서 찾아 볼 수 있으며, 이 가운데서도 ≪장자庄子≫
에 가장 많은 내용이 기록되어 있다.

> 옛날에 태산에 올라 하늘에 제사를 지내고 양보梁父의 신에게 제사를
> 올린 자가 이른 둘이나 되었다. …… 복희가 태산에 올라 제사를 지냈
> 으며, 산천의 신에게 제사를 올렸다는 등등. (≪관자管子·봉선封禪≫)

자리국自理國은 복희이래 경중輕重을 가리지 않고 능히 왕이 된 자가 일찍이 없었다.…… 복희는 육법六法을 만들어 음양陰陽에 부합시키고, 구구지수九九之數를 만들어 천도天道에 합치시키자 천하의 만물이 생겨 났다. (≪관자管子·경중무輕重戊≫)

세상 만물의 변화는 옛날의 성왕 우禹나 순舜도 이에 구속되었으며, 복희나 궤거几蘧(일설에는 수인燧人이라고도 함)도 평생 이를 벗어나지 못하였는데, 하물며 이에 미치지 못하는 수많은 사람들에 있어서랴! (≪장자莊子·내편內篇·인간세人間世≫)

복희씨는 도를 얻어 음양의 원기를 여러 가지로 섞어 만물을 만들어 내었다. (≪장자莊子·내편內篇·인간세人間世≫)

옛적에 용성씨容成氏, 대정씨大庭氏, 백황씨白皇氏, 중앙씨中央氏, 율륙씨栗陸氏, 여축씨驪畜氏, 헌원씨軒轅氏, 혁서씨赫胥氏, 존로씨尊盧氏, 축융씨祝融氏, 복희씨伏羲氏, 신농씨神農氏 등 …… (≪장자莊子·외편外篇·거협胠篋≫)

수인燧人·복희가 출현하여 새롭게 천하를 다스리기 시작하였다. 그래서 사람들은 순종하게 되었지만 일체 평등의 경지가 없어졌다. 덕이 쇠약해지자 신농神農·황제黃帝가 출현하여 천하를 다스렸다. 그래서 사람들의 생활은 안정되었지만 순종하는 일이 없어졌다. 덕이 한층 더 쇠약해지자 요堯·순舜이 출현하여 천하를 다스렸다. (≪장자莊子·외편外篇·선성繕性≫)

옛날 진인은 …… 복희와 황제도 그를 벗으로 사귈 수 없었다. (≪장자莊子·외편外篇·전방자田方子≫)

복희씨宓犧氏가 세상을 다스릴 때, 천하에 짐승들이 많았다. 그래서 백

성들에게 사냥하는 법을 가르쳤다. (≪시자尸子≫ ≪역사繹史≫ 권3에
서 인용)

기업基業을 확대하고자 한다면 먼저 어진 이와 그렇지 못한 이를 구분
해야 한다. 문왕과 무왕의 도가 복희의 도와 같았다. (≪순자荀子·성
상成相≫)

복희·신농은 백성들에 대한 교육을 중히 여겨 사형을 시행하지 않았
다. 황제·요·순 등은 사형을 행하되 그 처자식까지 연루시켜 죽이지
는 않았다. (≪전국책全國策·조책趙策二≫)

이러한 선진시대의 자료 중에서 복희의 이름이 복희伏戱, 복희宓犧,
복희宓戱로 쓰이고 있다는 사실을 발견할 수 있는데, 이 점에 대해 학
자들간에 아무도 이견을 보이지 않는다. 이는 문자가 없을 딩시 구두
로 기록을 전하다보니 생겨나는 동음통가同音通假(발음이 비슷한 다른
한자를 대신 사용) 현상으로 복희가 춘추시대의 제자諸子들에 의해 만
들어진 가공의 신화 인물이 아니라 옛부터 이미 존재하였다는 사실을
증명해 주는 좋은 증거라고 할 수 있다. 그런데 여기서 이상한 일은
이러한 기록 중에서 복희의 형상이 신화상의 인물도, 인류 시조신의
신분도 아닌 고대 제왕의 신분으로 나타난다는 점이다. 이렇듯 그는
선진시대 제자諸子들에게 탁고개제托古改制의 대상이 되었으며, 동시에
부족신에서 중화민족의 시조신으로 승격되는 새로운 국면을 맞이하게
되었다.

1) 복희의 석의釋義 ― 복희가 동방민족의 시조라는 증거 하나

복희에 대한 해석은 이제까지 많은 학설이 있어 왔다. 문일다聞一多가 "포과匏瓠瓜"설을 제시한 후 복희를 호로葫蘆 혹은 호로표葫蘆瓢로 해석하는 경향이 나타났으며, 이로 인해 여와女娲 역시 여포허과女匏虛瓜, 즉 여복희女伏羲가 되었다. 학자들은 대부분 이 설을 따르고 있다. 문일다의 학설을 지지하는 사람들은 음운학과 민속학적 측면에서 많은 근거를 제공하고 있는데 근거가 확실한 듯하다. 그러나 이를 의심하는 사람들도 있다. 그들은 첫째, 복희와 여와의 결합은 후대에 등장한 신화이지 결코 고대의 신화가 아니며, 둘째, 호로葫蘆의 전설은 홍수신화로 인해 발생했다고는 하지만 중국내의 각 민족과 관련된 복희와 홍수신화 중

복희伏犧와 여와女娲

에서 복희와 홍수를 피할 수 있는 도구인 호로葫蘆와 연계된 신화가 그다지 많지 않기 때문에 보편적인 의의를 지니지 못하며, 셋째, 고대의 신화자료 중에서 중원지역의 신화 속에서 보이는 복희는 홍수신화와 그다지 관계가 크지 않기 때문에 복희를 호로葫蘆로 해석하는 것은 문제가 있다는 이야기이다. 하신何新은 ≪제신의 기원諸神的起源≫에서 음운학과 통가通假방법을 통해 "복伏"은 "부溥"와 통하며 크다는 뜻으로, 즉 위대하다는 뜻이고, "희羲"는 "희아羲俄"로 읽는다. 그러므로 "복희伏羲"는 즉 "위대한 희아羲俄"라는 뜻을 지니고 있으며, 또한 고대신화 속에 보이는 태양신 "희화羲和"를 의미한다고 주장하였다. 그런데 필자가

생각하기에 하신이 "희羲"를 "희화羲和"로 해석한 "희羲"는 옳다고 보여지나, "복伏"을 "부溥"로 보아 위대하다고 해석한 점은 너무 지나치게 의미를 확대시키지 않았나하는 생각이 든다.

복희의 "복伏"은 간혹 "복虙"으로 쓰이기도 하는데, ≪설문說文≫에서는 "호랑이 모양虎貌"이라 설명하였다. "복伏", "포包", "포庖" 등은 모두 "복虙"과 발음이 같거나 서로 비슷한 통가자이다. 그렇다면 "복희伏羲"는 실제로 고대 태양신 희화羲和 부족 중에서 호랑이를 씨족의 상징으로 삼거나 혹은 호랑이를 숭배하는 부족의 수령이었으며, 또한 고대 동방에서 "새鳥"를 숭배하였던 제준족의 구성원으로도 볼 수 있을 것이다. 한편, ≪산해경山海經·대황남경大荒南經≫에서 "희화羲和는 제준의 처로써 열 개의 태양을 낳았다."고 언급함으로써 후에 제준帝俊－희화羲和－복희伏羲로 이어지는 씨족계보를 형성하게 되었는데, 여기서 제준의 처 희화羲和는 모계사회의 몰락과 부계씨족 사회의 태동, 그리고 희화부족에 대한 제준의 정복과 통치를 반영하고 있다.

우리가 희화부족의 호계虎系일족을 가지고 복희를 해석할 때, 단순히 위에서 언급한 문자학적 증거나 추론에만 의지할 것이 아니라, 믿을만한 고대의 신화와 후대의 민속학 자료 중에서 유력한 증거들을 찾아내어 근거로 삼아야 한다. ≪산해경山海經≫에 기록된 내용을 살펴보면, 제준의 후손들이 세운 상당수의 나라들이 호랑이와 같은 동물과 관련이 있다.

중용국中容國이 있었는데, 이 중용국의 시조는 제준이 낳았다. 중용인들은 짐승과 열매를 먹고 살며, 네 종류의 야수를 부린다. 표범, 호랑이, 곰, 큰곰 등이다. (≪대황동경大荒東經≫)

사유국司幽國이 있었는데, 제준이 안용晏龍을 낳았고, 안용은 사유를 낳았으며, 사유는 사사思士를 낳았다. 사사는 아내를 취하지 않았다. 또한 사녀思女를 낳았는데 시집가지 않았다. 기장과 각종 열매를 먹고 살았으며, 네 종류의 야수를 부릴 수 있었다. (≪대황동경大荒東經≫)

자민국自民國이 있었는데, 제준이 제홍帝鴻을 낳았고, 제홍은 백민白民을 낳았으며, 백민은 성을 소銷씨로 삼았다. 기장을 먹었고, 네 종류의 야수를 부릴 수 있었다.(≪대황동경大荒東經≫)

이처럼 제준의 후예들은 "네 종류의 야수를 부릴 수 있었다. 즉 표범, 호랑이, 곰, 큰곰"이라고 명시하였고, 혹은 다만 "네 종류의 야수를 부릴 수 있다."는 말만을 언급하였지만, 이 또한 "호랑이, 표범, 곰, 큰곰" 등을 가리킨다. 여기서 우리는 "호랑이, 표범, 곰, 큰곰" 등 네 종류의 동물이 제준 일족의 공통된 토템이었다는 사실을 알 수 있다. 그러므로 복희씨는 바로 이러한 토템신앙을 가진 부족의 일족으로 볼 수 있을 것이다.

한대漢代 이후 회화 중에서 복희씨는 대부분 호랑이와 함께 출현하는데, "호랑이虎"는 또한 "옥토끼玉兔", "새鳥" 등과 함께 신화전설 속에서 신수神獸로 등장하는 동물이다. 산동에서 출토된 한대의 벽돌 위에서 한 폭의 그림이 발견되었는데, 황제 그림 좌우에 복희와 여와가 배열되어 있고, 그들 아래쪽에 서왕모와 옥토끼玉兔, 호신虎神 등이 배치되어 있다. 또한 호남성 장사 마왕퇴馬王堆의 한대 무덤에서 출토된 한대 백화帛畵 중에서도 윗부분 중간에 뱀의 형상과 사람의 얼굴을 한 그림이 그려져 있고, 그 외쪽에 달과 두꺼비가 오른쪽에는 태양과 새가, 그리고 아래쪽에는 용, 표범, 호랑이 등의 동물이 그려져 있다. 그림 중앙에 그려져 있는 사람의 얼굴에 뱀의 형상을 하고 있는 그림은 당연히 복희를 가리키는 것이라고 하겠다. 이러한 예들은 복희와 호랑이가 서로 일반적인 관계가 아니었음을 보여주는 좋은 증거들이다.

이상의 논증을 통해 우리는 복희가 바로 동방부족인 제준족의 구성원이었으며, 호랑이로써 상징을 삼았던 부족의 수령과 선조였다는 점을 짐작해 볼 수 있다.

2) 복희와 태호太皞의 합체 — 복희가 동방민족의 시조라는 증거 둘

장사長沙 마왕퇴馬王堆의 한대 묘에서 출토된 백화帛畵로써 천상, 인간, 지하 3층 구조로 이루어져 있다.

선진先秦시대의 사료 중에는 복희씨에 관한 기록 뿐 만 아니라 태호씨에 관한 기록도 보인다. 예를 들어≪좌전左傳·소공이십칠년昭公二十七年≫에 "진陳은 태호의 옛터"라고 하였고, ≪산해경山海經·해내경海內經≫에서는 "아홉 개의 산언덕이 있는데, 물이 그 산 아래를 감싸고 돌아 흘러간다. …… 태호가 일찍이 나무줄기를 잡고 하늘로 올라갔다."고 하였는데, 여기서 "대호大皞는 분명 태호太皞"임에 틀림없으나 제자諸子들은 다만 복희伏羲만을 언급하고 태호太皞는 언급하지 않았다.

반면, ≪좌전左傳≫과 ≪산해경山海經≫에서는 태호太皞만을 언급하고 복희는 언급하지 않았다. 이로 미루어 짐작하건데 원래 복희와 태호 두 사람은 서로 아무런 관련도 없는 사람들이었으나, 한漢대 송충宋衷이 ≪세본世本≫에서 "태호太昊 복희씨伏羲氏"라는 말을 언급한 이후 태호와 복희를 함께 붙여 사용하기 시작했던 것 같다. 여기서 태호太昊는 바로 태호太皞를 말하는 것으로, "대호大皞", "대호大昊"라고 쓰기도 한다. 태호太昊가 동방의 신이라는 사실은 이미 고금에 모두 알려진 사실이다. 그래서 ≪한서漢書·위상전魏相傳≫에서 "동방의 신 태호太昊는 동방에서 규規(콤파스)를 잡고 봄을 주관하였다."는 등의 기록을 남겼던 것이다. 고대 태호太昊는 태양신으로 숭배되었으며, 복희 역시 태양신의 신분을 갖추고 있어 시간이 흐르면서 양자가 자연스럽게 합체되었던 것으로 보이며, 이는 또한 복희가 본래 동방민족의 선조신이었다는 사실을 증명해 주는 것이라고 하겠다.

3) 복희의 출생지 "뇌택雷澤" ― 복희 동방민족의 시조라는 증거 셋

≪태평어람太平御覽≫ 권78에 ≪시함신무詩含神霧≫의 말을 인용하여 "큰 발자국이 뇌택에 있었는데 화서華胥가 그 발자국을 밟고 임신하여 복희伏犧를 낳았다."고 하였다. 이와 같은 감생신화感生神話(초자연적으로 어떤 사물에 감응하여 잉태하여 출산한다는 신화)가 비록 한대의 위서緯書로부터 나왔다고는 하지만, 이것을 자세히 분석해보면 한가지 새로운 정보를 얻을 수 있다. 바로 감생感生설이 비록 억측이라고는 하지만 "뇌택雷澤"에는 고대의 신화와 전설적 요소를 내포하고 있어 "복희伏羲"가 처음 출생한 지역이란 말이 나오게 되었다고 본다. 그렇다면 뇌택雷澤은 도대체 어디에 있단 말인가?

≪산해경山海經·해내동경海內東經≫에 "뇌택에는 뇌신雷神이 있는데 용의 몸에 사람의 얼굴을 하고 있고, 그 배가 울린다. 오서吳西에 산다."고 하였다. 여기서 오서吳西는 지금의 강소성 소주시 서쪽에 있는 태호太湖를 일컫는 말이다.

≪한서漢書·지리지地理志≫에서는 회계군會稽郡 오현吳縣이라고 했는

데, 반고班固는 이에 대해 "구구택具區澤은 서쪽에 있으며, 양주수揚州藪를 고문에서는 진택震澤으로 여겼다."고 설명하였다. 구구택은 지금의 태호를 가리키며, 뇌雷와 진震은 서로 훈석 할 수 있기 때문에, 이를 근거로 해 볼 때 뇌택은 마땅히 지금 강소성의 태호太湖를 가리킨다고 할 수 있다.

또한 ≪사기史記·오제본기五帝本紀≫에서 "순舜은 력산歷山에서 농사를 지었고, 뇌택雷澤에서 고기를 잡았다."고 하였는데, ≪집해集解≫에서 정현鄭玄의 말을 인용하여 "뇌하雷夏는 연주택兗州澤이며, 지금 제양濟陽에 속한다."고 설명하였다. ≪정의正義≫에서는 ≪괄지지括地志≫를 인용하여 "뇌하택雷夏澤은 복주濮州 뇌택현雷澤懸 외곽의 서북쪽에 있으며, ≪산해경山海經≫에서 뇌택雷澤에 뇌신雷神이 사는데 용의 몸에 사람 머리를 하고 있으며, 그 배가 울리면 우레가 친다."고 하였는데, 여기서 "뇌하雷夏"와 "뇌하택雷夏澤"은 모두 "뇌택雷澤을 가리키는 말이다. ≪한서漢書·지리지地理志≫에서는 "제양군濟陽郡 성양成陽"이라 하고, 그 아래 주석에서 "뇌택雷澤은 서북쪽에 있다"고 하였다. ≪수경주水經註·호자하瓠子河≫에서는 "호하瓠河가 왼쪽에 있어, 뇌택雷澤을 거쳐야만 북으로 갈 수 있다. 그 택수澤藪는 대성양현大成陽懸의 고성故城 서북쪽 십 여리에 있으며, 옛날 화서華胥가 큰 발자국을 밟고 감응하여 임신한 곳이다."라고 주석을 해 놓았는데, 제양군濟陽郡 성양成陽은 지금의 산동성의 정도定陶와 조현曹懸 일대이다.

이상과 같이 뇌택과 관련된 주요 전설들은 모두 중국의 동부지역인 황하와 장강 사이를 경계로 강소성과 산동성, 그리고 하남성 동부와 안휘성 북부 지역에 걸쳐 분포하고 있는데, 이것은 이 일대가 바로 신화시대 제준帝俊부족이 활동하던 지역이었기 때문이다.

또 다른 한가지 학설은 뇌택雷澤이 산서성 영제현永濟懸 남쪽 뇌수산

雷首山 아래에 있다는 것이다. 본래의 명칭은 뇌수雷水였다고 하는데, 이 설은 신화 속의 "뇌택雷澤"과는 다르다. 아마도 지명에 뇌산雷山과 뇌수雷水가 있어 억지로 갖다 붙여 놓은 것 같다.

위에서 언급한 몇 가지 주장 가운데 주목할만한 학설은 황보밀皇甫謐이 ≪제왕세기帝王世紀≫에서 주장한 견해이다. 즉 "태호太昊 제帝 포희씨庖犧氏는 성이 풍風씨이고, 어머니는 화서華胥이다. 수인씨燧人氏 시대에 거인의 발자국이 뇌택雷澤에 있었는데, 화서가 그 발자국을 밟고 임신이 되어 복희伏羲를 낳았다. 복희는 성기成紀에서 장성하였는데, 생김새는 뱀의 몸에 사람의 머리를 하고 있는 형상이었다. 성덕聖德이 있었다."고 하였는데, 여기서 성기成紀는 지금의 감숙성 내에 있다. 만일 황보씨의 설을 따른다면 복희伏羲는 본래 서방사람이었다고 단정지을 수 있으나, 자료를 자세히 분석해 보면 실제와 다른 측면이 발견된다. 즉 뇌택雷澤은 전설상 여러 곳에서 보이지만 동방이 아닌 서방에 있다고 언급한 전설이 하나도 보이지 않는다는 사실이다. 다시 말해서 상식적으로 동방의 뇌택에서 임신한 화서가 서방에 가서 애를 낳을 수는 없다는 의미이다. 그러므로 "성기成紀"는 당연히 "성양成陽"의 잘못된 기록이라고 볼 수 있는데, 다만 이 잘못된 기록이 붓끝에서 잘못된 것인지, 아니면 전설이 잘못된 것인지, 또 고의로 잘못 기록한 것인지 현재로서는 알 길이 없다.

이상의 세 가지 예증을 통하여 우리는 복희가 본래 동이족東夷族이었다는 사실을 추론해 낼 수 있었다. 사서에서는 복희가 진陳에 도읍을 세웠다고 하는데, 그 땅은 지금의 하남성 회양현淮陽懸에 있다. 현지 사람들은 매

용의 몸에 사람의 머리를 하고
뇌택雷澤에 사는 뇌신雷神

년 6월에 "희릉회羲陵會"를 거행하는데, 이는 인류의 시조인 복희를 제사지내기 위한 행사이다. 복희의 팔괘단八卦壇 역시 이곳에 전해오는 전설이다. 장자 역시 동방 사람이었던 까닭에 전해오는 고대신화가 그의 기억 속에 많은 흔적을 남겼을 것이다. 그래서 그런지 ≪장자≫ 가운데 복희에 관한 기록이 유독 많이 보이며, 또한 그 지위에 있어서도 황제를 비롯한 다른 신보다 높게 묘사되고 있다.

2. 민족의 이주와 융합, 그리고 문화의 전파

복희가 원래 동이족의 수령이자 시조였음에도 불구하고 어째서 강남과 서남 등지의 각 민족들이 모두 자신들의 선조로 여기고 있는가 하는 문제에 대한 유일한 해답은 바로 고대 민족의 대이동에서 그 해답을 찾아야 할 것이다. 비록 기록의 부족과 시대가 너무 오래되어 현재로서는 복희 씨족이 이주하게 된 진정한 원인에 대해 확실하게 고증할 수 있는 방법은 없지만, 만일 복희와 소호少昊를 연계해 생각해본다면, 한 가지 새로운 실마리를 찾을 수도 있을 것 같다. 그것은 복희씨 후손의 이동이 아마도 소호少昊씨의 이동과 동일한 원인으로, 즉 염제와 황제부족의 동진으로 인해 민족의 대이동이 발생하지 않았나 하는 점이다. 염제와 황제 부족의 침략으로 인해 복희씨의 후예들이 강북에서 강남으로 옮겨가게 되었고, 후에 장강을 따라 서쪽으로 이주하였다가 다시 서남쪽으로 뻗어 나가면서 호남성, 귀주성, 광서성, 사천성 일대까지 세력을 확대해 나갔다. 그리고 이들의 발길이 닿는 곳마다 그들의 신화와 전설 역시 그 땅에 깊게 뿌리를 내리면서 현지 문화와 융합하여 강남지역을 뛰어넘어 특히 서남지역 여러 민족의 시조가 되었던 것으로 보여진다. 이러한 부족의 대이동은 일이십 년이라는 짧은 시간에 완성된 것이 아니라 수 천 년이라는 오랜 세월을 거치면서 이루어졌다고 할 수 있다. 이상과 같은 결론은 상상에 의지해 도출한 것이 아니고, 후대 민간전설 가운데 전해져오는 신빙성 있는 증거들을 참고로 한 결과이다.

민족이 이동하는 과정에서 복희신화는 강남의 여러 민족의 원생原生신화와 서로 결합하여 새로운 창세신화와 구세救世신화를 탄생시켰다. 신화의 내용은 홍수신화를 기본 주제로 하고 복희와 여와를 시조로 하는 내용으로 구성되어 있는데, 비록 민족마다 홍수신화의 구체적인 내용이 조금씩 다르기는 하지만 그 주요 줄거리가 서로 크게 다르지 않아 복희의 창세신화를 중심으로 하는 광범위한 문화 공동체를 형성하게 되었다.

항주杭州, 란계蘭溪, 해염海鹽 등과 같은 광범위한 지역에서 "홍수"와 "인간 창조造人"와 관련된 신화가 전해지고 있는데, 이들 신화 속의 주인공은 모두 복희 오누이다. 해염에 전해오는 ≪복희왕伏羲王≫이라는 신화에서는 고대 대홍수가 일어나 천지가 온통 물바다로 변했다가 홍수가 물러간 후 인류가 모두 죽고 오직 희왕羲王 오누이만 살아남게 되었다. 희왕이 오누이에게 결혼할 것을 청하였으나 여동생 희여羲汝는 "모회毛灰(먼지)가 산만큼 쌓이고", "산을 갈아 평지를 만들기" 전에는 결혼할 수 없다는 조건을 내세워 결혼을 거절했지만, 희왕은 백귀왕白龜王의 도움을 받아 실현 불가능한 이 두 가지 일을 실현시킬 수 있었고, 두 사람은 마침내 결혼을 하게 되었다. 희녀羲女는 임신한지 13년 만에 수장이나 되는 괴이한 뱀 한 마리를 낳았는데, 희왕이 이를 열 두 토막을 내자 "십이지지주야十二地支晝夜"로 변하였고, 다시 서른 두 토막을 내자 뱀의 머리는 산언덕이 되었고, 뱀의 꼬리는 오호五湖로 변하였으며, 뱀의 배는 전지田地가 되었다. 이리하여 천지의 개벽이 완성되었고, 복희는 자연히 개벽신이자 인류의 시조신으로 자리를 잡게 되었던 것이다.

문일다聞─多는 ≪복희고伏羲考≫에서 서남지역의 홍수신화를 하나의 도표로 보여 주고 있는데, 여기서 복희 계열이 커다란 비중을 차지하고 있음을 확인할 수 있다.

상서湘西 묘인苗人의 "나공나모가儺公儺母歌"
광서廣西 서융편묘西隆偏苗의 "홍수횡류가洪水橫流歌"
귀주貴州 동인侗人의 "홍수가洪水歌"
광서廣西 융현融縣 나성요인羅城瑤人의 "홍수고사洪水故事"
광서廣西 삼강三江 판요板瑤의 "오곡가五穀歌"
광서廣西 상현象縣 판요板瑤의 "반왕가盤王歌"
광서廣西 도안都安 농요儂瑤·반요盤瑤의 "반왕수중홍수가盤王水中洪水歌"
광서廣西 상림上林 동롱고사東隴故事
배롱요고사背籠瑤故事 "복형희매伏兄羲妹"
만요蠻瑤 "복형희매伏兄羲妹"

위에서 보이는 각 민족의 창세신화에서 복희가 주인공으로 등장하고 있다. 문일다가 제공한 민속자료 이외에도 적지 않은 소수민족 사이에 위와 같은 고사가 여전히 오늘날까지 전해지고 있다. 예를 들어 흘노족仡佬族의 ≪복희형매제인연伏羲兄妹制人烟≫, 사가족土家族의 ≪형매개친兄妹開親≫, 포의족布依族의 ≪복희형매伏羲兄妹≫ 등이다.

이와 같이 고대의 기억이 각 민족의 가요와 고사를 통해 대대로 전해져 오늘날 사람들 마음속에 살아있는 신화로 자리잡게 되었으며, 또한 복희의 후예로써 혹은 전설의 영향을 받은 부족으로써 신화와 전설은 이들에게 신앙적 기능과 사시史詩적 역할을 담당해오고 있다. 이러한 신화와 전설은 훗날 중원지역 신화의 영향을 받아 새로운 형태로 개조되기도 했지만, 아직 원시적인 원형을 많이 유지하고 있어 복희신화의 착근과 재생을 살펴볼 수 있다.

이어서 부상扶桑과 약목若木에 관계된 내용을 살펴보면, ≪산해경山海經≫에서 "동해에 부상수扶桑樹가 있는데, 바로 열 개의 태양이 쉬는 곳이다. 첫 번째 태양이 윗가지에 머무는 동안 아홉 개의 태양은 아랫가지에서 쉰다."고 하였고, ≪해내경海內經≫편에서는 "남해에 있는 흑수黑水와 청수靑水 사이에 나무가 있는데, 이름을 약목若木이라고 한다."고 하였다. ≪회남자淮南子·지형훈地形訓≫에서는 "약목若木은 건목建木의 서쪽에 있으며, 그 끝에 열 개의 태양이 있다. 그 빛은 아래의 땅을 비춘다."고 하였다. 고유高誘는 주석에서 이에 대해 "약목若木은 열 개의 태양을 받치고 있는데, 그 형상이 마치 연꽃과 같고 빛은 아래를 비춘다."고 설명하였다. 약목若木의 "약若"은 ≪설문說文≫에서 약叒으로 쓰이며, "태양이 처음 동방의 탕곡湯谷에서 나와 부상扶桑에 오르는 것이다."고 하였으니, 약목若木이 바로 부상扶桑을 가리키는 것으로 그 위에 모두 열 개의 태양이 있다는 것을 의미한다. 즉, 부상扶桑과 약목若木은 같은 물건이지만 이름을 달리한 것임을 알 수 있다. 그런데 여기서 한가지 원래 동쪽에 있던 물건이 어떻게 서쪽으로 옮겨갔는가 하는 의문점이 생기는데, 이에 대한 유일한 해답은 바로 복희의 후예가 서남쪽으로 이주하면서 신화도 함께 옮겨갔다고 볼 수밖에 없다. "부상扶桑"과 "열개의 태양十日"은 원래 제준帝俊, 즉 희화羲和신화의 핵심내용 가운데 하나일 뿐만 아니라, 또한 복희신화의 원시적인 구성부분이기도 하다. 복희는 본래 태양신의 성격을 가지고 있었는데, 복희의 일족이 서남쪽으로 옮겨가면서 자연스럽게 자신들의 신화를 서남쪽으로 옮겨갔을 것이고, 이로 인해 동일한 성질의 두 신화가 함께 등장하게 되있다고 추측해 볼 수 있다.

3. 복희 중화민족의 시조 확립

복희의 후예들이 수많은 지역으로 흩어져 이주해나가면서 얼마나 많은 고난과 치욕을 겪어야 했는지 알 수 없지만, 이주 과정에서 문화 전파와 민족의 자연적인 융합은 오히려 복희의 신화가 남북의 문화속에 광범위하게 수용되는 계기가 되었을 뿐만 아니라 중화민족의 숭고한 시조로서의 지위를 확립시키는 토대가 마련되었다고 할 수 있다.

그러나 시조로써의 복희의 지위가 확립된 것은 상고시대가 아닌 역사시대로 접어들면서 점차적으로 이루어진 결과이다. 그러므로 이러한 복잡한 역사의 변화를 이해하기 위해서는 여전히 우리 기억 속에 남아있는 흔적에 의지할 수밖에 없다.

1) 인간 제왕과 문화신의 지위 확립

전적에 기록된 내용을 통해 선진시대에 이르러 복희가 인간 제왕의 신분으로 등장하고 있으며, 이러한 지위의 확립은 남북문화의 융합이라는 배경아래 완성되었다는 사실을 발견할 수 있다. 이는 사실 복희를 중심으로 하는 문화 공동체의 기초적 형태가 형성되었음을 의미하기도 한다. 선진시대 제자들이 문장 중에서 복희를 찬양하고 있는 것은 아마도 불안정한 당시 사회 상황에 대한 부정적인 입장을 표현한 것으로 보이며, 또 하나의 원인은 제자諸子의 탁고개제託古改制에서 찾아볼 수 있을 것이다. 하지만 복희에 대한 이와 같은 찬양은 직접적으로 군왕 신분을 확정짓는 결과를 가져다 주었다.

남북의 문화가 서로 융합되는 과정에서 제자諸子의 의탁依託과 제왕으로써의 신분확립은 또 한편으로 문화신으로서의 지위를 확립시키는 계기를 마련해주었다. 그 결과 중국의 고대신화전설 속에서 보이는 그 어떤 제왕이나 영웅도 문화적 지위에 있어서 복희와 견줄만한 인물을 찾을 수 없게 되었다. 설사 황제나 염제라고 해도 문화적인 지위에 있어서는 역시 그에게 미치지 못한다. 그런 까닭에 잠시 서적을 뒤적이기만

염제炎帝가 약초를 캐서 광주리에 담아 돌아오는 모습. 머리위로 약초를 감별하는 채찍이 보이고 손에 영지버섯이 들려 있다.

해도 복희와 관련된 많은 자료들을 쉽게 찾아 볼 수 있다.

옛날에 포희씨庖犧氏가 천하의 왕이었다. 머리를 들어 하늘의 상象을 보고, 고개를 숙여 땅의 법칙을 따르고, 조수鳥獸의 무늬를 보고, 땅의 마땅함을 다루어 가까이는 제신諸身에서 취하고 멀리는 제물諸物에서 취하여 처음으로 팔괘를 만들었다. 이것으로 신명神明의 덕과 통하게 하고 만물의 정情을 구분지었다. (≪역전易傳·계사繫辭≫)

태호太昊는 거미를 본받아 그물을 만들었다. (≪포박자抱朴子·대속편對俗篇≫)

(포희씨)는 새끼줄로 어망을 만들었으며, 밭갈이를 하고 물고기를 잡았다. (≪역전易傳·계사繫辭≫)

복희씨는 비파를 만들고, ≪가변駕辯≫이라는 곡을 지었다. (≪초사楚辭·대초大招≫왕일王逸 주석)

복희 …… 나무를 비벼 불을 구하였다. (≪광운廣韻≫34"화火"조 주석에서 인용 ≪하도정기보河圖挺期輔≫)

(복희)는 소혈巢穴에서 살았다. (≪습유기拾遺記≫권1)

(복희)가 처음으로 사물과 벌레 조수의 이름을 지었다. (≪태평어람太平御覽≫권914 인용≪서명력序命曆≫)

복희가 처음으로 백초百草의 맛을 보아 먹을 수 있을 것을 골라내느라 하루에도 이른 두 번이나 독에 취하기도 하였다. 그런 연후에 오곡이 갖추어졌다. (≪공총자孔叢子·연총자하連叢子下≫)

(복희)가 금속을 제련하여 그릇을 만들었으며, 백성들에게 구워먹는 법을 가르쳤다. (≪역사繹史≫권3 인용 ≪삼분三墳≫)

복희가 천을 만들었다. (≪노사路史·후기后紀≫1 나주羅注 인용 ≪백씨첩白氏帖≫)

복희가 절구공이와 절구통을 만들어 만민을 이롭게 하였다. (≪신론神論≫)

복희가 누에를 쳤다. (≪노사路史·후기后紀≫5 나주羅注 인용(≪황도요람皇圖要覽≫)

(복희)가 서계書契를 만들어 결승 문자를 대체하여 사용하였다. 이로써 문적文籍이 흥성하게 되었다. (≪상서尙書≫공서孔序)

옛날 포희가 주나라의 역법을 세웠다. (≪노사路史·후기后紀≫1 인용 ≪주비산경周髀算經≫)

(복희)는 성씨를 바로잡고 중매를 분명히 밝히어 만민의 이로움을 중시하였고, 아름다운 가죽에 이를 추천함으로써 그 예를 엄하게 하였다. (≪노사路史·후기后紀≫)

태고적에 성인이 혼란함을 싫어하여 이로써 법을 삼았는데 처음 복희에서 시작하여 요堯임금에 이르러 완성되었다. (≪법언法言·문도問道≫)

(복희)는 네모난 곳에 살며 성곽을 설치하였다. (≪역사繹史≫권3 인용 ≪삼분三墳≫)

(복희)가 가축을 사육하였으며, 소를 부리고 말을 탔다. (≪노사路史·후기后紀≫)

(복희)가 방패와 창을 만들었다. (≪습유기拾遺記≫권1)

위에서 언급한 자료를 통해 볼 때, 문자, 의약, 목축, 어렵漁獵, 팔괘八卦, 음악, 악기, 불, 농업, 야금冶, 직포織布, 양잠養, 저구杵臼, 천문, 혼매婚媒, 예법禮法, 성곽城郭, 병기 등 고대 문명 가운데 대부분이 복희에 의해 발명되거나 창조된 것으로 명실상부한 문화신으로 등장하고 있다. 그가 창조한 발명 가운데 가장 큰 영향력을 가진 것은 팔괘八卦라고 할 수 있는데, 이는 또한 복희가 문화신이 될 수 있었던 가장 중요한 요소이기도 하다.

2) 여와女媧와의 결합, 중화민족의 개벽신과 시조신의 지위 확립

여와女媧는 중국 고대신화 중에서 대단히 중요한 인물일 뿐만 아니라, 여성신 중에서 대표적인 여신이기도 하다. 여와는 구멍 뚫린 하늘을 메우고 사람을 창조한 공로로 인해 서왕모西王母・항아嫦娥・희화羲和・상의常儀 등의 여신들 보다 한층 더 높은 자리를 차지하고 있다. 여와에 관한 자료는 ≪초사楚辭・천문天問≫과 ≪산해경山海經≫에서 찾아볼 수 있는데, 굴원屈原이 ≪초사楚辭・천문天問≫에서 "여와女媧의 육체는 누가 만들었단 말인가"하고 의문을 던지면서, 그렇다면 그녀 자신은 누가 만들었단 말인가 하는 의문점을 제기하고 있는데, 이는 전국시대에 이미 여와가 사람을 만들었다는 전설이 존재하고 있었다는 사실을 설명해 준다.

≪산해경山海經・대황서경大荒西經≫에서는 "열 명의 신인神人이 있는데, 여와女媧의 창자가 변하여 신이 되었다. 율광栗廣의 들에 살며, 그들은 길을 끊고 그곳에 산다."고 하는 보완된 내용을 언급하고 있는데, 이 말은 여와가 고대 개벽창세신이자 시조신이었다는 사실을 증명해 준다고 하겠다. ≪회남자淮南子・남명훈覽冥訓≫에 이르러 여와의 지위가 더욱 확고하게 자리를 잡는다.

아주 먼 옛날에 사방에서 하늘을 떠받치던 기둥이 무너져 내려 구주九州의 대지가 갈라지고 하늘은 모든 대지를 뒤덮을 수 없게 되었고, 땅역시 만물을 실을 수 없게 되었다. 큰불이 도처에서 일어났으나 불을 끌 수가 없었고, 홍수가 범람하여 이를 막을 수가 없었다. 맹수가 선량한 사람들을 잡아먹고, 흉조가 노인과 어린이들을 잡아먹었다. 이러한 상황에서 여와는 오색 빛이 나는 돌을 정련하여 하늘에 뚫린 구멍을 막았으며, 큰 거북이의 다리를 잘라 하늘을 지탱하는 기둥으로 삼았다. 그리고 흑룡黑龍을 죽여 사람들을 구원하였고, 갈대를 모아 평지에 넘쳐나는 물을 막았다. 하늘에 뚫린 구멍을 막았고, 사방의 기둥도 바로 세웠으며, 범람하던 물도 막아내자 기주冀州가 안정되었다. 독충과 맹수의 해를 없애자 백성들이 편안하게 살게 되었다.

하늘의 구멍을 메웠다는 이 "보천신화補天神話"는 여전히 여와 신화 체계에 있어서 핵심적인 내용으로 인간을 창조하였다는 고대의 "조인 신화造人神話"와 합쳐져 여와의 형상을 더욱 이채롭게 만들었을 뿐만 아니라 내용 역시 원시신화의 성질을 갖추고 있다. 여와신화가 처음 발생한 곳이 어디인가 하는 문제는 바로 여와의 신화가 어떠한 신화 계봉에 속하느냐 하는 문제와 직결되는 것으로써, 비록 현재로서 확실하게 증명할만한 자료를 찾을 수는 없으나 다행히도 중국 고대의 전설 가운데서 이와 관련된 일련의 실마리를 찾아 볼 수 있다.

승광산承匡山은 임성현任城懸 동남쪽 70리에 있다. ≪환우기寰宇記≫에서 여와가 태어난 곳이다. 현재 산 아래에 여와의 묘廟가 있다. (≪노사路史·후기后紀≫2 나주羅注)

려산驪山은 여와가 다스리던 곳이다. (≪노사路史·후기后紀≫ 나주羅注)

천황天皇은 동생 와媧를 여수汝水의 북쪽 양陽에 봉하였는데, 후에 천자天子가 되었다. 이로 인하여 여황女皇이라 일컫는다. (≪세본世本·씨성편氏姓篇≫)

괵주虢州에 여와의 무덤이 있다. (≪유양잡조酉陽雜組·충지忠志≫)

남전곡覽田谷 두 번째 계곡의 북쪽에 여와씨의 계곡이 있다. 삼황三皇이 예부터 거주하던 곳으로 즉 려산驪山이다. (≪노사路史·후기后紀≫ 2 나주羅注 인용 ≪장안지長安志≫)

위에 기재된 지역이 모두 황하 중류지역과 황하 하류인 산동 경내에 분포되어 있다는 점은 여와가 고대 중국 북방의 여신이었다는 사실을 증명해 주는 하나의 근거로 볼 수 있다. ≪회남자淮南子≫에 보이는 "흑룡을 죽여 기주를 구원하였다."는 말을 통해 초기에 여와가 황하 중하류 지역에서 활동하다가 점차 동쪽으로 옮겨간 사실을 짐작해 볼 수 있는데, 이는 동방이 원래 복희의 발상지였다는 사실로도 미루어 짐작할 수 있다. 장진리張振犁는 ≪중원고전신화류론고中原古典神話流論考≫에서 지금의 하남성 서화현西華懸 사도강思都崗을 여와성女媧城이라고 부르는데, 전하는 바에 의하면 여와가 세웠다고 하며, 현지인들은 이곳을 "여와의 옛터故墟"라고 부른다고 밝혀놓았다. ≪화양국지華陽國志≫에 의하면, 아미산峨眉山 여와동女媧洞이 복희와 여와가 노닐던 곳이라고 하는데, 이 설은 후대에 나온 것으로 복희와 여와가 서로 결합된 후의 산물로 볼 수 있을 것이다.

초기 신화 속에서 복희와 여와는 아무런 관계도 없었으나 한대漢代에 이르러 융합된 형태로 등장하기 시작하였다. 즉 동한東漢의 왕연수王延壽가 ≪노영광전부魯靈光殿賦≫에서 서한시대의 노영광전魯靈光殿의 그림 내용을 기술하면서 "복희는 기린의 몸을 여와는 뱀의 몸을 가지고 있다"고 묘사하였는데, 이 기록이 바로 복희와 여와가 서로 결합된 모습으로 등장한 최초의 기록이며 영제影帝 때 완성되었다. 이어서 얼마 후에 출현한 ≪회남자淮南子·남명훈覽冥訓≫에서 "복희와 여와는 법과 제도를 제정하지 않았지만 높은 덕행을 후대에 물려주었다."는 기록을 남기고 있는데, 이 당시만 해도 두 사람을 합쳐 부르긴 했어도 두 사람의 관계에 대해서는 명확하게 명시되어 있지 않았다. 한대漢代에 이르러 벽돌에 그림을 새긴 "한화전漢畵傳"과 동한시대에 세워진 무량사武梁祠 석실에 그려진 그림 가운데 두 사람이 교미交尾하는 모습이 보이는데, 이 중에서 한 사람은 복희이고 다른 한 사람은 바로 여와이다. 복희는 손에 콤파스를 쥐고 있으며, 머리 위에는 금까마귀金烏와 태양이 그려져 있다. 반면 여와의 손에는 격자가 들려 있고, 머리 위에는 두꺼비蟾蜍와 옥토끼玉兔, 달 등이 그려져 있다. 이처럼 한대의 회화 속에서 복희와 여와는 각각 음양陰陽을 주관하는 신의 형상으로 등장하고 있다. 이들은 또한 각각 태양신과 달의 신을 대표하는데, 이는 바로 전국시대이래 음양관념으로부터 생겨난 산물이라고 하겠다. 하지만 여기서도 두 사람의 관계는 여전히 분명해 보이지 않는다. 그러다가 동한 이후 문인들이 민간에 전해오는 전설을 토대로 고대의 신화와 융합하여 복희와 여와를 오누이로 만들어 놓았으며, 당대唐代의 ≪독이지獨異志≫에 이르러서는 복희와 여와가 오누이에서 부부로 맺어지면서 중화민족의 개벽신이자 시조신으로 단숨에 뛰어오르게 되었으며, 더욱이 두 사람 모두 삼황三皇에 추대됨으로써 황제를 필두로 하는 오제五帝의 대열에 오르게 되었던 것이다.

이와 같은 복희와 여와의 관계는 고대의 동방신화와 남방신화, 그리고 중원의 신화가 대융합을 이룬 결과이며, 끝내는 중국내의 모든 민족을 화하華夏 민족으로 통합시키게 되었다. 이것이 비록 신화의 역사화와는 다른 길을 걸어왔다고 하지만 결국은 동일한 결과를 가져왔다. 또한 이러한 상황은 화하華夏민족의 의식형성 과정에 있어서 그 과정의 복잡성과 다양성을 보여주는 한 단면이라고 하겠다.

제6장 중국 고대신화의 역사화 궤적

　중국의 고대신화를 대략적이나마 이해하는 사람이라면 고대신화의 소실을 탄식하지 않을 사람이 없을 것이다. 더구나 그 근본적인 원인이 대부분 유학자들의 개조와 사가들의 역사화에 기인하고 있기 때문에 어떤 학자들은 공자와 사마천을 중국 신화의 말살자로 보기도 한다. 비록 상징적으로 이와 같다고는 하지만 옳고 그름은 분명히 따져봐야 할 것이다. 공자孔子가 설사 "괴怪·려力·난亂·신神"을 말하지 않았고, 사마천이 신화와 전설을 근거로 "오제본기五帝本紀"를 완성하였다고는 하지만, 신화를 중국의 역사라는 틀 속에 귀속시킨 사람은 공자나 사마천이 처음은 아니며, 그 근원을 따져볼 때 더 오래된 것이 사실이다.

　중국 고대신화가 원래 통일된 신계神系를 형성하지는 못했지만, 시조신과 천신이라는 신분은 고대신화의 중요한 특징 가운데 하나라고 할 수 있다. 여기에는 중국의 고대 사람들의 "천일합일天人合一"과 "인신합일人神合一"이라는 소박한 사유가 내포되어 있으며, 이는 또한 중국 신화의 역사화에 중요한 계기가 되었다. 주대周代 사람들의 천도天道관념은 ≪상서尚書≫·≪좌전左傳≫·≪국어國語≫ 등과 같은 전적의 역사 기록을 통하여 신화와 전설을 역사와 융합시키는 방향으로 발전시켜 나갔기 때문에 공자孔子·맹자孟子·묵자墨子 등은 역사화라는 조류 속에서 다만 하나의 물결에 불과할 뿐이며, 사마천 역시 이러한 흐름을 종결지은 인물에 지나지 않는다고 하겠다.

중국 고대신화의 역사화 과정은 서주西周로부터 서한西漢 전후까지 천여 년의 긴 역사를 지나는 동안 집중적으로 화하華夏민족의 의식형성 과정을 반영하여 중국의 전통문화관념 형성에 커다란 영향을 주었다.

1. 천신天神겸 시조신 ― 원시혈통관념

170만 년 전 혹은 그 보다 더 이른 시기에 중화민족의 조상들은 이미 "인간"이라는 이름을 가지고 대지 위에 생활하면서 길고 기나긴 원시시대를 지나 문명의 시대로 접어들었다. 고대 사람들은 각자 자신들의 지역에서 삶을 개척해 나갔기 때문에 부족이나 씨족간에 왕래가 거의 없었다. 또한 그들은 구전을 통해 선조와 자신들의 이야기, 혹은 씨족이나 부락의 영웅적인 업적을 대대로 전송傳誦했던 까닭에, 비록 훗날 부족간의 정복과 융합, 이주 과정에서 이야기들이 개조되거나 기억이 희미해져 부족간의 전설이 서로 융합되는 현상이 일어났지만, 그들은 자신들의 기억 속에서 선조에 대한 기억을 완전히 잊어버리지 않고, 오히려 독특한 방식을 통해 하나의 조상을 중심으로 후예들의 계보를 배열하는 한편, 선조들의 영웅적인 활동을 한 부족의 이야기로 농축시켜 나갔는데, 이것이 바로 신화와 전설이 되어 오늘에 전해지게 된 것이다. 그래서 우리는 바로 이러한 고대의 신화에 의지해 어렴풋하게나마 각 씨족의 근원과 부족간의 혈연관계를 파악해 볼 수 있는 것이다.

혈통에 집착하는 관념은 중국 고대신화의 독특한 풍격을 형성시켰을 뿐만 아니라, 시조신과 천신天神을 하나로 융합시키고, 또한 인격과 신격神格을 하나로 융합시키는 결과를 가져다주었다. 그 결과 수많은 각 씨족과 부족들에게도 그들만의 시조신과 중심신이 출현하게 되었고, 결국 신화 속에서 모든 신들을 통솔할만한 주신主神을 찾아 볼 수 없게 되었던 것이다. 이러한 까닭에 중국의 신화는 "그리스의 신화와 전설" 같은 완전한 신화고사를 이야기 할 수가 없게 되었는데, 이는 선천적인 것으로 단순하게 후대 사람들이 필묵으로 보충해 넣을 수 있는 일은 아니다.

현존하는 신화가 가장 풍부하게 보존된 ≪산해경≫의 "해경海經"과 "황경荒經"을 살펴보면 마치 고대 신들의 계보를 보는 듯한 착각을 느끼게 한다. 여기에는 각각의 혈통을 계승한 부족의 역사가 줄줄이 기록되어 있다.

제준帝俊은 우호禹虢를 낳았고, 우호는 음량淫梁을 낳았다. 음량은 번우番禺를 낳았는데, 처음으로 배를 만들었다. 번우는 해중奚仲을 낳았고, 해중은 길광吉光을 낳았다. 길광은 처음으로 나무로 수레를 만들었다. (≪해내경海內經≫)

사유국司幽國이 있었는데, 제준이 안용晏龍을 낳았고, 안용은 사유司幽를 낳았다. 사유는 사사思士를 낳았다. 처를 얻지 않았다. 사녀思女를 낳았으나 사녀는 시집가지 않았다. (≪대황동경大荒東經≫)

염제炎帝의 처이자 적수赤水의 딸인 청옥廳沃은 염거炎居를 낳았으며, 염거는 절병節并을 낳았다. 절병은 희기戲器를 낳았으며, 희기는 축융祝融을 낳았다. 축융은 강숫가에 폄적되어 그 곳에 살면서 공공共工을 낳았다. 공공은 술기術器를 낳았는데 술기의 머리는 네모였다. 그는 축융의 모든 땅을 회복하였으나 여전히 강가에서 살았다. 공공은 후토后土를 낳았고, 후토는 일명噎鳴을 낳았고, 일명은 1년의 12개월을 낳았다.

홍수가 일어나 물이 하늘까지 찼다. (≪해내경海內經≫)

황제黃帝의 처인 뇌조雷祖는 창의昌意를 낳았다. 창의는 약수若水가에 폄적되어 그 곳에서 살면서 한류韓流를 낳았다. 한류는 긴 머리, 작은 귀, 사람의 얼굴, 돼지 입, 기린의 몸, 두 다리에 혹이 있고, 한 쌍의 돼지 족발을 하였으며, 그는 뇨족淖族 가운데 아녀阿女라고 불리는 여자를 처로 삼아 전욱顓頊을 낳았다. (≪해내경海內經≫)

황제는 묘용苗龍을 낳았고, 묘용은 융오融吾를 낳았다. 융오는 농명弄明을 낳았고, 농명은 백견白犬을 낳았고, 백견은 암컷과 수컷이 있어 짝을 지어 배필이 될 수 있었다. 후에 견융犬戎이 되었으며, 육식을 하였다. (≪대황북경大荒北經≫)

제순帝舜이 희戱를 낳았으며, 희는 요민搖民을 낳았다. (≪대황동경大荒東經≫)

이처럼 일일이 열거할 수 없을 정도로 많은 예들을 찾아 볼 수 있다. 일부 씨족이 비록 여러 가지 원인으로 인해 이주를 했고, 또한 성씨가 다르기는 했지만 그들은 여전히 자신들의 조상과 부족의 대신大神을 기억하였다. 이러한 혈통관념으로 인해 고대신화 중에서 시조신들이 천신의 신분을 겸하게 되었고, 이에 따라 제준帝俊·황제·염제 등도 모두 천신과 시조신의 신분을 겸하게 되었던 것이다. 이러한 혈통관념이 중화민족의 문화 가운데 깊이 뿌리 내려 사관史官문화에 커다란 영향을 주었으며, 전통적인 정치관념과 종법宗法제도에도 깊은 영향을 끼쳤다.

고대 각 부족들이 서로 충돌하고 정복하는 과정에서 강력한 힘을 가진 하夏부족은 중국의 대지 위에 처음으로 동일한 혈통(부자 계승)

을 대대로 계승시키는 왕조를 건립하였다. 이어서 은殷나라는 하나라를 멸망시키고 제도를 바꾸는 한편, 그들의 후손을 노예로 삼았으나 혈통관념만은 그대로 하나라를 계승하였다. 하나라를 멸망시킨 은나라 민족은 자부심을 가지고 자신의 선조들을 주신으로 추대하는 동시에 역대 군주의 이름 앞에 "제帝"자를 붙여 쓰기 시작하였는데, 이는 천지간에 살아있는 신령神靈으로 숭배하고자 한 은나라 사람들의 바램이 깃들어 있다.

《상서尙書·반강盤康》에서 "나는 우리 선신후(선왕)께서 너희들의 선조를 수고롭게 하였음을 생각하며, 지금 너희들을 크게 길러주고자 함은 너희들을 생각하기 때문이다."고 말한 구절에서 자신들의 선조를 신후神后로 간주한 예를 찾아볼 수 있으며, 또 "상제께서 고조高祖의 덕을 회복하여 다스림이 우리 나라에 미치게 한다."고 한 구절에서는 은나라 사람들이 "상제上帝"를 자신들의 선조로 여기고 있었다는 사실을 알 수 있다. 즉 은나라 민족을 도와 "고조"의 품덕과 능력을 회복시켜 그 어떠한 전쟁에도 이길 수 있는 은왕실의 강력한 힘을 기원하였던 것이다. 여기서 우리는 또한 은나라 사람들이 천신을 자신들의 시조신으로 여겼다는 사실을 엿볼 수 있다. 갑골 복사卜辭에서도 고조 준俊이 등장하는데, 준은 바로 신화 속의 천신을 가리킨다. 이와 같은 혈통의식으로 인해 은나라 사람들은 천신(시조신)의 보호를 받는다고 여겼기 때문에 두려움을 느끼지 않았다. 그래서 서백西伯 문왕文王이 일찍이 영토 확장을 위해 은나라를 위협할 때도 주왕紂王은 조금도 두려운 기색이 없이 "내 목숨은 하늘에 달려 있다."는 자신만만한 태도를 보여준 것은 바로 천신은 절대로 다른 사람을 돕지 않는다는 의식이 내재되어 있었기 때문이다.

2. 주周나라 사람의 천도관 — 혈통에 대한 도통道統의 보완

은나라 사람들이 믿었던 천신상제天神上帝는 은나라의 멸망과 함께 주周나라 사람들에 의해 '제帝'자가 사라지는 수모를 겪게 되었다. 새로운 나라를 세운 주나라 사람들은 은나라 사람들이 사용했던 '제帝'자에 대해 승복할 수 없었을 뿐만 아니라, 더더욱 받아들일 수 없었다. 그래서 그들은 '제帝'자 설을 개조하여 '천명관天命觀'을 만들어 내었던 것이며, 주대의 문헌 중에서 간혹 '제帝'자가 보이기는 하지만 대부분의 경우에는 '천天'자를 쓰고 있다. 이 점에 대해 유기우劉起釪 선생은 일찍이 다음과 같이 통계를 만든 적이 있다. 즉,

> ≪주서周書≫의 제고諸誥에는 오고五誥와 ≪재재梓材≫, ≪군상君奭≫, ≪다사多士≫, ≪다방多方≫ 등의 편이 포함되어 있는데 여기에 '천天' 자가 모두 112번 쓰였으며, 동시에 '제帝'자도 25번 사용되었다. ≪주역周易≫의 복사卜辭에서 '천天'자가 17번 사용되었고, '제帝'자는 1번 쓰였다. ≪시詩≫ 중에는 신의 의미를 가진 '천天'자가 106번 사용되었고, '제帝'자는 38번 사용되었다. 그리고 금문金文 중에는 역시 '천天'자가 더 많이 쓰였다.

위의 통계상으로 볼 때, 주나라 사람들이 사용한 '천天'자가 '제帝'자보다 훨씬 많다는 사실을 알 수 있다. 은나라 사람들이 갑골문에서 '제帝'자를 오직 주신主神의 의미로만 사용했던 점과 비교해 볼 때 크게 전환되었다고 볼 수 있다. 주周나라 사람들은 눈 가리고 아웅하는 식의 천명天命을 이용한 '천덕관天德觀'을 내세워 은殷나라 유민과 천하의 제후들을 설득하고 통치체제를 공고히 하기 위한 수단으로 활용하고자 하였다. 그리고 또 한편으로는 자신들이 은나라를 정벌한 것처

럼 다른 나라가 자신들을 정벌하게 되는 상황을 미연에 방지하기 위한 방법으로 이용하고자 했다. 그래서 주나라 사람들은 세상 사람들에게 하늘의 뜻이라고 하는 천의天意를 반복하여 강조하였던 것이다.

(문왕의 덕)이 상제에게 알려지니 상제가 아름답게 여기셨다. 하늘이 마침내 문왕을 크게 명하여 은나라를 쳐서 멸하게 하시므로, 그 명을 크게 받으시니 그 나라와 백성들이 이에 퍼지게 되었다. (≪상서尚書·강고康誥≫)

너희 은나라의 남은 다사多士들아! 하늘에게 가엾게 여김을 받지 못하였다. 그리하여 하늘이 크게 은나라에 망함을 내리시므로 우리 주나라가 도와주라는 명과 하늘의 밝은 위엄을 받들어 왕이 정벌을 단행하여 은나라의 명을 바로잡아 상제의 일을 끝마쳤노라. 그러므로 너희 다사多士들아! 우리 작은 주나라가 감히 은나라의 명을 취하려고 한 것이 아니다. 하늘이 은나라에 명을 주지 않으신 것이다. (≪상서尚書·다사多士≫)

황천 상제가 그 원자와 대국인 은나라의 명을 바꾸셨으니 왕께서 천명을 받았다. (≪상서尚書·소고召誥≫)

위의 문장에서 보는 바와 같이 주나라 사람들이 여러 가지 많은 말들을 하고 있지만, 사실 이러한 말들은 한마디에 지나지 않는다. 즉 우리 주나라가 은나라를 정벌하고 새로운 정권을 세운 것은 천명을 좇은 것이기 때문에 은나라 유민들은 당연히 우리를 원망해서는 안 되고, 천하 사람들 역시 당연히 복종해야 한다는 의미를 담고 있다.
　주나라 사람들은 자신들이 내세운 주장에 대해 공허함을 느낄 수밖에 없었다. 하나라와 은나라의 멸망을 귀감으로 삼기에는 시대적으로 너무 가까웠으며, 이러한 상황은 주나라 사람들로 하여금 천명의 무상함을 분명하게 인식시켜주었다. 그래서 내외적으로 여론을 기만하는 수단을 동원하는 동시에 대내적으로는 "덕德"자를 '천天'자와 결합시켜 주나라의 통치자들이 천명을 두려워한다는 여론을 조성하여 인심을 수습하고, 조상의 덕업을 빛내고자 하였다. 그렇기 때문에 "하늘은 믿을 수 없으나 우리의 도리는 무왕의 덕을 연장하고", "황천은 친함이 없기 때문에 오직 덕으로서 보좌해야 한다."고 주장하였으며, 또한 "백성이 하고자 하는 것이면 하늘은 반드시 그것을 따라야 한다."고 주장하였다. 이러한 모든 것은 주나라 사람들이 스스로 자신들에게 경종을 울리기 위한 것으로, 천명은 믿을만한 것이 못되기 때문에 하늘은 사람들이 원하는 바를 따라야 한다는 것을 주장한 것이다.

주나라 사람들이 "제帝"자를 대신하여 "천天"자로 고친 것은 사실상 중국 고대신화의 역사화를 촉진시키는 또 하나의 커다란 계기가 되었다. 처음에 주나라 사람들은 자신들의 선조 후직后稷을 강원姜嫄이 "상제의 발자국에 엄지발가락을 밟고" 낳은 것이며, 또한 "문왕의 오르내리심이 상제의 좌우에 계시다."고 말했으나, 훗날 고의적으로 개조시키는 과정에서 은나라 사람들의 "상제上帝"는 현실생활과 점차 멀어지게 되었고, 가공의 "천명天命" 관념은 오히려 주나라 사람들의 문화체계 속으로 스며들어 더 이상 신격神格을 갖춘 영웅을 찾아 볼 수 없게 되었다. 결국 고대 부족의 시조신(후직을 포함)은 다만 그 흔적만을 남긴 채 피와 살이 붙어 있는 덕행을 갖춘 인간화된 시조의 모습으로 변모하게 되었던 것이다.

주나라 사람들이 내세웠던 "천덕天德" 관념은 고대신화의 형식과 내용까지도 모두 변화시켰을 뿐만 아니라, 수천 년간 중국의 정치사상과 사관史官에게 직접적인 영향을 끼쳤다.

공자는 은나라와 주나라의 문화 차이를 꿰뚫어 볼 수 있는 혜안을 가지고 있었다. 그래서 "은나라 사람은 신을 높여, 백성을 거느리고 신을 섬겼다. 귀신을 먼저 섬기고 예를 뒤로 하였다. 먼저 벌을 주고 상을 뒤로 하였으며, 높이되 친하지 않았다. …… 귀신을 섬기고 신을 공경하여 멀리하고, 사람을 가깝게 하여 충성하도록 하였다. 그리고 상과 벌은 작열爵列(작위)의 높고 낮음에 따라 알맞게 처리하였다."고 말하였는데, 여기서 귀신을 높여 섬기는 일에서 사람을 가까이 하고 신을 멀리하는 상황으로의 전환은 인문정신에 대한 고양인 동시에 내리막 길을 걷는 신화의 비애를 상징적으로 보여주는 것이라고 할 수 있다.

3. 선양설禪讓說의 탄생 — 제신諸神의 퇴위

서주西周의 안정은 주나라 사람들이 생각했던 것처럼 그렇게 오래가지 못하였다. 왕위를 계승한 왕들은 사람과 덕을 숭상했던 선조의 교훈을 멀리한지 이미 오래되었고, 주공周公이 문왕과 무왕을 도와 천하를 정벌할 때 지녔던 위엄 역시 시간이 지남에 따라 흔적도 없이 사라지고 말았다. 더욱이 춘추시대 오패五覇의 등장으로 제후들이 서로 창을 겨누고 대치하면서 주나라의 왕은 유명무실한 존재가 되었다. 이러한 상황 속에서 주나라 사람들은 천덕天德 관념을 토대로 혈통상 관계가 없는 이에게 왕위를 물려주는 "선양설禪讓說"을 창조해 내었고, 이로부터 신화에 대한 대대적인 개소운동이 전개되었다.

"선양설"을 고취시킨 사람들은 유가와 묵가 두 학파의 사람들로써, 이들의 사상적 기초는 바로 현자를 숭상하는 "상현론尙賢論"에 근거를

요 임금

두고 있다. 물론 두 학파의 "상현"관은 서로 질적 차이를 보인나. 덕으로써 천하를 다스리는 것을 추앙하고 덕 있는 자가 천하의 주인이 되어야 한다는 생각과 어진이를 숭상하고 덕으로써 사회의 분쟁을 막아야 한다는 생각은 두 학파 모두 같았지만, 사실 이러한 관념 안에는 동주東周이래 통치자의 무력함에 대한 불만이 내포되어 있다.

"선양설"은 하·은·주 삼대 이래 세상의 모든 것이 천자의 소유라는 가천하家天下의 정치체제를 개혁하고자 하는 요구를 반영한 것으로, 덕이 있는 자는 천하를 얻을 수 있는 반면 덕이 없는 자는 천하를 잃게 된다는 주장을 표명한 것이다. 따라서 성현과 군왕을 숭상하되 포악무도한 자는 주살해야 한다는 주장을 역설하는 한편, 덕을 갖춘 성왕聖王은 천하를 중히 여겨 편협하거나 사사로움 없이 공평무사하며, 천하를 자신의 소유라고 여기지 않기 때문에 이러한 적임자를 선택하여 천하를 책임지도록 추대해야 한다는 생각이 반영되어 있다. 이와 같은 자신들의 학설을 세상에 알리기 위한 하나의 수단으로 아득히 먼 고대의 요堯·순舜·우禹에게 눈길을 돌려 선양이라는 황당한 이야기로 세상 사람들을 기만하는 상황이 벌어지게 되었는데, 이것이 바로 후인들이 말하는 "탁고개제托古改制"이다.

그들은 사람들에게 진실이라 믿게 하기 위해서는 고대신화 속의 인물을 그대로 신의 모습으로 묘사할 수는 없었다. 그래서 그들은 신의 형상을 칠정육욕七情六慾을 가진 인간의 모습으로 개조하게 되었고, 그 결과 신화 속의 수많은 천신들이 신의 색채를 분분히 벗어 던지고 의

관을 정제한 인간 제왕의 모습으로 세상에
다시 출현하게 되었다. 이러한 상황 속에서
황제도 더 이상 네 개의 얼굴을 가지고 신화
속에서 신의 무리를 이끄는 통솔자나 금수를
몰아내는 영웅의 형상으로 등장하지 못하게
되었다. 그리고 사람들은 "선양설"에 맞추어
요堯와 순舜의 사적을 위작한 ≪요전堯典≫과

순 임금

≪고도모皐陶謨≫ 등을 편찬하였다. ≪요전堯典≫에 보이는 천신들은
모두 성현의 모습을 지닌 인신人臣으로 등장하여, 열 개의 태양十日을
낳았다고 하는 제준帝俊의 처 희화羲和는 "해와 달과 별의 운행을 책력
에 기록하고 관상 기구로 기상을 관찰하여 백성들에게 농사철을 알려
주는" 요의 신하가 되었고, 동해 유파산流波山의 신수神獸 기夔는 요의
악관樂官이 되었다. 또한 직稷·설契·고도皐陶·수垂·익益 등도 요의
농관農官, 사도司徒, 법관, 공예품 등을 관장하는 관리나 우관虞官이 되
었다. 이렇듯 순식간에 천하의 성군과 어진 신하들이 모두 한 곳에 모
인 듯한 상황을 연출하게 되었다.

개조할 수 있는 신화 속의 인물들은 모두 개조되었고, 개조할 수 없
거나 혹은 중요성을 인정받지 못한 천신들은 모두 정통 문화권에서
축출되고 말았다. 이로 인해 고대의 대신大神이었던 제준 역시 이 대
열에는 오르지 못하고 사적만이 ≪산해경≫ 같은 패문稗聞(야사)중에
남아 세상에 전해지게 되었다. 이렇듯 고대의 환상적인 신화는 사람들
에게 믿을만한 역사로 뒤바뀌게 되었고, 이로부터 신화는 정통적인 문
화권에서 그 자취를 잃고 말았다.

이 시기 신화 개조운동을 벌였던 사람들은 특히 요·순·우에 대한
적극적인 선양과 찬양에 주목하였다. 먼저 요에 관한 것을 살펴보면,

≪산해경≫ 중에서 간혹 제요帝堯라고만 언급되고 있을 뿐, 세계世系나 사적에 관한 언급을 전혀 찾아볼 수가 없어 비교적 상세한 가세를 보여주고 있는 황제·염제·제준·전욱·순 등과 함께 논할만한 여지가 보이지 않는다. 그래서 필자는 심지어 요가 원래 신화 속의 인물이 아니고 춘추시대이래 사람들이 만들어낸 허구적인 인물이 아닌가 하는 의심이 들기까지 한다. 어쩌면 그가 유명한 임금이었다는 이유로 사람들이 ≪산해경≫에 이름을 싣지 않았거나, 아니면 신적인 색채를 지니고 있지 않아 ≪산해경≫에서 다른 것은 언급하지 않고 이름만 거론하지 않았나하는 생각도 든다. 더욱이 사람들은 요에게 단주丹朱라는 아들과 순에게 시집보낸 두 딸, 그리고 후예后羿 등의 고사를 견강부회하였는데, 원래 단주에 관한 고사는 후대에 발생한 전설이고, "제의 두 딸帝之二女"이라는 말 중에서 "제帝"가 요를 가리키는지도 분명치 않으며, ≪산해경≫에서 제준帝俊이 후예를 시켜 태양을 제거하도록 하지만, ≪회남자淮南子≫에서는 요가 제준의 자리를 대신하여 등장한다. 이처럼 신을 만들어 낸 자들은 그 필요성만을 언급하고, 그 진위에 대해서는 언급하지는 않았다. 더욱이 그들은 적극적으로 요를 찬양하였고, 심지어 공자는 그를 "위대하구나! 요의 임금 됨이여! 높고 높아서 하늘만이 큰 것인데, 오직 요 임금만이 이를 본따셨도다."라며 요를 숭상하였다. 맹자孟子도 성선性善설을 주장하며 요와 순을 언급하였다.

≪요전堯典≫에서는 요를 더욱 적극적으로 찬미하여 "제요는 공이 크니 공경을 받고, 또한 생각함이 밝고 편안하며, 진실로 공손하고 겸양하는 태도는 사표로써 상하에 이르렀다. 구족을 친하게 하니 구족이 이미 화목하거늘 백성을 고루 밝히니 백성들이 덕을 밝히며 만방을 합하여 고르게 하니 여민黎民들이 이에 화하였다."고 하였는데, 여기서

"진실로 공손하고 능히 겸양한다."는 말은 수신修身을 가리키는 것이고, "구족을 친하게 한다."는 말은 제가齊家를 이르는 말이다. 그리고 "백성을 고루 밝힌다."는 말은 치국治國을 일컫는 말이고, "만방을 합하여 고르게 한다."는 말은 평천하平天下를 일컫는 말이니, 이는 바로 유가에서 주장하는 "수신, 제가, 치국, 평천하"의 사상을 그대로 반영한 것으로 유가학파는 후대의 군왕을 위해 불후의 교훈을 세워놓았던 것이다.

임금이 된 우의 모습

이처럼 이들은 요의 묘사에 대해 심혈을 기울이는 동시에, 순과 우禹에 대해서도 요와 마찬가지로 그 모습을 변형시켜 나갔다. 즉 ≪논어論語·태백泰伯≫편에서 "높고 높구나! 순과 우가 천하를 얻었어도 관여하지 아니함이여!", 또 ≪논어論語·위령공衛靈公≫편에서 "아무것도 아니하면서 백성들을 잘 다스리는 사람은 순 임금이로구나!", ≪묵자墨子·소염所染≫편에서 "순임금은 허유許由와 백양伯陽에게서 영향 받았고, 우임금은 고도皐陶와 백익伯益에게서 영향 받았다. 탕湯임금은 이윤伊尹과 중훼仲虺에게서 영향 받았으며, 무왕은 태공太公과 주공周公에게서 영향 받았다. …… 천하에 인의를 뚜렷하게 드러낸 사람은 바로 이 네 임금뿐이다."고 말하고 있듯이, 유가와 묵가의 눈에는 순과 요가 비록 밭隴畝에서 일어났으나 일을 처리함에 성왕聖王처럼 아무런 근심도 원망도 하지 않았고, 순은 요임금을 도와 천하를 다스렸으며, 우는 순임금을 도와 홍수의 범람을 막았으니 이만한 성현

聖賢은 더 없었을 것이다. 게다가 순 임금은 효와 자애로써 모범을 보여 세상에 이름이 났으며, 우임금은 비록 그 아버지가 주살 당했어도 원한을 품지 않았으니 더더욱 성현으로 여겨졌을 것이다.

요·순·우에 대한 찬양은 "선양설禪讓說"을 널리 알리기 위한 것이 목적이었다. 사실 요·순·우의 시대가 중국의 역사시대 이전 시기에 해당하지만, 동이東夷 부족에서 갈라져 나온 순舜과 중서부 지역에서 일어난 우禹와는 결코 같은 부족이 될 수 없고, 날조된 허구적 인물 요는 어디서 왔는지 더더욱 알 수가 없다. 그러므로 요·순·우 세 사람이 모두 황제黃帝의 후예라고 주장한 것은 후인들의 견강부회에 지나지 않는다고 봐야 할 것이다. 원시사회에서 영토와 권력을 쟁탈하기 위한 피비린내 나는 부족간의 전쟁이 고대신화 속에 고스란히 반영되어 있음을 염두해 둘 때, 한 부족의 부족장이 자신의 권리와 토지를 아무런 대가없이 다른 부족에게 고스란히 넘겨주었다는 것은 상상도 할 수 없는 일이다. 이는 오히려 이른바 "선양설"의 황당무계함을 증명해 주는 것이라고 하겠다. 이와 같은 까닭에 우리는 선진시대 전적 중에서 권력 쟁탈을 위해 피비린내 나는 싸움을 벌이는 요·순·우의 흔적을 비교적 쉽게 찾아 볼 수 있다. ≪죽서竹書≫에서 "순은 요를 감옥에 가두고, 다시 요임금의 아들인 단주丹朱를 보루에 가두어 아버지와 서로 만나지 못하게 하였다."는 기록이 보이며, ≪한비자韓非子·설의設疑≫편에서 "순은 요를 핍박하였고, 우는 순을 핍박하였다."는 기록을 찾아볼 수 있다. 굴원屈原의 ≪천문天問≫편에서도 "계啓는 익益을 대신하여 뒤를 이었다.……"고 하는 기록을 남기고 있다. 이처럼 유가와 묵가 등의 제자諸子들의 주장을 통해 희미하게나마 살기등등했던 당시의 흔적을 엿볼 수 있다.

그러나 "선양설"을 제창한 사람들은 자신들이 만들어낸 이 아름다운 상상 속에서 오히려 목소리 높여 성현을 노래하는 한편, 선양禪讓의 성대한 의식을 찬양하고 그려내었다. 이러한 내용은 ≪맹자孟子·만장萬章≫ 편에서 집중적으로 보인다.

순舜이 요堯를 돕기를 28년 동안 하였으니, 이는 인력으로 할 수 있는 것이 아니요 천운이다. 요가 붕어하니 3년상을 마치고 순이 요의 아들을 피하여 남하南河의 남쪽으로 가 계셨는데, 천하의 제후로써 조회하는 자들이 요의 아들에게 가지 않고 순에게 갔으며, 옥사를 송사하는 자들이 요의 아들에게 가지 않고 순에게 갔으며, 덕을 노래하는 자들이 요의 아들을 노래하지 않고 순을 노래하였다. 그러므로 천운이라고 말한 것이다. …… 옛적에 순이 우禹를 하늘에 천거한지 17년 만에 순이 붕어하거늘, 3년상을 마치고 우가 순의 아들을 피하여 양성으로 가 있는데, 천하의 백성들이 따라오기를 요가 붕어한 뒤에 요의 아들을 따르지 않고 순을 따르듯이 하였다.

여기서 언급하고 있는 "선양설禪讓說"이 비록 아름답다고는 하지만, 이것은 과거 봉건사회에서 일종의 정치적인 이상으로써만 존재했을 뿐, 세상에는 도움이 되지 못하였다. 다만 그 결과는 신화 속의 대신大神들을 인왕人王의 계보에 편입시킴으로써 직접적으로 신화의 역사화라는 결과를 가져오는데 지나지 않았다.

4. 신화의 정합整合 — 오제五帝의 계보 형성

유가와 묵가의 학자들이 선양설禪讓說을 크게 제창하여 도통道統관념이 유행하게 되자 이에 대한 반동으로써 원시적인 혈통관념이 다시 학술계에 고개를 들고 활기를 띠기 시작하였으며, 이를 계기로 오제五帝의 계보 역시 이 시기에 점차적으로 형성되기 시작하였다. 혈통관념에 바탕을 둔 춘추전국시대의 오제 계보는 은나라 사람들이 믿었던 단일 혈통 계승방식과는 완전히 다른, 고대신화와 전설의 새로운 조합과 가공, 재배열이라는 등등의 방법을 통해 방대하면서도 새로운 가족체계를 구성해 내었다.

오제 계보의 형성은 그동안 무질서하게 난립하던 신화를 하나로 정리하는 결과를 가져다 주었을 뿐만 아니라 아득히 먼 전설 속의 역사를 일순간에 우리 눈앞에 끌어다 놓고 마치 가까운 이웃들에게 가족사를 들려주는 듯한 친근감을 들게 만들었다. 예전에 어떤 사람이 아들을 몇 두었는데, 후에 이들이 중국 대지 위에 흩어져 자손들을 번성시켜나갔으며, 이들은 또한 서로 돌아가며 집안의 가장으로서 후손들을 이끌어 나갔다. 그런데 어느 날 갑자기 다른 가족의 침략을 받고 가족의 일부가 소멸되거나 먼 곳으로 쫓겨갔으며, 또 일부는 비록 순순히 그들에게 굴복당하기도 했지만, 이 가족의 후손들이 오늘날까지도 의연하게 천하를 통치하고 있다는 형식의 줄거리를 전해주고 있다.

춘추전국시대의 자료를 조사해 보면, 신화의 정합과정을 분명하게 살펴볼 수 있다. 훗날 중국인들의 입에서 흥미진진하게 언급되는 중화민족의 고대 역사는 바로 반고盤古가 천지를 개벽한 이후 삼황오제三皇五帝를 거쳐 지금에 이르는 역사를 일컫는데, 여기에는 중화민족이 형성된 이후의 모든 신화와 전설시대를 포함하고 있다. 사실 반고의 천지개벽 신화는 다른 신화에 비해 비교적 늦은 시기에 출현하였다. 삼황三皇이라는 말 역시 전국시대 말에 이르러 비로소 등장하였으며, 오제설 또한 전국시대의 산물이다. 전국시대 중기이전의 전적에서는 오제의 이름이나 그 서열에 관한 기록이 보이지 않다가 전국시대 중후기에 이르러 오제의 이름이 비로소 제자諸子들의 서적에서 등장하기 시작하였다.

고서誥誓는 오제五帝에 미치지 못하고, 맹저盟詛는 삼왕三王에 미치지 못하며, 자식을 인질로 교환하는 약속은 오백五伯에 미치지 못한다. (≪순자荀子·대략大略≫)

대저 삼황오제는 이름을 세움으로써 후세에 그 명성을 드러내었다. (≪관자管子·정세正世≫)

옛날의 오제五帝, 삼왕三王, 오백五伯이라고 하는 현명한 임금들이 모두 바라던 일이기는 하나, 그것을 쉽사리 얻기에는 정세로 보아 불가능하였다. (≪전국책戰國策·진책秦策≫)1)

이렇듯 당시 사람들은 오제로 부르는 것을 선호하였다. 그러나 오제의 이름은 서적마다 서로 조금씩 차이를 보이는 비교적 큰 임의적인 성격을 내포하고 있다. ≪순자荀子·대략大略≫에서는 "오제"라고 언급했으나, ≪의병議兵≫에서는 오히려 "요가 환두驩兜를 벌하고, 순이 삼묘三苗를 벌하였으며,

반고창세盤古創世

우가 공공共工을 벌하였고, 탕湯이 하夏나라를 정벌하였다. 문왕이 숭崇을 토벌하고, 무왕武王이 주紂를 벌하였다. 이 사제四帝 이왕二王은 모두 인의仁義로써 천하를 제압하였다."고 하여 요·순·우·탕을 사제四帝라 칭하였지만 황제黃帝는 언급조차 하지 않았다. ≪전국책戰國策·

진책泰策≫1에서는 "오제五帝·삼왕三王·오백五伯"으로 귀결짓기 전에 시두에서 "옛날 신농씨는 보수補遂를 벌하였고, 황제는 탁록에서 치우蚩尤를 사로잡았으며, 요는 환루를, 순은 삼묘족을, 우는 공공을, 탕湯은 하나라를, 문왕은 숭崇을, 무왕은 주紂를, 제齊의 환공은 무력으로써 천하의 백伯이 되었다."고 언급하였는데, 이 말의 뜻은 당연히 신농·황제·요·순·우가 오제가 되고, 탕·문왕·무왕이 삼왕이 되며, 제의 환공이 오패五霸의 대표가 된다는 의미이다. ≪관자管子·정세正世≫편에서는 오제를 언급하였으나, ≪치미편侈靡≫편에서는 "옛 기록에 제帝가 여덟이라 하였는데, 신농씨는 포함되어 있지 않고 정해진 자리가 없어 함께 쓸 수 없다."고 하였다. 여기서 팔제八帝 가운데 신농씨가 없다는 사실은 알 수 있으나, 어떤 신들을 모셨는지 알 수는 없다. 이러한 자료들을 통해볼 때, 전국시대 중기에 이르러서도 "오제五帝"가 확정된 것은 아니었던 것 같다. 그래서 서욱생徐旭生 같은 이는 자신의 ≪중국고사의 전설시대中國古史的傳說時代≫에서 "주목할 점은 먼저 오제五帝의 관념이 생긴 후에 오제五帝의 이름을 찾아 끼워 넣었다."는

폭군 걸

주장을 하고 있는데, 이 말은 오제의 설이 시간의 흐름에 따라 점차적으로 형성되어 고정된 것이지, 결코 한사람이 제창하고 천하가 모두 이를 인정한 것은 아니라는 사실을 지적한 것이다. 하지만 오제라는 명사가 먼저 등장하였다는 서씨의 주장은 분명 논의해 볼 여지가 있지만 시기적으로 아무리 빨라야 전국시대를 넘지 않는다. 왜냐하면 이 시기에는 "오제"에 대한 정의가 다양하여 하나

의 통일된 형태를 가지고 있지 못하다가 전국시대 말기에 ≪오제덕五帝德≫이 출현함으로써 오제의 정의가 확정지어지게 되었기 때문이다.

"오제"설에 관한 언급이 비교적 이른 편이라고 할 수 있는 ≪국어國語・노어상魯語上≫에 인용된 전금展禽의 말을 무시할 수는 없다.

옛날에 열산씨烈山氏가 천하를 다스릴 때 그에게는 주柱라고 부르는 아들이 있었는데, 능히 오곡과 채소를 심고 키울 수 있었다. 하나라가 흥기한 후에 주나라 기弃가 주柱의 업을 계승하였다. 그래서 후인들이 그들에게 제사를 지내며 그들을 존중해 오곡의 신으로 칭하는 것이다. 공공씨가 천하의 패권을 장악했을 때 그에게 후토后土라는 아들이 있었는데, 능히 천하의 토지를 다스릴 줄 알았다. 그래서 후인들은 그에게 제사를 지내며 그를 존중해 토지신으로 칭하게 된 것이다. 황제는 능히 만물에게 이름을 지어 줄 수 있었으며, 사람들로 하여금 함께 재산을 공유하며 살아가는 도리를 깨닫게 하였다. 전욱은 능히 그의 공업을 계승할 수 있었다. 제곡帝嚳은 능히 해와 달, 별의 운행 규칙에 따라 계절의 순서를 정하고 백성들이 안심하고 농업에 종사 할 수 있도록 하였다. 요는 능히 형법을 공평무사하게 펼쳐 백성들의 준칙이 되도록 하였다. 순은 능히 백성과 나라를 위해 부지런히 일하다가 창오蒼梧의 들에서 숨을 거두었다. 곤鯀은 홍수를 다스리지 못하고 실패하여 처형을 당했다. 우는 능히 숭고한 덕행으로써 곤의 사업을 계승하여 발전시켰다. 설契이 사도의 관직을 맡고 있을 때 백성을 교화시켜 그들을 화목하게 하였다. 명冥은 물을 관리하는 관리로써 열심히 근무하다 물 속에서 죽음을 맞이했다. 상나라의 탕은 관대함으로 백성을 다스리는 한편 폭악무도한 하나라의 걸桀을 축출하였다. 후직은 백곡을 심다가 산 위에서 죽음을 맞이했다. 주나라의 문왕은 문덕으로 천하에 이름을 날렸다. 주나라 무왕은 주紂의 폭정을 토벌하여 백성의 해를 제거하였다. 그래서 우씨虞氏가 황제에게 체제禘祭를, 전욱에게 조제祖祭를, 요임금에게 교제郊祭를, 순임금에게 종제宗祭를 지내는 것이다. 하후씨夏后氏가 황제에게 체제를, 전욱에게 조제를, 곤에게 교제를, 우임금에게 종제를 지낸다. 상나라 사람들은 순에게 체제를, 설契에게 조제를, 명冥에게 교제를, 탕임금에게 종제를 지낸다. 주나라 사람들은 곡嚳에게 체제를, 후직에게 교제를, 문왕에게 조제를, 무왕에게 종제를 지낸다.

이 단락에서는 우순虞舜·하夏·상商·주周의 후인들이 선조로 여기는 선현들을 서술하는 동시에, 선현들의 공덕과 대업을 제사지내게 된 내용을 기술해 놓았다. 여기서 사신社神 후토와 직신稷神(은나라 이전에는 염제炎帝의 아들 주柱였으나, 주나라 이래 기弃로 바뀌었다)에게 함께 제사지내는 것 이외에 그들이 제사 지내는 사람들을 모두 자신들의 선조로 여겼다는 사실을 알 수 있다. 그럼 여기서 대략적인 부족의 가계를 배열해 보고자 한다.

1. 황제黃帝 — 전욱顓頊 — 요堯 — 순舜 — 순의 후예(유우씨有虞氏)
2. 황제黃帝 — 전욱顓頊 — 곤鯀 — 우禹 — 하후씨夏后氏
3. 순舜 — 설契 — 명冥 — 탕湯 — 상인商人
4. 곡嚳 — 직稷 — 문왕 — 무왕 — 주인周人

이 네 개의 가계로 볼 때, 우虞와 하夏의 후예들은 모두 황제와 전욱을 선조로 받들고, 상나라 사람들은 순과 설契를 선조로 받들며, 주나라 사람들은 다만 곡까지만 선조로 인정하고 있다는 사실을 발견할 수 있다. ≪국어國語≫가 쓰여질 무렵 상나라와 주나라 사람들은 자신들이 결코 황제의 가계에서 나왔다고 여기지 않았는데, 그 이유는 당시 황제가 다만 유우씨有虞氏와 하나라 사람들의 선조로만 인정받았을 뿐 아직 중국문화라는 공동체 안에 진입하지 못한 상황이었기 때문이다.

그러나 여기서 우리는 하나의 중요한 의문점을 발견할 수 있다. 그
것은 바로 상나라 사람들이 "순에게 체제(제사)를 설에게 조제(제사)를
지냈으며", 유우씨有虞氏는 "황제에게 체제를 전욱에게 조제를 지냈다."
고 했는데, 그렇다면 상나라 사람들이 어떻게 유우씨와 함께 황제에게
서 나오지 않고 전욱의 후손이 되었으며, ≪국어國語≫에서는 어찌하
여 덮어두고 말하지 않았는가 하는 점이다. 신화와 역사적 사실이라는
두 측면에서 볼 때, 이것은 신화에도 부합되지 않으며, 역사적 사실로
근거를 삼을만한 가치도 지니지 못하고 있다. 상나라 사람들이 남긴
갑골 복사 중에는 체禘를 지내는 선조들이 대단히 많이 등장하는데,
유독 순舜에 관한 내용은 보이지 않는다. 더구나 순舜과 설契은 고대사
에서 기본적으로 같은 시대에 속하는데도 전설상에서 설契을 순舜의
대신으로 언급하고 있는 것을 보면 그들간에 직접적인 혈연관계가 없
다는 것을 의미한다. 그러므로 이것을 고의적인 정합이라고 감히 말할
수는 없지만, 이는 신화 정합의 성향을 보여주기 때문에 뒤이어 출현
한 "오제"의 계보 형성에도 중대한 영향을 주었음은 자명한 일이다.

≪국어國語≫에 보이는 오제의 계보는 동시대 보다 조금 늦게 출현
한 ≪예기禮記 · 제법祭法≫편에서도 찾아 볼 수 있는데, 문자만 조금
다를 뿐 비슷한 내용을 언급하고 있다.

유우씨는 황제에게 체제를 곡에게 교제를 지냈고, 전욱에게 조제를 요
에게 종제를 지냈다. 하후씨 역시 황제에게 체제를 곤에게 교제를 지
냈고, 전욱에게 조제를 우에게 종제를 지냈다. 은나라 사람들은 곡에
게 체제를 명冥에게 교제를 지냈고, 설契에게 조제를 탕에게 종제를 지
냈다. 주나라 사람들은 곡에게 체제를 직稷에게 교제를 지냈고, 문왕에
게 조제를 무왕에게 종제를 지냈다.

≪제법祭法≫에서 비록 곡嚳을 우씨虞氏의 선조 대열에 편입시키고, 은나라 사람들의 선조 순舜을 곡으로 고쳤다고는 하지만, 곡이 양쪽에 모두 들어가면서 ≪국어國語≫의 계보를 완전히 바꾸어 놓았다. 즉 곡을 통해 은나라 사람과 주나라 사람들을 모두 황제 계통에 편입시키게 되었으며, 이로써 신화의 정합과 오제의 계보는 새로운 전기를 맞게 되었다.

이 시기에는 제帝와 왕王이 여전히 병존하고 있었으며, 황제 · 전욱 · 곡 · 순 이외도 우 · 곤 · 계 · 명 · 탕 · 직 · 문왕 · 무왕 등이 있었다. 오제의 계통이 명확해진 것은 바로 ≪오제덕五帝德≫과 ≪제계帝系≫(이 두 편은 전국시대의 문헌이나 한대인들에 의해 ≪대대례大戴禮≫중에 편입되었다)로부터 시작되었다고 할 수 있는데, ≪오제덕五帝德≫에서는 재아宰我가 공자孔子에게 오제에 관해 묻고 답하는 형식을 빌려 공자로부터 답을 구하는 형식으로 설명하고 있다.

황제는 소전少典의 아들로써 헌원軒轅이라고 불렀다. ······ 전욱은 황제의 손자로써 창의昌意의 아들이며, 고양高陽이라고 불렀다. ······ 제곡은 ······ 현효玄囂의 손자로써 교극嬌極의 아들이며, 고신高辛이라고 한다. ······ 제요帝堯는 ······ 고신의 아들이며 방훈放勛이라고 한다. ······ 제순帝舜은 교우蟜牛의 손자로써 고수瞽瞍의 아들이며 중화重華라 한다.

≪제계帝系≫는 여기서 한 걸음 더 나아가 오제간의 세계를 보다 명확하게 배열해 놓았다. 즉 곡과 요를 현효玄囂의 후예로, 전욱과 순은 황제의 아들인 창의昌意의 후예로 설정해 놓은 까닭에 다음과 같은 오제의 계보가 형성되었다.

황제黃帝 ┬ 창의昌意 → 전욱 → 교우蟜牛 → 고수瞽瞍 → 순
         └ 현효玄囂 → 교극蟜極 → 제곡帝嚳 → 요

　이 계보가 완성된 시기는 전국시대 후기로써 춘추전국시대 신화가 정합된 결과로 볼 수 있다. 이는 혈통관념을 반영하여 역사화한 오제의 계보로써 시조신과 천신이라는 이중 신분을 지녔던 고대 대신들의 신격을 완전히 인간의 모습을 한 제왕으로 탈바꿈 시켜 놓았다.

　신성을 지닌 수많은 고대 영웅과 시조 가운데서 무엇 때문에 오제만을 골라내었는가 하는 의문점에 대해 서욱생徐旭生은 "제노齊魯의 학자들이 만들어 낸 결과"라고 주장하였는데, 이 견해는 상당히 주목할 만하다. 그러나 필자가 생각하기로는 제齊와 노魯의 학자들이 주축이 되어 계보를 만들었다는 점 이외에도, 또한 당시의 문화와 정치의 영향을 받았다고 본다. 초나라가 강성해지고 초나라의 문화가 중원에 전파됨에 따라 그들의 선조인 전욱 역시 오제의 계보에 진입하게 되었으나, 고대의 신화 중에서 쟁쟁한 명성을 가지고 있던 염제는 오히려 그 강대한 후예인 제齊나라가 전田씨 성으로 바뀜에 따라 오제의 계보에도 들지 못하는 신세가 되어 버렸다. 또한 동방의 동이집단 중에서도 신성을 지닌 태호太皥와 소호少皥 역시 배척을 당했고, 오직 은주殷周의 조상인 제준帝俊만이 제곡帝嚳의 화신으로써 오제의 대열에 귀속되었다. 요와 순은 춘추시대에 이르러 이미 유가와 묵가의 숭배 대상이 되었고, 전국시대에 이르러서는 어진 군주의 모범으로써 많은 사람들로부터 숭상 받게 되자 그들 역시 당연히 선택의 대상이 되었던 것이다.

　동쪽의 학자들이 오제의 계보를 만들 때, 저 멀리 서쪽에 있던 진秦

나라 사람들도 자신들의 문화영역 가운데 또 하나의 오제의 계보를 형성시켜 나갔다. 신나라의 성은 영嬴씨로써 자신들은 동방민족인 소호少皞의 무리에서 갈라져 나온 후손이라고 여겼다. 그래서 ≪사기史記·봉선서封禪書≫에서 진秦의 양공襄公이 제후로 봉해질 때, "소호少皞를 신으로 받들고 서쪽에 제사터인 서치西畤를 만들었으며, 백제白帝에게 제사 지냈다."고 하였는데, 이어서 또 청제靑帝 태호太皞와 염제, 황제에게 제사 지냈다고 하였다. 이로부터 소호·태호·염제·황제 등의 지위가 확고하게 굳어지게 되었다. 전국시대 말기에 진나라의 재상이었던 여불위呂不韋가 ≪여씨춘추呂氏春秋≫를 편찬하면서 전욱을 보충해 넣음으로써 동방의 오제와 상응하는 또 하나의 다른 제계帝系가 성립하게 되었다. ≪여시춘추呂氏春秋·십이기十二紀≫에서, 다음과 같이 언급하고 있다.

첫봄에 … 그 제 태호太皞와 그 신 구망勾芒에게 제사를 올린다.
첫여름에 … 그 제 염제炎帝와 그 신 축융祝融에게 제사를 올린다.
첫가을에 … 그 제 황제黃帝와 그 신 후토后土에게 제사를 올린다.
첫겨울에 … 그 제 전욱顓頊과 그 신 현명玄冥에게 제사를 올린다.

이 오제의 계보는 당연히 동방 오제의 영향을 받았다. 그래서 동방의 오제 가운데서 다시 전욱을 선출하게 된 것이며, 오제를 다섯 방위와 연결지어 묘사함으로써 이미 세속화 되었던 오제가 신령스러운 모습으로 다시 태어나게 되었던 것이다. 이로써 서방의 오제 역시 동방의 오제와 동일한 혈통과 권력을 나눠 쥐고 역사의 무대 위에 등장하게 되었다.

5. 사마천의 선택 — 신화 역사화의 완성

전국시대에 출현한 세속화된 동방의 오제
계보는 춘추시대이래 제후간의 분쟁으로 사
분오열된 당시 사회적 상황에 대한 사람들
의 불만을 반영하는 한편, 나라와 나라간의
원한과 적의를 일소시키기 위해 황제를 시
조로 하는 계보를 만들어 천하를 하나로 통
합하고자 했던 의도가 엿보기는 하지만 일
찍부터 오제의 분할 통치를 주장했던 진나

사마천司馬遷
(BC,145경~BC,86경)

라 사람들의 주장과 완전히 배치되고 있어 진나라 사람들이 고의로
이렇게 말한 것인지 아니면 육국六國을 멸하기 위해 여론을 꾸며낸 것
인지 지금으로서는 알 길이 없다. 오제가 비록 일부 신성을 회복했다
고는 하지만 원래부터 종교적인 색채를 지니고 있었기 때문에 이 또
한 신화의 부흥이라고는 볼 수 없을 것 같다. 특히 신화가 오행화五行
化된 이후 신화는 그 특질을 완전히 잃어버리고 말았다.

서한의 사마천은 ≪사기史記≫ 중에서 사관으로써 "고금의 변화에
통달"하기 위해 고대부터 서한까지의 역사를 "십이본기十二本紀"에 정리
해 놓았다고 밝히고 있는데, 첫 편이 바로 "오제본기五帝本紀"이다. 여
기서 사마천은 ≪오제덕五帝德≫에 기록된 황제·전욱·제곡·요·순
으로 이어지는 계보를 채택하여 중국의 문명시대를 직접 황제시기까
지 끌어올려 놓았다.

사마천은 ≪오제본기五帝本紀≫에 ≪좌전左傳≫·≪국어國語≫·≪
세본世本≫ 등 선진시대의 여러 전적을 인용하였는데, 그 가운데서도
≪상서尙書≫·≪오제덕五帝德≫·≪제계帝系≫ 등의 내용을 주로 인

용하는 한편, 자신의 견해를 합리적으로 첨부하여 황제·전욱·제곡·요·순 등의 출신과 업적, 가계 등을 생생하게 묘사하고 있어 흡사 민을만한 역사처럼 보인다. 오제의 계보는 대략 다음과 같다.

황제黃帝 ┬ 현효玄囂 → 교극蟜極 → 제곡帝嚳 ┬ 지摯
       │   └ 요堯
       └ 창의昌意 → 전욱顓頊 → 궁선窮蟬 → 경강敬康 →
         구망句望 → 교우橋牛 → 고수瞽瞍 → 순舜

그리고 사마천은 또 "황제로부터 순과 우에 이르기까지 성씨는 모두 같으나 그 나라 이름만 다를 뿐이며 모두 덕을 밝혔다. 그러므로 황제는 유웅有熊, 전욱은 고양高陽, 제곡는 고신高辛, 제요는 도당陶唐, 제순帝舜은 유우有虞가 되었다. 제우帝禹는 하夏의 후예로써 성씨가 다르다. 즉 사씨姒氏이다."라고 주장하였다.

이 계보에 의하면, 전욱은 황제의 손자가 되고, 곡은 증손자가 되며, 요는 고손자가 된다. 따라서 순은 황제와 8대 차이가 나며, 요와도 4대 차이가 난다. 한 세대를 20년으로 계산한다고 해도 서로 80년의 차이가 나기 때문에 순과 요의 나이는 적어도 80세 이상이라는 현격한 차이를 보일 수밖에 없다. 그렇다면 순이 어찌 요를 도울 수 있었으며, 요를 이어 제위에 오를 수 있었겠는가?

당연히 사가인 사마천도 이 커다란 나이 차이를 알아챘는지 역사의 신뢰성을 높이기 위하여 요와 순의 연령을 특별히 설명해 놓고 있다.

요가 제위에 오른 지 70년 만에 순을 얻었으며, 20년 후에 늙어 제위에서 물러나고 순으로 하여금 천하의 일을 대행하도록 하는데 추천하였다. 요가 제위를 양위한지 28년 만에 세상을 떠났다. 순의 나이 20살

때 그의 효행으로 이름이 났음을 듣고 나이 30에 요는 그를 추천하였다. 나이 50에 그로 하여금 천하의 일을 대행하도록 하였으며, 나이 58살에 요가 세상을 떠났다. 나이 61살에 요를 대신하여 제위에 올랐다. 제위에 오른지 39년에 남쪽을 순수하다가 창오蒼梧의 들에서 세상을 떠났다.

"요가 제위에 오른 지 70년 만에 순을 얻었다"는 구절부터 "양위한 지 28년 만에 세상을 떠났다."는 시점까지 계산해 볼 때 요가 제위에 올라 죽을 때의 나이는 무릇 118세나 된다. 여기에 제위에 오르기 전의 나이를 더하게 되면 요는 적어도 135세 이상 살았다는 이야기가 된다. 다시 순이 어려서부터 효행으로 이름이 난 것을 듣고 30세에 추천되었다고 한다면, 요와 순이 서로 제위를 양위했다고 하는 일은 더욱 발생할 수 없는 일이 된다. 그렇기 때문에 사마천이 요의 나이와 이력을 설정할 때 분명 많은 고심을 했으리라 여겨진다.

≪오계본기≫의 완성은 바로 고대신화의 철저한 역사화를 의미한다. 그러므로 신화의 흔적이라곤 전혀 찾아볼 수 없으며, 더욱이 중국의 역사가 황제로부터 시작되고 계승되었다는 점이 강조되었다. 비록 오제의 계승이 혈통관념을 기초로 하여 세워졌다고는 하지만 여기에 덕행을 첨부함으로써 혈통과 도통道統이 융합되는 결과를 가져왔다. 이것은 중화민족이 황제를 시조로 한다는 민족의식과 한漢제국의 대통일적 문화심리가 집중적으로 반영된 것을 의미하며, 또한 중국 고대신화의 역사화 완성을 상징하는 것이기도 하다.

제7장 전통문화심리의 고대신화에 대한 개조

    중국 고대신화의 역사화가 신화 발생의 질적 변화를 초래한 중요한 요인으로 작용하게 됨으로써, 분명하던 신화·전설·역사 등의 경계가 돌연 모호해졌다. 그러나 그 근원을 거슬러 올라가 보면 사마천으로부터 처음 시작된 것이 아니라는 사실을 알 수 있다. 서주이래 춘추전국시대를 거쳐 진·한대에 이르러 사회, 정치, 문화, 심리 등의 여러 가지 요인으로 인해 고대의 신화는 수시로 개조되어 왔다. 그러므로 사마천이 접할 수 있었던 신화도 사실상 이미 원래의 형태를 상실한 모습이었다고 볼 수 있으며, 사마천 이후에도 이와 같은 개조는 그치지 않고 계속되어 결국 변형되거나 심지어 일부 신화가 사라지는 결과가 초래되었다. 이러한 요인은 신화의 변화를 촉진시킨 또 다른 하나의 중요한 경로로써, 이러한 경로를 통하여 각 시대의 사회심리, 정치적 요구, 윤리도덕, 문화 등의 특징을 명확하게 짚어 볼 수 있다.

1. 흉악한(원시적) 모습에서 아름다운 모습으로 개조

- 중국 신화의 형태 변화 연구

    중국의 상고시대 사람들이 창조해 낸 신은 사실상 그 시대 사람들의 정신과 의지를 표현한 것이기 때문에 신화에 등장하는 인물들의

아홉 개의 사람 머리와
새의 몸을 가지고 있는 구봉九鳳

특징들도 당연히 사람의 특징을 갖추고 있으며, 또한 이들은 초자언적이고 초인적인 특징을 동시에 갖추고 있다. 그래서 신으로서의 힘과 지혜를 부여하면서 인간의 외형과는 조금 다른 겉모습을 그 들에게 부여하였던 것이다. 그 결과 신화 속의 인물들은 사람의 얼굴과 모습을 하고 있으면서도 때때로 특별한 능력을 갖춘 양·호랑이·표범·새·용 등의 형상으로 나타나기도 한다. ≪산해경山海經≫ 등의 서적에 기록된 신괴神怪는 대부분 동물의 머리나 꼬리, 혹은 몸을 가지고 있다.

즉 ≪대황북경大荒北經≫에 "아홉 개의 머리와 사람의 얼굴, 그리고 새의 몸"을 가진 구봉九鳳이 있는가 하면 "사람의 얼굴에 짐승의 몸"을 한 대술大戌이 등장하기도 하며, "호랑이 머리에 사람의 몸, 네 개의 발굽과 긴 팔꿈치를 가진" 강량強良이 출현하고, ≪대황동경大東荒經≫에는 "사람의 얼굴에 짐승의 몸"을 한 이영犁靈의 시체가 보이며, "사람의 얼굴에 개의 귀, 짐승의 몸"을 지닌 사비奢比의 시체도 보인다. ≪해내동경海內東經≫에는 "용의 몸에 사람의 머리"를 한 뇌신雷神이 등장하고, ≪해내북경海內北經≫에는 "사람의 얼굴에 뱀의 귀"를 한 이부貳負의 신이 출현하기도 한다. ≪서산경西山經≫에서는 "말의 몸에 사람의 얼굴을 하고, 호랑이 무늬에 새의 날개"를 한 괴강산槐江山의 신인 영초英招와 "호랑이 몸에 아홉 개의 꼬리, 사람의 얼굴에 호랑이 발톱"을 한 곤륜산崑崙山의 신인 육오陸吾가 등장하고, ≪해내경海內經≫에는 "사람의 머리에 뱀의 몸"을 한 연유延維가 등장한다.

≪중산경中山經≫에는 "사람의 몸에 용의 머리"를 한 광산光山 신인 계몽計蒙이 등장한다. 이와 같은 예들이 무수히 보이는데, 시조신과 영웅신도 예외는 아니다. 예를 들어 복희와 여와는 모두 사람의 머리에 뱀의 몸을 가지고 있고, 신농씨는 소처럼 소의 머리를 하고 있는데, 이는 아마도 농업을 발명했다고 하는 데서 연유한 것 같다. 황제는 "사람의 머리에 뱀의 몸을 지니고 있고, 꼬리는 머리 위에서 서로 교차하고 황룡의 형상"을 하고

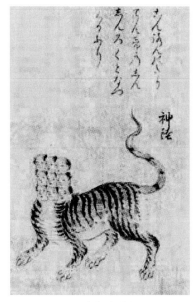

곤륜산의 신 육오

있다고 하며, 혹은 "용의 얼굴"을 하고 있다고도 한다. 치우는 구리머리에 철 이마를 가지고 있으며, 모래와 돌을 먹는다고 전하고, 제준의 본자는 원래 새의 머리를 한 괴물을 뜻한다. 요는 "툭 튀어나온 이마는 마치 연꽃을 장식으로 매단 듯 하고, 눈썹의 길이가 여덟자나 되는데 위는 풍만하고 아래로 갈수록 뾰족하다."고 묘사되고 있다. 곤은 본래 백마의 형상이나 사후에 다시 황룡黃龍 혹은 현어玄魚로 변하였다고 한다. 이처럼 사람과 짐승의 형상이 하나로 합체되어 나타나는 현상은 바로 원시적인 사유와 관념의 필연적인 산물이라고 하겠다.

1) 형상의 개조 – 서왕모의 모습(용모)

그러나 이처럼 흉악한 모습의 원시적인 형상은 후대에 와서 점차 변모하는 경향을 보여 주기 시작하였다. 신화 속의 일부 시조신들의

흉악한 외모는 보기에 그다지 우아해 보이지 않을 뿐만 아니라 더욱이 선조로서 민족의 권위와 위신을 떨어뜨리는 측면이 있었다. 그래서 그런지 공자와 맹자 두 사람은 오제五帝의 외모에 대해서는 전혀 언급한 바가 없다. 우연히 언급하게 될 때도 온갖 방법으로 그들에 대한 오해를 비호하곤 하였다. 공자는 그의 제자인 자공子貢에게서 황제가 네 개의 얼굴을 가지고 있다고 하는 전설이 사실이냐는 질문을 받고 "황제는 네 명의 현신賢臣을 찾아 그들에게 천하를 다스리게 하였는데, 마치 황제 자신이 친히 다스리는 것과 같았다. 문을 나서지 않아도 천하의 일을 알 수 있었다."고 우회적으로 답변을 하였다. 그러므로 얼굴이 네 개四面라고 말한 것은 학생들 앞에서 공자가 문자유희를 한 것에 불과하다고 하겠다.

이처럼 신화 속의 흉악한 신들의 모습이 아름답고 멋진 형상으로 바뀌게 된 것은 정치가나 역사가 혹은 철학자들뿐만이 아니라 문인들도 적지 않은 부분을 담당하였기 때문에 이 과정 속에서 문인들의 심미안과 민족의 심미적 정취가 자연스럽게 반영되었을 것이다. 가령 서왕모를 예로 들어보면, ≪산해경山海經≫ 중에서 서왕모는 개성이 그다지 뚜렷하게 보이지 않는 괴물 형상으로 등장한다. 서왕모의 형상은 사람의 모습에 호랑이 이빨, 흐트러진 머리카락에 몸 뒤로 표범의 꼬리를 늘어뜨리고 있으며, 사람을 놀라게 하는 괴성을 지르는 형상을 하고 있다. 서왕모는 원래 고대부터 신화 속에서 사망신死亡神으로 등장하며 형살刑殺의 대권을 주관하며, 손아래에 있는 세 마리의 청조靑鳥가 서왕모를 위해 심부름을 하고 먹을 것을 찾는다. 서왕모가 거주하는 곳을 옥산玉山이라 부르는데 산중에는 만물이 모두 갖추어져 있다. 하지만 험준하여 아무나 가까이 갈 수가 없다. 여기서 등장하는 서왕모의 형상은 사실상 죽음에 대한 고대 사람들의 두려움을 반영한 것으로, 그 흉악한 형상과 사신死神으로서의 신분이 서로 일치한다. 반면, 전국시대 후기에서 진한秦漢대에 이르러 서왕모의 형상은 큰 변화를 보이기 시작한다. 이 시기에 창작된 ≪목천자전穆天子傳≫에서 서왕모는 이미 여성의 모습으로 등장한다. 그는 천제天帝의 딸로써 공주와 옥녀玉女라는 이중적인 신분을 가지고 인간의 제왕인 목천자穆天子와 서로 만나 "흰 구름은 하늘에 떠 있건만 산언덕이 고개를 내밀고 솟아 있군요. 갈 길은 아득히 멀건만 산과 내가 가로놓여 있군요." 또 "생황을 불며 북을 치니 마음은 그 가운데서 빙빙 돈다."는 시가를 읊고 있는데, 여기서 시가의 처량함과 고적함을 통해 시적 정취와 그림 같은 경지, 그리고 여성적인 정감도 느낄 수 있지만, 또 한편으로는 여전히 "호랑이와 표범의 무리, 까마귀의 무리와 함께 거주하는" 아직 원시인류의 흔적과 야성적인 색채를 벗지 못한 서왕모의 형상을 통해 고대 신화의 본 모습을 엿볼 수 있게 해준다. 서한을 거쳐 위진대에 이르러 선도사상仙道思想이 유입되면서 서왕모의 형상을 철저하게 변화시켜 놓았다. 후대인들이 한대인의 이름을 빌려 쓴 ≪한무제내전漢武帝內傳≫에서 서왕모는 "서른 살 정도의 나이", "절세미녀의 얼굴"을 지닌 선녀로 묘사되고 있다.

그럼 여기서 서왕모가 하계에 내려와 한 무제를 만나는 장면을 묘사한 부분을 살펴보기로 하자.

한밤 2경이 될 무렵 홀연히 서남쪽에서 흰 구름이 일어나면서 갑자기 궁전을 향해 곧장 날아와 잠시 방향을 틀며 가까워지더니 구름 속에서 퉁소 북소리와 인마 소리가 들리는데, 반식경이 지나 서왕모가 도착하였다. 궁전 앞에 모습을 드러내는데 마치 새들이 모여드는 듯하였다. 용과 호랑이를 타기도 하고, 혹은 흰 기린을 타기도 하고, 혹은 백학을 타기도 하였으며, 또 지붕이 높은 수레를 타거나 천마를 타기도 했는데, 수천이 신들이 모여드니 궁전의 뜰이 환해졌다. 홀연 시종관은 어디 있는지 보이지 않고 다만 자색 구름 속에서 서왕모가 타고 있는 연輦만이 보이는데, 아홉 가지 색의 무늬가 있는 용이 수레를 끌고 그 옆에는 오십명의 천신天神이 시립해 있었다. …… 서왕모가 궁전에 올라 동쪽을 향해 앉았다. …… 자세히 살펴보니 아담한 키에 나이는 겨우 삼십 정도 되어 보이는데, 자태는 온화하고 용안은 절세미인으로 사람의 혼을 빼놓을만 했다. …… 시녀에게 복숭아를 고르도록 명하니 잠깐 사이에 복숭아 일곱 개를 옥쟁반 위에 올려 놓았는데, 크기는 오리알만 하고 모양은 둥글며 청색을 띠었다. 서왕모는 이 중에서 네 개의 복숭아를 건네주고, 나머지 세 개는 자신이 먹었다. 복숭아 맛이 달고 맛있어 입안에 온통 복숭아 맛이 가득하였다. 무제가 복숭아를 먹고 그 씨앗을 거두어두려 하자 서왕모가 그 연유를 물었다. 이에 무제가 "그것을 심고자 합니다."하고 대답하니, 서왕모가 "이 복숭아는 3000년에 한번 열매를 맺으며, 한 여름에 땅 속에 낮게 묻으면 심어도 싹이 나지 않습니다."고 하였다.

여기서 묘사된 생생한 장면은 서왕모의 절묘한 자태뿐만 아니라 선모仙母라는 그의 신분 역시 함께 묘사되고 있다. 그녀를 위해 음식을

서왕모가 하계에 내려와
한 무제를 만나는 장면을 묘사한 그림

찾던 청조靑鳥 역시 왕자등王子登, 동쌍성董双成, 석공자石公子, 허비경許飛瓊, 완능화婉凌華, 범성군範成君, 단안향段安香 등의 선녀 모습으로 등장하고 있으며, 이름이 확실하지 않은 16, 17세의 용모가 아름다운 미인들도 이제는 더 이상 부리가 뾰족하고 발톱이 날카로운 흉악한 짐승의 모

습이 아니었다. 더욱이 한대 동방삭東方朔의 이름을 빌려 쓴 ≪신이경神异經·중황경中荒經≫에서는 서왕모에게 동왕공東王公이라는 배필까지 소개해 줌으로써 옥녀玉女라는 외로운 독신생활에서 벗어나게 해주었다. 그리고 후에 다시 그녀를 옥황대제玉皇大帝에게 개가시켜 서왕모의 형상을 완성하는 토대를 마련해 놓았다.

2) 무정한 살육과 도태 - 흉신의 비극

훗날 신화 속에 등장하는 모든 신들이 개조되거나 개작된 것은 아니고, 다만 선택되어진 신들만이 변화된 모습을 가지게 되었다. 개조된 신들 가운데 어떤 신들은 당당하게 인류의 시조대열에 올려지기도 하였으며, 또 그 가운데 일부 신들은 이들의 신하가 되기도 하였다. 그리고 일부는 졸지에 선계仙界의 영수가 되기도 하였다. 하지만 이들은 수많은 고대신화 중에서 지극히 작은 비율을 차지하고 있을 뿐이다. 고대의 신화가 보존된 서적을 들추어 보다보면 놀랍게도 인간의 모습과 짐승의 모습이 하나로 합쳐진 여러 신들의 모습을 발견하게 되는데, 이들 가운데 어떤 신들은 뛰어난 업적을 세운 신격영웅의 모습을 그대로 보여주기도 한다. 이들의 형상을 통해서 우리는 비로소 원시사유의 놀라운 능력을 이해할 수 있으며, 또한 고풍스러우면서도 소박한 문화정신을 발견할 수 있다.

그러나 이처럼 개조되거나 변형되지 않은 신들의 모습이 보이는 것은 결코 개조자들이 주의를 소홀히 한 이유 때문만은 아니다. 자세히 살펴보면 분명 고대 신들의 "비분"과 "적막"함을 발견할 수 있다. 그들은 유구한 중국문명사에서 정치와 종교에 의해 또는 칼과 붓에 의해 무참하게 짓밟히거나 배척당했으며, 혹은 황야로 쫓겨나거나 혹은 신화 밑바닥에 매장되어 지금은 물론 앞으로도 영원히 구원받을 수 없는 신세가 되고 말았다. 중국의 신화세계에서 우리는 공공共工, 치우蚩尤, 곤鯀 등의 신들을 잊을 수 없다. 더구나 치우와 곤의 괴이한 형상은 말할 것도 없고, 공공의 "사람 얼굴에 뱀의 몸人面蛇身" 혹은 "사람의 얼굴, 붉은 머리, 뱀의 몸, 그리고 사람의 손과 발을 가지고 있으며 오곡과 짐승을 먹는다."는 형상은 더욱 더 그러하다. 이들의 형상은 지금까지 개조된 적이 없었으며, 사실 고칠 필요도 없었다. 이들은 후대인들에게 나라를 어지럽히고 백성에게 해를 끼친 역신으로 이미 낙인이 찍혔기 때문이다. 그러므로 이들의 흉폭하고 잔인한 형상은 자연스럽게 후대 사람들에게 죽임을 당하거나 추방 당하는 이유가 되었다.

그리고 개조되지 않은 일부 신괴神怪는 정교政敎적인 측면과 관련이 없어 문화의 전당에 오르지 못했으며, 이로 인해 정사에도 기재되지 못하게 되었다. 또한 유학자들도 이들을 언급하지 않았던 까닭에 결국은 ≪산해경山海經≫과 같은 야사나 고대 인류의 기억 속에서만 영원히 머물게 되었다. 다행히도 어떤 신화는 후대까지 전해지기는 했으나, 일부분만 남고 소실되어 완전한 모습을 찾지 못하게 되었다. 중국의 신화사에서 봉황은 떠나고 까마귀만 남은 것이 신화의 비애인지 아니면 고대사의 행운인지 모르겠다.

2. 어긋난 윤리에서 합리적 변화로

- 중국 고대신화의 성변性變 연구

신화 속에 표현된 고대 사람들의 윤리관은 지극히 희박하다. 그래서 고대 사람들 입장에서 보면 신과 사람간의 투쟁, 부자지간의 싸움, 문란한 혼인관계, 남녀간의 자유연애 등은 모두 지극히 자연스러운 일들이었다. 하지만 시대가 발전함에 따라 사회 계층이 분화되고 다시 이러한 계층이 제도로 확립됨으로써 도덕적 윤리가 점차 형성되자 그동안 신화 속에서 표현되었던 불합리한 관계들을 용납하지 못하게 되었다. 이에 따라 고대의 신화 역시 윤리적인 시각의 변화에 따라 다시 개조를 요구 받게 되었다.

신화 가운데 황제와 치우의 전쟁, 요·순과 공공의 전쟁 등은 모두 신화 영웅이 천신을 향한 도전 혹은 부족간의 전쟁을 표현한 것이지만, 하·상·주 삼대이후 치우와 공공은 윤리를 어지럽힌 죄인으로 내몰려 다시는 사람들에게 언급되지 않았고, 요·순·우 사이에 벌어졌던 피비린내 나는 싸움 역시 유가들에 의해 선양이라는 내용으로 바뀌게 되었으며, 칼날이 번뜩이던 장면 역시 서로 존중하고 사랑하는 군신의 관계로 탈바꿈하게 되었다. 하지만 오늘날 우리는 소실된 옛 전적의 편린 중에서, 혹은 제자諸子의 말을 통해 요·순·우 선양의 진상을 엿볼 수 있다.

"순은 요를 핍박하였고, 우는 순을 핍박하였다."
"옛날 요의 덕이 쇠하자 순이 요를 가두었다."
"순이 요를 구금하고 다시 단주丹朱를 보루로 막아 그 아버지(요)와 만나지 못하게 하였다."

여기에 기재된 내용을 통해 요·순·우 사이의 정권교체가 결코 평화적인 선양으로 이루어진 것이 아니라 무력으로 서로 정권을 탈취하였다는 사실을 알 수 있다. 하지만 춘추전국시대에 이르러 요·순·우

사이의 투쟁은 선양으로 미화되고, 또한 신화 속에 생동적인 고사가 삽입됨으로써 후대인들이 진실이라고 믿을만한 신화로 탈바꿈하게 되었다. 이러한 원인은 대략 두 가지로 귀납해 볼 수 있는데, 첫 번째는 유가와 묵가가 제창한 "상현尙賢"과 관계가 있다. 이들은 자신들의 학설을 널리 알리기 위해 온갖 방법을 동원하는 가운데 고대 인물 중에서 자신들의 정치적인 이상을 반영시킬만한 성현을 찾게 되었고, 이 가운데 요·순·우 세 사람을 내세우게 되었던 것이다. 요·순이 제위를 자신의 아들에게 전하지 않고 어질고 현명한 이에게 전했다는 행위를 당시의 통치자들에게 본보기로 삼도록 함으로써 당시 사회의 중간계층인 사인士人과 평민의 정치적인 참여 요구를 반영시켰던 것이다. 두 번째는 사회의 인륜을 유지하기 위한 것과 관련이 있다. 유가는 군신간의 관계를 바로 사람의 대륜大倫이라 여겼다. 그래서 공자는 구구절절이 "정명正名"을 외쳤고, 군신간의 선을 확실히 긋고자 했던 것이다. 하지만 순과 요는 무력으로써 정권을 탈취하였기 때문에 이들이 후세 군왕의 본보기가 되도록 하기 위해서는 당연히 신화의 내용을 당시의 정치와 윤리의 요구에 부합되게 수정할 수밖에 없었다.

신화 속에 보이는 사람과 신神의 관계는 후대의 윤리와 배치되었으며, 부자의 관계도 마찬가지였다. ≪장자庄子·도척盜跖≫편 가운데 "요가 큰아들을 죽였다"는 구절을 보면 풍부한 신화적 배경과 내용이 함축되어 있다고 추측해 볼 수 있으나 안타깝게도 지금 이를 고찰해 볼 수 있는 방법이 없다. "아비와 자식의 싸움"은 당시 사회에 있어서 인륜人倫의 커다란 금기였다. 그래서 유가는 요의 "자애롭지 못하다"는 죄명을 벗기기 위해 단주丹朱에게 "오직 놀기만 좋아하고 방자하며 포악한 짓만 골라 했다.", "불효자"라는 등의 악명을 뒤집어 씌워 놓음으로써 요가 큰아들을 죽인 사실은 자애롭지 못한 행동이 아니라 대의를 위해 혈육을 죽인 것으로 뒤바뀌고 말았으니, 정말 빈틈없이 꾸며 낸 이야기라고 할 수 있다. 그러나 정말로 부자간의 무너진 윤리에 대한 수정을 요구하고 있는 신화는 후예가 태양을 쏘았다는 후예사일后羿射日 신화이다. ≪산해경海內經≫에서 "제준帝俊은 예羿에게 홍색의 활과 흰색 깃털이 달린 화살을 하사하면서 그에게 지상의 나라를 도우라는 명령을 내렸다. 예가 이로부터 지상세계의 사람들을 도와 여러 가지 어려움을 해결하였다."고 하는데, 여기서 알 수 있는 점은 후예가 본래 천제天帝 준俊의 명령을 받고 일을 수행했다는 점이다. 그런데 십일十日은 바로 제준의 아들들이다. 이처럼 부친이 다른 사람의 손을 빌려 자신의 친아들을 죽이는 죄악은 인륜적으로 좀처럼 용납되기 어려운 일이었다. 그래서 서한시대에 이르러 ≪회남자淮南子≫에서 후예가 요의 명을 받아 십일十日을 쏘아 떨어뜨렸다고 기록함으로써 제준이 아들을 죽였다는 죄명을 벗게 해 주었다. 이처럼 후대의 유가는 사회의 인륜을 확립하기 위해 신화에 대해 은밀하게 수정을 가하였다.

봉건사회의 부부윤리관념에 부합시키기 위해 선진과 양한시대 사회는 혼인과 애정을 주제로 다룬 고대신화에 대해서도 대량으로 수정과 개조를 단행하였다. 여와와 복희신화를 예로 들어보면, 두 사람은 원래 오빠와 여동생 사이였는데, 훗날 결혼하여 부부가 되었다. 오늘날 출토되는 한대의 한화상漢畵像에서도 여전히 여와와 복희의 교미도交尾圖를 찾아 볼 수 있다. 이와 같이 형제간의 결혼은 바로 고대의 군혼群婚과 난혼제亂婚制 등의 풍속을 반영한 것으로, 당시에는 이상한 일이 아니었으나 후대의 유가는 이러한 당시의 결혼풍속이 윤리를 위배하였다고 여겼다. 그래서 고유高誘 같은 이는 ≪회남자淮南了·헌명훈賢冥訓≫의 주석에서 "여와는 양제陽帝이며 복희伏戱의 통치를 보좌하였다"고 설명하면서 이들의 부부관계를 군신관계로 설명해 놓았다.

또한 신화가 윤리에서 어긋난 내용으로부터 윤리에 부합되는 내용으로 변화하는 과정에서 윤리 도덕에 대한 선진과 양한시대 사람들의 심리적 특징이 수용되어 나타났는데, 가장 먼저 수용된 것은 정치적인 필요에 의한 것으로 당연히 공자가 강조한 "임금은 임금다워야 하고 신하는 신하다워야 한다."는 봉건시대 전제정권의 사회적 특징과 관념이 반영되었으며, "삼강오륜三綱五常"과 "삼종사덕三縱四德"과 같은 봉건적인 윤리관 역시 신화 발전에 영향을 끼쳤다. 더욱이 이러한 신화의 발전에 봉건시대의 종법제도와 혼인제도가 수용됨으로써 고대의 신화는 그 존재의 특징을 상실하고 말았다. 신화는 특정한 목적을 가진 사람들에 의해 고의적으로 수정 개조된 후에 무심한 사람들에 의해 무심하게 받아들여지고 말았던 것이다.

제8장 선화仙話의 개입과 내용 변화

- 항아분월嫦娥奔月 신화의 계시

중국의 고대신화 속에는 번뜩이는 전쟁의 칼날과 초인간적인 영웅의 비장감이 감도는데, 이는 중국 민족의 독특한 특징을 반영한 것이다. 특히 "항아분월嫦娥奔月"의 신화는 보통사람이 영역을 초월한 아름다운 자태와 신기하고 환상적인 상상을 지닌 독특한 풍격을 이루고 있어 중국 신화의 깊은 맛을 더해준다. 항아와 후예 두 사람의 애정 다툼으로 인해 야기된 고독과 처량함은 수많은 후대 사람들을 눈물짓게 만들었으

항아분월嫦娥奔月

며, 무수한 시인묵객들의 기묘한 상상을 촉발시켰다. 그런데 여기서 우리가 한 가지 더 주목할 점은 아름답고 신비한 분위기의 "항아분월" 신화를 침울하고 암울한 분위기의 다른 중국 신화와 함께 놓고 볼 때, 그 품격이 더욱 돋보인다는 사실이다. 비록 "우랑직녀牛郎織女", "양축染祝", "백사전白蛇傳" 등과 비슷한 분위기를 가지고 있으면서도 그 정조는 오히려 이들 신화처럼 엄숙하지 않으며, 더욱이 "항아분월"과 "후예사일后羿射日"을 함께 연계해 놓고 보면 하나의 완전한 신화이야기가 된다는 점은 우리가 간과할 수 없는 부분이다.

"항아분월"처럼 신화가 신화 같지 않고, 또한 전설 같으면서도 전설 같지 않은 기이한 현상의 출현하게 된 현상은 바로 신화의 원형과 신도仙道사상의 융합에서 그 원인을 찾아 볼 수 있을 것이다. 즉 이는 중국 고대신화에 대한 선도사상의 개입에 의한 결과이며, 또한 중국 고대신화의 성질과 내용이 변화되고 소멸하게 된 중요한 원인 가운데 하나라는 사실을 반영한 것이라 볼 수 있다.

따라서 본문에서는 "항아분월"의 발생과 발전, 변화의 역사적 변천 과정을 탐구해 봄으로써 신화에 대한 선도사상의 개입과 중국 민족의 특성에 의한 다양한 방식을 살펴보고자 한다. 그리고 "항아분월"신화에 대한 일부 비평적인 인식도 함께 논해보고자 한다.

1. 항아嫦娥의 원형은 원래 월모상희月母常羲이다

"항아嫦娥"라는 이름은 한대漢代 전적에서 가장 먼저 출현하였는데, "항아姮娥"라고 불리기도 하였다. 하지만 전국시대 이전의 신화나 전설, 사서와 제자서諸子書에서는 "항아"라는 말은 찾아 볼 수가 없다. 그렇다면 도대체 "항아"가 어떤 신분을 지니고 있었으며, 또 어떠한 신화계통에 속하는가 하는 문제는 고대신화에 대한 고찰을 통해서만 비로소 알 수 있을 것이다. 하지만 우리가 이해하기로 "항아"는 바로 고대신화 중에서 혁혁한 이름을 날렸던 달의 여신 "상희常羲"라고 추측된다.

≪산해경山海經·대황서경大皇西經≫에서 "제준帝俊의 처 상희常羲가 열 두 개의 달을 낳았다."고 하였는데, 여기서 말하는 "상희常羲"는 바로 "상의常儀"를 일컫는 말이다. 그래서 ≪사기史記·천관서天官書≫의 색인索隱에서는 ≪세본世本≫을 인용하여 "황제黃帝는 희화羲和로 하여

금 해日를 주관하게 하고, 상의常儀는 달月을 주관하게 하였다."고 설명하였다. 여기서 "희화羲和"는 바로 열 개의 해日를 낳았다는 제준帝俊의 처를 말하는 것이고, "상의常儀"는 바로 열 두 개의 달月을 낳았다고 하는 제준帝俊의 또 다른 처인 "상희常羲"를 일컫는다고 볼 수 있는데, 이는 고서 중에서 항상 "상희常羲"와 "상의常儀"를 한 사람으로 간주해 왔다는 사실이 그 첫 번째 증거이다. ≪제왕세기帝王世紀≫에서 제곡帝嚳의 비妃는 추자씨娵訾氏의 딸인 상의常儀라고 언급하였으며, ≪산해경山海經·대황서경大荒西經≫ 필원畢沅의 주석에서는 "≪사기史記≫에서 제곡帝嚳은 추자씨娵訾氏의 딸을 취하였다."고 하였고, ≪색은索隱≫에서는 "황보밀皇甫謐의 말에 의하면 딸의 이름은 상희常羲이다."고 주장함으로써 역시 "상희常羲"를 "상의常儀"로 설명하였는데, 이것이 그 두 번째 증거이다.

우리는 먼저 "상희常羲"가 "상의常儀"와 동일한 인물이라는 사실을 증명한 후에 다시 한번 "상의常儀"와 "항아嫦娥"의 관계를 살펴보고자 한다. "항嫦"은 "상常"자 좌측에 "여女"자를 덧붙이고 있는데, 이는 한대인들이 "상의常儀"가 여신이라는 점을 부각시키기 위해 첨부한 것으로, 원래 두 글자는 서로 통용되어 왔다. "의儀"의 옛 글자는 종아從我로 아娥라고 읽는다. 그러므로 "의儀"와 "아娥" 두 자의 음이 같고 글자가 비슷하여 서로 바꿔 쓰는 현상이 생겼던 것이다. 그렇다면 "항아嫦娥"는 바로 "상의常儀"이며, 또한 "상희常羲"이기도 하다. 그러므로 세 사람의 이름이 서로 다른 것 같지만 사실은 한 사람을 가리키는 말이다.

이로써 우리가 알 수 있는 것은 "항아嫦娥"는 본래 제준帝俊의 처로써 고대 동방 부족에 의해 숭배되었던 신성神性을 지닌 달의 신月神 혹은 달의 어머니月母였다는 사실이다. 그렇다면 항아가 달로 달아났다고 하는 부분은 바로 해석이 가능하다. 즉 그녀가 다시 집으로 돌아갔다는 이야기로 그녀의 처음 직책이었던 달을 주관하는 본연의 임무로 돌아간 것을 의미한다. 이 역시 "항아분월嫦娥奔月"을 창조한 사람들이 근거로 삼았던 신화고사의 원형이라고 볼 수 있다.

2. 선약仙葯의 개입과 "항아분월嫦娥奔月"의 신화 발생

"항아嫦娥"가 비록 실제로 "상희常羲"라고 하더라도 신화적 의미에서 그녀는 "상희常羲"의 지위를 대신할 수는 없다. 그것은 사람들이 그녀를 고대신화 중에서 "상희常羲"의 형상과 사적을 근거로 재창조해낸 또 다른 신화인물이기 때문이다. 그러므로 이들 간에는 질적인 차이가 있다. "항아분월"의 발생은 시대적으로 비교적 늦게 출현하였는데, 아무리 일러봐야 전국시대 초기무렵이라고 할 수 있다. "분월奔月"신화와 관련된 기록 가운데 가장 이른 것은 ≪귀장歸藏≫에 기록된 내용인데, ≪귀장歸藏≫은 전국시대 말기에 완성된 책으로 그 내용 중에서 "분월奔月"과 관련된 기록이 보인다. 즉 "옛날 상아常娥는 서왕모의 불사약을 먹고 달로 도망쳐 달의 정령이 되었다."고 언급하였는데, 여기서 "상아常娥"는 분명 "항아嫦娥"라는 것은 의심할 것도 없다. 그리고 내용 중에서 후예后羿를 언급하지 않았던 이유는 분명 서왕모에게서 항아 스스로 직접 불사약을 구한 것으로 결코 후예에게서 훔쳐온 것이 아닐 것이기 때문이다. 그녀는 달에 도착한 후 월신月神(달의 요정月精)이 되었을 뿐, 결코 두꺼비로 변하지도 또한 옥토끼를 동반하지도 않았다. 여기서 알 수 있는 것은 초기의 "분월奔月"신화 중에서 항아嫦娥와 후예后羿가 서로 아무런 관계도 없었으며, 항아도 열심히 장생불사의 처방을 찾는 한 여성에 지나지 않았다는 점이다. 그러므로 항아의 분월奔月은

농옥弄玉처럼 단지 인간의 행운에 불과한 것을 방술사方術士들이 장생불노長生不老의 도를 선양하기 위해 일종의 선화仙話로 꾸며낸 이야기라고 볼 수 있다.

전국시대에 이르면 선약仙藥을 구하는 분위기가 성행하여 연燕의 소왕昭王, 제齊의 선왕宣王 등이 한바탕 소란을 피웠으며, 진대秦代에 이르러 진시황은 방사方士들에게 동해에 있는 선도仙島에 가서 불사약을 구해오도록 명을 내리기도 하였다. "항아분월"신화는 바로 이러한 시대적 배경을 바탕으로 출현하게 된 것이기 때문에 엄격하게 말해서 "항아분월"신화는 선화仙話형식에서 출발한 것으로 선도仙道사상이 원형신화를 교묘하게 개조한 경우라고 하겠다. 만일 단순하게 선화仙話만을 지어냈다면 "항아분월"신화는 아마도 이미 그 색깔이 퇴색되었을 것이며, 항아는 더더욱 많은 사람들에게 알려지지 않았을 것이다. "항아분월"신화의 광채는 항아와 후예의 혼인으로 인해 더욱 빛나게 되었고, 후예의 출현은 "분월奔月"신화를 선화仙話에서 신화神話 세계로 끌어올리는 작용을 하였다. 즉 황당무계한 방사方士의 말이 아름답고 기이한 신화이야기로 모습을 바꾸게 된 것이다. 이렇게 선화仙話에서 신화로 바뀌게 된 시기는 대략 진한대秦漢代로 보이며, 이에 관한 기록이 유안劉安의 ≪회남자淮南子 · 현명훈賢冥訓≫에 처음 보인다.

후예后羿가 서왕모에게서 불사지약을 구해왔는데, 항아姮娥가 이를 몰래 훔쳐먹고 달月로 달아나 버렸다. 너무 슬픈 이야기라 더 이상 계속 할 수가 없다.

여기서 "항아姮娥"는 바로 "항아嫦娥"를 일컫는다. 고유高誘가 주석에서 "항아姮娥는 후예后羿의 처이다."라고 설명하였는데, 이로부터 후예

后예后羿와 항아嫦娥가 서로 부부로 맺어지기 시작하였다. 두 사람이 어떻게 부부로 맺어지게 되었는가? 또 어찌하여 서왕모의 불사약을 구할 수 있었는가? 항아嫦娥는 왜 혼자 불사약을 먹고 하늘로 날아올라갔는가? 하는 등의 내용에 대해서는 신화의 기록에서 빠져있어 영원한 비밀로 남고 말았다. 그러나 이러한 의혹은 후대 사람들에게 무한한 상상의 공간을 남겨줌으로써 이 신화에 기묘한 맛을 한 층 더 보태주었다. 아울러 만일 항아嫦娥가 불사약을 훔쳐갔기 때문에 후예后羿가 다시는 하늘로 올라갈 수 없게 되었다면, 이것이 바로 직접적으로 후예后羿가 인간세계에서 처참한 비극을 맞게 되는 결과를 초래한 원인으로 볼 수 있을 것이다.

결국 후예后羿와 항아嫦娥의 결합은 한편으로는 "후예사일后羿射日"의 신화내용을 풍부하게 만드는 결과를 가져왔으며, 다른 한편으로는 항아嫦娥라는 선인仙人을 신화 속의 인물로 개조하는 결과를 가져왔다고 볼 수 있다. 신화를 만들어낸 사람들이 항아嫦娥가 후예后羿에게 시집갔다고 생각하게 된 원인은 바로 ≪산해경山海經·해내경海內經≫에서 "곤륜산昆侖山은 사방 팔백 리이며 높이는 팔천 장에 이른다. …… 만일 활 잘 쏘는 예羿가 아니라면 산꼭대기 바위에 오르는 것은 생각지 말아야 할 것이다."라는 내용의 영향이라고 볼 수 있다. 이 때문에 서왕모 역시 서방의 곤륜산 계통에 속하게 되었으며, 일반사람들은 곤륜산에 쉽게 올라갈 수 없었던 반면에 신성 영웅인 후예后羿는 자유롭게 오르내릴 수 있었다. 그래서 선화仙話를 만들어낸 사람들은 선약仙藥을 구해오는 임무를 후예后羿에게 부여했던 것이며, 다시 후예의 손을 빌려 항아의 손에 들어가게 만들었던 것이다. 이 고사는 원형인 "분월奔月"선화仙話에 비해 더 원만하게 이야기가 전개되었다고 볼 수 있으나 전개 과정에서 무의식적으로 선화仙話의 성질을 개조하여 신화로 바꾸어 놓고 말았다.

3. 두꺼비蟾蜍 — 생식숭배의 산물

항아嫦娥가 월궁月宮에 몸을 의탁하는 것과 때를 맞추어 두꺼비와 옥토끼 역시 연이어 신화에 등장하게 되는데, 굴원屈原의 ≪천문天問≫에서 달 속의 토끼 전설이 처음 보인다. 즉 "달빛은 어떻게 얻어지며 이지러졌다가 또 자라나는가? 달은 무슨 성질이기에 이지러졌다 다시 둥글어지는가? 달이 도대체 무슨 좋은 것이 있길래 토끼로 하여금 영원히 달 속에 살도록 하는가?"하고 의문을 던졌다. 한대漢代 ≪회남자淮南子 · 정명훈精神訓≫의 "달 속에 두꺼비가 있다"는 말을 근거로 해 볼 때, 두꺼비의 전설보다 옥토끼의 전설이 먼저 출현했다는 사실을 알 수 있다. 여기서 옥토끼의 역할은 주로 "약을 찧어 만드는 것"이다. 이는 방사方士들이 지어낸 것으로 항아를 위해 선약을 만드는 사자이기도 하다. 그러나 일찍이 서한대에는 항아는 항아일 뿐이고, 두꺼비와 토끼도 역시 두꺼비와 토끼일 뿐 항아와 전혀 상관이 없는 관계였으나 동한대에 이르러 비로소 항아가 두꺼비로 변했다는 신화가 출현하게 되었다. 천문天文에 관한 저술을 담고 있는 장형張衡의 ≪영헌靈憲≫에 이와 관련된 신화가 보인다.

후예后羿가 서왕모에게 불사약을 청하여 구해왔으나 항아姮娥가 이를 훔쳐먹고 달로 날아올라 갔다. 떠나려고 할 때 유황有黃에게 일일이 점을 쳤다. 이에 유황은 점을 쳐 "길하다. 훨훨 날아올라 장차 홀로 서쪽으로 가다보면 캄캄한 하늘가에 이르게 될 것이나 놀라거나 당황하지

말라. 훗날 크게 번창하리라."고 하였다. 항아姮娥는 드디어 달月에 몸
을 의탁하고 두꺼비가 되었다.

이로부터 항아는 두꺼비와 연결지어 등장하기 시작하였다. 두꺼비
로 변한 것에 대해 후인들은 서로 다른 해석을 내리고 있는데, 윤리강
상倫理綱常을 수호하는 봉건적인 사람들은 분명 통쾌함을 느꼈을 것이
다. 그 이유는 항아가 영약을 훔쳐먹고 남편을 배신하였으나, 결국 비
극적인 상황으로 떨어져 추하게 생긴 두꺼비로 변했다고 여겼을 것이
기 때문이다. 그래서 이상은李商隱 같은 이는 ≪항아嫦娥≫라는 시詩에
서 "항아는 영약을 훔친 일을 후회하고 있으리, 푸른 하늘 밤마다 홀
로 지새는 마음으로"라고 읊었으며, 맹교盟郊는 ≪월月≫에서 항아를
비웃으며 "항아는 영약을 훔쳐 인간 세계를 떠나 월궁에 숨어 다시는
돌아오지 않았다네. 후예는 사방팔방 찾았건만 끝내 찾지 못했네, 누
가 알았겠는가 하늘이 교활함을 용납하지 않으리라는 것을"이라고 읊
었다. 선도仙道사상을 신봉하는 사람들은 "두꺼비는 만 살까지 살며,
등에는 영지초가 자란다. 두꺼비가 세상에 나타나면 상서롭다."하여
두꺼비를 장생불사하는 영물로 여겼으며, 또한 두꺼비를 미화하여 옥
섬玉蟾 또는 금섬金蟾으로 부르기도 하였다. 참위서讖緯書에서는 "달은
3일 만에 혼이 생기고 8일 만에 빛이 만들어진다. 두꺼비는 이를 취해
콧구멍으로 밝은 빛을 뿜어낸다."고 하여 두꺼비를 "달 속의 발광물체"
혹은 "달을 먹는 물체"로 간주하기도 하였다. 그러나 우리가 알기로는
달 속에 두꺼비는 결코 홀로 출현하지 않는다. 그러므로 태양 속의 금
조金鳥와 마찬가지로 이들은 한 쌍의 음양 결합체로써 전통적인 음양
철학의 영향아래 생성된 생식숭배의 산물이라고 하겠다.
　장형張衡의 ≪영헌靈憲≫에서 항아가 달로 떠나는 모습을 묘사할 때,

항아가 길을 떠나기 전 유황有黃에게 점을 쳐보니 그 점복의 결과는 "길하다", "크게 번창한다."는 점괘가 나왔다고 하는데, 이러한 기록을 근거로 추측해 볼 때, 항아가 폄적되었다고 가볍게 보려는 의도가 없었음을 알 수 있다. 더욱이 장형은 이 신화전설을 인용하여 자신의 음양관을 설명하고자 하였다.

해는 양정陽精의 근본으로써 이것이 쌓이면 새가 되는데 새의 형태는 까마귀의 모습으로 세 개의 발을 가지고 있다. 양陽의 류는 숫자로 표현하면 홀수이다. 달은 음정陰精의 근본으로써 이것이 쌓이면 동물이 되는데 그 형태는 토끼 또는 두꺼비의 모습이다. 음陰의 류는 숫자로 표현하면 짝수이다. …… 해와 달이 서로 배합된다. …… 그런 까닭에 남녀가 결합하게 되는 것이다.

여기서 분명하게 밝히고 있듯이, 장형은 태양 속의 까마귀鳥는 태양신日精의 상징으로, 달 속의 두꺼비와 토끼는 달신月精의 상징으로 여겼다는 사실이다. 그러므로 해와 달의 배합은 바로 까마귀와 두꺼비의 배합을 의미하며, 더 나아가 인간 남녀의 배합을 의미한다. 이와 같은 음양교배라는 의식의 밑바탕에는 인간의 생식현상에 대한 고대인들의 탐구와 의지가 반영되어 있다고 볼 수 있다. 태양 속의 새는 까마귀鳥로써 남성에 비유하였으며, 두꺼비는 음으로써 여성에 비유하여 큰 배와 자식이 많이 있는 모습으로 그려내었다. 오늘날 발굴되는 한대漢代의 화상전畫像磚에 두 사람이 몸을 맞대고 서로 꼬리를 꼬고 있는 그림이 있는데, 그 중 남성의 머리 위에 태양이 있고, 그 태양 가운데는 날아가는 새 한 마리가 그려져 있다. 그리고 옆에 있는 여성의 머리 위에는 달이 있고, 그 달 가운데 다리를 구부리고 엎드려 있는 두꺼비가 보이는데, 특히 큰 배가 불룩 튀어나와 있다. 지금 우리가 이 두 사람

가운데 여성이 항아인지 아닌지는 확신 할 수 없지만 금까마귀金鳥와 두써비가 한 쌍의 생식 배필이라는 의미는 분명 확실히다. 더욱이 항아가 두꺼비로 변했다는 사실은 고대인들의 생식숭배사상이 반영되어 있음을 설명해 준다. 그리고 바로 이러한 변화로 인해 후대 "월하노인月下老人"이 등장하게 되었다. "월하노인"은 천하의 남녀에게 배필을 정해주는 중매신媒神이 되었는데, 이는 바로 두꺼비의 이미지가 변화된 결과로 "월하노인月下老人"의 성별이 여성에서 남성으로 변한 것에 지나지 않는다. 오늘날까지도 중국의 많은 지역에서는 여전히 개구리蛙류를 생식능력의 상징으로 여기고 있다. 왕소순王小盾은 ≪원시신앙과 중국신화原始信仰和中國古神≫에서 이에 관한 자신의 견해를 밝히고 있어 여기에 그 문장을 인용하여 증거로 삼고자 한다.

금까마귀金鳥의 대립물로써 두꺼비의 상징은 암놈雌性을 의미한다. 중국 남북 각 지역에서 일찍이 개구리 문양(두꺼비 문양)의 용기들이 대량 출토되었는데, 이러한 개구리 모양의 도안은 모두 비교적 뚜렷한 토템적 의미나 혹은 여성의 생식신 숭배사상이 엿보인다. 수많은 용기 위에 특별히 과장되게 개구리의 둥그런 배를 그리고 있는데, 이러한 도안은 사람들로 하여금 임신한 여자의 형상을 생각하게 만든다. 중국 남방에서 출토된 동고銅鼓에는 겹쳐진 개구리의 형상을 볼 수 있는데, 어떤 겹쳐진 개구리의 형상은 교미하는 형상을, 어떤 겹쳐진 개구리의 형상은 어미 개구리 등에 새끼 개구리를 업고 있는 형상을 하고 있다. 이러한 상황은 모두 여성 생식력의 모종 신앙을 암시해 주고 있다. 이밖에 여족黎族의 부녀자들은 늘 개구리 도안을 가지고 문신을 하거나 혹은 치마에 수를 놓아 짠다. 장족壯族인들의 와파절蛙婆節은 청개구리 며느리 찾기 활동을 전개하면서 아울러 청년남자와 청개구리 며느리의 결혼식 등 상징적인 의식을 거행한다. ……

위에서 상황이 항아가 두꺼비와 연계되어 언급되어 있다는 사실은 생식숭배에 대한 중국 고대인들의 의식이 매우 일찍부터 발생했다는 사실을 증명해주는 것이다. 그래서 항아는 한대漢代에 이르러 한때 생식신으로 숭상받기도 하였다.

4. 선도사상과 "분월奔月"신화의 내용 확대

항아가 생식신으로 숭배되었던 기간은 매우 짧다. 위진남북조에서 수당隨唐에 이르는 동안 두꺼비는 옥토끼와 마찬가지로 항아와 분리되어 독립적으로 등장한다. 금두꺼비와 옥토끼는 둘 다 항아 월궁月宮의 사자로써 옥토끼는 절구공이를 이용해 선약을 만드는 것이 주요 직책이고, 금두꺼비는 인간에게 복을 내려주는 것이 주된 임무이다. 만일 두꺼비가 누군가의 집에 나타나게 되면 그 집은 즉시 복이 내려 경사스런 일이 생기게 된다. 이 시기에 "분월奔月"신화에 첨부된 내용은 바로 달 속에 계수나무의 출현이다. 그래서 당대唐代의 단성식段成式은 ≪유양잡조酉陽雜俎·전집前集≫권1에서 다음과 같이 언급하였다.

옛말에 달 속에 계수나무와 두꺼비가 있다고 전한다. 그러므로 이서異書에서 달 속의 계수나무는 높이가 오백장이나 되며, 그 아래에 한 사람이 늘 도끼로 계수나무를 찍지만, 나무는 그때마다 찍힌 자리가 다시 원상태로 회복된다. 이 사람의 성은 오씨吳氏이고 이름은 강剛이며, 서하西河 사람이다. 일찍이 선술仙術을 배운 적이 있으며, 폄적되어 나무를 베는 벌을 받았다.

이 고사는 완전히 도사들이 제멋대로 지어 낸 것으로 신화다운 맛이 조금도 보이지 않는다. 그러나 이를 계기로 선계仙桂와 항아가 연계되기 시작하였고, 민간에서는 이 이야기를 빌려 항아와 후예后羿의 관계를 새롭게 수정하고 개조함으로써 "상아분월"의 신화는 또 한번 선화仙話의 도움을 받아 참신한 자태로 세상 사람들의 눈앞에 출현하게 되었다. 계수나무의 출현으로 인하여 사람들은 계수나무 꽃과 열매, 그리고 계화주桂花酒를 복을 기원하고 재앙을 면하게 해주며, 장수하게 해주는 상서로운 물건으로 받아들이게 되었다. 그런데 인간에게 계화桂花와 계수나무 열매를 뿌려주는 사람이 바로 항아이다. 그래서 당대唐代의 피일휴皮日休는 ≪천축사팔월십오야계자시天竺寺八月十五夜桂子詩≫에서 "옥구슬 소리 찰랑찰랑 달을 감싸고 도는데, 궁전 앞에서 이슬 먹은 계화를 줍는다. 지금까지 하늘에 쌓이는 일이 없었으니, 이는 아마도 항아가 사람에게 뿌려주었기 때문인가 보다."고 읊고 있다.

또한 항아에 대한 민간의 추모의 정이 후예에게로 전환됨에 따라 "분월奔月"신화에 대한 새로운 해석이 등장하게 되었다. 오늘날 민간의 전설상에서 항아가 달로 도망간 이유에 대해, 달 속에 인류에게 복을 주는 계화주(불사약)가 있다는 사실을 알고 있었던 항아는 백성들을 구하기 위해 위험을 무릅 쓰고 월궁月宮에 들어가 몰래 계수나무 열매와 계화주를 훔쳐 나와 인간에게 뿌려주다가 왕모낭낭王母娘娘(서왕모)에게 발각되는 바람에 항아는 결국 차가운 월궁月宮속에 갇히게 되었

고, 이로부터 상아와 후예는 하늘에서도 인간세계에서도 서로 만나 볼 수 없는 사이가 되고 말았다고 전해지고 있다.

항아가 달로 달아나 두꺼비로 변하는 모습

5. "분월奔月"신화에 대한 비평

"항아분월"신화는 원래 선화仙話로 인해 발생된 것이다. 그래서 곽말약郭沫若은 "항아분월설姮娥奔月說은 한대의 방사들이 꾸며낸 이야기 일뿐 결코 고대의 신화가 아니다."라고 주장하였다. 그 발생을 놓고 말한다면 이와 같은 비평이 정확하다고 볼 수 있으나, 무조건 덮어놓고 "분월"신화를 선화仙話에 열거하는 것도 그다지 합리적이지 못하다. 우리가 앞에서 살펴본 바와 같이 "분월"신화가 비록 선화仙話로부터 생성되었다고는 하지만 상희常羲가 열 두 개의 달을 낳았다는 고대 신화를 기초로 그 원형이 창조된 것이기 때문에 "분월"신화의 탄생은 처음부터 선화仙話 가운데 신화적 요인을 함께 가지고 있었다고 볼 수 있다. 이후 진한시대를 거치면서 항아와 후예가 서로 혼인관계를 맺음으로써 "분월"신화는 신화로써의 자격을 갖추게 되었다. 물론 혹자는 "분월"신화가 완전한 신화로 변하였다고도 하지만, 후대에 이르러 선화仙話가 유입되면서 "분월"신화는 또 한 번 커다란 질적 변화를 가져오게 되었다.

"분월"신화의 탄생과 발전의 궤적을 살펴볼 때, 신화에 대한 선화의 개조는 중국 고전신화를 변이 시키는 작용뿐만 아니라 심지어 소멸시키는 중요한 요인으로 작용하였음을 알 수 있다. 선화는 신화에 몸을 의탁하면서 점차 신화적 요소를 삼식하였다. 물론 어떤 경우에는 신화를 기이한 여러 가지 모습으로 변화시키기도 하였으나, 수수하고 소박하며 단순한 고대신화의 특질이 융합되면서 신화의 모습을 완전히 바꾸어 놓았다.

설령 이와 같다하더라도 신화를 연구하는 사람들이나 앞으로 중국 고대신화를 연구할 사람들에게까지 "분월"신화에 대한 연구와 탐구를 포기하라고 말할 수는 없다. 그 이유는 후대에 대한 영향이 클 뿐만 아니라 명성 또한 대단히 커서 중국의 고대신화 중에서도 손가락 안에 꼽을만하기 때문이다. 그러나 우리는 한대 이후 계수나무와 연계된 선화仙話를 떼어내고 본래의 신화 모습으로 되돌려 놓을 수 있도록 노력을 기울여야 할 것이다. 특히 항아와 후예의 관계에서 바로 이 부분의 내용이 가장 생명력이 돋보이는 대목이기 때문이다.

항아가 불사약을 훔쳐 먹었다는 설과 두꺼비로 변했다는 설로 인해 후대인들에게 항아에 대한 서로 다른 평가를 낳게 하였다. 그래서 간혹 이 신화를 그리스신화 속에서 인류에게 재난을 가져다주었다는 "판도라"에 비유하기도 하는데, 이 두 신화 속에 보이는 항아와 판도라의 공통된 형상은 비록 용모는 아름다우나 마음이 곱지 못하여 "화근"과 "재난"을 가져다주는 모습을 보인다는 점이다. 항아는 또 한편으로 남편 후예의 전횡을 참지 못하는 반항자의 형상으로 그려지기도 하며, 혹은 남편에게 충실하지 못한 여인으로 묘사되기도 하는데, 어진 사람에게는 어진 것만 보이고, 지혜로운 자는 지혜로운 것만 보인다는 말이 조금도 틀리지 않는 것 같다.

분명한 것은 "항아분월"에 대한 연구와 항아에 대한 평가는 당연히 신화의 산생 역사에 대한 분석을 바탕으로 결론을 이끌어 내야지, 항아에게 직접적으로 너무 무거운 책임을 지워서는 안 될 것이다. 또한 "항아분월"이 어떻게 구성되어 있으며, 항아와 후예의 인연이 어떻게 맺어졌는가 하는 과정에 대해서는 중국 고대신화를 연구하는 사람들이라면 마땅히 고려해야 할 일들이라고 본다.

후예后羿 표지

제9장 신화의 중첩과 재생

—— 후예后羿신화의 계시

후예가 해를 쏘아 떨어드렸다는 "후예사일后羿射日"신화와 "항아분월嫦娥奔月"신화 중에서 전자는 장엄한 분위기를 후자는 아름다운 환상을 연출하며 오랜 세월동안 마치 밤하늘에 찬란히 빛나는 별처럼 수많은 사람들을 매혹시켜왔다. 두 신화의 주인공은 각각 해와 달을 지배하였지만 부부관계로 인해 두 개이 독립된 신화가 하나의 신화로 재탄생하면서 사람을 감동시키는 슬픔과 아름다움을 지닌 하나의 완전한 줄거리를 가진 신화로 발전하게 되었다. 이 과정에서 종교, 정치, 윤리 등의 관념이 신화에 스며들면서 고대의 사회상과 중화민족의 개성을 투영해 내었다.

1. 신화 속의 영웅 후예

중국 고대신화 중에서 후예는 일찍이 "이예夷羿"라고도 불렀으며, 동방의 제준帝俊 신계에 속하는 영웅이었다. 그의 신력神力은 범인을 초월하였기 때문에 자유로이 천제天帝의 수도인 곤륜昆侖의 허虛에 오르내릴 수 있었을 뿐만 아니라, 제준의 명령을 받고 천계天界에서 인간세계에 내려와 지상의 해로운 것들을 제거하기도 하였다. ≪산해경山海

經·해내경海內經≫에 "제준은 후예에게 붉은 색의 활과 백색의 줄이 날린 화살을 하사하고, 그에게 지상에 내려가 인간을 돕도록 하였다. 후예는 이때부터 지상세계 백성들을 온갖 어려움으로부터 구해내었다."고 하는 기록이 있다. 여기서 우리가 알 수 있는 점은 후예가 결코 오제五帝 중에 하나인 요堯의 지시로 파견된 것이 아니라는 사실이다. 즉 고대의 신화 중에서 예와 요는 서로 아무런 관계도 없으며, 후예가 지상의 인간세계에 내려와 맡은 주요 임무 또한 결코 태양을 쏘아 떨어뜨리는 것이 아니었다는 사실이다. 열 개의 태양+日은 제준의 아들이었던 까닭에 제준은 분명 후예로 하여금 지상의 인간세계에 내려가서 자신의 아들을 쏘아 죽이라고 명령을 내리지 않았을 것이다. 그렇기 때문에 지금 전하는 ≪산해경山海經≫에서는 후예와 십일+日의 관계를 언급하지 않았다.

후예가 인간세계에 내려와 "지상세계의 온갖 어려움을 구했다."고 한 것은 그가 원래부터 활을 잘 쏘는 사람이었기 때문이며, 또한 선진시대나 후대의 전적에서도 후예가 활을 잘 쏘았다는 기록이 적지 않게 보인다.

후예는 활을 잘 쏘았다. (≪논어論語·헌문憲問≫)

한 마리의 참새라도 그에게 날아가면 후예는 반드시 쏘아 떨어드린다. (≪장자莊子·상경초桑慶楚≫)

후예는 옛적에 활을 잘 쏘는 자였다. 활과 화살을 조화롭게 다스려 굳게 잘 지켜나갔다. 그는 활을 잡고 위아래를 가늠하여 반드시 정곡을 맞히는 도를 가지고 있었다. 그런 까닭에 여러 발을 쏴도 모두 맞힐 수 있었다. (≪관자管子·형세해形勢解≫)

멀리 쏴서 작은 것을 정확히 맞출 수 있는 이는 후예만한 이가 없다. (≪순자荀子·왕패王覇≫)

후예는 좌측팔로 활을 쏘았는데 잘 쏘았다. (≪회남자淮南子·수무훈修務訓≫)

후예는 사람들에게 활 쏘는 법을 가르칠 때 반드시 화살이 미치는 범위에 주의를 기울였다. (≪맹자孟子·고자告子≫상)

이와 같이 고대의 전설 중에는 후예가 활 잘 쏘는 인물이었다는 사실을 증명해 주는 예들이 많이 있다. 그래서 활을 잘 쏘던 후예에게 묵자墨子는 활의 발명권을 넘겨주었다.

고대 후예의 중요한 공적은 인간에게 해를 끼치는 독사와 맹수, 그리고 파사巴蛇·착치鑿齒·설유猰㺄·봉희封豨·구영九嬰 등을 제거했다는 점이다.

후예와 착치鑿齒가 수화壽華의 들판에서 싸웠다. 후예가 착치를 죽여 곤륜산崑崙山의 허虛 동쪽에 묻었다. 후예는 활과 화살을 잡고 착치는 방패를 잡았다고 하는데 일설에는 과戈를 잡았다고도 한다. (≪산해경山海經·해외남경海外南經≫)

(후예)가 설유猰㺄를 죽였다. (≪회남자淮南子·본경훈本經訓≫)

(후예)가 구영九嬰을 흉수凶水 위에서 죽였다. (≪회남자淮南子·본경훈本經訓≫)

후예가 요晭를 잡고서 결決을 날 세워서(잘 잡아당겨) 큰 돼지를 쏘았다. (≪초사楚辭·천문天問≫)

후예가 파사巴蛇를 동정호에서 죽였다. (≪노사路史‧후기后紀十≫ 나씨羅氏의 주석 ≪강원기江源記≫ 인용)

이 외에도 홍흥조洪興祖가 주석한 ≪천문天問≫에도 "하백河伯이 사람을 해치자 후예가 그 좌측 눈을 쏘았다."는 기록을 남기고 있다. 이러한 신화와 전설 가운데 일부분은 고대의 신화적 형태를 잘 보존하고 있으나, 이 가운데 일부분은 후대인들이 첨가하거나 덧붙여 놓은 것이다. 하지만 이러한 내용만을 가지고도 후예가 신사神射 영웅으로 존경받기에 충분하다.

2. 후예사일后羿射日 신화의 탄생

후예가 해를 쏘아 떨어뜨렸다는 후예사일신화에 대해 전통적인 연구자들은 대부분 고대인들이 가뭄에 대항하여 투쟁한 내용을 표현한 것이라고 여겨왔으나, 현대의 연구자들은 이와 다른 새로운 견해를 제시하고 있다. 그들은 후예가 해

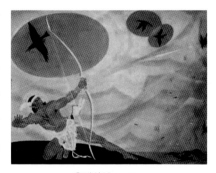

후예사일后羿射日

를 쏘아 떨어뜨렸다는 사실이 암시하는 것은 역법의 변혁운동을 가리킨다고 생각하였다. 예를 들어, 정산丁山의 ≪중국고대종교여신화고中國古代宗敎與神話考≫와 하신何新의 ≪신화신론神話新論≫에서 두 사람 모두 천간지지天干地支를 배합하여 날짜를 기록하는 "갑자甲子"가 주대周代에 나오기 전에 은상殷商대에 이미 십천간十天干만을 이용해 날짜를

기록하는 원시적인 역법이 있었는데, 후예사일后羿射日이란 바로 십천간을 이용한 역법의 포기를 의미하는 것이라고 주장하였다.

사실상 우리가 알기로는 "후예사일"신화의 탄생은 주대 사람들이 은을 대신하여 정권을 장악하기 시작한 전후에 일종의 종교적인 색채를 띤 정치적 선전에 기원을 두고 있으며, 이는 바로 주나라 사람들의 "천통天統"관념이 은나라 사람의 "제통帝統"관념에 타격을 준 것으로 이해하고 있다. 그러므로 이 점을 설명하고자 한다면 반드시 먼저 은인殷人ㆍ주인周人ㆍ제준帝俊 등의 관계를 살펴봐야 할 것이다. 여기서 우리가 분명하게 지적하고 넘어가야 할 점은 제준帝俊이 바로 은나라 사람과 주나라 사람들의 공통 선조라는 점이다.

갑골문 중에서는 "준俊"을 은의 고조라 칭하고 있는데, 여기서 말하는 "준俊"이 바로 제준이다. 사서의 기록에 제곡帝嚳은 태어나면서부터 능히 말을 할 수 있었고, 스스로 이름을 "준俊"이라고 말하였다고 한다. 그래서 후대에 곡嚳으로 준俊을 대신하여 사용함에 따라 은나라의 시조 설契 역시 제곡의 자손이 되었던 것이다. 그렇기 때문에 은의 조상은 분명히 제준이다. 또한 ≪산해경山海經ㆍ대황서경大荒西經≫에서 "제준이 직稷을 낳았다."고 하였는데, 직은 본래 주나라 사람들의 선조이기 때문에, 이로써 은殷과 주周 두 부족이 원래 제준의 세계世系에서 갈라져 나왔다는 사실을 증명할 수 있다.

서주이래로 사람들은 제준의 사적이 너무 황당무계하여 쉽게 고쳐쓸 수 없자 아예 고대 제왕의 반열에서 축출해 버리고 말았다. 그리고 제곡으로 제준을 대신토록 함으로써 은ㆍ주의 선조라는 신분 역시 자연스럽게 제곡에게 돌아가고 말았다. 제준의 후예인 두 부족 가운데 은나라 사람들은 본토 지역에 그대로 남아 거주한 반면, 주나라 사람들은 서방으로 이주하였고, 황제 부족이 세운 하나라 통치시기에 이

두 부족은 점차 세력을 확대 발전시켜나갔다. 이 과정에서 동쪽 땅에 거주하고 있던 은나라 사람들은 고대부터 진해오던 제준의 치인 희화羲和와 "열 개의 해를 낳았다.", 처 상희常羲는 "열 두 개의 달을 낳았다."는 등등의 신화와 전설을 직접 계승하였다. 열 개의 해는 동해의 부상扶桑이라는 나무 위에 살면서 번갈아 가며 하늘에 떠올라 지상세계를 비춘다고 하는데, 즉 "하나의 해가 막 나뭇가지에 이르면 하나의 해가 막 나가려고 한다." 이러한 신화적 사유는 은상殷商부족에게 커다란 영향을 주었다.

갑골문에 나타난 사료를 통해 은나라 사람들이 태양을 숭배했다는 사실을 엿볼 수 있다. 그들은 매일 아침 일출과 저녁 일몰을 가무와 제사로 맞이하고 환송하였으며, 열 개의 태양이 교대로 나타난다는 고사에도 은나라 사람들의 혈통계승관념이 내포되어 있다. 은나라 사람들의 역법은 열 개의 천간天干과 열 두개의 지지地支를 조합하여 날짜를 기록하며, 열흘을 일순一旬으로, 일년을 열 두개의 달로 나누었고, 윤달閏月은 달의 마지막에 놓았다. 이러한 역법체계가 "십일十日"과 "십이월十二月"의 신화와 밀접한 관계가 있음을 부인할 수 없을 것이다. "십일十日"은 바로 간지干支로 날짜를 기록하는 과정에서 생성된 중요한 요소이다. 그러므로 아홉 개의 해를 쏘아 떨어뜨리고 그 가운데 하나의 태양을 남겼다는 것은 은나라 사람들이 간지로 날짜를 기록하는 체계를 폐기하려고 했다는 사실을 설명한 것으로 볼 수 있을 것이다. 그러므로 후예가 열 개의 태양을 활로 쏘았다고 하는 신화는 태양을 숭배했던 은나라 사람들이 창조한 것도 아니며, 역법을 개혁하고자 창조한 것은 더더욱 아니라고 하겠다. 즉 이 신화의 탄생은 주나라 사람들의 걸작품이라고 할 수 있다.

은나라 사람들은 상제上帝를 자신들의 선조로 삼았던 까닭에 국군國

君 명칭 앞에 간혹 "제帝"자를 덧붙이기도 하였다. 왕위를 아버지가 아들에게 전하거나, 혹은 형제끼리 서로 전했던 상황은 마치 열 개의 태양이 서로 교대하여 떠오르는 모양과 비슷해 보인다. 점차 강성해진 주나라 부족은 문왕文王때 이르러 이미 은나라와 대등하게 힘을 겨룰 수 있을 만큼 강성해졌으며, 다른 여러 부족과 연맹하여 공동으로 은나라를 멸망시켰다. 그러므로 주나라 사람들은 "열개의 태양이 떠오른다."는 은나라 사람들의 제통帝統관념을 가장 먼저 파괴할 수밖에 없었다. 그리고 덕이 있는 자가 천하를 통치한다는 "천통天統"관념으로 이를 대체시켰다.

천명관天命觀과 은나라의 제명관帝命觀을 서로 비교해 볼 때, 너무 추상적으로 변해 쉽사리 내용을 이해할 수 없게 되었으며, 이러한 상황 속에서 후예가 해를 쏘았다는 신화가 탄생한 것이다. "열개의 태양이 함께 떠올랐다十日幷出."는 고사는 은나라의 통치자들 사이에 정치적 혼란이 생겼음을 시사해 주는 사건이라고 할 수 있다. 따라서 후예가 열 개의 태양을 쏘아 떨어뜨린 일은 백성들을 위해 해로운 것을 제거한 자연스런 일이 되고 말았으니, 이는 바로 주나라가 은나라를 멸하고 은의 정치를 대신한 당시의 상황을 반영한 것이다.

후예가 제준신계에 속하는 영웅인 까닭에 "십일十日"도 당연히 제준의 아들이라고 할 수 있다. 그런데 만일 제준이 후예에게 명하여 자신의 아들들을 죽이라고 했다면 이는 분명 도리에 맞지 않는 일이기 때문에 신화를 개조한 사람들은 어쩔 수 없이 후예가 해를 쏘았다는 시기를 요堯의 통치시기로 설정해 놓는 동시에 후예를 요의 신하로 둔갑시켜 버렸던 것이다. 이러한 변화의 발생 시기가 도대체 언제인지 현재로서는 그 상세한 내용을 이미 고찰할 수 없게 되었다고는 하나 선진시대 제자서 중에서 여전히 이와 관련된 흔적들을 찾아볼 수 있다.

즉 ≪장자莊子・제물론齊物論≫에서는 "옛날에 열 개의 태양이 함께 출현하였다."고민 말했지, 일찍이 어느 시대에 출현했다고는 구체적으로 언급한 바가 없다. 다만 한대에 이르러 ≪회남자淮南子≫, ≪논형論衡≫ 등의 서적에서 분명하게 요堯, 예羿, 사일射日 등을 연계시켜 말하기 시작하였고, 끝내는 후예가 해를 쏘았다는 완전한 신화가 만들어지기에 이르렀던 것이다. ≪회남자≫에서 후예가 해를 쏘았다는 신화의 내용들을 집대성해 놓음으로써 해를 쏘았다는 사일射日신화의 기본적인 틀이 완성되었다고 하겠다.

요堯의 시대에 하늘에 태양 열 개가 함께 솟아올라 벼와 곡식은 물론 모든 초목을 말라죽게 하였다. 백성들은 먹을 것이 없어 배를 주리고, 계유猰貐・착치鑿齒・구영九嬰・대풍大風・봉희封豨・수사修蛇 등과 같은 짐승들이 출몰하여 백성들을 괴롭혔다. 요는 이에 후예를 시켜 주화疇華의 들에서 착치鑿齒를, 흉수凶水에서 구영九嬰을 죽였다. 그리고 청구青丘의 연못에서 대풍大風을 격살하였다. 위로는 하늘의 태양을 쏘아 제거하고, 아래로는 계유를 죽이고, 동정洞庭에서는 수사修蛇를 토막내어 죽였고, 상림桑林에서는 봉희封豨를 사로잡았다. 이에 만민이 모두 기뻐하여 요를 천자로 삼았다.

≪회남자≫ 중에는 "십일十日"을 중심으로 계유猰貐・착치鑿齒・구영九嬰・대풍大風・봉희封豨・수사修蛇 등 인간에게 해를 끼치는 괴물을 주살하거나 생포하는 내용을 기록해 놓았다. 여기서 후예가 해를 쏘게 된 목적은 가뭄을 극복하고 재난으로부터 구하고자 하는 주제의식이 반영된 것으로 볼 수 있다. 그러나 문자적 의미로 인해 "사일射日"신화의 원시적 의미가 퇴색되었을 뿐만 아니라 시대의 발전에 따라 역사적 흐름 속에 매몰되고 말았다. 그러나 후예는 끝내 사일射日의 공적

을 인정받아 백성들에게 추앙 받는 신화적 영웅이 되었다.

3. 천신 후예와 유궁씨 후예와의 중첩

영웅 후예가 사람에게 해로움을 주는 짐승과 해를 제거했다는 신화가 탄생한 이후 오랜 시간이 흘러 중국 고대의 역사에 또 하나의 후예가 등장하였는데, 바로 동방의 유궁씨有窮氏이다. 두 사람의 이름이 같고 출신지역도 같아 전국시대 이래로 서로 중첩되거나 융합되어 결국 누가 누구인지 분간하기 어려운 상황이 되었다. 두 사람이 서로 중첩되고 융합되는 과정에서 굴원屈原의 ≪천문天問≫이 커다란 작용을 하였다. 원래 유궁씨 후예는 역사적 인물로써 그 사적에 관한 기록이 ≪좌전左傳·양공襄公 4년≫에 처음으로 보인다.

옛날 하夏왕조가 바야흐로 쇠락해져 갈 때, 후예는 서鉏에서 궁석窮石으로 이주하여 하왕조 백성의 성원에 힘입어 하왕조의 정권을 교체하였다. 후예는 자신의 활쏘는 기예만을 중시하여 백성을 다스리는 일에 힘쓰지 않고 사냥에 탐닉하였다. 그리하여 무라武羅·백인伯因·웅발熊髡·방어尨圉 등의 어진 신하를 내쫓고 한착寒浞을 중용하였다. 한착은 백명씨伯明氏의 간사한 인물로써 백명씨가 후에 한족을 내쫓자 후예가 이를 거두고 신임하여 자기를 보좌하도록 하였다. 한착은 안에서는 여인에게 온갖 아첨을 떨고 밖에서는 뇌물을 뿌려 백성들을 우롱하고 후예가 사냥에 몰두하도록 하였다. 후예의 나라를 취하고자 하는 사특한 생각을 품고 안팎으로 세력을 자신에게 모았다. 그러나 후예는 여전히 돌이키지 못하고 사냥터에서 돌아오려고 할 때, 그의 수하가 그를 끓는 물에 삶아 죽인 후 그의 아들에게 먹이려고 하였으나, 그의 아들이 차마 먹지 않자 궁窮나라의 성문 입구에서 죽임을 당하고 말았다.
미靡(예이 신하, 필자이 견해)는 유격씨有鬲氏에게 도망하였다. 한착과
후예의 처첩 사이에서 요澆와 희豷를 낳았다. 한착은 자신의 사특함을
믿고 백성들에게 은덕을 베풀지 않고 요澆에게 군대를 주어 짐관斟灌
과 짐심씨斟尋氏를 멸망시켰다. 그리고 요澆에게는 과過 땅에 살게 하
고 희豷에게는 과戈 땅에 살게 하였다. 미靡는 유격씨의 땅에서 두 나
라의 유민을 모아 한착을 멸하고 소강少康을 세웠다. 소강은 과過땅에
서 요를 멸하고 후저后杼(소강의 아들)는 과戈땅에서 희豷를 멸하게 되
자 유궁씨有窮氏는 이로써 멸망하게 되었는데, 이것이 어진 인재들을
잃게 된 연고이다.

고대 역사를 서술한 이 일단락의 문장을 통하여 유궁씨 후예 역시
활을 잘 쏘았기 때문에 그에게 붙여진 이름이라는 사실을 알 수 있다.
그러나 사람을 잘못 등용하여 자신의 신하에게 죽임을 당하고, 또한
고깃국이 되어 그 아들에게 먹여지는 상황이 벌어졌으며, 반역을 일으
킨 착불근浞不僅은 후예와 그 아들을 시해하고 그의 처자까지도 강제
로 차지하여 후예의 처 몸에서 자식까지 얻었다고 하니 일찍이 이 세
상에서 들어보지 못했던 참혹한 사건이라 차마 끝까지 읽을 수가 없
을 정도이다.
　여기에서 우리는 영웅으로써 후예가 백성을 위해 해로움을 제거하
는 어진 마음과 하늘과 땅에 오르내리는 위풍당당한 모습을 찾아볼
수 없다. 더욱이 항아분월嫦娥奔月이라는 낭만적인 전설과 유궁씨를 연
결시킬 수 있는 연결고리도 찾아 볼 수가 없다. 반면, 활과 화살을 발
명하여 인간에게 해로운 동물과 해를 제거한 영웅으로써의 후예는 인
류발전의 초기단계인 원시적인 상황 속에서 탄생하였다고 볼 수 있다.
흉맹한 야수와 겨룰만한 충분한 힘과 도구를 갖추지 못했던 당시에

활과 화살의 발명은 인류를 위험한 상황에서 벗어날 수 있게 해주는 가장 유용한 도구였다. 이러한 까닭에 활을 잘 쏘았다고 하는 후예의 신화가 이 시기에 등장하여 유전될 수 있었다고 보여진다. 그러나 ≪좌전≫에 기록된 유궁씨 후예시대는 인류가 이미 야만적인 원시시대에서 문명사회로 접어드는 과도기적인 시기로 영웅 후예와는 상당히 멀리 떨어진 시대였다. 그래서 유궁씨의 전설은 신화성과 기세 등에서 영웅 후예의 신화와 서로 비교가 되지 않는다.

유궁씨 후예에 관한 사적은 처음부터 사서 속에서 나왔기 때문에 후세 사람들이 개조하거나 혹은 신화의 대열 속에 올려 놓을만한 여지를 가지고 있지 못했다. 한편 두 사람은 동명이인이기는 하지만 어떤 면에서 어느 정도 서로 관계를 지니고 있는 것도 사실이다. ≪좌전≫에 보면 "후예가 서鉏에서 궁석窮石으로 이주하였다."고 하는 기록이 보이는데, ≪수경주水經注·하수河水≫에서 이에 대해 "≪지리지地理志≫에서 격진鬲津이라고 하였다. 그러므로 유궁씨 후예의 나라이다."고 주석을 붙이고 있다.

오늘날 보기에 서鉏는 하남성 화현滑懸 일대이고, 궁석窮石은 산동성 덕현德懸 일대로 여겨진다. 격진鬲津은 노魯(산동성)와 예豫(하남성) 두 성을 가로질러 흘러가며, 덕현德懸은 그 유역 중간에 있다. 또 어떤 전설에 의하면 유궁족은 지금의 안휘성 영산현英山懸 일대의 궁수窮水와 궁지窮地라고 하는데, 이를 종합해 보면 유궁국의 활동지역은 대체로 오늘날의 하남성·산동성·안휘성 등 세 개의 성에 걸치는 광대한 지역을 무대로 거주하였다는 사실을 알 수 있다. ≪좌전≫에 유궁씨의 예羿 역시 "이예夷羿"라고 불렀다는 점을 고려해 볼 때, 유궁씨 후예 역시 동방부족의 일족 가운데 하나였음이 분명하다. 즉 최소한 영웅후예와 같은 부족에 속한다고 볼 수 있기 때문에 유궁씨 후예가 고대 후예의 명성을 그대로 계승하게 되었고, 후대 사람들의 오해와 착오로 인해 자연스럽게 혼란스러움이 야기되었던 것이다. 이 두 사람을 한 사람으로 만든 사람이 바로 굴원이라고 할 수 있는데, 그는 ≪천문≫ 중에서 다음과 같이 말하였다.

예는 해를 쏘았는데 어찌 까마귀가 날개를 떨어뜨리나?

왕일王逸은 주석에서 "≪회남자淮南子≫에서 요임금 때 열 개의 해가 함께 나와 초목이 말라 시들어 죽었다. 요는 예羿에게 명하여 해를 쏘아 떨어뜨렸다. 열 개 가운데 아홉 개의 해를 쏘아 떨어뜨리자 해 속에 있던 아홉 마리 까마귀가 죽어 그 날개가 모두 떨어졌다. 그런 까닭에 해 하나만 남겼다."고 하였으나, 지금 전하는 ≪회남자≫의 내용과는 분명히 다르다. 이는 아마도 왕일이 ≪회남자≫의 내용을 근거로 자신의 견해를 주장했거나 아니면 그가 참고했던 책이 고본古本이었는지는 모르겠지만 어쨌든 현재 전하는 책과는 다르다. 그러나 이 역시 전체적인 내용의 흐름에는 크게 영향을 주지 않는다. 이는 바로 굴원이 묘사한 예는 분명 고대신화에 보이는 영웅 후예가 틀림없기 때문이다. 이 단락 아래에 먼저 우禹와 계啓의 일을 논한 후 또 다음과 같이 말하였다.

제가 이예夷羿를 내려 보낼 때는 하夏나라 백성의 재앙을 없애라고 했는데, 어찌 황하의 하백을 쏘아 낙수의 여신을 자신의 아내로 삼았나. 요珧를 잡고서 결決을 날 세워서(잘 잡아당겨) 큰 돼지를 쏘았도다. 어찌하여 살찐 제삿고기를 바쳤는데(증제사의 기름을 바쳤거늘) 천제는 달가워하지 않았는가? 한착이 순호씨의 딸을 취하고, 그 처의 미모에 빠져 이에 (예를 죽일 것을) 모의했도다. 어찌하여 예는 (물소가죽을 꿰뚫을 정도로) 활을 잘 쏘았는데, 서로(자기 부하와 마누라에게) 배반을 당하고 말았는가?

굴원이 이 단락에서 후예와 관련된 고사를 언급한 의도는 하夏의 우禹와 계啓의 일을 빗대어 설명하기 위한 것이었다. 하대夏代의 역사 진행과정에서 볼 때, 이는 분명 유궁씨 후예의 정치적 혼란과 멸망에 대한 역사적 사실을 탄식한 것이니, 여기 보이는 후예가 유궁씨의 예가 틀림없다고 하겠다. 그러나 하백河伯을 활로 쏘고, 낙빈洛嬪을 아내로 맞이하는 등의 신화 내용은 분명 영웅 후예의 사적을 언급한 것이다. 그런데 굴원이 영웅 후예의 사일射日사적을 모두 유궁씨 후예의 일로 묘사하면서, 이 두 후예가 완전히 하나의 후예로 합쳐지는 결과를 가져오게 되었던 것이다.

우리는 현재 굴원이 두 사람을 합쳐 한 사람으로 묘사하면서 의도적으로 그랬는지 아니면 무의식적으로 그랬는지 파악해 볼 방법이 없지만, 서로 겹쳐진 내용이 너무 명확하여 이도 저도 아닌 내용이 되어 버렸다. 그래서 동한시대의 왕일王逸은 일찍부터 이 점을 간파하고 두 사람을 구별하고자 노력하였다. 그 결과 그는 ≪천문≫의 주석에서 "여기서 말하는 하백河伯을 활로 쏘고, 낙빈洛嬪을 처로 삼았다는 사람은 누구인가? 바로 요임금 때의 후예羿를 말하는 것이지 유궁씨의 예羿가 아니다. 하夏나라의 백성을 위해 해로운 짐승을 제거하고 큰 돼지封豨를 활로 쏜 사람은 바로 유궁씨 예羿이다."는 설명을 덧붙여 놓았다.

굴원이 이렇게 두 사람의 형상을 겹쳐 놓은 결과 결국 후대의 소설가들과 패사稗史에 의해 그대로 계승되어 내려오게 되었다. ≪사기史記 · 하본기정의夏本紀正義≫에서는 ≪제왕세기帝王世紀≫를 인용하여 "유궁씨 …… 제곡帝嚳이상은 대대로 활쏘기를 잘 하였다. 제곡에 이르러 붉은 활과 흰 화살을 하사하고 서鉏에 봉하였다. 제帝를 위해 활을 관장하였으며, 우虞와 하대夏代까지 내려왔다.”고 언급하였는데, 이는 유궁씨와 사일射日의 후예를 한 사람으로 보았던 것으로, “붉은 활과 흰 화살을 하사한” 제준帝俊이 제곡帝嚳으로 변한 것과 별반 다르지 않다.

영웅신 후예와 유궁씨의 임금 후예가 융합하여 신화의 내용을 풍부하게 만들었다는 점에서 긍정적인 측면을 발견할 수 있으나, 또 다른 측면에서 볼 때, 부도덕하여 황음하고 소인을 등용하여 나라를 혼란스럽게 만들었다는 죄명을 영웅 후예에게 뒤집어씌워 놓는 결과를 가져왔다. 더욱이 후대 후예의 사망과 관련된 신화와 전설에도 영향을 미쳐 후예의 비극적인 운명을 결정짓는 계기가 되었다.

4. 후예의 비극적 종말

고대 신성 영웅 가운데 한 사람인 후예는 일찍이 위로는 열 개의 해를 쏘아 떨어뜨렸고, 아래로는 흉맹한 금수를 죽였으며, 또 하신河神을 물리치고, 풍백風伯을 징벌하여 그 위풍을 세상에 당당하게 떨치기도 했지만 끝내 살해당하는 결말로 영웅적 일생을 끝내고 말았다. 후예가 비극적인 결말로 끝나게 된 주요 원인은 바로≪좌전左傳 · 양공襄公 4년≫에 기재된 내용에서 비롯된다. 이 일단의 기록 중에서 유궁씨 후예는 황음하고 사냥을 즐겼으며, 소인을 중용하여 결국 한착寒浞에게 살해되고, 아내까지도 빼앗겼으며, 심지어 그의 아들까지도 화를 면치 못하게 되었다.

후에 굴원의 붓끝에서 신성 영웅인 후예와 군왕 후예가 서로 중첩되어 나타나는데, 이는 황음과 사냥에만 탐닉하였던 후예를 비평하고 후대 제왕들에게 경계를 삼도록 하기 위한 것이었다. 천제天帝가 왜 기뻐하지 않았을까하는 의문에 대해서는 신화의 소멸로 인해 현재 그 원인을 알 수는 없으나, ≪천문天問≫의 앞뒤 내용을 가지고 추측해 볼 때 아마도 후예의 "화백河伯을 활로 쏘고", "낙빈洛嬪을 아내로 삼고", "봉희封豨를 활로 쏘는" 등의 행위에 기인하지 않았나 싶다.

천제의 노여움을 산 후예는 다시 하늘에 오를 수 없게 되었고, 신계神界에서도 축출 당해 보통사람으로 살게 되었다. 이미 보통사람이 되어버린 그에게 생노병사는 이상한 일이 아니었으며, 더욱이 후예의 바르지 못한 성품과 황음한 행동은 중국의 전통적인 도덕관념과 배치되었기 때문에 후예의 비극적인 종말은 자연스러운 일이 되고 말았다.

후예의 비극은 항아嫦娥의 이야기가 덧붙여지면서 본격적으로 전개되는데, 항아는 전국시대에서 진한시대 사이에 새롭게 창조된 신화인물이다. 그녀가 후예에게 시집을 감으로써 후예의 신화는 낭만적인 색채와 환상적인 분위기가 더욱 풍부하게 되었지만, 항아가 후예 몰래 불사약을 훔쳐 달로 도망친다는 내용이 첨가되면서 후예는 신성神性이 철저하게 제거된 평범한 사람으로 재창조되어 죽음에 이르게 되었는데, 이는 한대인漢代人들의 관점이 투영된 것이다. 그래서 ≪회남자淮南子·남명훈覽冥訓≫에서는 "후예가 불사약을 서왕모에게서 구해왔으나 항아姮娥가 이를 훔쳐 달로 도망쳤다. 암담하여 죽어버렸으니 더 이상할 말이 없다."고 하였는데, 여기서 "암담하여 죽었다"는 말은 바로 항아가 아닌 후예를 가리키는 말이다. 그리고 여기서 "죽었다"는 말의 의미는 비로 항아가 이미 떠났기 때문에 불사약을 다시는 얻지 못하게 되었다는 상황을 그려낸 것이다.

후예를 살해한 흉수는 아마도 그의 신하이거나 아니면 제자였을 것이라고 추측된다. 고서에 기록된 내용은 대략 다음과 같다.

봉몽逢蒙이 활쏘기를 예에게 배워 예의 기술을 다 배우고 천하에 오직 예만이 자기보다 낮다고 생각하여 예를 죽였다. (≪맹자孟子 · 이루离婁 ≫下)

예가 사냥터에서 돌아오는 길에 …… 가신인 봉몽이 활을 쏴서 그를 죽였다. (≪초사楚辭 · 이소離騷≫十三)

(예)가 사냥터에서 돌아오는 길에 방문龐門이 그를 복숭아 나무로 격살하였다. ≪노사路史 · 후기后紀≫)

예는 천하의 해로움을 제거하고 죽어서 조종에 배열되었다. (회남자淮南子 · 범론훈泛論訓≫)

방문龐門은 또한 봉몽逢夢이라고도 하는데, 이는 음이 비슷하여 잘못 쓴 것이다. 이러한 기록으로 볼 때 후예는 자신의 수하였던 봉몽逢蒙의 복숭아나무로 만든 몽둥이에 맞아 죽었다는 사실을 알 수 있다. 일대의 영웅인 후예는 이렇게 비참하게 죽어갔던 것이다.

5. 후예신화에 대한 민간의 재창조

신화의 역사화에 따라 정치적인 요소와 윤리적 요소가 가미되어 후예는 사실상 공적이 뛰어난 전설 속의 인물이 되고 말았다. 이렇게 역사는 신화의 진상을 덮어버렸고, 윤리와 도덕은 후예에게 죽음을 요구하였지만, 수많은 일반 민중들은 정치, 문학, 역사 등의 요인에 의해 좌우되지 않고 해를 쏘아 떨어뜨리고, 해로운 금수를 제거한 후예의 영웅적인 사적을 대대로 암송해왔다. 민중의 마음속에서 후예는 영원히 초인적인 힘을 가진 존경할만한 신성 영웅이었다. 그래서 이들은 신화와 전설을 근거로 자신들의 사상체계에 맞추어 더욱 완벽한 후예 신화를 완성시켰다. 이로 인해 민간에서는 고서의 기록과 완전히 다른 또 하나의 다른 후예가 살아 숨 쉬게 되었던 것이다.

예가 다섯 살 때 부모가 큰 나무아래에서 매미가 우는 것을 기다렸다가 잡으려 하였으나, 이때 모든 매미가 한꺼번에 울자 포기하고 그 곳을 떠나 예를 산간에서 양육하였다.(≪태평어람太平御覽≫권350 인용한 ≪괄지도括地圖≫에서)

초나라에 고보孤父라는 사람이 있었다. 고보는 초나라 형산荊山에서 태어났다. 태어나면서부터 부모를 알지 못하였다. 어려서부터 활과 화살을 가지고 놀기를 좋아하여 한번 쏘면 맞히지 못하는 것이 없었다. 그 도를 예에게 전하였다. (≪오월춘추吳越春秋・구천음모외전勾踐陰謀外傳≫)

예의 나이 스물에 이미 활쏘기에 능하였다. 그가 하늘을 보며 "내가 장차 활을 저 멀리 쏘면 화살이 나의 집문 위에 이를 것이다."고 말하였다. 그리고 활시위를 당겨 쏘자 땅을 스치고 풀을 끊으며 곧바로 예의 집문에 이르렀다.(≪태평어람太平御覽≫권350 인용한 ≪括地圖≫에서)

위의 전설에서는 후예의 신세와 전설적인 어린 시절의 생활을 환상적으로 묘사하여 후예가 활을 잘 쏘게 된 원인을 설명함으로써 원래 내력이 불분명하던 후예에게 확실한 가계를 만들어주었다. 일반 민중들은 후예에 대해 애정을 가지고 후예와 항아의 관계에 대해서도 참신한 해석을 내림으로써 오늘날까지도 많은 사람들에게 구전되고 있다. 이미 당대唐代부터 절강성 항주 서호西湖 지역에서는 매년 8월 중추절이면 항아가 주계화酒桂花를 인간세계에 뿌려준다는 이야기가 전해지고 있으며, 당대의 시인 피일휴皮日休 역시 ≪천축사팔월십오야계자天竺寺八月十五夜桂子≫라는 제목의 시에서 "옥구슬 쟁그랑거리는 둥근 달, 궁전 앞에서 이슬로 새로 빚은 달빛을 받는다네. 이제까지 하늘에서 이렇게 내려준 일이 없었건만, 항아가 인간세계에 뿌려주는 것인가 하네."라고 읊고 있는데, 이 시는 바로 민간에 유전되던 당시의 전설을 반영한 것이라고 볼 수 있다.

오늘날 하남성 등의 지역에서는 아직까지도 항아와 후예가 인류에게 복을 준다는 이야기가 전해지고 있다. 즉 항아가 실수로 선약仙藥을 먹고 월궁月宮에 올라갔기 때문에 항상 술로 빚은 눈물을 인간세계에 뿌려준다는 것이다. 후예는 항아가 떠나게 된 자세한 상황을 알지 못한 상태에서 아내가 자신을 배신했다고 여겨 달을 향해 활을 쏘았지만, 마음도 울적하고 또한 힘도 제대로 쓰지 못해 화살은 달 속의 계수나무에 꽂히고 말았다. 이에 항아는 나무껍질을 화살에 묶어 남편에게 쏘아 보내면서 자신의 소식과 속마음을 전하였다.

예는 항아의 소식을 접한 후에 다시 항아에게 활을 쏘아 보내면서 계화주를 가난한 사람에게 나눠주어 병을 치료할 수 있도록 당부하였다. 항아가 남편 예의 말대로 행하자 이 소식을 들은 천제天帝가 노하여 항아에게 영원히 월궁을 지킬 것을 명하였으며, 이어서 이랑신二郎神을 보내 그녀를 두꺼비로 변하게 하였다. 항아는 두꺼비가 된 자신을 보고 원통함을 금할 수 없었으나, 두 사람이 백성들의 병을 치료해 준 사실에 대해서는 조금도 후회하지 않았다. 그리하여 후예는 인류를

위해 목숨을 걸었어도 후회하지 않는 천신天神이 되었으며, 그 형상은
점점 더 위대한 모습으로 변하였다.

제10장 신화를 통해 본 중국 고대의 생사관념

　고대 이스라엘 민족의 선조는 일찍이 인류를 위해 슬프지만 아름다운 이야기를 들려주었다. 세상의 만물이 모두 갖추어져 있는 아름답고 평화로운 에덴동산에서 온갖 과일을 먹으며, 사람과 동물이 평화롭게 함께 살았다고 한다. 이곳에는 아담과 하와라(이브)는 한 쌍의 남녀가 살고 있었는데, 그들은 서로 사랑하거나 미워할 줄도, 또 두려워하거나 슬퍼할 줄도 몰랐으며, 그들에게는 오직 즐거움만이 있었다. 그러던 어느 날 두 사람은 뱀의 유혹에 빠져 금단의 열매를 몰래 따먹은 후, 하느님으로부터 무정하게 벌을 받고 황량한 땅으로 쫓겨나 피곤, 고통, 재난, 전쟁, 질병, 사망 등의 괴로움을 당하며 살게 되었다고 한다. 이 이야기는 태고적 남녀간의 낭만적인 애정을 언급한 것도, 더욱 하느님의 무정함을 탓한 것도 아니다. 이 이야기는 바로 고대 이스라엘인들이 자신들의 내력과 인간세계의 사물에 대한 해석을 신화적으로 접근한 것이라고 볼 수 있다. 우리는 이 신화를 통해서 인류가 지혜를 갖기 시작하면서 재난과 사망에 대한 두려움도 함께 갖기 시작했다는 사실을 엿볼 수 있으며, 이는 모든 인류에게 해당된다고 할 수 있다.

　인류는 오랜 기간 진화를 거쳐 문명의 세계로 접어들었고, 이 과정 속에서 이들은 서로 익숙한 원시적 언어로 의사소통을 하였다. 비록 몽매하였다고는 하지만 지혜의 빛이 싹트면서 이들도 삶과 죽음에 대한 초보적인 인식을 갖기 시작하였다. 쓰러진 동료들이 다시 일어나 걷지 못하고, 신홍색의 뜨거운 피가 사람의 몸 밖으로 흘러나오고, 사람들이 질병으로 신음소리를 내며 고통받고, 시체가 썩어 결국 한줌의 먼지로 변하는 것을 보면서 그들의 나약한 심령은 심한 충격을 받았다. 하지만 이러한 충격과 공포로부터 벗어날 수가 없었기 때문에 죽음에 대한 갖가지 기이한 해석이 생겨나게 되었다.

세계의 민족들은 저마다 생사를 초월할 수 있는 자신들만의 방법을 가지고 있는데, 중화민족의 선조들 역시 지혜의 싹이 막 피어나기 시작할 무렵부터 이미 죽음에 대한 이해를 가지고 있었다. 고고학적 자료를 통해 살펴볼 때, 지금으로부터 1만 8천년 전 구석기시대 말기에 생활했던 산정동인山頂洞人은 죽은 사람의 주위에 붉은 철광물 분말을 뿌려져 있었으며, 대략 5천년 내지 7천년 전 모계씨족 시기에 생활했던 앙소인仰韶人의 유적지에서 발견된 무덤 속에서도 종종 붉은 철광물 분말이 발라져 있는 사람의 뼈가 발견된다. 그리고 무덤마다 많고 적음의 차이는 있으나 부장품이 함께 매장되어 있다는 사실을 미루어 짐작해 볼 때, 고대 사람들이 피를 생명의 상징으로 여겨 왔다는 사실을 유추해 볼 수 있다. 즉 붉은 철광물 분말은 혈액을 상징하는 것으로 죽은 사람이 다시 살아나기를 바라는 소망이 담겨 있으며, 부장품은 죽은 사람이 다른 세계에서 사용하도록 하기 위한 배려 차원에서 준비된 물품이었다. 이러한 것들이 바로 중국의 고대인들이 지니고 있던 삶과 죽음에 대한 관념이었다.

세계의 여러 민족은 그 들이 생활하던 지리적 환경과 기후적 특징, 그리고 민족성의 차이에 따라 삶과 죽음에 대한 인식, 신앙, 관념 등의 차이가 발생한다. 그래서 어떤 민족은 지금까지도 여전히 야만적인 생활을 영위하면서 원시적인 풍속을 보존하고 있어 살아있는 인류 원시문명의 화석으로 간주되고 있다. 반면, 중화민족은 비교적 일찍 문명시대로 접어들었지만 안타깝게도 기록의 한계로 인해 당시의 상황을 엿보기에 충분하지 못한 상황이다. 하지만, 다행스럽게도 신화 속에서 고대인들의 생활 모습을 많이 찾아 볼 수 있어 대략적이나마 그들의 사회생활, 풍속신앙, 윤리관념, 사상감정, 진화과정 등을 살펴 볼 수 있다. 이로 인해 신화는 오늘날 고대 인류의 생사관념을 이해하는데 가장 기초적인 자료로 활용되고 있다. 따라서 중국의 고대 신화를 통해 중국 초기 인류의 생사관을 엿보고자 하는 것이 본 문장의 출발점이자 또한 근거이기도 하다.

1. 고대신화 중에서 생사와 관련된 세 가지 관념

고대신화에 반영된 중국인들의 생사 관념에 대한 의식은 첫 번째 죽으면 사물로 변한다. 두 번째 죽음에서 회생하여 산다. 세 번째 죽어도 영혼은 존재한다는 세 가지로 귀납해 볼 수 있다. 이러한 관념은 형성과정에서 어떤 경우 서로 교차되거나 중첩되는 현상을 보이기도 하지만, 이 세 가지 관념은 하나의 사슬식 구조로 하나의 생사관념을 이루는 원을 구성하고 있다. 이는 생사에 대한 고대 사람들의 기본적인 생각이 반영된 것으로 이들의 생사관 중에는 슬프고 착잡하면서도 복잡하고 침중한 심정이 함께 스며 있다. 하지만 이들의 기조는 전체적으로 웅혼하며, 또한 상당히 격앙되어 있어 애통함과 엄숙함 속에서도 늠름한 기상을 보여주고 있다. 물론 이 가운데 고대인들의 유치한 믿음이 아름다운 환상과 함께 내포되어 있어 오늘날 사람들의 입장에서 볼 때 황당하고 우습게 보일 수도 있지만 이들의 이야기는 여전히 현대인들의 심금을 울려주는 아름다운 메아리를 만들어내고 있다.

1) 죽으면 사물로 변한다

아득히 먼 원시시대 짐승의 무리에서
막 갈라져 나온 인류는 그 나약한 힘으로
대자연 속에서 바람, 비, 천둥, 번개에 놀
라고, 독사와 맹수의 습격을 받아 위험에
빠지기도 하면서, 큰 불과 홍수로 목숨이
위태로움에 처하기도 했다. 이러한 과정을
거치면서 봄, 여름, 가을, 겨울의 계절 변
화는 그들에게 인류와 마찬가지로 만물에

정위전해精衛塡海

도 영혼이 있다는 믿음을 갖게 만들었다. 또한 사람의 형상은 단지 만
물의 형태 가운데 하나일 뿐이라는 생각은 만물이 서로 변화한다는
관념을 형성시켰다. 즉 이들 입장에서 보면 사람의 죽음은 결코 생명
의 끝을 의미하는 것이 아니라 재생에 도달하는 과도기적인 상태이며,
하나의 형체가 또 다른 하나의 형태로 바뀌게 되는 출발점으로 이해
하였다.

죽음의 대상과 원인이 서로 다르기 때문에 중국 고대의 "화물化物"
관념이 개벽신화, 조상숭배, 비극신화 등에 스며들어 사람의 마음을
설레게 하는 운명교향곡을 만들어 놓았다. 그러나 중화민족은 환상을
중시하는 민족이 아니었기 때문에 신화에도 일찍부터 이념과 논리가
작용하여 중국의 개벽신화는 전국시대 이후에야 비로소 등장할 수 있
었다. 비록 개벽신화가 세상에 뒤늦게 출현했지만 중화민족의 신화라
는 토양 속에 깊이 뿌리를 내림으로써 고대의 신화와 일맥상통하는

선명한 민족적 특색을 갖추게 되었다. 중국의 개벽신화는 주로 화물신화化物神話로 구성되어 있는데, ≪역사繹史≫ 권1에 오인서吳人徐가 정리한 ≪오운역년기五運曆年紀≫의 반고盤古신화를 예를 들어보자.

태초에 반고가 태어났다. 그가 죽자 몸이 변하여 숨결은 바람과 구름이 되었고, 소리는 천둥이 되었다. 왼쪽 눈은 해가 되었고, 오른쪽 눈은 달이 되었다. 팔다리와 몸은 사극과 오악이 되었고, 혈액은 강하江河가 되었다. 힘줄은 땅이 되었으며, 근육은 논밭이 되었다. 머리카락은 하늘에 별이 되었고, 몸의 털은 초목이 되었다. 이는 금석이 되었고 정수는 주옥이 되었다. 흐르는 땀은 비와 이슬이 되었고, 몸속의 수많은 벌레는 바람을 만나 사람으로 변하였다.

반고는 바로 홍고대신洪古大神으로 천지를 개벽한 신이다. 천지만물은 그가 직접 창조한 것이 아니고, 그의 몸이 분화한 후 변하여 만들어진 것이다. 반고는 비록 죽었지만, 그의 영혼은 천지우주에 충만하여 목소리는 천둥과 바람이 되었고, 두 눈은 해와 달이 되었으며, 팔다리는 산악이 되고, 혈액은 사방에 튀어 중국의 대지 위에서 백성들의 자양분이 되었다. 그리고 근육은 비옥한 농토가 되어 대대손손 자손을 번성시켰다. 이러한 반고의 죽음이 비록 인류를 포함한 천지만물로 변한 것에 불과하다고 하지만, 웅장한 기백과 풍부한 상상력, 그리고 숭고한 가치로 볼 때, 반고신화가 비록 뒤늦게 출현했다고 해도 중국 신화의 첫머리에 놓기에 조금도 손색이 없어 보인다.

아주 먼 옛날, 이 세상은 하나의 검고 흐린 모습의 알로 이루어져 있었다. 그 안에 한 사람이 웅크리고 있었으니 그가 바로 반고이다. 깜깜한 알 속이 싫었던 반고는 어느 날 알을 깨어버렸다. 이 때 알 속에 있던 무거운 것들은 가라앉고 가벼운 것들은 위로 치솟았다. 하지만 다시 무거운 깃들과 가벼운 깃들이 모여 혼돈의 상태가 되려고 하자 반고는 자신의 두 다리와 두 팔로 무거운 것들과 가벼운 것들을 떼어 놓기 위해 애를 썼다. 반고의 키는 하루에 한 자씩 자랐으며, 이로 인해 하늘과 땅이 점점 멀어지게 되었다. 반고가 울 때 그의 눈물은 강이 되고, 숨결은 바람이 되었다. 목소리는 천둥이 되고, 눈빛은 번개가 되었다. 그가 기쁠 때는 하늘도 맑았고, 슬플 때는 흐려졌다. 이렇게 애를 쓴 것이 무려 1만 8천년이었고, 무거운 것과 가벼운 것이 서로 9만리나 멀어지자 드디어 반고는 혼돈을 막았다고 안심하며 대지에 누워 휴식을 취했고, 그 상태로 죽고 말았다. 그가 죽을 때 두 눈동자는 태양과 달이 되었고, 사지는 산, 피는 강, 혈관과 근육은 길, 살은 논밭, 수염은 별이 되었고, 피부는 초목이 되었다. 또한 반고가 죽을 때 그의 몸에서 생겨난 구더기가 바람을 만나 인간이 되었다. 이렇게 세상이 만들어졌다. 중국의 남해 제도 근처에는 3백리에 달하는 반고의 묘가 있다고 한다.

다시 여와女媧를 예로 들면, 그녀는 한 쌍의 정교한 손으로 무너져 내린 하늘을 원래의 상태로 복구하여 우주를 원상태로 돌려놓고 대지에 평화를 가져다 주었다. 하지만 홍수의 범람으로 대지 위에 또 다시 인적이 끊기게 되자, 이 위대한 여신은 다시 한 번 더 인류를 만들어 양육하는 중요한 임무를 맡게 되었다. 후대의 유가들이 전하기로는 여와가 황토를 빚어 사람을 만들었으며, 손으로 직접 주물러 만든 사람은 부귀한 사람이 되었고, 새끼줄에 진흙을 묻혀 털어 만든 사람은 빈천한 사람이 되었다고 한다. 이는 분명 봉건적인 의식이 농축된 것으로 당연히 신화의 대열에 올릴 수 없는 내용이다. 그렇지만 여와가 도대체 어떻게 인류를 다시 창조해 냈는가 하는 의문에 대해서 신화 체계가 완전치 못해 오늘날 그 전모를 제대로 파악하기는 어렵지만 신화 속에서 부분적으로나마 희미하게 그 내용의 대략을 엿볼 수 있다. ≪산해경山海經·대황서경大荒西經≫ 곽박郭璞의 주석에 의하면, "여와는 옛날의 신녀神女이며 제帝이다. 사람의 얼굴에 뱀의 몸을 하고 있으며, 하루에 70번 변한다."고 설명하고 있다. 여기서 여와가 무엇으로 변했는지에 대한 자세한 언급은 없지만, ≪회남자淮南子·설림훈說林訓≫에서는 곽박의 말에 대해 구체적으로 "황제黃帝는 음양을 낳았고, 상변上駢은 귀와 눈을 낳았고, 상림桑林은 팔과 손을 낳았으니, 이는 여와가 일흔 번 변한 까닭이다."고 풀이해 놓았다.

여기서 음양陰陽·이목耳目·벽수臂手는 분명 인류와 사람의 오관을 말한 것이다. 그리고 상변上駢과 상림桑林이라는 두 신은 사람의 사지 중에서 다만 일부분만을 낳았으며, 그밖에 주요 부분은 당연히 "여와가 일흔 번 변하여 완성"한 것이다. 여기서 우리는 여와가 사람으로 변했다는 원시적인 전설을 엿볼 수 있다. 또 ≪산해경·대황서경≫에서 "열 명의 신인이 있었는데, 이름하여 여와의 창脹이라 하는데 변하여 신이 되었고, 율광栗廣의 들판에 살면서 길을 횡단하며 산다."는 머리도 꼬리도 없는 신화가 갑자기 등장하지만 매우 귀중한 신화적 가치를 지니고 있다. 여와의 창자가 변하여 열 명의 신이 되었다면, 여와의 다른 내장부분과 사지, 머리카락, 혈액 등은 또 무엇으로 변하였단 말인가? 여기서 우리는 "일흔 번 변했다."는 설을 생각해 볼 수 있을 것이다. 그러므로 우리는 분명히 고대에 이미 여와가 죽어서 사물로 변하였다는 신화와 전설이 유전되었다고 단정해도 무방할 것 같다.

반고와 여와가 처음으로 천지를 개벽하였고, 다시 우주를 재구성한 공로를 인정받아 둘 다 모두 중국 고대신화 속에서 개벽신의 자리에 오르게 되었으며, 또한 두 사람 모두 자신의 육체로 천지만물과 인류를 창조했다는 공통점을 지니고 있다.

천신天神이 변하여 사물이 되었다는 신화는 중국만의 이야기는 아니다. 세계의 수많은 민족들 역시 자신들의 기원 속에서 화물化物전설을 전하고 있다. 예를 들어, 북유럽의 신화에서는 천신 오딘Odin이 얼음덩어리에서 태어났다고 하는 거인 이미르Ymir를 죽여 그 유골로 만물을 창조하였다. 바빌론 신화인 ≪에누마·엘리쉬≫에서는 처음에 두 파의 신족神族이 등장하는데, 그 중에서 한 파는 규칙도 법칙도 없는 "혼돈"을 상징하며, 또 다른 한 파는 "질서"를 의미한다. 두 파가 서로 다투어 후자가 전자를 이기자 후자는 전자의 시체를 가지고 만물과 인류를 창조했다고 한다. 이처럼 화물化物에 있어서 비록 외견상 중국의 화물化物신화와 형태가 비슷해 보이지만 그 취지에 있어서는 큰 차이를 보인다. 북유럽의 오딘이나 바빌론의 질서의 신은 모두 자신에게 패배한 악신惡神의 유골을 가지고 천지만물과 인류를 만들었다. 그러므로 이러한 신화는 이미 신화 자체에서 신과 인류의 적대적 정서를 암시하고 있으며, 또한 사람과 하늘, 사람과 신이 타협할 수 없는 모순을 암시하고 있다. 반면, 중국 신화 가운데 개벽신으로 등장하는 신령스럽고 용맹한 반고와 선량한 여와는 자신의 육체로 만물을 창조해 내었는데, 이는 태어나면서부터 자신을 희생할 줄 아는 희생정신과 인류를 비롯한 자연만물과 천지신령지간의 조화로운 관계에 대한 고대 선민들의 이해를 구현해 낸 것이라고 할 수 있다. 즉 이들은 처음부터 혈육관계를 맺고 있기도 하지만 중국식 "천인합일天人合一"에 대한 인식과 이해를 바탕으로 하고 있기 때문이다.

중국의 고대신화 중에 보이는 "죽으면 사물로 변한다"는 관념은 또한 원시적인 조상숭배(혹은 토템숭배)신앙을 구현한 것으로, 이는 일종의 원생原生관념의 표현이라고 하겠다. 원시인들의 마음 속에는 항상 "나는 물物에서 태어났다"는 일종의 자각의식이 내재하고 있어 모든 맹수, 온순한 동물, 먹을 수 있는 식물, 기이한 초목 등이 모두 그들의 숭배대상이 되었으며, 심지어 이러한 것들을 모두 자신의 조상으로 여기기까지 했다. 더욱이 모종의 동식물을 종족의 상징으로 삼기도 했으며, 이것이 후대로 전해지면서 토템신앙이 되기도 하였다. 그러나 중국 고대신화에서 토템을 숭배하는 경우는 겨우 손가락으로 꼽을 정도로 매우 적은 편이며, 어떤 것은 토템처럼 보이지만 실제로는 토템의 특징을 제대로 갖추지 못한 것도 있기 때문에 토템숭배라는 말보다는 "조상숭배"라는 말을 사용하는 것이 타당해 보인다. 중국 고대신화 중에는 토템숭배라고는 할 수 없지만 확실히 그들의 조상이 죽어서 모종의 동물로 변했다고 말 할 수 있는 예들이 보이는데, 그들은 또한 이러한 동물을 신물神物로 삼아 신뢰와 존경을 보내며 그들의 비호를 빌기도 하였다. 우禹의 아버지 곤鯀은 사후에 황용黃龍으로 변했다고도 하며, 혹은 황웅黃熊으로 변했다고도 한다. ≪국어國語・진어晉語≫8에 "옛날 곤이 제帝의 명령을 어겨 우산羽山에서 참수 당하였다. 죽은 후 황웅黃熊으로 변하였으며, 우연羽淵에서 살았다."는 기록이 전하며, ≪사기史記・하본기夏本記≫에 대한 ≪정의正義≫의 주석에서는 황웅黃熊으로 기록되어 있다. ≪좌전左傳・소공昭公≫7년, ≪오월춘추吳越春秋・월왕오여외전越王吳余外傳≫, ≪술이기述異記≫상 등에서도 모두 황웅黃熊으로 기록되어 있다. 그러나 곽박은 ≪귀장歸藏・계무啓筮≫를 인용하여 ≪산해경山海經・해내경海內經≫에서 "곤鯀이 죽은 지 3년이 지나도 썩지 않자 그 배를 오도吳刀로 가르자 변하여 황용黃龍이 되었다."고 하여 황용을 언급하였다. 한편, 문일다聞一多는 ≪천문소증天問疏証≫에서 "황웅으로 변하였으니, 무당이 어떻게 살릴 수 있겠는가?"라는 말 아래에 "용龍과 웅熊은 발음이 비슷하여 잘못 기재한 것이다."고 주석을 달고, 곤鯀이 죽어서 변한 사물이 "용龍"이라고 고증하였다.

그래서 이후로 용龍은 곧 곤鯀의 후예인 하夏나라 민족과 혈연관계를 맺게 되었다. 곤의 아들 대우大禹는 항상 용을 타고 날아다닌다. 그래서 ≪괄지지括地志≫에서 "우禹가 천하를 다스리자 두 마리 용이 내려왔다. 우는 용을 타고 국경밖에 나가 한 바퀴 돌고 돌아왔다."는 말을 남긴 것이다. 우가 치수할 때 항상 신용神龍이 내려와 도움을 주었다고 하여 굴원은 ≪천문天問≫에서 "하해河海의 용이 부름에 응하였으니 어찌 온 힘을 쏟지 않겠는가."라고 반문하였으며, 홍흥조洪興祖는 ≪천문≫의 주석에서 ≪산해도경山海經圖≫을 인용하여 "하우夏禹가 치수할 때, 용이 부름에 응하여 나타나 꼬리로 땅에 금을 긋고 산 속의 샘물이 흘러 통하게 하였다."고 하였다. 우의 아들 계啓와 용의 관계는 더욱 밀접하다. ≪열자列子·황제편皇帝篇≫에 기재된 내용을 보면, 계의 형상은 "뱀의 얼굴에 사람의 몸"을 하고 있으며, 두 마리 용이 끄는 수레를 타고 다닌다. ≪산해경·대황서경大荒西經≫에 "서남쪽 바다밖에 적수赤水의 남쪽 류사流沙에 어떤 사람이 있는데, 그 사람의 귀 위에 두 마리 청사靑蛇가 걸려 있으며, 두 마리 용이 끄는 수레를 타는데, 그 이름을 하후개夏后開라 부른다. 하후개는 여러 차례 하늘 천궁에 놀러갔다가 ≪구변九辯≫과 ≪구가九歌≫를 인간세계에 가지고 내려왔다."고 하였는데, 여기서 하나라 사람의 성姓인 "사姒"와 "사巳", 그리고 우의 이름이 모두 용과 관계가 있다는 사실을 발견할 수 있다. 유사배劉師培는 ≪사성석姒姓釋≫에서 "사姒"와 "사巳"는 모두 같은 의미라고 설명하였고, 문일다의 ≪복희고伏羲考≫에서도 "사巳"와 "사蛇"의 옛 글자가 서로 같음을

우禹는 곤鯤의 아들로 치수에 성공하여 임금이 되었다.

주장하였다. 그러므로 용에 대한 하나라 사람들의 숭배는 바로 곤鯀에 대한 영원한 그리움과 존경의 표현이라고 하겠다.

위의 문장에서 언급한 개벽신과 조상의 "물화物化"는 중국 신화 가운 데서도 드물게 보이는 예이다. 그리고 화물化物의 대다수 예증은 오히 려 일반적인 신神의 몸에 반영되어 나타나며, 더구나 이러한 신은 사 람의 조상도, 또한 제왕도 아니며, 더더욱 신단 위에서 수많은 후인들 의 절을 받는 이름난 신성 영웅도 아니다. 이와는 반대로 그들은 대부 분 비극적인 형상으로 출현한 비극적인 인물들이었다.

발구산發鳩山이 있는데, 그 위에 산뽕나무가 무성하였다. 어떤 새가 하 나 있는데, 그 모양은 마치 까마귀 같고 머리 위에 화문花紋이 있고, 흰 주둥이에 붉은 다리를 가지고 있으며, 이름하여 정위精衛라고 한다. 그 새의 울음소리는 자신을 부르는 소리이다. 염제炎帝의 딸로써 이름 을 여와女娃라 불렀다. 여와는 동해 바닷가에서 놀다가 뜻밖에 물에 빠 져 죽어 돌아갈 수가 없었다. 그래서 변하여 정위조精衛鳥가 되었으며, 새로 변한 여와는 서산의 나뭇가지와 돌을 물어다 동해 바닷물을 메우 고자 하였다. (≪산해경 · 북산경≫)

종산에 고鼓라고 하는 산신의 아들이 있었다. 그의 형상은 사람의 얼 굴에 용의 몸을 가지고 있었다. 그와 흠비欽鴀가 모의하여 곤륜산의 남 쪽에서 보강葆江을 살해하였다. 천제가 이 사실을 알고 종산 동쪽에 있 는 요안瑤岸이라고 하는 곳에서 이들을 죽였다. 흠비는 변하여 물수리 가 되었고, …… 고鼓 역시 변하여 준조駿鳥가 되었다. (≪산해경 · 서 산경≫)

(제가 양위의 사실을 용납하기 바라며) 도망 이후 다시 복위를 염원하 였으나 이루지 못하고 죽었다. 죽어서 변하여 두견새가 되어 매년 봄

이면 밤낮으로 슬프게 운다. 초나라 사람들이 이를 듣고 "우리 제의 영혼이다."라고 하였다. 이름하여 두견杜鵑이라 하며, 또한 두우杜宇라고도 하고 자규子規라고도 부른다. (≪설부說郛≫120권本輯 ≪환우기寰宇記≫)

이처럼 모두 비극적으로 태어난 신화들이다. 정위精衛(염제炎帝의 딸이 동해에 빠져 죽은 뒤에 정위라는 작은 새로 변하였는데, 항상 서산西山에 있는 나무와 돌을 물어다가 동해바다를 메우려 했다고 한다)의 죽음은 고대 무정한 홍수의 범람으로 생명을 위협 당했던 당시의 심각했던 기억을 반영한 것이라고 볼 수 있다. 그리고 새로 변하여 바다를 메우려고 한 행위는 바로 죽음에 대한 고대 인류의 불굴의 항쟁을 대변한 것이다. 물수리로 변한 흠비欽鴀, 준조駿鳥로 변한 고鼓, 두견새로 변한 제帝 등은 죽은 후 불굴의 의지를 지닌 그들의 영혼은 다른 동물, 즉 모두 조류로 변하였다. 이들의 죽음에는 모종의 처절한 투쟁과 의외의 재난이 내재되어 있는 듯하다. 그래서 이와 같은 비극적 인물들의 화물化物신화는 고대 사람들의 죽음에 대한 깊은 비애가 서려 있을 뿐만 아니라 웅혼한 분위기와 함께 격앙된 불굴의 생명의지가 그 밑바탕에 흐른다.

2) 죽음에서 회생하여 산다

죽어서 물物로 변한다는 관념은 고대 인류의 마음속에 굳게 자리잡아 오래도록 계승되어 왔으며, 심지어 오늘날의 문명사회까지 이어져 오고 있다. 중국의 각지에서 유전되어 오고 있는 기산이수奇山異水, 망부석望夫石, 망부암望夫岩 등 역시 모두 이러한 원시적 관념에서 파생되어 나온 결과물이라고 할 수 있다. 그러나 화물化物은 결국 "물物"이지

"인人"이 아니다. 그러므로 인류는 사회의 발전에 따라 인류 자신에 대한 인식과 원시적인 의약醫藥을 발명하게 되었고, 이로 인해 죽음에서 다시 회생하여 장생불사한다는 관념이 "화물化物"관념으로부터 파생되어 나오게 되었다. 비록 이 가운데 문명시기의 환상이 융합되었을지는 몰라도 대부분의 자료에서는 여전히 원시상태의 관념이 그대로 묻어나고 있다.

《산해경山海經·해외북경海外北經》에 대한 곽박의 주석에서 "동굴 속에 살며 흙을 먹고, 남녀의 구별이 없다. 죽으면 그 곳에 매장하는데 마음은 썩지 않기 때문에 죽은 후 120년이 지나면 다시 살아난다."고 설명하였다. 《박물지博物志》권2와 《태평어람太平御覽》권797에 《외국도지外國圖志》 등을 인용하여 이와 유사한 내용을 싣고 있다. 이처럼 사람이 죽어 땅에 묻힌 후 다시 살아난다는 관념에 대해서, 애석하지만 신화 속에서는 이보다 더 원시적인 기록을 찾아볼 수 없다. 그러나 오늘날 발굴되는 고대 무덤 속에서 발견되는 재배한 곡물, 물고기 가시, 짐승의 뼈 등을 통해 고대인들의 마음속에 사람이 죽어서 다시 태어나기를 바라는 환상이 존재하고 있었다는 사실을 엿볼 수 있다. 그래서 이들은 부장품 가운데 곡식, 물고기, 짐승의 뼈 등을 함께 매장하여 지하에 묻혀있는 사람이 쓸 수 있도록 배려하였다. 신화 중에는 불사약으로 사람을 죽음에서 다시 회생시켰다는 내용의 기록이 더 많이 전한다. 《산해경山海經·해내서경海內西經》에서 "개명開明의 동쪽에 무팽巫彭·무저巫抵·무양巫陽·무리巫履·무범巫凡·무상巫相 등의 박수가 알유窫窳의 시체를 끼고 손에는 불사약을 쥐고 그를 구하고자 하였다. 알유窫窳는 뱀의 몸에 사람의 얼굴을 하고 있으며, 원래 이부貳負의 신하에 의해서 죽임을 당했던 자이다."고 하였는데, 알유窫窳는 신화 속에서 천제天帝가 부리는 괴신怪神으로 《산해경》 중에 여

가슴에 구멍이 뚫린 관흉국貫胸國 사람

러 차례 언급된 것처럼 피살되었다가 불사약에 의해 다시 되살아났다고 한다. ≪박물지博物志≫권2의 기록에 의하면 방풍씨防風氏의 두 신하가 우禹의 두 마리 용을 활로 쏘았다가 죄를 얻을까 두려워 자살하였다. 우가 이를 불쌍히 여겨 가슴에 꽂힌 칼날을 뽑아내고 불로초로 치료하여 두 사람을 구하였다고 하며, 이로 인해 천흉국穿胸國, 즉 ≪산해경≫ 중의 관흉국貫胸國이 생겨났다고 한다. 불사약과 불사초목不死草木은 바로 의약이 발명된 후의 산물이라고 볼 수 있으며, 이로 인해 신화 중에서 불사약, 불사초不死草, 불사수不死樹의 기록이 많이 등장하게 되었다.

운우산云雨山의 산중에 일종의 나무가 있는데, 이름을 난수欒樹라 한다. 대우大禹가 치수를 위해 운우산에 이르러 산의 나무를 자르고자 하였다. 붉은 바위 옆에서 갑자기 난수가 솟아나왔는데, 나무 줄기는 황색이었으며, 나뭇가지는 홍색이었다. 그리고 잎사귀는 푸른색이었다. 여러 제帝가 이곳에서 난수의 꽃과 가지를 취하여 약을 만들었다. (≪산해경·대황남경≫)

예전에 항아嫦娥가 서왕모의 불사약을 먹고 달로 달아나 달의 요정이 되었다. (≪북당서초北堂書鈔≫권14 인용 ≪귀장歸藏≫)

(조주산祖州山) 위에 불사초가 있는데, 형상은 버섯처럼 생겼고 길이는 3,4척이나 되었다. 사람이 이미 죽은 지 삼일이 되었어도 이 불사초로 다시 살릴 수 있으며, 모두 그 자리에서 살아난다. (≪십주기十州記≫)

원구산員丘山 위에 불사수不死樹가 있는데, 이를 먹으면 장수한다. (≪산해경·해외남경海外南經≫ 곽박의 주석)

곤륜의 개명開明 북쪽에 불사수不死樹가 있다. (≪산해경·해내서경海內西經≫)

이러한 불사약, 불사초목은 바로 원시인류가 모종의 특효가 있는 풀과 약에 대하여 그 신기함을 묘사한 것으로, 신화 속에서 한 줄기 인류문명의 서광이 보인다. 불사초목의 출현으로 신화 중에도 장생불사하는 사람의 출현을 가져왔다. 예를 들어 ≪산해경≫가운데 ≪해외남경海外南經≫의 "불사민不死民", ≪대황남경大荒南經≫의 "불사지국不死之國, 아성阿姓", ≪대황서경大荒西經≫의 헌원국軒轅國에는 수명이 짧은 사람도 능히 팔백세까지 살 수 있으며, 또 세 개의 얼굴을 가진 사람이 있는데, "세 개의 얼굴을 가진 사람은 죽지 않는다."고 전한다. 죽어서 다시 살거나 혹은 장수한다는 관념의 발생은 "화물化物"이라는 원생原生관념에 대한 분화와 부정을 의미하며, 인류의 지혜가 하나의 새로운 단계로 접어들었음을 보여주는 결과이기도 하다. 즉 인류는 동식물에 대해 일정한 지배능력이 갖추어진 후 미숙하나마 자신에 대한 존중의식이 싹트게 되었고, 마침내 동물로부터 독립하여 인간만의 길을 걷게 되었다. 더욱이 이러

남방 지하세계의 주인인 토백土伯

한 관념의 발생은 의약에 대한 오묘한 신비를 찾는 인류의 발걸음을 더욱 재촉하였시만, 또 한편으로는 삶에 대한 인류의 갈망과 죽음에 대한 두려움을 더욱 가중시키는 결과를 가져오기도 하였다.

3) 죽어도 영혼은 존재한다

어쨌든 원시인류에게 있어 죽음과 부활이라는 관념의 생성은 원시 문명을 발전시키는 원동력이 되었다. 하지만 사람이 결국 오래 살지 못하게 되자 불사약은 크게 믿을 만한 물건이 되지 못한다고 생각하게 되었다. 이 때문에 인류는 또 한 번 생사의 곤혹 속에 빠져 헤어나지 못하게 되었지만, 죽어도 영혼이 존재한다는 관념의 등장은 사람들에게 신뢰할만한 최종적인 안위처로 작용하였고, 이러한 관념이 사람들의 마음속에 자리잡게 되자 또 다시 원시상태로 돌아가는 상황이 되고 말았다. 사실상 "죽어도 영혼은 존재한다."는 관념은 죽으면 사물로 변한다는 신앙과 함께 피어난 두 송이의 진기하고 아름다운 꽃이라고 할 수 있다. 죽어서 사물로 변한다는 관념은 바로 정령불멸精靈不滅에 대한 일종의 긍정으로써 오직 정령만이 영원히 존재하기 때문에 비로소 사람의 형체로 바뀔 수 있다는 인식에서 출발한 것이다. 아마도 고대인들은 꿈속에서 이미 죽은 사람들의 형상을 보거나 목소리를 듣게 될 때 처음에는 이것이 꿈인지 생시인지 구분할 수 있는 능력이 없었을 것이며, 이로 인해 영혼이 영원히 존재한다는 신념이 오래도록 그들의 마음속에 머무를 수 있었으리라 생각된다. 이러한 의미로 본다면, "죽어도 영혼은 존재한다."는 관념은 바로 고대인들의 생명관념에 대한 출발점이자 또한 귀착점으로써 원시적인 생사관념의 시작과 끝이 하나로 관통하고 있다고 볼 수 있다. 죽어도 영혼은 존재한다는 인류의 원시적인 믿음은 본래 아무런 미신적인 색채도 띠지 않았다. 그들에게 있어 사람이 죽어도 영혼은 존재한다는 생각은 마치 오늘날 우리가 과학을 믿고 사람을 우주공간에 보낼 수 있는 것과 같다고 볼 수 있다. 그래서 그들은 죽은 사람 몸 주위에 붉은 광물질 가루를 뿌린 것이며, 또한 죽은 사람 무덤 안에 일상생활 용품을 매장하였던 것이다. 그것은 그들이 사람이 죽으면 반드시 또 다른 세계에서 생활한다고 믿었기 때문이다.

그리고 그렇게 죽어간 혁혁한 이름의 선조와 영웅들은 모두 그들의 후대 자손에 의해 신격화되었다. 예를 들어, 치우는 죽은 후 치우신이 되었다. 그래서 ≪술이기述異記≫에서 "사람의 몸에 소의 발굽을 가지고 있었고, 네 개의 손가락에 여섯 개의 손이 있었다."고 묘사하였다. 소호少昊는 백제신白帝神이 되었고, 순舜의 두 왕비는 상수湘水의 신이 되었다. 천하를 위해 수고한 우禹는 죽어서 조왕신이 되었다. 염제炎帝의 딸은 죽은 후 무산신녀巫山神女가 되었고, 예羿는 죽어서 종포宗布가 되었고, 직稷은 죽은 후 직신稷神 즉 곡신谷神에 봉해졌으며, 황제黃帝, 염제炎帝, 축융祝融 등도 죽은 후 모두 조왕신에 봉해졌다.

이렇게 죽은 후 신이 되었다는 신화는 비교적 뒤늦게 출현한 까닭에 아무리 이른 것이라 해도 하상夏商시대를 넘지 않는다. 이러한 영혼불멸에 대한 신앙은 고대신화 속의 인물들에게 후대 봉건사회의 수호자로써 가족, 민족, 국가를 보호하는 역할을 맡기는 동시에 영원히 후손들의 향불과 제사를 향유할 수 있는 특권이 부여되었다. 이것은 후대 전통문화 가운데 종족관념, 향토관념, 제사관념, 중앙집권제 등의 생성에 매우 커다란 영향을 주었다.

2. 생과 사의 두 가지 통일

만물에 영혼이 깃들어 있다고 하는 원시적 관점은 고대 선민들에게 사람의 영혼은 영생불멸 한다고 믿게 하였다. 비록 불사약을 구하기 어렵고 장생불사 역시 헛된 환상으로 주변 사람들 역시 하나 둘씩 자신의 곁을 떠난 후 다시는 돌아오지 않았지만, 생명에 대한 신념과 죽음에 대한 기이한 느낌이 서로 교차되면서 원시적 상태에서 완전히 벗어나지 못하고 있던 그들의 영혼을 격렬하게 흔들어 놓았다. 이에 사람들은 자신의 방식대로 삶과 죽음이라는 이 모순적인 명제를 이해하는데 집착하게 되었으며, 여기서 한 걸음 더 나아가 자신있게 삶과 죽음이 서로 같다는 인식을 분명히 하게 되었다. 즉 고대인들의 마음 속에서 죽음은 바로 또 다른 형식의 생명의 연속인 동시에 확장이라고 믿었다. 이렇듯 만물의 신비한 생명 유전자와 우주의 신령한 기운은 원시신화 세계에 또 하나의 기이한 장관을 펼쳐 놓았다.

옛날 사람들이 자신의 생각을 위해 증거를 찾고자 한 것인지, 아니면 해답 이후의 결론을 설명하기 위한 것인지는 알 수 없지만, 그들은 관념 속에서 삶과 죽음에 대한 두 가지 통일방식을 형성시켜 놓았다. 그 하나가 생명신과 죽음신의 합일이고, 또 하나는 생명이 시작되는 곳과 죽으면 가는 곳이 함께 있다는 것이 그것이다. 이는 바로 중국식 생명관념의 유기적인 구성 성분이라고 할 수 있다.

1) 생명신과 사망신의 합일

중국의 고대신화 중에서 첫 번째 통일은 바로 생명신과 죽음신의 합일이다. 生생·殺사·주여·奪탈의 대권을 한 몸에 쥐고 있으며, 선량함과 흉악함, 따뜻함과 무정함, 존경과 두려움, 친할 수도 있고 증오할 수도 있는 이중적인 인격은 그들의 신화에 대한 묘사이자 생사에 대한 원시인류의 통일관념이 반영된 것이며, 동시에 사망에 대한 두려움과 생존을 갈망하는 복잡한 정서를 반영한 것이다.

생명과 죽음의 신을 말할 때 일반적으로 신화에 익숙한 사람들은 대부분 서왕모의 형상을 떠올린다. 초기 신화 중에서 서왕모는 죽음의 신으로써 출현하기 때문이다. ≪산해경≫에 다음과 같은 기록이 있다.

서해의 남쪽 해안가 류사流沙 위에 있는 적수赤水 뒤 흑수黑水 앞에 커다란 산이 하나 있는데, 이름을 곤륜산崑崙山이라고 부른다. 그곳에 한 신이 있는데 사람의 얼굴에 흰 점이 박힌 호랑이 몸을 하고 있으며 이곳에 산다. 그 산 아래에 약수弱水의 깊은 연못이 둘러쌓여 있고, 그 밖에는 화염산火炎山이 있어 물건을 던져 넣으면 즉시 불꽃이 일어난다. 어떤 사람이 머리에 옥승玉胜(고대 여인의 머리 장식)을 쓰고 호랑이의 이빨, 표범의 꼬리를 가지고 있으며, 동굴 가운데 사는데 이름을 서왕모西王母라고 부른다. 이 산에는 세상에 없는 것 없이 모든 만물이 갖추어져 있다. (≪대황서경大荒西經≫)

옥산玉山은 서왕모가 거주하는 곳이다. 서왕모의 형상은 사람이나 표범의 꼬리, 호랑이 이빨을 가지고 있으며 길게 울음소리를 낸다. 산발한 머리 위에 옥으로 만든 옥승玉勝을 쓰고 하늘의 재난과 질병, 그리고 다섯 가지 잔인한 형벌을 주관한다. (≪서산경西山經≫)

사람의 형상에 표범의 꼬리, 호치虎齒, 봉발蓬髮한 머리에 장식을 한 괴수怪獸 모습을 지닌 서왕모의 형상

서왕모는 짧은 다리의 작은 책상에 기대어 앉아 있고, 머리에는 옥승玉勝을 쓰고 있다. 그녀의

남쪽에는 세 마리 청조靑鳥가 있는데 바로 서왕모를 위해 먹을 것을 구해온다. 서왕모와 세 마리 청조靑鳥는 모두 곤륜산의 북쪽에 있다. (≪해내서경海內西經≫)

서왕모가 "하늘의 재난과 질병, 다섯 가지 잔인한 형벌"을 주관한다는 측면에서 보면 죽음을 관장하는 신의 특징이 분명히 드러난다. 그렇기 때문에 사람들은 죽음의 신을 증오하는 것이며, 그 형상 역시 매우 흉악한 모습으로 묘사되고 있다. 즉 표범의 꼬리, 날카로운 호랑이 이빨, 머리를 산발한 채 전신이 모두 흰색 점으로 덮여 있고, 사람을 두렵게 만드는 괴상한 소리를 질러댄다. 오직 "사람의 얼굴", "그 형상이 사람 같다."고 표현함으로써 사람들은 서왕모를 동물과 구분 지었다. 그러나 여전히 사람과 짐승의 모습을 한 괴물로 묘사되고 있으며, 심지어 남녀의 성별도 구분 짓지 않았다. 어떤 때는 한가롭게 벽에 기대어 머리에 옥승玉勝을 쓰고 있는 것을 좋아한다. 서왕모가 거처하는 곳은 곤륜산 줄기의 옥산玉山이며, 이 산 주위의 만물은 모두 물 속에 가라앉아 있거나 불타오르는 화산火山 가운데 있기 때문에, 평범한 사람들은 당연히 서왕모에게 접근할 수 없으며, 세 마리의 청조靑鳥가 음식을 물어다 준다.

신화의 내용 가운데 서왕모 형상의 추한 모양이나 그가 거주하는 곳의 험악함은 분명 사람들을 두렵게 만드는 사신死神으로 불릴 만하다. 이는 바로 서쪽에서 이주해 온 황제부족과 염제부족이 공통으로 숭배하던 고대 전설상의 사신死神으로써 그 이름을 볼 때 여성이었던 것이 틀림없다. 아마도 고대 서쪽에 위치해 있던 한 부족의 부족장이었던 것 같다. 그런데 싸움에 강하고 또한 싸움을 좋아하는 성격이라 당시 각 씨족에게 깊은 두려움의 정서를 남겼을 것이고, 이로 인해 대대로 전설로 전해지면서 서왕모는 드디어 죽음의 신으로 변화하게 되었을 것이다. 그리고 서왕모국西王母國은 바로 그 부족의 후예들이 세운 나라였던 것으로 보여진다.

서왕모라는 죽음의 신이 출현한 시기는 당연히 원시사회였던 모계 씨족사회이며, 그녀가 사람을 죽일 수도 살릴 수도 있으며, 또한 질병과 재난을 주관했다는 것은 고대 여성의 절대적인 권위의 표현이라고 할 수 있다. 하지만 죽음을 두려워하여 하늘의 명만을 따르는 것은 결코 원시시대 중국인들의 성격이 아니었다. 이와는 반대로 그들은 오히려 죽음에서 벗어나 생명을 연속시키고자하는 의지를 불러 일으켰다. 이로 인해 죽음의 신이 등장한 이후 뒤이어서 생명의 신도 역시 세상에 출현하게 되었다.

그러나 고대의 중화민족은 고대 그리스민족처럼 새로운 생명신을 창조해내지는 않았다. 어딘가에서 넘어졌다면 그 곳에서 다시 일어나야 하는 것처럼 그들은 누군가 이미 그들의 죽음과 삶을 주관한다고 생각하였다. 그래서 서왕모는 당연하게도 죽음의 신인 동시에 생명의 신이 되었던 것이다. 서왕모가 사람을 다시 살릴 수 있고, 또 장생불사하게 할 수 있는 방법은 바로 선약仙藥을 가지고 있기 때문이다. 여기서 불사약이 의미하는 것은 바로 서왕모가 생명신의 자격을 갖추고 있다는 것을 의미한다. 그래서 후예后羿가 해를 쏘고 하늘에 돌아갈 수 없게 되자 불로장생을 위해 일찍이 곤륜산에 올라 서왕모에게 불사약을 구해 왔던 것인데, 항아嫦娥가 선약을 몰래 삼켜버리고 월궁으로 날아가 불사신이 되어버린 것이다. 바로 이와 같은 까닭으로 인해 후대의 신괴神怪소설, 전기傳奇, 시사詩詞 등에서 서왕모가 사람을 오래 살게 할 수 있다는 선도복숭아 나무에 얽힌 전설과 정기석으로 선도복숭아 연회가 열리며, 이 자리에 천하의 신들이 초청받아 참석하게 된다는 내용이 등장할 수 있었던 것이다.

서왕모 이외에도 중국의 고대에는 또 다른 생사여탈권을 쥐고 있던 대신大神이 등장하는데, 바로 동쪽 땅에 있는 태산泰山의 신이다. ≪박물지博物志≫권1 ≪지地≫에서 "태산을 말하여 천손天孫이라 하는데, 이는 천제天帝의 손자가 됨을 말한 것이다. 사람의 혼백을 불러모으는 일을 주관하며, 동방 만물이 이로부터 시작되었기 때문에 사람의 생명이 길고 짧음을 안다."고 하였으며, ≪몽량록夢梁彔≫권2에서 "(태산)신은 천하 백성의 생사를 주관한다."고 기록하였다. 그리고 ≪풍송통의風俗通義 · 정실正失≫에서도 역시 "세간에 전해지는 말에 의하면, 대종岱宗(태산의 다른 이름)에는 금협金篋, 옥책玉策이 있어 능히 사람의 수명이 길고 짧음을 알 수 있다."고 하였다. 이러한 기록들은 태산의 신이 생명의 신과 죽음의 신이라는 이중적 신분을 지니고 있다는 사실을 분명하게 밝혀 주는 것이라 하겠다. 다만 서왕모와 비교해 볼 때, 태산신의 등장이 서왕모에 비해 늦어 그 지위와 영향면에서 서왕모에게 미치지 못하는 점이 있다. 태산신은 본래 동방 부족이 숭상하던 생사를 주관하는 신이었으나 훗날 태산이 오악五岳의 으뜸이 됨에 따라 태산신의 지위 역시 높아지게 되었고, 그 신분 역시 화하華夏민족에게 자연스럽게 받아들여지게 되었던 것이다. 그렇기 때문에 전설 중에서 태산신의 신상에 도교의 문화적 요소가 많이 반영되어 있다. 예를 들어, ≪태평어람太平御覽≫권881에 ≪용어하도龍魚河圖≫를 인용하여 "동방의 태산신군의 성은 원圓이고 이름은 상용常龍이다. …… 태산신군의 이름을 크게 외치면 사람들은 병에 걸리지 않는다."고 기재되어 있는데, 여기서 원상용圓常龍이라는 이름은 본래 후인들이 붙인 이름이다. 사람들은 태산 위에 사람의 수명을 기록한 얇은 책자가 있는데, 이 책자 안에 기록된 자신의 수명을 고쳐 써넣으면 장수할 수 있다고 믿었다. 그래서 일반 사람들은 병이 나면 바로 태산을 찾아가 태산신이 병자에게 관용을 베풀어 그 혼백을 불러가지 않기를 기원하였다. 여기서 인간의 생사生死가 기록된 장부의 출현은 문자가 사회의 각 영역에서 광범위하게 운용된 이후에 나타난 산물이라는 사실을 엿볼 수 있다. 그러므로 고대신화의 옛스럽고 소박한 모습은 여기에 이르러 이미 찾아 볼 수 없게 되었다.

2) 생명이 시작되는 땅과 죽으면 가는 곳이 함께 있다

고대 생명을 주관하는 두 명의 대신大神이 출현함에 따라 그들이 거주하는 곳 역시 하나는 서쪽, 하나는 동쪽에 위치하게 되었다. 즉 곤륜산과 태산으로써, 이 두 산은 또한 인류가 죽으면 돌아가는 곳이기도 하다. 신화 속의 곤륜산에 대해 학자들 가운데 혹자는 지금의 곤륜산을 말한다고, 혹자는 신강新疆의 천산天山이라고 말하기도 한다. 또 혹자는 중원지대와 동방지역이라고도 하나 신화내용으로 볼 때 곤륜산은 분명 서방에 있으며, 그 구체적인 위치는 지금의 기련祁連산맥 일대로 보인다. ≪산해경≫ 가운데 곤륜산은 대부분 ≪서산경西山經≫·≪대황서경大荒西經≫·≪해내서경海內西經≫·≪해내북경海內北經≫편에 등장하는데, 이러한 기록은 곤륜산이 서쪽에서 북쪽으로 치우친 서북지대에 위치하고 있다는 사실을 말해 주는 것이다.

곤륜산은 우선 사람이 장생불사 할 수 있는 곳이다. 그래서 고대 전설 가운데 출현하는 대부분의 신들은 곤륜산에 산다. ≪회남자淮南子·지형훈地形訓≫에서 "곤륜산에 언덕이 있고, 그곳을 한 배쯤 오르면 량풍산凉風山이라 불리는 곳이 있는데, 그곳에 오르면 죽지 않는다. 또 그곳을 한 배쯤 올라가면 현포懸圃라고 부르는 곳이 있는데, 이곳에 오르면 바로 신이 된다. 그러므로 이곳을 태제太帝가 사는 곳이라 한다."
고 설명하였다. 이는 바로 전설 속에 나오는 곤륜산 삼중三重의 경지
를 언급한 것이다. 이 삼중의 경지는 언덕의 높이를 가지고 표현하였
는데, 첫 번째 경지에 다다르면 장생불사하고, 두 번째 경지에 이르면
신이 될 수 있으며, 세 번째 경지는 바로 산꼭대기로써 또한 산과 하
늘이 서로 이어지는 곳이기도 하다. 그러니 오직 천제天帝만이 이곳에
거주할 수 있다. 이 때문에 곤륜산은 고대 사람들의 마음속에 하늘에
오를 수 있는 길로 여겨져 왔으며, 또한 중국의 올림푸스 산으로 여겨
져 왔던 것이다. ≪산해경·해내서경≫에서는 더욱 분명하게 "해내海
內 지역의 곤륜산은 서북방에 있으며, 천제天帝가 인간세계에 세운 도
읍이다. 곤륜산은 사방 팔백여리이고 높이는 팔만장이나 된다. 산꼭대
기에는 벼 나무 한 그루가 있는데, 그 높이는 네 장이나 되고 크기는
다섯 사람이 손을 벌려 겨우 감싸 안을 만큼 컸다. 곤륜산에는 아홉
개의 우물이 있는데, 우물가의 난간은 옥으로 둘러쌓여 있으며, 또
아홉 개의 문이 있는데, 문마다 개명신수開明神獸가 지키고 있다. 신들
이 거주하는 곳에는 팔방이 바위산이며 적수赤水가에 있다. 활을 잘
쏘는 예羿가 아니었다면 그 누구도 이 바위산을 오를 수 있다고 생각
하지 못했을 것이다."고 했는데, 이는 곤륜산이 고대에 이미 하늘의
"이궁离宮"이었다는 사실을 설명해 주는 것으로 모든 신이 모여 사는
곳이기도 하다. 그러므로 당연히 일반사람들은 도달하기 힘든 곳이다.
전설에 의하면, 해를 쏘았다는 영웅 후예后羿만이 곤륜산에 올라 서왕
모에게 불사약을 구해왔다고 한다. 곤륜산은 천신이 거주하는 곳이었
기 때문에 고대의 신화 가운데 인간의 시조요 천신이었던 황제黃帝·
요堯·곡嚳·단주丹朱·순舜 등도 모두 이곳에 흔적을 남기고 있다.
　신들이 사는 낙원인 까닭에 이곳에는 사람이 장생불사할 수 있는

불사약, 신목神木, 신초神草, 신수神水 등이 있다고 한다. ≪회남자淮南子 · 지형강地形講≫에서 곤륜산에는 하수河水, 적수赤水, 익수溺水, 양수洋水 등이 있다고 하였는데, 즉 "무릇 사수四水는 천제의 신천神泉으로 백약百药과 조화를 이루어 만물을 윤택하게 한다."고 하였고, ≪산해경山海經 · 해내서경海內西經≫에서는 구름이 뒤덮인 산 위에 죽지 않는 나무인 불사수不死樹와 불사약이 있다고 하였는데, 이러한 것들은 이미 곤륜산이 신산神山이며 죽음이 없는 땅이라는 조건을 충족시켜 주었다. 또한 동시에 범인들이 가야할 곳이지만 두려움의 대상인 죽음의 땅으로써 묘사되고 있다. 흉악하고 잔인한 죽음의 신인 서왕모는 말할 것도 없이 호랑이처럼 생긴 머리 아홉 달린 커다란 짐승인 개명신수가開明神獸가 문을 지키고 있고, 머리가 여섯 달린 수조樹鳥와 머리 셋 날린 사람이 나무를 보호하고 있으며, 익수溺水와 화산火山이 곤륜산에 오르는 것을 가로막고 있다. 이러한 모습은 신들이 모여 사는 세계와 어울리지 않는 공포의 분위기를 연출하고 있으니 범인들이 감히 접근할 수 있겠는가! 그러나 우리가 곤륜산을 죽음의 땅이라고 말하는 이유는 단순히 이런 것들에 국한해서 말하는 것은 아니다. 이 보다 더 중요한 것은 곤륜산 아래에 명부冥府가 있다는 점이다. ≪박물지博物志≫권1에 "곤륜산을 북으로 삼천 육백 리 돌아가면 팔원유도八元幽都(명부)가 있는데, 그 크기는 사방 20만 리이다."고 설명하고 있다. 이처럼 거대한 명부는 천지간에 떠도는 죽은 자들의 혼을 충분히 받아들일 수 있다. 곤륜산과 마찬가지로 태산泰山은 또 하나의 생사의 땅으로, 곤륜산에서 아득히 먼 동서지역을 관장한다. 그래서 고대 사람들은 목숨을 구하기 위해 천리를 멀다않고 달려와 산에 올라 수명의 길고 짧음을 물었다. 태산의 신이 원래부터 사람의 생사를 주관해 왔던 까닭에 태산이 생사의 땅이 된 것은 조금도 이상할 것이 없다. 한대 이전의 전설에 의하면 "중국인이 죽으면, 그 혼은 태산岱山으로 돌아간다."
고 하였다. 태산이 생사의 땅이 된 주요 원인은 고대의 제왕들이 태산
과 주위의 작은 산에 올라 봉선封禪하던 풍속에서 찾을 수 있다. ≪관
자管子·봉선封禪≫에 다음과 같은 기록이 있다.

예전에 태산에 봉封하고 양보梁父에 선禪한 이가 이른 둘이 있었다고
하며, 이오夷吾가 기록한 것만도 열두 번이나 된다. 예전에 무회씨無懷
氏가 태산에 올라 하늘에 제를 올리고 산천에 제를 지냈다. 복희씨宓羲
氏가 태산에 올라 하늘에 제를 올리고 산천에 제를 지냈다. 신농씨神農
氏가 태산에 올라 하늘에 제를 올리고 산천에 제를 지냈다. 염제炎帝가
하늘에 올라 제를 올리고 산천에 제를 지냈다. 황제黃帝가 태산에 올라
하늘에 제를 지내고 산천에 제를 지냈다. 전욱顓頊이 태산에 올라 하늘
에 제를 올리고 산천에 제를 지냈다. 제곡帝嚳이 태산에 올라 하늘에
제를 올리고 산천에 제를 지냈다. 요堯가 태산에 올라 제를 올리고 산
천에 제를 지냈다. 순舜이 태산에 올라 제를 올리고 산천에 제를 지냈
다. 우禹가 태산에 올라 제를 올리고 회계會稽에 올라 제를 지냈다. 탕
湯이 태산에 올라 제를 올리고 산천에 제를 지냈다. 주周의 성왕成王이
태산에 올라 제를 올리고 토지신에게 제를 지냈다.

봉封은 흙을 쌓아 단을 만들고 제사를 지내는 것이고, 선禪은 땅을
청소하고 제사를 지내는 것을 말한다. 위 문장에서 언급한 무회씨無懷
氏로부터 주周의 성왕成王까지 모두 열 두 명의 제왕이 태산과 그 부근
의 작은 산에 봉封과 선禪을 행하였다. 오랜 세월이 흘러 이를 증명할
수는 없지만, 훗날 진시황과 한 무제武帝가 태산에 올라 봉선을 행하였
나는 사실은 분명 믿을만한 역사적 근거를 가지고 있다. 진시황과 한
무제가 태산에 올라 봉선을 행하기 전후에 동해의 바닷가를 다니며
선인仙人을 찾고자 노력한 점에서도 알 수 있듯이, 그들이 국태안민을

위해 태산에 봉선을 한다는 것은 하나의 명목에 지나지 않았다. 그들
도 전통민속과 전설의 영향을 벗어나지 못하고 태산에 제사를 지내고
불로장생을 구하고자 했던 것이 그들이 태산에 봉선을 한 진정한 이
유였던 것이다.

위의 내용을 종합해보면, 고대의 생과 사의 통일은 바로 고대의 인
류가 죽음의 두려움을 인식한 후에 생성되어 나온 일종의 삶에 대한
애착과 죽음을 회피하고자 하는 자각의식을 반영한 것이며, 동시에
또 생과 사에 대한 변증적 사고와 통일적 인식을 내포하고 있다고 볼
수 있다. 이러한 관념은 중국의 전통문화에도 커다란 영향을 주었다.

제11장 중국 고대의 생사관념과 전통문화

　중국의 고대 선민들도 세계 여러 민족의 선민들과 마찬가지로 시시
각각 죽음의 위협을 받아야만 했다. 그러나 이들은 지혜의 빛이 막 열
리기 시작할 무렵이라 죽음이 의미하는 것이 무엇인지 잘 알지 못했
다. 후에 지혜의 빛이 점차 밝아지고, 생사에 관한 경험이 풍부해짐에
따라 죽음이 무섭고 슬픈 것이라는 사실을 점차 깨닫게 되었다. 중국
의 선민들은 독특한 민족적인 사유방식으로 생사의 오묘한 신비로부
터 세 가지의 생사관념을 도출해 내었다. 즉 죽으면 사물로 변하며,
죽었다가 다시 회생하며, 죽어도 영혼은 존재한다는 관념으로 이러한
의식은 중국의 고대신화와 전설 속에 충실하게 반영되었다. 우선 죽으
면 사물로 변한다는 관념은 바로 만물에 영혼이 존재하기 때문에 사
람과 사물이 일체라는 고대인들의 직접적인 표현이라고 할 수 있다.
그래서 이러한 관념은 고대 개벽신화(반고盤古와 여와女媧가 죽어 만물
과 사물을 창조하였다), 조상숭배신화와 비극신의 전생신화轉生神話(우
禹가 변하여 웅熊이 되었으며, 여와가 변하여 장위精衛가 되었다는 등)
등의 신화를 창조해 낸 것이며, 또한 죽었다가 다시 회생(불로장생을
포함하여)한다는 관념은 고대 약이 발명된 이후에 생겨난 관념으로 볼
수 있는데, 신화 속에서 불사지인不死之人·불사지약不死之药·불사지향
不死之鄕·불사수不死樹·불사초不死草 등의 관념도 모두 이러한 관념 아
래서 산생되어 나온 산물이라고 하겠다. 죽어도 영혼은 존재한다는 관

념은 만물에 영혼이 있다는 원생사유에서 직접 탈태되어 나온 관념이라고 볼 수 있으며, 또한 앞에서 언급한 두 가지 생사관념의 토대가 되는 동시에 원시생사관념의 귀착점이라고도 할 수 있다. 다시 말해서 사람이 죽으면 영혼은 이 세계를 떠나 또 다른 세계에 살면서 그 곳의 모든 것을 누리고 산다. 그렇기 때문에 지위 상에서 다만 신神과 귀鬼로 나누어지는 것에 불과할 뿐이라는 의미이다.

중국 고대인들의 세 가지 생사관념은 후에 생명의 신과 죽음의 신이 하나이며, 생명이 시작되는 곳과 죽으면 가는 곳이 동일한 곳이라는 의식의 통일을 가져왔다. 서왕모는 홀로 생사의 대권을 쥐고 있는데, 한 손에는 불사약을, 다른 한 손에는 섬광이 번쩍이는 도살용 칼을 쥐고 있는 흉악한 신으로 등장한다. 태산신 역시 사람의 생사를 관장하는 고대의 생사신의 형상으로 등장한다. 이와 같은 생사신의 합일은 또한 생명의 땅과 죽음의 땅을 한 곳으로 합일시키는 결과를 가져왔다. 그래서 곤륜산과 태산은 각각 동쪽과 서쪽에서 생사를 관장하는 신산神山이 되었던 것이다. 따라서 이 두 가지 합일의식은 바로 중국의 고대 생사에 대한 사람들의 사고를 반영한 것이라고 하겠다.

위에서 언급한 생과 사에 대한 세 가지 관념과 두 가지 합일의식은 중국의 선민들이 동물의 무리에서 갈라져 나오기 시작한 홍황시대洪荒時代로부터 지혜의 빛이 번뜩이는 문명시대에 이르기까지 오랜 기간 동안 역사적 발전과정을 거치면서 점차 형성되어 나온 개념이다. 즉 자각이 없던 시기에서 자각의 시기로, 이념이 없던 세계에서 이념의 세계로, 두려움이 없던 세계에서 두려움을 초월한 단계로 발전되어 왔다. 이러한 관념이 형성된 후 전통적인 심리와 관념이 하나로 융합되어 민족의 전통문화에 자연스럽게 스며들면서 수천 년간 중국의 전통문화에 지대한 영향을 끼쳐 왔다. 불로장생을 추구하는 자들은 판단력을 잃고 이에 매혹되어 빠져들었으며, 또한 인생을 초월한 자들은 죽으면 근본으로 돌아간다는 안위를 얻게 되었다. 한편, 이러한 관념은 혈흔이 낭자한 순장殉葬이라는 비극을 연출하기도 했으나, 또 다른 한편으로는 후손들로 하여금 자신들의 조상을 위해 경건하게 제사를 지낼 수 있는 토대를 마련해 주기도 하였다. 하지만 생사의 합일과 융합은 중국 고전문학 중에서 진정한 비극을 찾기 어렵게 만들었을 뿐만 아니라, 생사 관념에 대한 이성적인 비판을 인생에 대한 서로 상반된 두 가지 태도로 이끌어 냄으로써 아주 오랫동안 생사관의 변주곡을 연주하게 되었다.

1. 흉악하고 잔인한 인간 순장과 경건하고 정성스러운 제사

만물에도 영혼이 존재하고 있다는 고대인들의 비이성적인 원생관념에서 벗어나 점차 발전하여 이성적으로 생사에 대해 사고하게 되었고, 최종적으로 사람이 죽은 후 영혼은 또 다른 세계에서 영원히 존재하게 된다는 생각으로 귀결되었다. 이러한 관념은 고대인에게 있어서 미신적인 성격의 종교숭배는 아니었다. 그러나 결과적으로 혈흔이 낭자한 순장이라는 비극을 초래하고 말았다. 지배계층은 공포의 전율에 떠는 순장자들의 비명 속에서 웃음을 머금고 세상을 떠나갔다. 그들은 또 다른 세계에서 여전히 누군가와 함께 할 수 있고, 생전의 부귀영화를 계속 이어갈 수 있다고 여겼다. 하지만 이와 같은 원시인의 소박했던 신념은 문명시기에 이르러 인류에게 죽음과 슬픔을 가져다주었다. 이는 당초 선민들이 미처 생각하지 못했던 점이다.

오늘날 고고학 자료와 문헌 기록을 통해 볼 때, 중국에서 순장제가 출현한 시기는 대략 신석기시대 중·후기, 즉 모계 씨족사회가 와해되고 부계씨족사회가 출현하던 과도기적 시기로 이미 기원전 4500년에서 기원전 2000년경 발견된 대문구문화大汶口文化 중·후기의 묘지, 황하상류의 제가문화齊家文化 묘지, 장강하류지역의 마가빈문화馬家濱文化 묘지, 이 보다 조금 뒤인 운남云南의 유천오풍산俞川鰲風山 묘지 등에서 모두 처첩이 순장된 묘가 발견되었다. 이는 남성 권위의 수립과 여권의 몰락을 반영한 것으로 볼 수 있으며, 이러한 순장은 이미 가정과 혼인의 범위를 벗어나 노예와 전쟁 포로까지도 순장품으로 여기게 되었다. 이와 같은 예들을 수없이 많이 찾아볼 수 있는데, 특히 은상殷商 시대에 대단히 유행하였다. 그래서 호후선胡厚宣 선생은 일찍이 갑골복사卜辭에 기록된 내용을 통해 순장에 희생된 사람의 수가 무려 14,197여 명이나 된다는 통계를 내놓기도 하였다. 또 중국과학원 고고학 연구소 안양安陽 발굴팀이 후가장候家庄의 왕릉王陵 지역에서 발굴한 250기 무덤 중에서 순장되거나 제사로 순장된 노예의 수가 무려 1,930인에 달했다는 조사 보고를 내놓기도 하였다. 이들 가운데 어떤 사람들은 당초 무덤의 주인과 함께 매장되었으며, 어떤 사람들은 제사를 위해 후대에 한사람씩 순장을 당하기도 했는데, 그 사람의 수와 회수 또한 주목을 받을 만큼 많이 보인다. 더욱이 순장된 사람들이 단순한 하층 노예나 처첩만이 아니고, 일부 고위층 귀족이 제후나 제왕들의 심복으로 함께 순장되기도 하였다. 예를 들어, ≪좌전左傳·문공文公≫6년 기록에 의하면 진秦 목공穆公이 죽은 후 진나라의 충신이었던 자차씨子車

순장殉葬

氏의 아들 엄식奄息·중행仲行·침호鍼虎를 순장하였다는 내용이 보이는데, 당시 온 나라 사람들이 모두 슬퍼했다고 전한다. 그러나 ≪좌전≫의 저자는 "군자君子"의 입을 빌려 목공이 죽으면서까지 백성을 저버린 행위를 비난하면서 제후의 맹주가 될 만한 자격이 없다는 비평을 남겼다. 전국시대에 이르러 사람 대신 인형을 순장하는 습속이 출현하기 시작하였지만 순장의 여파가 일시에 소멸되지는 않고 은밀하게 후대까지 지속되어 왔음은 부인할 수 없는 사실이다.

현재 우리가 이러한 야만행위에 대하여 분노를 느끼면서도 이 속에서 한 가지 깨닫게 되는 사실은 이러한 잔인한 순장제가 바로 원시사회에서 사람이 죽어도 영혼은 존재한다는 생사관념의 토양 속에서 피어난 한 송이의 사악한 꽃으로 고대 중국인들의 생사관을 대변하며 소리 없이 죽은 이들의 고사를 들려주고 있다는 점이다.

고대의 생사관념 중에서 파생되어 나온 제사 습속은 순장 풍속에 비해 훨씬 더 일찍 출현하였다. 죽은 자의 영혼에 대한 원시인류의 기도, 죽어서 사물로 변한다는 신앙, 조상신령에 대한 숭배 등은 모두 훗날 제사 행위의 기원이 되었다. 특히 조상 신령에 대한 숭배는 동일한 민족과 부족, 더 나아가 동일 민족의 공통된 원시종교신앙을 의미한다. 씨족공동사회에 뒤이어 국가가 형성된 후, 지배계층은 통치적 지위의 확립과 이의 유지를 위해 의식적으로 원시신앙을 계승하는 한편 조상에 대한 제사활동을 널리 전파하였다. 그리고 "천天"과 "제帝", 그리고 천제天帝 수하의 모든 신들도 역시 제사의 범주에 포함시켰다. 이로부터 제사활동은 제왕과 제후의 중요한 제전이 되었다. 제사활동은 이미 하상夏商시대부터 크게 성행하여 주대周代에 이르면 제사에 대한 모든 예의와 규칙이 마련되기에 이르렀다. 제왕에게 있어 제사활동은 선조와 신령의 보호를 구하고 국태민안과 풍년을 기원하며 나라의 안녕을 기원하는 행사였으며, 또 한편으로는 자신이 하늘의 명을 받아 하늘을 대신하여 일을 처리한다는 깃을 증명하는 행위이기도 했다. 그래서 그들은 조상의 공적을 노래하는 한편 후대의 자손들에게 격려와 경계심을 일깨우는데 노력을 아끼지 않았다.

예를 들어, ≪시경詩經≫의 아雅와 송頌은 조상과 하늘에 대한 찬양과 바람을 노래한 것으로, ≪문왕편文王篇≫에서 "문왕이 위에 계시니 하늘에서 태양이 비추는 듯하다.", "문왕이 오르내리시며 천제 좌우에 계시니" 등과 같이 노래하고 있는데, 이는 주나라를 개국한 문왕이 사후에 하늘에 올라가 상제와 함께 있기 때문에 오래도록 자손을 보살필 수 있다는 점을 강조한 것이다. ≪풍년편豊年篇≫에서 "술을 만들어 조비祖妣에게 나아가 올려서 백례百禮를 모두 구비하니 복을 내리심이 심히 두루하리로다."고 노래하고 있는데, 이는 풍년이 든 해에 선조에게 제사를 올리며 후대에 복을 내려 줄 것을 기원한 내용이다.

선조와 신령에게 제사를 올리는 일은 시대가 바뀌고 예법과 의식이 각기 달라졌어도 제사활동은 끊이지 않고 대대로 이어져 오늘날까지 전해지고 있다. 다만 예전의 원시종교가 봉건사회를 거치면서 개조되어 지금에 이르러서는 이미 새로운 형태로 바뀌었으며, 내용도 새롭게 변했다. 예를 들어, 오늘날 중국정부는 황제릉皇帝陵에서 국가적인 제사를 올리는데, 그 목적은 세계 염황炎黃 자손들의 주의를 환기시키고, 화하華夏민족의 의식을 고취시키는 한편, 부유하고 강한 조국을 건설하여 민족을 크게 발전시키는 역사적 사명을 다하는데 주안점을 두고 있다. 그러나 그 이면을 살펴보면 여전히 전통문화에 대한 민족의 심리적 성향을 계승하고 있다는 사실을 알 수 있다.

국가가 주도하는 제사활동 이외에 중국의 전통 중에는 조상에게 제사를 지내는 민간전통 역시 보편화되어 있어 오늘날까지도 계속 이어지고 있는데, 이는 원시적 생사관념이 후대 전통문화의 의식 속에 수용된 가장 전형적인 예라고 할 수 있다. 일 년에 한 번 있는 청명절淸明節, 7월 15일과 전통 명절인 설날春節, 정월 대보름元宵節이면 농촌사람이든 도시사람이든 삼삼오오 무리를 지어 온 가족과 함께 혹은 홀로 산이나 물가, 납골당 등에 가서 죽은 사람들의 영혼을 위해 향을 피우고 종이를 불태우며 절을 하고 기도를 올린다. 멀리 타향에 있는 사람들도 천리를 멀다 하지 않고 고향에 돌아가거나, 또는 인적이 없는 깊은 밤에 저 멀리 고향을 향해 기도를 올리기도 한다. 이처럼 사람들은 모두 통일된 전통적인 정감을 표현한다. 즉 조상의 영혼에게 제사를 올려 죽은 자가 하늘에서 후손에게 복을 내려 주기를 기원하며, 혹은 저승에서 죽은 사람의 부귀와 안녕을 염원하기도 한다. 이렇게 경건하고 정성스러운 중국식 제례는 중국의 대지 위에서 수천 년간 지속되어 왔으며, 자손들이 대대로 조상에게 경의를 표하고 사념의 정을 표현하는 가장 중요한 방식으로 자리잡았다. 사람들은 묘 앞에 꿇어앉아 기도를 드리고 진실한 마음으로 소리를 낮추고 죽은 자와 교감하며, 또한 장엄하고 경건한 제례행위는 사람들에게 경의를 표하도록 만든다. 그러므로 우리는 "미신迷信"이라거나 "우매愚昧"하다는 말로써 풍부한 전통문화의 내용을 설명할 수 없다는 사실을 인정해야 한다.

　바로 이러한 죽음에 대한 고대 관념의 영향아래 중화민족만의 독특한 상장喪葬문화가 탄생하였다. 그 내용은 족히 몇 부의 거작을 써 낼 만큼 대단히 풍부한 내용을 담고 있다. 더구나 이와 상응하여 등장한 것이 바로 전통 신비문화 가운데 하나인 묘지풍수술, 즉 음택陰宅풍수라고 할 수 있는데, 여기서는 편폭의 제한으로 이에 관해서는 다음으로 미루어 두고자 한다.

2. 죽으면 근본으로 돌아간다고 여기는 도가 정신

중국의 고대신화 중에서 만물에 영혼이 있다는 관념과 죽으면 사물物로 변한다는 관념은 ≪장자莊子≫에 이르러 문학적 예술수법을 통해 보다 철저하게 구현되었다. 장자가 생활했던 전국시대 중기는 사회의 혼란과 잦은 전쟁으로 도처에 이재민이 가득하였고, 사람들은 시시각각 죽음의 거센 파도 속에 처해 있었다. 장자의 눈에는 이처럼 도처에 칼과 창의 그림자가 번뜩이는 상황 속에서 인간은 재능이 있든 없든 예외없이 모두 죽음을 맞이할 수밖에 없다고 여겼다. 장자는 원래 생명을 중히 여겨 생명의 보존을 근본으로 삼았던 사람이었지만, 현실상황은 오히려 세상 사람들이 자신의 몸을 보호할 자유와 능력을 용납하지 않는 상황으로 전개되었다. 바로 이러한 사회적 환경의 영향아래 장자를 대표로 하는 도가의 종사宗師들은 "생生"과 "사死"에 대한 관계를 연구 토론하면서 직접적으로 신화 속의 관념을 계승하는 한편, 죽으면 다시 부활한다는 관념의 원형과 불로장생의 관념을 제외시키면서 화물化物관념과 영혼이 있다는 관념을 지속적으로 발전시켰다. 그래서 ≪장자≫ 중에는 시간과 공간의 제한을 완전히 무시하고 산사람이 죽은 자와 이야기를 나누고, 신인神人이 범인凡人과 왕래하며, 곤충, 물고기, 새, 짐승이 사람의 말을 할 수 있으며, 만사만물万事万物에 모두 영성靈性이 있다는 주장을 펼치고 있어 ≪장자≫를 읽으면 마치 우리가 다시 신화의 세계로 빠져드는 듯한 착각을 느끼게 한다.

≪장자≫ 중에는 사생일체死生一切의 관념을 강렬하게 표현하고 있는데, ≪내종사大宗師≫의 일단락을 살펴보자.

자여子輿가 병들었다. …… 자사子祀가 물었다. "자네도 그런 자네의 모습을 싫어하는가?" 자여가 대답했다. "그렇지 않아, 내가 어찌하여 싫어하겠는가? 만일 내 왼팔이 점점 변하여 닭이 된다면 나는 새벽을 알리겠네. 내 오른쪽 팔이 변하여 활이 된다면 나는 올빼미를 쏘아 올빼미 구이를 만들 거라네. 또 내 꼬리뼈가 변하여 수레바퀴가 되고 내 정신이 변하여 말이 되어 끌면 나는 그 마차에 탈 것이라네."

여기서 장자는 자여子輿의 입을 빌려 사람은 죽은 후 영생하며 신체의 각 부분 역시 변하여 만물이 된다는 주장을 전개하였다. 예를 들어, "왼팔은 변하여 닭鷄이 되어 밤을 주관하고, 오른팔은 변하여 활이 되어 올빼미를 쏘고, 꼬리뼈는 변하여 수레가 되고, 정신은 변하여 말이 되어 끄는 수레를 탄다."

장자莊子 표지

고 말한 이 일단락의 문장은 전형적인 원시 화물化 物신화로써, 사람이 처신하는 방법과 생사를 초월한 인생관을 설명하였다. 즉 사람은 죽으면 변하여 사물이 된다고 여겼다. 그래서 장자는 ≪지락至樂≫편 중에서 교묘하게 사람과 사물이 서로 변하여 전환되는 관계를 도표로 배열해 놓고 있다.

오족五足의 부리는 굼벵이가 되고, 그 잎은 호랑나비가 된다. 그리고 호랑나비는 곧 벌레로 변하는데, 그 벌레가 아궁이 부근에서 생기면 벌과 같은 모습을 하고 있으며 땅강아지라 부른다. 땅강아지는 천일 쯤 지나면 새가 되는데, 그 이름을 건여골乾餘骨이라 한다. 그 새가 뱉는 침은 사미라는 벌레가 되고, 사미가 산화되어 초醋가 된다. …… 오래된 대나무에서 청녕靑寧을 만들어 내고, 그 청녕이 표범을 낳고, 표범이 말을 낳으며, 말이 인간을 낳는다. 그 인간은 다시 근본으로 돌아가 조화의 작용 속으로 들어간다. 요컨대 모든 물物은 오직 하나의 작용에서 생겨나 모두 그 하나의 작용 속으로 돌아간다.

우리가 오늘날 이성적 사고와 과학적인 논리로써 이 변화되는 과정을 본다고 하면 분명 실소를 금치 못하거나 터무니없는 이야기로 치부하고 말 것이다. 진화과정을 하등생물에서 고등생물이라는 단계별 배열이 아니라 동물, 식물, 미생물 등이 서로 변하게 되는 과정을 나열하고 있는데, 이 순서는 아마도 장자 개인의 상상에 의해 만들어진 것 같다. 그러나 여기에는 고대의 화생化生관념이 융합되어 있으며, 또한 비논리적이고 비이성적인 원칙의 원시생명 관념이 구현되어 있다. "만물은 모두 유기체에서 나왔고, 모두 유기체로 귀결된다."는 말의 의미는 만물이란 자연이 조화를 일으켜 만든 것이기 때문에 결국 자연의 품으로 돌아간다는 관점을 설명한 것으로 모두 도가철학의 철학적 명제범주에 든다고 하겠다.

바로 이러한 생사일체의 관념과 만물이 서로 변화한다万物瓦化라는 의식을 통해 장자는 사람의 생사고락을 초월할 수 있었으며, 생사에 대해 걱정 없는 "지락至樂"의 인생경지에 다가설 수 있었다. 그리고 천인합일과 "도道"에 귀착하는 자연스러운 조화를 실현하였던 것이다. ≪제물론齊物論≫에 나비로 변한 고사를 싣고 있다.

장주가 꿈을 꾸었다. 꿈속에서 그는 팔랑팔랑 아름답게 날아다니는 한 마리 호랑나비였다. 평소의 뜻대로 마음내키는대로 즐거워할 수가 있어 그 자신이 장주라는 인간임을 전혀 돌이켜 볼 수가 없었다. 갑자기 잠에서 깨어 놀란 듯 흐리멍텅한 눈으로 두리번 두리번 둘레를 둘러보니 보고 있는 것은 바로 장주 자신이었다. 어찌된 일인가? 장주가 나비가 된 꿈을 꾼 것인가? 아니면 호랑나비가 장주가 된 꿈을 꾼 것인가? 어느 쪽인지 알 수가 없다. 분명히 장주와 호랑나비 사이에는 구별이 있을 것이다. 이와 같은 것을 일러 사물의 물화物化라고 하는 것이다.

장자의 호접몽은 원시적인 화물化物생명관을 예술적 수법을 동원하여 형상적으로 설명함으로써 꿈과 현실을 하나로 통일시켰으며, 원시 물화物化관념에 대한 사유의 근본적 이유를 밝히고 있다. 동일한 생명을 가진 두 가지의 다른 생존 상태는 생명의 전환과 연속이라는 토대를 마련해 놓았다.

바로 이러한 원생原生관념의 영향아래 죽음을 집으로 돌아가는 것처럼 여기는 도가의 생명이론이 탄생하였던 것이다. 그래서 장자는 자신의 아내가 죽었을 때도 슬퍼하지 않고 오히려 제멋대로 다리를 틀고 앉아 대야를 두드리고 노래를 부르며 자신의 아내가 원생상태로 돌아가는 것을 전송하였던 것이다. 이와 같은 생사의 깨달음은 이미 고대 생명관의 침울하고 무거운 정조를 완전히 털어 내고 어떠한 것에도 얽매이지 않은 홀가분한 기분을 느끼게 한다.

장자의 화물化物관념은 직접적으로 위진시대의 현학적玄學的 사고에 영향을 주었으며, 그의 사상적 정수 역시 후대 현실에 대해 불만을 가지고 방황하는 이들의 사상적 근거가 되었다. 또한 세상을 떠도는 시인묵객들에게 현실에 만족하고 즐거워하며 자적할 수 있는 이론적 근거를 제공하였다.

3. 선약에 대한 미련과 망상

사회의 발전에 따라 문명의 수레바퀴는 점차 고대인들의 생사몽生死夢을 산산조각 내고 말았다. 죽음에 대한 명확한 인식이 몽롱한 의식을 희석시켜 놓음으로써 인생에 있어서 장자처럼 통달한 경지에 이르지 못하고, 오히려 밑도 끝도 보이지 않는 공포의 나락으로 빠지고 말았다. 생을 탐하고 죽음을 회피하는 일이 드디어 세상의 일반적인 도리가 되자 인간세계에서 부귀영화를 누리는 지배귀족계층은 너너욱 곤혹감에 빠져들게 되었고, 이로 인해 방술사方術士들이 대거 세상에 등장하게 되었다. 이들은 옛부터 전해오는 죽어도 다시 회생하여 산다는 관념을 이용해 사람들을 현혹시키는 선인仙人, 선도仙島, 불사약 등과 관련된 새로운 신화를 만들어 내기에 이르렀다. 신화와 선화仙話가 합쳐지고 이념과 비이념이 몽매함과 문명이 서로 융합하여 밉살스러운 기형아를 낳음으로써 후대 역사에 황당한 촌극을 빚고 말았다. 선약仙藥에 대한 미련과 망상, 이를 찾는 행동은 일찍이 춘추전국시대까지 거슬러 올라간다. ≪사기史記・봉선서封禪書≫에서 "송무기宋毋忌・정백교正伯橋・충상充尙・선문자고羨門子高 등은 모두 연燕나라 사람들이다. 방선의 도는 형체가 소멸된 후 귀신의 일을 따르는 것이다."라고 하였는데, 여기에 언급된 사람들 이외에도 제齊나라 사람들이 많이 있다. 전국시대와 진・한시대 해상의 방술사는 대부분 연나라와 제나라 사람들이었다. 그래서 일찍이 전국시대 초기 제나라의 위왕威王, 선왕宣王, 연나라의 소왕昭王 등은 해상에서 선약을 구하고자

진시황이 서복徐福을 삼신산에 파견하여 불로초를 구해 오도록 한 장면을 조각해 놓은 진황도秦皇島의 조각상

사람을 동해에 파견하여 봉래蓬萊·방장方丈·영주瀛州 등의 삼신산을 찾게 하였다.

　고대 제왕 중에서 해상의 선산仙山과 선약仙藥에 가장 심취했던 사람은 바로 진시황과 한 무제 두 사람을 꼽을 수 있을 것이다. 그들은 매번 좌절에도 불구하고 죽을 때까지 끊임없이 찾아 헤맸다. 이에 관한 기록이 ≪사기≫의 〈봉선서封禪書〉와 〈진시황본기秦始皇本紀〉에 보인다. 진시황이 천하를 평정한 이후 동쪽에 있는 태산과 양보梁父에 올라 봉선封禪을 행하였다. 제나라 사람 서복徐福은 바다 가운데 삼신산三神山과 그곳에 선인仙人이 살고 있으니, 재계齋戒 후 동남동녀童男童女를 데리고 가서 선인을 만나 불사약을 구해 오겠다는 상서를 올렸다. 이에 진시황은 상서의 내용을 사실로 믿고 서복에게 동남동녀 수 천 명을 이끌고 바다에 나가 불사약을 구해오도록 명령을 내렸다. 후에 또 다시 한동韓冬·후공候公·석생石生 등을 보내 선인仙人에게서 불사약을 구해오도록 하였다. 그러나 후공과 노생은 자신들이 선약을 구하지 못하면 주살 될까 두려워 끝내 도망쳐 버렸고, 이 일로 인해 진시황은 대노하여 유생들을 산채로 구덩이에 묻어 죽이는 끔찍한 일을 저질렀다. 진시황은 죽기에 앞서 동해 바닷가를 돌아보며 바다 가운데 있는 삼신산에서 선약을 찾고자 애를 썼으나 결국은 얻지 못하고 사구沙丘에 이르러 세상을 떠나고 말았다.

　얼마 후 한 무제는 진시황의 교훈에도 불구하고 방술사들에게 지나치게 미혹되어 이소군李少君과 제나라 소옹少翁의 무리에게 속임을 당하였으며, 또 한편으로 오리장군五利將軍 란대欒大와 공손경公孫卿의 무리의 추천을 받아 방술사方術士에게 벼슬과 작위는 물론 심지어 공주까지 그들에게 시집보내는 일이 벌어지기도 하였다. 그리고 선인仙人을 맞이하기 위해 측백나무 들보와 구리기둥, 승로承露(고대 두건의 일종), 선인장仙人掌 등을 준비하였으며, 또한 황제黃帝를 모방하여 다섯 개의 성과 열 두 개의 누각을 만들어 신인神人을 기다렸다. 무제는 매번 방사들에게 놀림을 당했음에도 불구하고 그때마다 더 많은 은총을 그들에게 베풀어 주었는데, 이는 무제 자신도 희망이 없다는 사실을 알고 있었지만 자신의 욕망을 저버릴 수가 없었기 때문이다. 마치 ≪봉선서封禪書≫에서 "천자는 방사들의 괴상한 말에 싫증을 느꼈으나 그 굴레에서 벗어나지 못하고 그들의 말이 사실이기를 희망하였다."고 한 말과 부합된다. 이 말은 한마디로 선인을 찾아 불사약을 구하는 사람들의 복잡한 심리를 날카롭게 지적한 것이다.

진·한시대 이후 중국에는 단약을 만드는 수많은 도사들이 출현하여 불로장생을 널리 알리게 됨으로써 수많은 사람들이 이에 정신없이 매달리게 되었다. 어떤 사람들은 죽음을 무릅쓰고 방사의 금단金丹을 맛보다가 대부분 금단金丹, 선약仙藥이라는 이름 아래 참혹한 죽음을 맞이하게 되었으니, 이는 오히려 생명을 위협하는 독극물이 되고 말았

전쟁의 신-아레스
(그리스 로마신화)

다. 그러나 상황이 이와 같았음에도 불구하고 연단술煉丹術과 수련술修煉術은 세인들의 눈에 신기한 도술로 여겨져 어떤 사람들은 비밀로 감추고 전하지 않아 사람들에게 커다란 폐해를 주지 않았지만, 어떤 사람들은 이러한 내용을 서책에 기록하여 전함으로써 얼마나 많은 세상 사람들이 선도신서仙道神書라는 이름 아래 죽어갔는지 모른다.

4. 중국 고전문학의 독특한 비극적 구상

나약하면서도 집착이 강했던 원시인류는 생명에 대한 불굴의 의지로 역사 발전의 험난한 역정을 걸어오는 동안 수많은 자연재해와 전쟁, 그리고 이해할 수 없는 생과 사의 갈림길에서 운명의 학대를 견뎌왔다. 처음에 인류는 참혹하고 치열한 투쟁경험을 원시적 사유 속에서 여과시키고 축적시켜 초인간적인 신화적 영웅의 형상을 창조해 내었으며, 또한 그들의 의지, 투쟁, 죽음을 자신들의 체험에 농축시켜 비극적인 신화와 영웅을 창조하였다. 오늘날의 도덕적 기준으로 이에 대한 옳고 그름을 판단할 수는 없지만, 농후한 비극적 분위기 속에서 이들의 맥박소리와 생명의 율동을 느끼기에 충분하다.

민족의 성격과 이념의 차이에 따라 비극적 신화에 대한 각 민족의 입장은 커다란 차이를 보인다. 가령 그리스신화와 중국신화를 예로 들어보면, 그리스신화에서 선명하게 보이는 특징은 비극적인 인류의 운명으로, 이러한 비극은 태어나면서 이미 정해져 있기 때문에 바꿀 수 없다는 특징을 가지고 있다. 트로이 전쟁에서 라오메돈이 파트로크로스와 대적하여 죽을 운명에 놓였을 때, 제우스의 부인인 헤라가 그의 운명이 이미 정해졌다는 사실을 말했음에도 불구하고 신의 아버지인 제우스도 어찌하지 못하고 다만 라오메돈을 위해 피비를 뿌려 축복해 주었을 뿐이다. 제우스의 또 다른 아들 헤라클레스는 제우스의 두터운 총애를 받았지만 결국, 그도 운명과 헤라클레스의

해를 쫓는 거인 과보夸父의 모습

원한에 의해 목숨을 잃고 말았다. 비극적인 영웅 오디푸스는 출생 전에 이미 장차 아버지를 죽이고 어머니를 아내로 맞이한다는 예언으로 인해 출생 직후 그의 아버지의 칼에 두 다리가 잘려 버려졌다. 다행히 목숨을 건져 성인이 된 후에도 자신의 운명을 피하고자 했지만 끝내 운명의 굴레를 벗어나지 못하고 비극적인 최후를 맞이해야만 했다. 이러한 관념의 영향으로 후대의 서양 문학작품 중에는 사람을 감동시키는 수많은 순수 비극작품들이 쏟아져 나왔다. 반면, 중국의 고대 비극신화는 그리스신화와는 달리 운명이 만들어낸 비극이 아니라 자연과 사회의 투쟁을 통해 생성된 것이었다. 즉 중국의 비극신화는 자연과의 투쟁 속에서 등장한 "정위전해精衛塡海", "과보추일夸父追日" 등을 자연비극으로, 사회적 투쟁의 결과로 출현한 치우蚩尤의 죽음, 곤鯀의 피살, 두견새가 된 제帝의 신화 등은 사회비극으로 분류할 수 있다. 그러나 어떤 원인에 의해 비극이 발생했던지 간에 비극 주체가 실패나 사망 후에 형체가 변하여 다른 동물이나 사물로 연속되거나 혹은 정신이 모종의 식물에 기탁하여 존재한다는 관념은 모두 원시적인 생사 관념을 표현한 것으로 볼 수 있다. 그래서 여와가 정위精衛가 되고, 곤鯀이 황룡黃龍이 되고, 제帝가 두견이 되고, 치우蚩尤의 목에 씌웠던 항쇄의 혈흔이 붉게 얼룩진 단풍나무가 되고, 과보夸父의 지팡이가 복숭아 숲으로 변하게 되었던 것이다. 사람들은 이러한 원시적 생명관을 가지고 묵묵히 자신의 영웅을 기념하면서 불굴의 의지로 삶과 죽음을 극복해 왔던 것이다.

중국의 신화 중에서 이러한 원시적 비극의식은 수천 년간 민간전설과 문학창작의 비극적 구성에 막대한 영향을 끼쳐왔으며, 영혼의 불멸과 물화物化를 통해 사람들의 슬픔을 사물과 아름다운 이상으로 승화시키는 동시에 슬픔을 생존의 거대한 동력으로 전환하여 아름다운 생활을 창조하도록 만들었다. 위대한 애국 시인 굴원屈原이 멱라강에 투신하여 자살한 후, 사람들은 찹쌀로 지은 밥을 강물에 던져 제사를 지내기 시작했는데, 이것이 후에 중화민족의 전통 가운데 하나인 단오절端午節이 되었다. ≪공작동남비孔雀東南飛≫는 중국문학사상 가장 긴 서사시라고 할 수 있는데, 내용은 유란지劉蘭芝와 초중경蕉仲卿 두 사람의 슬프고 아름다운 애정이야기를 서술한 것으로, 봉건적인 예교禮教와 엄격한 가부장제의 속박 아래 유지란이 "치마를 끌어안고 신발 끈을 풀어 벗어 놓고, 몸을 들어 푸른 연못으로 뛰어들자", 초중경도 정원의 나무아래에서 배회하다가 "후에 스스로 동남쪽으로 뻗은 가지에 목을 매달았다." 여기서 남녀 주인공은 이루지 못한 사랑을 통해 고대 봉건제 사회하의 비극적인 혼인을 폭로하였다. 그러나 이야기는 여기서 이것으로 끝나지 않고 양가의 합의로 두 사람을 화산 기슭에 합장한 후 동쪽과 서쪽에 소나무와 측백나무를 좌우에는 오동나무를 심어 놓았는데, 그 나뭇가지와 잎사귀 사이를 한 쌍의 새가 날아다니며, 스스로 원앙鴛鴦이라 부르며 밤마다 고개를 들고 서로 바라보며 오경까지 울었다고 한다. 여기서 원시적인 화물化物관념은 초중경과 유란지 두 사람이 죽은 후 함께 하고자 하는 이들의 바램을 실현시켜 주었다. 이러한 비극적 구성의 예는 중국 문학사상 얼마든지 찾아볼 수 있다. 한 쌍의 나비로 변한 양산백梁山伯과 축영대祝英台, 혼이 나갔다 다시 돌아온 장천녀張倩女, 또 포송령蒲松齡의 ≪요재지이聊齋志異≫와 간보干寶의 ≪수신기搜神記≫ 가운데 사람과 귀

케르베로스와 헤라클레스(그리스 로마신화)

신에 관련된 기묘한 이야기들이 전하고 있는데, 이러한 예들은 중국문학이라는 정원에서 아름다운 꽃으로 피어나 사람들에게 행복한 미래에 대한 희망을 저버리지 않도록 격려해 주고 있다.

5. 여론

문명의 빛줄기가 인류의 심령을 비추게 되자, 인간들은 이미 이성적으로 화물化物의 허구성과 불노장생의 헛된 꿈을 충분히 인식하게 되었다. 이 때문에 인류는 용감하게 삶과 죽음을 마주하면서 유한한 인생의 주체로써 자신의 인생가치를 찾고자 노력하였다. 중국 고대문학을 살펴보면, 실의에 빠진 사람들의 "당장 즐기기도 바쁜데 어찌 기다릴 수 있단 말인가?"라는 영탄조를 쉽게 발견할 수 있으며, 더욱이 분방한 사람들의 "오늘 술이 있으면 아침부터 취한다."는 어쩔 수 없음을 이해할 수는 있지만, 이것이 결코 전통 문인들의 정신을 대표하는 것은 아니다. 적극적이고 진취적인 백절불굴의 의지로 위대한 업적을 남겨 후대에 불후의 이름을 남기는 것이야말로 중국 전통문화정신의 중요한 구성요소이며, 이는 또한 전통문인들이 추구했던 인생의 최고의 경지이기도 하다. 공자와 맹자가 주장한 사생취의舍生取義, 살신존인殺身存仁, 굴원이 읊은 "이름을 닦아세우지 못할까 두렵다", 사마천이 굴욕을 참고 저술한 ≪사기≫, 문천상文天祥이 "붉은 마음을 꺼내 청사에 비추고자 한다."는 말들이 모두 이와 같은 의미를 두고 한 말이다. 이들이 추구했던 것은 입신立身·입덕立德·입명立名으로 후대에 아름다운 이름을 남기는 것이었다. 그래서 이들은 오래 전부터 전해오는 영혼불멸의 관념을 지양하고, 인간 정신의 영원불멸을 실현시키는데 노력을 기울임으로써 영원한 생명에 대한 갈망을 극복하였다. 이처럼 원시적 생사관념으로부터 참신한 생명관념이 잉태되어 세상에 등장하여 오늘날 우리의 숨결을 통해 숨쉬고 있다.

제12장 도덕을 숭상하는 문화정신

― 신화에 대한 문화의 선택

중국의 고대신화와 서양의 그리스신화 속에서 우리는 여러 가지 서로 다른 점들을 발견할 수 있는데, 여기서 분명한 특징은 중국 신화만큼 지나치게 도덕정신을 숭상하는 신화는 없다는 점이다. 그리스신화 속에서 신에 대한 비평의 기준을 지혜와 능력을 기준으로 삼았던 반면, 중국 신화에서는 신에 대한 비평의 기준을 도덕으로 삼고 있기 때문이다. 이러한 사유방식은 중국의 문화심리에 깊이 뿌리내려 수천 년간 역사와 현실인물에 대한 평가, 그리고 사람에 대한 교육 내용과 목적에 대한 결정에 이르기까지 커다란 영향을 끼쳐왔다. 심지어 20세기 중국의 현대문명사회까지도 이러한 영향을 받고 있다고 해도 과언이 아닐 것이다.

1. 희생에 대한 추앙과 예찬

창세신화는 대부분 각 민족마다 존재하고 있는데, 형식상에서는 다만 길고 복잡하거나 짧고 간단한 차이점을 보이지만, 신화의 본질과 인문정신에 있어서는 아주 커다란 차이를 보인다. 그리스신화 가운데 보이는 개벽신화는 피비린내가 충만한 분위기를 보여주고 있다. 가령

헤시오도스는 "우주에는 제일 먼저 카오스(혼돈)가 생기고, 그 다음으로 넓은 대지 기이아(땅의 어머니)와 타르타로스(지옥), 그리고 에로스(사랑)가 생겨났다. 카오스는 닷시 닉스(어두운 밤)와 에레보스(어둠)를 낳았다. 닉스와 에레보스가 결합하여 우주와 낮을 낳았다. 가이아는 우라노스(하늘)와 바다, 그리고 높은 산을 낳았다. 이때 우라노스는 주재자가 되었으며, 그는 어머니 가이아와 결합하여 여섯 명의 남자신과 여섯 명의 여신을 합쳐 모두 열두 명의 천신을 낳았다. 후에 우라노스는 그의 아들 크로노스에 의해 생식기가 제거되었다. 크로노스는 그의 여동생인 레아와 결합하여 역시 6남 6녀를 낳았으며, 제우스를 마지막으로 낳았다. 크로노스는 자신이 아버지를 배반하고 권력을 빼앗은 것처럼 자식들이 자신의 권력을 빼앗을까 두려워 자식들을 모두 뱃속에 삼켜버렸다. 레아는 땅의 어머니인 가이아의 도움 아래 크레타 섬으로 도망친 후 그곳에서 제우스를 낳았다. 제우스는 여러 신들과 힘을 합쳐 아버지인 크로노스를 추방하고 형제들을 토해내도록 하는 한편, 올림푸스산에 신의 왕국을 건립하고 자신은 우주를 지배하는 신이 되었다."고 읊고 있다. 이 신화에서 표명하고 있는 제우스의 신계神界는 신들의 혈육을 바탕으로 세워졌다는 점이다.

바빌론 신화 속의 개벽신화는 그리스신화의 온화함과는 비교가 되지 않는다. 예를 들어, ≪에느마·엘리쉬Enuma Elish≫에 의하면, 처음에 신족神族은 두 파로 나뉘어 있었다고 하는데, 그 가운데 한 파는 규칙이 없는 "혼돈"을 상징하며, 넓고 큰 바다에서 나온 신괴神怪로 묘사되고 있고, 다른 한 파는 규칙을 의미하는 "질서"를 상징하며, 넓고 큰 바다에서 나오는 천신天神으로 묘사되고 있다. 이는 세상이 만들어지는 과정을 혼돈과 질서의 싸움으로 이해한 것이며, 질서가 혼돈을 싸워 이긴 결과 혼돈족 신의 시체가 만물과 인류가 되었다고 한다. 북유럽 신화 역시 천신 오린이 얼음거인을 죽여 그 유해를 가지고 만물을 창조하였다고 전하는데, 중국의 창세신화는 이와 반대로 세상을 창조한 신이 다른 신을 희생시켜 만물을 창조한 것이 아니라 자신을 희생하여 만물을 창조하고 있다. 그래서 중국의 개벽신 반고盤古는 천지개벽을 완성한 후 자신의 두 눈을 태양과 달로, 팔 다리와 머리로 오악五岳을, 혈맥으로 장강과 황하를, 머리카락으로 산림과 초목을, 근육은 진흙으로, 뼈는 금석金石을, 몸에 있던 기생물로 인류를 창조했다고 전한다. 그리고 또 다른 개벽신인 여와女媧는 뚫린 하늘을 막고 사람을 창조하는 큰 공을 세운 후 역시 자신의 몸을 희생하여 만물을 창조해 내었다고 하는데, 이는 바로 ≪산해경山海經≫에서 말하고 있는 신십인神十人을 말하는 것으로, 바로 여와의 내장이 변한 것이다. 오늘날 우리가 비록 여와화물신화의 자세한 내용을 알 수는 없지만, 그래도 이 안에서 가늠해 볼만한 실마리를 어느 정도는 얻을 수 있다.

창세신화만 이와 같은 것이 아니라 중국 고대신화에서 영웅과 관련된 전설, 그리고 영웅에 대한 찬양 중에서도 마찬가지로 일종의 희생을 숭상하는 정신이 반영되어 있다. 그래서 신화 가운데 사회와 인류를 위해 헌신한 영웅들은 모두 사람들의 존중을 받게 되었고, 사회에 이롭지 못하거나 인류에게 이롭지 못한 신성神性 인물人物들은 미움과 비판을 받게 되었던 것이다. 그러므로 해를 쫓다 죽은 과보夸父와 해를 쏘아 해로움을 제거한 후예后羿는 모두 사람들의 마음속에서 추앙받는 존재로써 중국의 신화에 이채로움을 더해 주고 있는 반면, 인류에게 해를 끼치는 신사神蛇, 신수神獸, 부정적인 신화인물들은 결국 영웅에 의해 모두 제거되거나 역사와 문화에 의해 소멸되어 버리고 말았던 것이다.

2. 백성을 보호하는 직분 요구

중국인들은 마음속으로 인간의 향불을 공양 받는 대신大神이라면 당연히 백성들의 안위를 책임져야 한다고 생각했다. 그래서 고대의 수많은 중국의 유명한 천신天神들이 모두 시조신의 신분을 겸하게 되었던 것이며, 이들은 대부분 자신들의 부족 중에서 뛰어난 업적을 이룬 인물들이었다. 즉 이들이 민족의 시조신이 되기 위한 선행 조건은 먼저 대신大神으로써 자신의 책임을 다했는가 하는 점이다. 이러한 까닭에 중국 고대신화 중에서 시조신으로 추앙 받고 있는 황제黃帝·전욱顓頊·요堯·순舜·우禹 등도 역시 모두 이러한 미덕을 모두 갖추고 있다.

망사산천도望祀山川圖
요임금에게서 선양을 받은 순임금이
산선에 세사를 올리는 징면을 그린 그림

서주西周로부터 전국시대에 이르는 시기에는 덕을 강조했던 시대로 유가는 신화 속의 인물들을 고의적으로 개조시켜 인류의 이상적인 제왕의 미덕을 그들을 통해 재현해 내었다. 이러한 현상은 요·순·우의 신상에서 더욱 더 두드러지게 나타나는데, 우선 그들은 선양禪讓을 적극적으로 선전하기 위해 요가 자신의 아들을 내쫓는 것도 마다하지 않았으며, 순에게도 역시 이와 비슷한 일을 단행하도록 하였다. 유가에서 요·순을 고대의 제왕으로 내세운 것은 자신들을 위한 것이라기 보다는 민족과 백성을 위한 고려였다. 또한 그들은 우를 또 하나의 전형적인 제왕의 본보기로 그려내고자 하였다. 그래서 우가 치수를 위해 천하를 돌아다니며 자신의 집 앞을 세 번씩이나 지나쳤으면서도 한 번도 들리지 않았다는 감동적인 이야기를 후대에 남겨 놓은 것이다.

반면, 그리스신화는 중국신화와 크게 다른 문화적 특징을 보여주고 있다. 그리스신화 중에서 천신은 인류와 마찬가지로 사랑, 분노, 성, 미움, 질투 등의 평범한 감정을 표출할 줄 알았다. 판도라의 상자는 바로 이러한 전형적인 예라고 하겠다. 인류가 만들어진 후 프로메테우스는 인류를 위해 하늘의 별자리를 관찰하고, 광석鑛石을 발견하였으며, 생산기술을 주관하였다. 절대자인 제우스는 인류를 질투하여 생명의 불을 인류에게 주는 것을 거절하였으나, 프로메테우스는 태양수레의 화염 중에서 불씨를 취하여 인류에게 선물하였다. 제우스가 이를 일고 프로네테우스를 코가스산의 절벽 위에 쇠사슬로 묶어놓고 배고픈 독수리로 하여금 그의 간을 쪼아 먹게 하였다. 이와 동시에 제우스는 또 인류에게 보복을 하기 위해 불의 신에게 아름다운 판도라를 만들도록 지시를 내렸는데, 그 말의 뜻은 하늘이 내린 여인이라는 의미를 지니고 있다. 여러 신들이 그녀에게 부드러움과 아름다움, 지혜, 미모 등을 주고 그녀에게 상자를 들고 가 프로메테우스의 형제인 에피메테우스에게 주도록 하였다. 에피메테우스가 판도라의 상자를 받아서 열자 상자 안에서 재난, 고통, 질병, 질투 등이 쏟아져 나왔으며, 이로부터 인류는 암흑의 깊은 연못에 빠지게 되었다고 한다. 하지만 제우스는 이에 만족하지 못하고 인류를 전멸시키고자 다시 홍수를 일으켰다.

이러한 행위는 중국의 보천신화補天神話, 치수신화, 신농상백초신화神農嘗百草神話 등과 너무나 현격한 차이가 나기 때문에 서로 함께 논할 것이 못된다.

만일 제우스가 불행히도 중국 고대의 절대자로 태어났다면, 제우스는 이미 만겁을 지나도 벗어날 수 없는 끝없는 깊은 연못 속에 쳐 박혀 헤어나지 못하고 있을 것이다.

3. 인간의 음식을 먹지 않는 신의 형상 묘사

그리스신화 중에서 우리는 크고 작은 천신들이 모두 세속적이며, 온 몸에 인간의 음식냄새가 진동하는 형상을 볼 수 있다. 신들의 제왕인 제우스는 제멋대로 행동하면서 여자를 농락하고 신계와 인간에게 풍류의 병폐를 남겼다. 심지어 원칙을 무시하고 임의대로 일을 처리하며 질투와 개인적인 취향으로 가득찬 행동을 일삼았다. 제우스의 부인인 헤라도 인류가 존경할만한 것이라곤 하나도 없이 질투와 원한을 품고 신답지 않게 잔혹한 행위를 저질렀다. 신들이 이와 같았기 때문에 그의 수하에 있는 신들도 그들과 지극히 닮은 성격을 지니고 있었다. 트로이의 전쟁에서 아킬레스는 아가멤논에게서 미녀 크리세이스를 배앗아 아폴로 신전의 신관인 그의 아버지에게 돌려보내고자 하였다. 그러나 이때 아폴로 신은 자신의 신관 딸이 재난을 당하자 전염병을 퍼뜨려 그리스군을 괴롭혔다. 이러한 상황을 지켜본 아가멤논은 자신이 모욕당했다고 여겨 크리세이스를 돌려보내지 않고 자신의 신변에 남겨두었고, 아킬레스는 분노하여 자신의 군대를 전투에서 철수시키고 말았는데, 이 틈을 이용해 적장 헥토르는 전염병에 죽지 않고 남아있던 그리스 병사들을 모두 죽여버리고 말았다. 이처럼 그리스인의 실패는 단지 여자 포로라는 작은 일에서 야기되었다. 이러한 결과는 중국인들로서는 이해할 수 없는 일이며, 또한 중국의 신화정신에도 용납되지 않는 부분이기도 하다.

　또 하나의 예를 들어 보면, 아폴로는 마르시아스와 피리 연주실력을 겨뤄 마르시아스를 패배시켰는데, 이때 승리한 아폴로는 마리시아스를 나무에 묶은채 살가죽을 모두 벗겨버렸다. 그리고 달의 신이며 아폴로의 여동생인 아르테미스는 니오베가 자신의 부모인 레토가 1남1녀 밖에 낳지 못했다고 비웃고 테베의 부녀자들이 레토에게 제사지내는 것을 금지하자 니오베의 수많은 자식들을 모두 죽여버리는 잔인한 행동을 서슴지 않았다.

　이처럼 그리스신화에서는 신과 인간의 능력 차이를 제외하고, 감정상에서는 완전히 인간과 같은 모습을 보여주고 있다. 그래서 그들에게서 신이라는 외투를 벗겨 놓고 보면, 이들은 세속인간의 모습과 하나도 다르지 않은 모습을 하고 있다. 반면, 중국의 신화 속 인물들은 그리스의 신과 달리 사람의 언행을 구속하지도 않으며, 더욱이 인류를 희롱하거나 학대하지도, 그리고 질투나 해를 끼치는 일도 할 줄 모른다. 일상생활 속에서 품행과 도덕을 중시하고, 어진 이와 능력 있는 사람을 존중하여 중용해 왔기 때문에 난잡한 애정의 그림자는 더더욱 찾아볼 수가 없다. 게다가 그들은 신성함과 순결한 품성을 지니고 있어, 그들을 보면 저절로 고개가 숙여진다.

　후대에 개조된 신화를 제외하면 고대의 원시신화 중에서 아직까지 우리는 신들의 애정에 관련된 내용을 찾아 볼 수 없다. 또한 그들의 자세한 생활상도 역시 알 수가 없는데, 이는 바로 일반적인 신화 속에서 이와 같은 내용을 극히 제한적으로 보이기 때문이다. 그래서 항아분월嫦娥奔月과 이보다 후에 출현한 무산신녀巫山神女 두 신화가 중국의 신화세계에서 특별한 매력과 가치를 지니는 것이다.

4. 신성神性의 소실과 문화의 선택

중국 신화가 덕을 숭상하는 방향으로 발전하게 된 것은 어떤 부분에서는 선천적인 측면도 있겠지만, 또 다른 부분에서는 후천적인 측면도 가지고 있다. 이는 문명사회에서 문화의 재조합과 선택의 결과라고 할 수 있는데, 이러한 문화적 선택 과정을 거치면서 그나마 신에게 조금이나마 남아있던 "인성人性"마저도 사라지고, 다만 인류사회와는 거리가 먼 공허한 형상만이 남겨지게 되었다. 이로 인해 신성神性이 사라진 이들은 단순히 인간들이 숭배하는 인간군왕의 전형적인 우상으로 전락하였고, 신화 속에 등장하는 천신天神들은 분분히 인간의 시조로 모습을 바꾸었으며, 신화 역시 종교적인 성격으로 변질되고 말았다.

덕을 숭상하는 상덕尙德정신으로 인해 중국의 문화는 "덕德"의 구현을 요구받았다. 그래서 전통적으로 내려오는 수신修身, 제가齊家, 치국治國, 평천하平天下에서도 수신을 가장 먼저 언급한 것이다. 즉 먼저 수신을 한 후에야 비로소 제가를 할 수 있고, 그런 연후에 다시 치국과 평천하를 논할 수 있는 도덕적 수양을 쌓을 수 있기 때문이다. 과거 봉건사회에서 신하가 임금의 자리를 찬탈한다거나 아니면 임금이 신하를 귀향 보내거나 죽음을 내릴 때도 종종 덕을 명분으로 삼아 일을 처리하곤 하였는데, 이러한 문화적 선택은 오늘날까지도 중국 사회의 곳곳에서 여전히 그 흔적들을 찾아볼 수 있다.

부　록

부록1. ≪산해경≫의 유전遺傳과 중요 고본古本의 고평考評

부록2. 신화자료를 보존하고 있는 고적의 제요

부록1. ≪산해경≫의 유전遺傳과 중요 고본古本의 고평考評

≪산해경≫은 역대로 중국 고대의 일대 기서로 간주되어 왔다. 전서는 모두 "산경山經"과 "해경海經", 그리고 "황경荒經" 세 부분으로 나누어져 있다. "산경"은 주로 고대 산맥의 위치, 수원水原이 시작되는 곳, 각지의 초목, 조수, 기린과 거북, 광산 등의 분포지역을 기록해 놓았고, "해경(해내경을 포함)"과 "황경"은 대부분 국내외의 기인과 괴물, 그리고 일부 종족과 부락의 위치 및 그 연원을 언급해 놓았다. 고금의 학자들은 이 책에 대해서 혹은 지리서로 간주하기도 하고, 혹은 소설가의 말로 간주하기도 한다. 또한 혹은 귀괴잡기鬼怪雜記로 간주하기도 하고, 혹은 무복巫卜의 경전으로 간주하기도 하였다.

작자에 이르러서는 논쟁거리가 더 많아 옛것을 믿는 자는 고대 대우大禹·익益 등이 기록한 것이라 하고, 옛것을 의심하는 자는 진·한 시기 무렵에 만들어진 것이라 여겼으며, 심지어 일부분의 내용은 위진 시기에 만들어진 위작으로 여기기도 하였다. 그러나 일반적으로는 주周·진秦·한漢시기를 거치면서 점차 많은 사람들에 의해 덧붙여 쓰여졌으며, 최후에 한대 유향劉向 부자가 교정하여 만들었다고 알려지고 있다. 그 성질과 저술 연대에 대하여 필자는 앞으로 상세하게 논할 예정이다. 본 장에서는 다만 ≪산해경≫의 유전 과정과 몇 가지 판본에 대해 살펴보고자 한다. 고찰의 편리를 위해 ≪산해경≫을 시대에 따라 대략 한위본漢魏本·당송본唐宋本·명청본明淸本과 현행본으로 구분하였다.

1. 한위본漢魏本

1) 유향의 ≪칠략七略≫에 기재된 13권본

사적에 기재된 ≪산해경≫관련 편목이 가장 먼저 언급된 것은 서한 시대 유향의 ≪칠략≫이며, 반고班固는 ≪한서漢書≫에서 이를 수용하여 ≪예문지藝文志≫에 인용하였다. 그 〈수술략數術略〉에서 ≪산해경≫13권이 있는데, "형법류刑法類"의 으뜸이라고 하였다. "형법류"의 서문에서 "형법은 크게 구주九州의 형세를 들어 그것으로써 성곽과 실사室舍를 세우고 사람과 6축畜의 골법骨法과 도수度數, 기물器物을 형용하였다."고 하였는데, 여기서 "크게 구주의 형세를 들었다"는 해설과 금본 ≪산해경≫에 기록된 구주의 산지형세, 수원水原의 방향, 선민 부족의 상황 등의 내용과 서로 일치되고 있다.

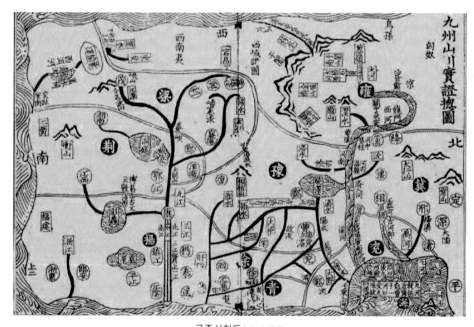

구주산천도九州山川圖

그러나 문제는 금본에 전하는 ≪산해경≫은 18편으로써, 그 편수에 있어 유향의 "13편"과 맞지 않는다는 점이다. 편수문제에 대해 명청이 래로 많은 학자들이 심혈을 기울여 왔다. 이 가운데서 가장 상세하고 철저하게 고증한 사람은 필원畢沅이다. 필원은 청 건륭 46(1781)년에 ≪산해경신교정山海經新校正≫을 편찬하고, 그 첫머리에 ≪산해경고금 본편목고山海經古今本篇目考≫를 두고 ≪산해경≫의 고·금본의 편목 수와 변천 과정을 상세하게 언급해 놓았다. 이후 학의행郝懿行은 ≪산 해경전소山海經箋疏≫에서 이 문제를 다시 논술하였다. 필원가와 학의 행 두 사람은 모두 유향이 이른바 "≪산해경≫13권"이라고 한 말은 금 본에 전하는 ≪산해경≫ 가운데 앞부분의 13편을 가리킨다고 여겼다. 즉 산경山經 5편은 남산경 1편, 서산경 1편, 북산경 1편, 동산경 1편, 중산경 1편, 해외경 4편은 해외남경 1편, 해외서경 1편, 해외북경 1편, 해외동경 1편을, 그리고 해내경 4편은 해내남경 1편, 해내서경 1편, 해 내북경 1편, 해내동경 1편을 말하며, 이 세 부분의 편수를 합하면 정 확히 13편으로, 이 중에서 현행본 가운데 전하는 "대황경" 4편과 "해내 경" 1편은 보이지 않는다.

그리고 일본학자인 소천탁치小川琢治는 자신이 편찬한 ≪산해경고山 海經考≫(상해문예출판사에서 1990년 12월에 영인한 강협암江俠庵의 편 역 ≪선진경적고先秦經籍考≫에서 보임)에서 다음과 같이 그의 주장을 피력하였다.

개인적인 생각으로는 한대에 이미 경문이 유행하였으며, 오장산경五藏 山經 5편은 체제의 편의를 위해 편집된 것으로 나누어 보면 13편이 되 다. 그 뒤에 "해외", "해내" 2경 8편을 더하게 되면 바로 고경문古經文 13편의 편목과 같게 된다.

소천탁치 선생의 결론에 비춰보면 한본漢本 13편의 13이라는 수는 바로 현행본의 오징신경五藏山經 5권(26편)을 13편으로 나누었다는 의미가 된다. 이 13편 가운데는 "해경"이 포함되어 있지 않다. 그러나 한 이전(혹은 유향이전)의 고본 ≪산해경≫에 만일 "산경"만 있고 "해경"이 없었다면 "산해경"이라는 명칭은 또 어떻게 설명할 수 있겠는가? 소천탁치는 이러한 모순을 설명하기 위하여 또 해외와 해내경 8편이 유향에 의해 산경 뒤에 붙여졌으며, 고경문의 명칭을 연용했다고 주장하는 한편, 덧붙인 8편을 정문에 포함시키지 않은 것은 고서의 가치를 드러내기 위한 조처였다고 설명하였다. 그러나 이는 그의 추측에 불과하다고 할 수 있는데, 그 이유는 학문에 엄격하였던 유향이 단순히 서책의 가치를 높이기 위해 결코 서적 자체의 내용을 홀시하지는 않았을 것이며, 더욱이 덧붙여진 8편의 수를 열거하지 않았을 리가 없기 때문이다.

오늘날 우리는 여전히 유향의 13권본이 현행본 가운데 보이는 "산경" 5편, "해외경" 4편, "해내경"("대황경" 이후의 "해내경"이 아님)을 포함하고 있다는 필원과 학의행 두 사람의 학설을 믿고 있다.

2) 유흠이 교정하고 곽박이 주석한 18권본

유흠劉歆은 유향의 아들로써 훗날 유수劉秀로 이름을 바꾸었다. 그는 부친의 뒤를 이어 ≪산해경≫을 교정하였다. 한 애제哀帝 건평建平 원년(B.C. 6년) 유흠이 ≪산해경≫을 상주하는 문장 가운데 일단락을 살펴보면,

시중봉차도위광록대부侍中奉車都尉光祿大夫 신 유수는 교정의 명을 받들이 비시의 문강을 교정히였습니다. 비서태상秘抒太常인 신이 교정한 ≪

산해경≫은 무릇 32편이었습니다만 지금 18편으로 교정하였습니다.

이 18권본은 훗날 곽박이 주석본을 만들 때 기준으로 삼았던 남본藍本이었으며, 18권은 "산경" 5권, "해외경" 4권, "해내경" 4권, 그리고 이 밖에 "대황경" 4권과 "해내경" 1권을 덧붙인 것이다.

그러나 금본 ≪산해경≫은 "남산경"으로부터 "중산경"에 이르기까지 26편이고, "해외남경"에서 "해내동경"까지의 8편과 "대황동경"에서 "해내경"까지 5편을 합하면 총 39편이 되므로, 유향의 상주문 가운데 언급한 32편과는 맞지 않는다. 이 문제를 해결하기 위해 청대의 필원은 자신의 ≪산해경신교정≫ 가운데 첫 편인 ≪산해경고금본편목고≫에서 "유수가 밝힌 것은 32편이고, 지금의 것은 오장산경과 해외해내경을 합쳐 34편이다. 이는 '이二'를 '사四'자로 오기한 것이다."고 주장하였다. 필원의 주장에 따르면 "대황경"이하 5편은 당연히 유흠이 언급한 "32"편 내에 들지 않으며, 또한 "이二"자도 당연히 "사四"자가 되어야 한다. 만일 필씨의 견해에 따르자면 "대황경" 이하 5편은 그 안에 넣을 수 없으며, 또한 총수인 18편을 모으기도 어렵다. 사실상 역대의 연구자들은 단서를 찾지 못하고 여러 가지 생각 끝에 결국 "18편이 32편(혹은 34편)의 모든 내용을 포함하고 있다"는 굴레에 쌓여 어떻게 하면 현행본 18편을 34편(혹은 32편)으로 나눌 수 있으며, 혹자는 34편을 어떻게 하면 18편으로 합칠 수 있을까 고민하였다.

지금 우리가 한번쯤 생각을 환기시켜 볼 필요가 있다. 유흠 시기에는 세상에 전하는 ≪산해경≫이나 고본 13권본 ≪산해경≫과 내용이 서로 같거나 혹은 이와 비슷한 이본이 많이 존재했을 것이며, 이러한 서적들은 모두 하·주夏周 이래의 "산해도山海圖"에 대한 해설에 연원을 두고 있을 것이다. 그러므로 유흠은 이 서적들을 수집하여 다시 교정하고, 후에 그 부친이 수록한 "13권" 이외에 또 다시 "대황동경" 이하 5편을 보중하여 18권본을 만들었을 것이다. 그리고 이 밖에 14편은 별도로 만들었기 때문에 이 십여 편의 내용은 오늘날 살펴볼 수 없게 되었을 것이다. 아마도 유흠 이후 점차적으로 소실되거나 혹은 실전되고 말았을 것이다. 그래서 후대 고서 중에는 종종 금본 ≪산해경≫에는 보이지 않는 산발적인 기록들이 보이는데, 이것이 바로 이를 증명해주는 것이라 하겠다.

≪산해경≫의 편목 증가에 대해 유흠은 대단히 신중한 태도로 접근하였다. 그는 경문 중에서 해외경과 해내경에 심혈을 기울여 다시 교정하고, 경문 뒤에 다음과 같이 표기하여 놓았다.

건평建平 원년 4월 병무丙戊에 대조태상이 교정을 희망하여 시중광록훈공·시중봉차도위광록대부 신 유수가 명을 받들었다.

그러나 새로 증보한 "대황동경" 이하 5편 말미에는 이러한 표기를 하지 않음으로써 고의적으로 체례상 구별을 두었다. 해외, 해내, 그리고 산경은 모두 남·서·북·동 방향의 순서에 따라 배열하였는데, 이에 반해 "대황경"은 동·남·서·북의 순서에 따라 배열함으로써 신 교정본과 구본 13권을 다르게 편집하였다.

동진東晉에 이르러 곽박이 유흠의 18권을 남본으로 삼아 경문에 주석을 덧붙여 놓았다. 권 첫머리에 서문을 써서 일일이 예를 들어, ≪산해경≫이 고대의 서적이라는 사실을 증명하고자 노력을 기울이는 동시에 경문 중에 등장하는 수많은 기괴한 사물 역시 대부분 믿을 만하다고 주장하였다. 그리고 원래의 목록 아래에 작은 글씨로 매 편의 경문수와 주석문의 글자 수를 덧붙여 놓았다.

곽박의 주석본은 ≪산해경≫의 유전 과정에서 유향의 교정본 이후 첫 번째 이정표라고 할 수 있다. 곽박은 경문 뒤에 경문에 대한 주음主音·석의釋義·변물辨物을 주석하였으며, 이체자와 고금자에 대해서도 고증을 해 놓았다. 그리고 지리에 대해서도 대부분 새롭게 밝혀놓았다. 주석의 문장이 비록 간단해 보이지만 경문의 뜻을 충분히 밝혀 놓았으니 ≪산해경≫에 대한 공이 크다고 하겠다.

2. 당송본

≪산해경≫은 곽박으로부터 수당을 거쳐 송에 이르기까지 많은 사람들이 베껴 쓰거나 혹은 판각하면서 고본의 원형을 보존하는 동시에, 또한 내용을 증가하거나 혹은 다시 분권이 유행하면서 당송대에 이르러 서로 다른 판본들이 많이 출현하였다. 그 가운데 23권과 18권이 가장 큰 영향을 끼쳤다.

1) 당송 23권본

≪수서隋書·경적지經籍志≫ "자부子部"에 "≪산해경≫23권은 곽박이 주석하였다."고 하며, ≪신당서新唐書·경적지經籍志≫ "을부乙部" "사록史錄·지리류地理類"에 역시 "곽박이 ≪산해경≫23권을 주석하였으며, ≪산해경도찬山海經圖贊≫2권과 ≪산해경음山海經音≫2권이 있다."고 밝히고 있다. 한대 유흠이 ≪산해경≫을 18편으로 교정하여 확정한 후 당송대에 이르는 과정에서 23권이 또 출현하였다고 하면, 증가된 5권은 도대체 무엇이란 말인가? 또 내용에 있어서 곽박의 주석본인 18권본과 당송의 23권본이 서로 다르단 말인가? 이러한 문제들은 후인들의

논쟁을 일으키기에 충분하였다. ≪사고전서총목제요四庫全書總目提要≫에서 "수당의 두 지志에서 모두 23권을 말하고 있으나, 오히려 금본에서는 5권이 적다. 이는 후인이 권질을 합치지 않았나 의심스러운데, 아마도 유수劉秀 상주문에서 언급한 18편이라는 수에 맞추기 위한 것으로 누락되지는 않았다."고 했는데, 즉 ≪제요≫에서는 수당의 23권본이 바로 곽박 주석본의 원본이라고 여겼으며, 지금 전하는 18권본은 바로 당송이후의 사람들이 23권본을 합쳐 만든 것으로 이해했던 것 같다. 후에 필원은 수당의 두 지志에 기록된 23권과 현행본 18권은 완전히 일치한다고 여겼으나, 학의행은 ≪산해경전소≫ 중에서 이 일을 당혹스러워하며 자서에 다음과 같이 밝히고 있다.

≪수서 · 경적지≫에서는 "≪산해경≫ 23권"을 말하고, ≪구당서≫에서는 "18권"이라 한다. 또 ≪도찬圖贊≫ 2권과 ≪음音≫ 2권은 모두 곽박이 편찬한 것이다. 이 18권에 다시 4권을 더하면 22권이 되므로 ≪경적지≫에서 언급한 23권과 부합되지 않는다.

학의행은 23권을 만들기 위해 ≪산해경도찬≫2권과 ≪산해경음≫2권을 18권에 덧붙였으나, 여전히 23권이 되기에는 부족하였다. 사실상 23권 중에는 ≪도찬≫과 ≪음≫이 포함되지 않는다. ≪신당서 · 경적지≫에 "≪산해경≫23권"이라는 말 뒤에 이어서 "또 ≪산해경도찬≫2권과 ≪음≫2권"이 있다고 언급하였는데, 여기서 당송시기 ≪도찬≫2권과 ≪음≫2권, 그리고 23권본 ≪산해경≫이 함께 세상에 유행하였으나, 서로 아무런 관계도 없다는 사실을 알 수 있다.

우리는 ≪수서≫와 ≪신당서≫의 "경적지"에 기재된 23권이 바로 유흠이 전한 18권본으로 이해하고 있는데, 이 점에 대해 ≪사고전서총

목제요≫와 필원 등이 이미 앞에서 밝힌 바와 같이 ≪제요≫에서 언급한 금본 18권은 고본 23권이 합쳐진 것이라는 주장 역시 타당성이 부족하기 때문에 당송 23권본은 당연히 고본 18권이 분할되어 나눈 것으로 봐야 할 것이다. 이 점에 대해 증거로 삼을만한 두 가지 근거가 있다.

첫 번째, 장금오張金吾의 ≪애일정려장서속지愛日精廬藏書續志≫에 송인 우무尤袤의 발문에 다음과 같은 말이 전한다.

처음에 나는 경도京都에서 구인본舊印本 3권을 얻었으나 대단히 남루하였다. 이어서 "도장본道藏本"과 남산경·동산경 각 1권을 얻었다. 서산경·북산경은 각기 상·하 두 권으로, 중산경은 상·중·하 세권으로 나누어져 있었고, 별도로 중산동북中山東北 1권이 있었다. 해외남·해외동·해내서남·해내동북·대황동남·대황서·대황북·해내경 등 총 18권이다. 비록 편목이 균일해 보이지만 실제로는 서로 뒤엉켜 편목이 들쑥날쑥하다. 유흠이 교정했다고 하는 남·서·북·동경과 중산경으로 이루어진 "오장산경五藏山經"을 얻었는데 5권으로 그 문장이 가장 많다. 해내·해외·대황 3경은 서·남·북·동 각 1편, 해내·해외와 대황 3경은 남·서·북·동 각 1편, 아울러 해내경 1편을 더하면 총 18편이다. 많은 경우는 18책이고 적은 것은 2, 3책으로 비록 권질이 균일하지는 않으나 편차의 배열이 가장 오래된 것이라 드디어 정본으로 삼았다.

우무의 발문을 통해서 당송시대에는 유흠이 원래 정리했던 편차와 다른 판본이 유전되고 있었다는 사실을 엿볼 수 있다. 그런데 이러한 판본은 각 권의 분량을 대체적으로 비슷하게 고려함으로써 원래 경문의 편차를 다시 배열하여 조합하였다. 즉 원래의 경전 중에서 "산경"을 나누어 10권을 만들고 별도로 13권을 합하여 8권으로 정리하여 새로운 18권본을 만들었던 것이다.

두 번째, 당송 23권본이 바로 유흠의 18권본이라는 주장에 대해 송인들의 전적 중에서 그 증거를 찾아 볼 수 있다. 남송시대에 완성된 ≪중흥서목中興書目≫에서 "≪산해경≫18권은 곽박이 전하였으며, 무릇 23편이다. 매 권마다 찬이 있다."고 하였다. 이로써 볼 때 우리는 당송 23권본이 남송대에 이르러서도 세상에 계속 유전되고 있었다는 사실을 추측해 볼 수 있다. 유흠의 고본 18편이 23편으로 나누어졌으며, 아울러 ≪도찬圖贊≫을 매 권 중간에 덧붙여 편찬했다는 사실도 충분히 추측해 볼 수 있다.

2) 당송 18권본

18권본은 대체로 두 가지 판본이 있다. 하나는 진晉에서 유전되어 내려온 곽박주 18권본이고, 또 다른 하나는 우무가 얻은 곽박주 "도장본道藏本"이다.

우무가 얻은 "도장본" 역시 18권인데, 다만 그 분권방식이 다를 뿐이다. 즉 "산경"을 10권으로 나누고 "해외남경" 이하를 8권으로 합쳐 (전문에 인용된 우무의 발문에 보임) 만들었다.

또 다른 19권본은 즉 우무가 "도장본"을 계승한 이후 또 다시 얻은 유흠이 교정한 고본이다. 이러한 고본과 다른 판본들이 당송시기에 세상에 유전하였다. 그래서 ≪구당서≫에 ≪산해경≫18권이 기재되어 있고, 남송초기에 완성된 조공무晁公武의 ≪군재독서지郡齋讀書志 · 지리지地理志≫에도 역시 "≪산해경≫18권"이 기재되어 있다.

이외에 장금오의 ≪애일정려장서속집≫권3 "소설류"에 "≪산해경≫은 3권이다. 모부계毛斧季가 송대의 우무본을 교정하였다."고 하고 그 뒤에 일일이 "진곽씨박전晋郭氏璞傳", "곽박서郭璞序", "유수교정산해경상언劉秀校定山海經上言", "순희경자우무발문淳熙庚子尤袤跋文", "이해문팽발문己亥文彭跋文" 등을 열거하였다. 이 책의 원본은 이미 전하지 않기 때문에 기록의 내용으로 볼 때, 우씨가 가장 먼저 얻은 것은 경도京都 3권 각본이라고 생각된다.

3. 명청본

위의 문장에서 언급한 바와 같이 한대 이래로 세상에 전하는 ≪산해경≫의 주요 판본으로는 4종이 있다. 즉 유향의 13권본으로 유흠이 교정하고 곽박이 주석을 단 18권본, 그리고 당송 23권본과 송대의 3권본이다. 유흠의 18권본 이외에 나머지 다른 판본은 대부분 유실되어 오늘에 전하지 않고 있어 그 원래의 모습을 엿볼 수가 없다. 오늘날 볼 수 있는 판본은 대부분 명청대에 간행된 판본이다. 다음과 같이 주요 판본을 소개하고자 한다.

1) 도장18권본

"도장道藏"은 바로 도교 서적의 집대성으로 당대부터 시작하여 송대에 완성되었다. 송대 "도장"본에 ≪산해경≫18권이 있는데, 바로 남송 우무가 얻은 것이다. 그러나 송의 "도장"본은 실전되어 이미 그 전체의 모습을 볼 수가 없다. 명대에 이르러 다시 "도장" 가운데 ≪산해경≫18권을 편집히여 정통正統 연간에 간행하였다.

명대의 ≪산해경≫ "도장"본 18권은 비록 18권 가운데 14, 15권이 누락되어 있지만 명대로부터 유전된 판본 가운데 가장 좋은 것으로 공인받고 있다. 청대의 필원과 학의행 등은 모두 대부분 이 책에 근거를 두고 주식을 하였다. 1923~1926년간에 상해 함분루涵芬樓에서 북경의 백운관白雲觀이 소장한 명 정통 도장본을 영인하여 간행하였다. 1987년 문물출판사·상해서점과 천진고적출판사 등이 연합하여 명대 "도장"본을 다시 간행함에 따라 "도장"본 ≪산해경≫이 세상에 널리 전하게 되었다.

2) (청) 오임신吳任臣의 ≪산해경광주山海經廣注≫18권

≪산해경광주≫는 곽박의 주석을 계승한 주석서 가운데 ≪산해경≫에 대한 주석이 가장 상세한 역작이다. ≪사고제요四庫提要≫에서 "이 책은 곽박의 ≪산해경주≫를 계승하는 동시에 그 내용을 보충하였다. 그래서 ≪광주廣注≫라고 한 것이다. 명물名物·훈고訓詁·산천과 길, 촌락 등에 대해 모두 수정을 가하였다. 비록 기이한 것을 좋아하여 인용한 근거가 조금 번잡하다고 할 수 있다. …… 그러나 널리 두루 섭렵하여 고증의 자료로 활용하기에 족하다고 하겠다."고 평하였다.

필원은 ≪산해경고금본편목고≫에서 이 책에 대해 "≪노사路史≫·육조·당송인의 시문 및 ≪삼재도회三才圖會≫·≪변아騈雅≫·≪자회字匯≫ 등을 너무 많이 인용하여 경문을 논증하였다"고 하면서 "취할 것이 없다"고 비평하였다. 이 논지로 보면 오씨의 책이 조금은 번잡하고 옥석이 공존하지만 그래도 자료의 풍부함은 경문을 연구하고 이해하는데 더할 나위 없이 좋은 책으로 크게 시야를 넓힐 수 있다. 비록 탁월한 업적을 남겼다고는 할 수 없지만 그래도 고생하여 만든 공이 있다고 하겠다. 현존하는 이 책의 주요 판본은 ≪사고전서≫본과 ≪학의서원學義書院≫본이 있다.

3) 왕보汪黼의 ≪산해경존山海经存≫18편(9권)

이 책은 왕씨가 손으로 쓴 필사본이었다. 시만래時蔓萊의 발문에 의하면 "왕쌍지汪雙池 선생이 유서遺書 20여종을 판각하기 전에 무원여향현婺源余鄕縣의 공수서公秀書 선생 집에 200여년간 보존되어 있었다."고한다. 청대 광서 년간에 이르러 조전여趙展如가 왕씨 유서의 간행을 제창하여 ≪산해경존≫이 비로소 세상에 모습을 들어내게 되었다. 왕씨의 책은 원래 6, 7권 두 권이 누락된 것을 청대 광서 년간에 조전여등이 간행하면서 이를 보충해 넣었다.

이 책은 그림과 경문이 함께 실려 있다. 시만래가 "그림은 오씨·학씨본에 비해 더욱 세밀하다."고 평하였는데, 지금 이 그림을 보면 그림이 매우 정밀하여 마치 살아 움직이는 듯하며, 매 편의 경문 뒤에 상응하는 그림을 덧붙여 놓았다. 판본의 가치에 있어서 ≪구씨서목瞿氏書目≫은 송본의 체제와 비슷해 이를 근거로 송본 ≪산해경≫의 특징을 살펴볼 수 있다. 내용에 있어서도 일부 내용이 현행본과 다르며, 교감측면에서도 또한 충분한 가치를 지니고 있다. 예를 들어 ≪남산경≫ 제1편에서 "또 동쪽 3백리에 기산基山이 있는데, 산의 남쪽에서는옥이 많이 나고 산의 북쪽에서는 괴석이 많이 난다."고 했는데, 이에대해 왕씨는 주석에서 "광동의 남쪽과 복건의 팽호도澎湖島에서 이석異石이 많이 난다."고 하였다. 현행본에서는 모두 "…… 그 북쪽에 나무가 많이 난다."고 하였으니, 왕씨의 본이 인쇄 혹은 필사의 잘못이 아니라 분명히 다른 문장이라는 사실을 알 수 있다. 현재 전하는 왕씨의책은 청 광서 21년 입설재立雪齋의 석인본이다. 1984년 항주고적서점에서 입설재 영인본에 근거하여 단행본을 출간하였다.

4) 청 필원 ≪산해경신교정山海經新校正≫18권

이 책은 경문의 주해나 지리의 고증 등을 막론하고 판본의 유전이나 경전 교감에 있어서 더할 나위 없이 훌륭한 작품으로 ≪산해경≫ 유전에 있어서 두 번째 이정표라고 하겠다. 그 가치는 구체적으로 아래와 같이 몇 가지 방면에서 찾아 볼 수 있다.

(1) 주석이 상세하지만 견강부회하지 않았다. ≪산해경≫ 주석의 대가로는 유흠 이후 곽박郭璞·오임신吳任臣·왕보汪黻 등을 들 수 있다. 곽박과 왕보 두 사람은 간략하면서도 정밀하여 소홀함이 없었다. 반면, 오씨는 비록 두루 널리 학설을 구하였다고는 하지만 또한 소설가의 말을 많이 인용하였다. 필씨는 제현諸賢의 주석을 토대로 먼저 경문을 열거하고, 그 뒤에 곽박의 주석을, 그리고 다시 그 뒤에 자신의 견해를 피력하였는데, 대부분 송대이전과 대표적인 성격을 지닌 후대의 전적을 인용하여 문의를 주석하고 주음注音을 덧붙였다.

(2) 지리의 고증에 탁월한 업적을 남겼다. 필씨의 서적이 ≪산해경≫에 끼친 가장 큰 공헌은 바로 지리에 대한 고증이다. "지리고증은 ≪수경주≫를 비롯하여 ≪구경전주九經箋注≫·≪사가지지史家地志≫·≪원화군현지元和郡縣志≫·≪태평황우기太平寰宇記≫·≪통전通典≫·≪통고通考≫·≪통지通志≫ 및 근세의 지방지까지 근거로 삼지 않은 것이 없을 정도이다."(손성연孫星衍 ≪후서後序≫)라고 하여 ≪산해경≫을 고지리古地理 책으로 인정하였다.

(3) 판본의 유전과 변이를 고증하였다. 권 머리에 필씨의 ≪산해경고금본편목고山海經古今本篇目考≫가 있는데, 이 문장은 처음으로 ≪산해경≫과 관련된 판본과 유전 과정에 대해서 체계적으로 논술한 문장이라고 할 수 있다. 필씨는 "남산경"에서 "해내동경"에 이르는 13편은

한대에 합쳐진 것(즉 유향의 13권본)이며, 현행 18권본은 유흠이 증보한 것으로 현행본은 유흠의 손에서 이루어졌다고 간주하였다. 동시에 필씨는 경문이 쓰여진 년대에 대해서도 서문 중에서 "오장산경五藏山經 34편은 사실 우서禹書이다. …… '해외경' 4편, '해내경' 4편은 주진周秦을 거치면서 쓰여진 것"이며, 또 "'대황경' 이하는 유흠이 증보한 것"이라는 견해를 내세웠다.

(4) 경문의 교감이 매우 정확하고 상세하다. 주음注音과 석의釋義에 있어서 필씨는 고적을 인용하여 경문의 위조한 내용, 덧붙여진 내용, 문장의 누락 등을 수정하는 동시에 경문에 잘못 삽입된 곽박의 주석문을 구분해 놓음으로써 ≪산해경≫의 중요한 텍스트가 되었다.

현존하는 이 책의 주요 판본은 경훈당총서본經訓堂叢書本과 22자본子本이 있다.

5) 청 학의행 ≪산해경전소山海經箋疏≫18권

이 책은 필씨의 ≪신교정≫ 이후 나온 불후의 역작으로써 ≪산해경≫ 유전 과정 중에서 세 번째 이정표라고 할 수 있다. 완원阮元은 서문에서 "학씨는 경문의 연구에 심혈을 기울여 전소箋疏를 덧붙이고 뜻을 분명히 밝혔으나 지나치지 않는 훌륭한 문장을 이루었다."고 평하였는데, 이는 헛된 말이 아니다.

학씨의 책은 필씨 이후 완성된 것으로 필씨의 책을 토대로 한 걸음 더 발전되었다. 그 가치는 아래와 같이 세 가지 방면에서 구현되었다.

(1) 경전의 이동異同을 변석하여 교정하였다. 학씨는 자서自序에서 "(오吳와 필畢)의 두 저술은 후대에 커다란 공을 세웠다. 이동異同을 변석하고 위작과 오류를 바로 잡아 상세하게 집필해 놓았다. 지금의 논

술은 이 두 사람의 장점을 겸취하여 전소箋疏를 만들었다."고 밝히고 있다. 학씨는 ≪수경주≫·≪이아≫·≪옥편≫·≪문선주≫등의 전적을 참고하여 상세한 고증을 통해 경문을 바로 잡고 전문의 오류를 수정한 후 정문 뒤에 ≪정위訂僞≫ 1권을 만들어 덧붙였다.

(2) 일문逸文에 대한 인용이 비교적 적합하다. 학씨의 주석 중에는 다른 서적의 일문이 많이 인용되어 있는데, 이는 경문과 비교를 통해 서로 증명한 것으로 참고할 만하다.

(3) 정문正文 뒤에 "도찬圖贊" 1권을 덧붙여 놓았다. 이 도찬은 명의 도장본道藏本을 근거로 하고 있는데, ≪대황경≫이하의 명 장본藏本에 서 "도찬"이 누락되어 있는 것을 학씨가 심혈을 기울여 고서에서 자료 를 찾아 증보하였다.

필씨의 ≪신교정≫과 학씨의 ≪전소≫를 서로 비교해 보면 각자 나름대로 장점을 가지고 있다. 필씨의 장점은 지리의 고증에 있고, 학 씨의 뛰어난 점은 자구字句의 정정에 있어 양자의 우열을 가리기가 쉽 지 않다. 양자는 ≪산해경≫의 연구에 있어 새로운 영역을 개척하였 다고 할 수 있다.

현존하는 학씨의 주요 판본은 학씨유서본郝氏遺書本·용계정사총서본 龍溪精舍叢書本·사부비요본四部備要本 등이 있다.

이밖에 명청대의 판본으로는 명대 양신楊愼의 ≪산해경보주山海經補注≫, 왕문환王文煥의 ≪산해경석의山海經釋義≫18권 및 오관吳琯이 간 행한 ≪산해경≫18권이 있다.

부록2. 신화자료를 보존하고 있는 고적의 제요

　　중화민족의 훌륭한 선조들은 무지몽매한 원시시대로부터 문명의 시대로 접어드는 기나 긴 세월을 거치면서, 그들의 유치함과 환상은 현실생활의 풍부한 경험과 체험을 바탕으로 눈부시게 아름다운 신화를 창조해 내었다. 이렇게 입과 귀로 전해져 온 기이한 고사들은 고대 사람들의 지혜와 선사시대의 역사를 충실하게 반영하고 있어 고대를 연구할 수 있는 중요한 자료로 활용되고 있다. 그러나 안타깝게도 여러 가지 원인들로 인해 이러한 신화가 사시史詩 형식으로써 문명사회에 전해지지 못했고, 또한 전문서적으로 편찬되어 보존되지도 못하였다. 다만 경經·사史·자子·집集 중에서 그 편린들을 찾아 볼 수 있을 뿐이다.

　　후대 전적 중에서 때때로 신화와 역사가 섞여 있기도 하고, 또 고대의 신화와 후대의 전설과 선화仙話가 서로 융합되기도 했다. 심지어 사람들이 인위적으로 신화를 창조하는 현상까지 등장하여 신화 애호가들도 그 진위를 구분하기 어렵게 되었다. 여기서 고대의 신화자료가 비교적 많이 보존되어 있으며, 신화적 가치를 지니고 있는 고적에 대해 소개해 보고자 한다.

1. ≪상서尚書≫

≪상서≫는 일찍이 ≪서書≫라고 칭하였으며, 후대에 ≪서경書經≫으로 부르기도 하였다. 전하는 바에 따르면 공자가 산정刪定하였다고 하며, 내용은 고대의 하·상·주 삼대의 정치관련 문헌을 수록한 총집이다. 이 중에서 ≪우서虞書≫의 ≪요전堯典≫·≪순전舜典≫·≪대우모大禹謨≫·≪고도모皐陶謨≫·≪익직益稷≫·≪우공禹貢≫·≪홍범洪範≫ 등은 모두 후대의 유생들이 증보한 것이다. 서한시대에는 복생伏生이 전한 ≪금문상서≫28편이 존재하였으나, 한 무제 때 공자의 고택에서 ≪고문상서≫가 발견되었으며, 진인晉人 매색梅賾이 헌상한 ≪위고문상서僞古文尚書≫가 있었다. ≪십삼경주소十三經注疏≫에서는 ≪금문상서≫와 ≪고문상서≫를 합편하여 지금에 이르고 있다.

비록 현재 전하는 ≪상서≫의 전편이 모두 하·상·주시대의 문헌이 아니라고는 하지만 고대의 고사와 신화전설이 폭넓게 수록되어 있다. 예를 들어, ≪요전≫에는 희羲·화和·요堯·공공共工·곤鯀·단주丹朱 등의 관계를 기록해 놓았으며, ≪순전≫ 중에는 순에 의해 우산에 갇혀 죽었다고 하는 "사흉四凶"과 우를 천거하게 된 경위, 직稷·설契·고도皐陶·수垂·주朱·호虎·웅熊·비羆·기夔·용龍 등의 신화전설 중의 인물 등이 언급되어 있다. 또한 ≪여형呂刑≫에는 치우의 반란에 대한 내용이 기록되어 있어, 중국 고대신화 연구에 참고 할 만한 가치를 지니고 있다.

이처럼 ≪상서≫의 내용을 통하여 선진·양한시대의 유가들이 신화를 역사화한 과정과 그 수단 및 방법 등을 탐구해 볼 수 있으며, 또 한편으로는 고대신화에 대한 내용을 보충하고 인증할 수 있다. 현재 전하는 ≪상서≫ 단행본은 여러 판본이 있다.

2. ≪좌전左傳≫

≪좌전≫은 춘추시대 좌구명左丘明이 지은 서적으로 대형 편년체로 쓰여진 사서이며, "춘추삼전" 가운데 하나이다. 원래의 명칭은 ≪춘추좌씨전≫이었으며, 또한 ≪좌씨춘추≫라고도 부른다. 사건을 기록한 시점은 노魯 나라 은공隱公 원년(B.C. 722년)에서 시작하여 애공哀公 27년(B.C. 468년)까지 춘추시대의 정치·군사·외교·문화 등의 각 내용을 기록해 놓았다.

이 책은 역사서이기는 하지만 그 가운데 적지 않은 고대의 전설내용이 포함되어 있다. 예를 들어, "희공僖公 31년에 주住·숙宿·수구須句·전유顓臾는 풍성風姓으로 태호太皞와 유제有濟의 사당을 맡아 관리하였으며, 하夏나라를 섬겼다." 또 "희공 26년에 기자夔子는 축융祝融과 죽웅鬻熊에게 제사를 지내지 않는다고 멸망을 당했다."라는 기록들은 우리가 신화시대의 씨족발전사를 고찰하는데 많은 도움을 준다. 그리고 또 어떤 자료들은 아직도 그대로 선명한 신화의 특질을 지니고 있기도 하다. 예를 들어, "소공昭公 원년에 자산子産은 옛날 고신씨高辛氏에게는 두 아들이 있었는데, 큰 아들은 알백閼伯이라 하였다. 작은 아들은 실침實沈이라 하는데, 광림曠林에 살면서 서로 화합하지 못해 날마다 전쟁을 일으켜 서로를 정벌하고자 하였다. 훗날 제帝가 좋게 생각하지 않아 알백을 상구商丘로 이주시키고 화성을 제사지내도록 하였다. 이러한 까닭에 상인들은 화성을 상나라를 상징하는 별로 삼았으며, 실침을 대하의 땅에 이주시키고 수성水星에게 제사를 지내도록 하였다. 요의 후손인 당인唐人들은 하夏와 상商을 섬겼다."는 말을 남기고 있는데, 이는 사실상 상商과 삼參이라는 두 별에 대한 옛사람들의 신화적 해석이라고 볼 수 있다. 이 외에도 소공 7년에 기재된 담자郯子

의 말을 통해 염제炎帝·황제黃帝·태호太皞 등 씨족의 토템신앙을 이해할 수 있으며, 문공文公 18년에는 고양씨의 팔재자八才子, 고신씨의 팔재자, 요순시대의 사흉족四凶族 등의 내용이 기록되어 있다. 이 외에도 고대의 신화가 풍부하게 실려 있다.

3. ≪국어國語≫

≪국어≫는 각 나라를 나누어 기록한 역사서로써 기언記言을 위주로 하고 있는 까닭에 ≪국어≫라고 일컬었다. 이 책은 춘추시대의 주周·노魯·제齊·진晋·정鄭·초楚·오吳·월越 등의 8개국의 역사를 기록하고 있다. 전하는 바에 따르면 좌구명이 저술했다고 하나 사실은 전국시대의 사람이 쓴 작품이다. 이 책에서는 역사를 기록할 때 때때로 고대의 신화와 전설을 언급하고 있는데, 이 중에서 어떤 내용은 대단히 중요한 자료적 성격을 지니고 있다.

예를 들어, ≪노어魯語≫상上에서 "황제는 모든 사물에 이름을 지어 백성들이 알게 하였고, 또한 나라의 재물을 나누어 주었다. 전욱은 황제의 공적을 계승하였다. 제곡은 해·달·별의 운행에 의거하여 계절의 변화를 정하여 백성들이 안심하고 농업에 종사하도록 하였다. 요는 형법을 공정하게 하여 백성들의 행동에 모범으로 삼았다. 순은 백성들을 위해 부지런히 수고하다가 창오蒼梧의 들에서 죽었다."는 내용이 수록되어 있는데, 여기서 "오제五帝"의 순서와 그 공적이 분명하게 열거되어 있다. 이 외에 본편에서는 열산씨列山氏·주柱·공공共公·곤鯀·우禹 등 신화와 전설 중의 인물과 그들의 후대 씨족에 대해서 언급하고 있는데, 이는 바로 중국 고대신화의 역사화에 있어 매우 중요한 전환점이 되었다. 또 예를 들어, ≪정어鄭語≫중에도 전욱의 후손이라고 전해지는 여덟 성씨에 대한 기록을 남기고 있는데, 각 성씨별로 그 원류를 논증해 놓고 있어 중국 고대신화를 연구하는데 커다란 도움을 주고 있다.

이 책은 위소韋昭의 주석본이 있는데, 각 대형 총서에 모두 수록되어 있다. 1987년 상해서점에서 영인하여 단행본으로 출간하였다.

4. ≪산해경山海經≫

현행본 ≪산해경≫34권은 현재 전해지는 중국의 고대신화 서적 가운데 가장 풍부한 내용을 담고 있다. 전하는 바에 따르면, 하우夏禹 혹은 우의 신하인 익益이 지었다고 한다. 그러나 내용상으로 볼 때, 춘추전국시대와 한대의 많은 사람들의 손을 거치는 과정에서 내용이 풍부해졌으며, 심지어 어떤 내용은 위진시대 사람들이 첨부한 경우도 있다. 이 책은 유향과 유흠 부자가 편집했다고 전한다.

한대에 ≪산해경≫은 지리서로 간주되었다. 그래서 ≪한서·예문지≫에 유향과 유흠 부자의 ≪칠략七略≫이 기록되어 있는데, "수술략數術略"에서 형법류 안에 ≪산해경≫13권을 분류해 놓았다. 반고는 서문에서 "형법은 크게 구주九州의 형세를 들어 그것으로써 성곽과 실사室舍를 세우고 사람과 6축畜의 골법骨法과 도수度數, 기물器物을 형용하였다. ……"고 하였는데, 여기서 "크게 구주의 형세를 들어"라는 말이 가리키는 것은 분명 ≪산해경≫을 일컫는 말이다. 또 ≪후한서·왕경전王景傳≫에 동한의 왕경이 황하의 제방을 쌓을 때 명제明帝가 ≪산해경≫과 ≪우공도禹公圖≫를 하사하였으니, 이 역시 한대인들이 ≪산해경

≫을 산천과 여지輿地를 기록한 지리서로 간주하였다는 사실을 증명해 준다. 후대 사서의 "경직지"와 대형 총서에 이르러 사람들은 간혹 이를 "사부史部"에 편입시키기도 한 것을 보면 지리서로 간주한 것이 분명하며, 혹 "자부子部"에 편입시키기도 하였는데, 이는 이상한 말을 하는 소설가의 말로 간주했기 때문이다. 예를 들어, 기윤紀昀의 ≪사고전서·산해경제요≫에서 ≪산해경≫은 "소설가운데 가장 오래된 것이다"고 말하였고, 근인 노신魯迅은 "무복巫卜"을 논한 책이라고 주장하였다.

후인들이 어떠한 성격을 부여했든 ≪산해경≫에서는 기이한 상상과 언어로 산천과 지리를 표현하고 있을 뿐만 아니라 고대의 진귀한 신화 자료가 많이 보존되어 있다는 사실은 누구도 부인할 수 없을 것이다.

이 책은 "산경"·"해경"·"황경"의 세 부분으로 나누어져 있으며, "산경"은 산맥의 방향, 강물의 시작과 끝, 각지의 물산, 풍속 등을 수록했으며, 그 중에는 적지 않은 산수와 사물에 관련된 신과 요정이 등장하는데, 모두 중국 원시신화의 성질을 갖추고 있다. "해경"과 "황경"은 대부분 이역異域, 기인, 괴물, 신령 등과 관련된 신화적 내용이 가장 많이 묘사되어 있다. 이 두 경문을 통해 우리는 황제의 신계, 태호太皥의 신계, 염제의 신계, 소호少昊의 신계 등 중국 고대 신화 가운데 주신계의 연원과 갈래를 살펴볼 수 있으며, 후세의 여러 전적에서 거의 종적을 감춘 제준帝俊과 그 신계의 세보世譜를 살펴볼 수 있다. 더욱이 이 신계의 상세함과 규모에 있어서 염제와 황제의 신계를 능가한다는 사실을 새롭게 발견할 수 있다.

≪산해경≫ 가운데 보존된 신화는 예를 들어, "과보축일夸父逐日", "곤우치수鯀禹治水", "정위전해精衛塡海", "황제전치우黃帝戰蚩尤", "일월지생日月之生" 등 모두 후세에 유전되는 경전의 편린들이라고 할 수 있다.

≪산해경≫이 비록 신화를 기록한 전문서적은 아니지만, 역사서나 철학서도 아니고, 더더욱 유가경전도 아닌 까닭에 그 내용에 있어서 선진양한 이래 사상의 영향을 비교적 적게 받아 신화의 고풍스런 특색을 고스란히 보존할 수 있었다. ≪산해경≫은 오늘날 고대의 신화를 연구하는데 중요한 근거가 될 뿐만 아니라, ≪산해경≫을 통해 봉건사회 안에서 이루어진 고대신화의 개조와 그 방식에 대해 서로 고찰해 볼 수 있는 근거가 되고 있다. 그래서 우리는 ≪산해경≫을 통해 중국 고대신화의 원형을 다시 엿볼 수 있으며, 고대 선민들의 생동하는 영기를 느낄 수 있다.

≪한서・예문지≫에 의하면, ≪산해경≫13권에는 당연히 "황경"4편과 "해내경"1편이 포함되어 있지 않다. 후에 유수劉秀가 상주한 ≪산해경≫18권은 바로 이 다섯 편을 포함시킨 것으로 오늘날 유전되는 18권본의 저본이 되었다. 한대 이래로 ≪산해경≫에 대한 많은 주석이 출현하였고, 판본 역시 차이를 보인다. 이 중에서 영향력이 가장 큰 것은 역시 진대 곽박의 ≪산해경주≫이고, 그 다음은 청대 필원畢沅의 ≪산해경신교정≫과 학의행郝懿行의 ≪산해경전소≫라고 할 수 있다. 이 세 가지 서적은 모두 18권이며, 고대 ≪산해경≫ 3대 주석본의 이정표적 성격을 가지고 있다.

곽박의 주석본은 경문에 대해 주음・석의・변물辨物 등을 덧붙였으며, 특히 이체자와 고금자古今字에 대해 철저하게 고증하였고, 또한 지리도 새롭게 밝혀 놓았다. 주석의 초점이 명확하면서도 번잡하지 않아 후대 주석본의 근거가 되었다. 필원의 주석본은 ≪산해경≫ 판본의 유전과 변이, 경문의 석의와 주음 등을 고증하였는데, 이 중에서도 가장 큰 공헌은 바로 지리명물地理名物에 있어서 그 어느 주석서보다 탁월한 업적을 남겼다는 점이다. 현존하는 주요 판본으로는 경훈당총서본과 22자본이 있다. 학의행의 주석본은 여러 주석서의 장점을 취하는 동시에 일문逸文을 인용하여 비교적 합리적인 성과를 서두었다. 특히, 이 중에서 가장 큰 특징은 경문의 자구에 대한 정정이라고 할 수 있다. 현존하는 주요 판본으로는 학씨유서본郝氏遺書本과 용계정사총서龍溪精舍叢書, 그리고 사부비요본四部備要本이 있다.

　이상 위에서 언급한 3종의 주석서 이외에 비교적 가치를 인정받는 주석본은 명대 양신楊愼의 ≪산해경보주山海經補注≫1권, 명대 왕문환王文煥의 ≪산해경석의山海經釋義≫18권, 청대 오임신吳任臣의 ≪산해경광주山海經廣注≫18권과 왕불汪紱의 ≪산해경존山海經存≫18편(9권)이다.

5. ≪산해경도山海經圖≫

　≪산해경도≫에 관하여 학자들의 고증과 논의를 거친 결과 "도圖"와 "경經"이 병행한다는 결론을 얻었다. 명대 양신楊愼의 ≪산해경≫ 서문에서 다음과 같이 언급하였다.

　≪좌전≫에 이르길 "예전에 하나라에 덕이 있을 때 먼 곳의 물건을 그림으로 그리게 하고, 구주九州의 제후로 하여금 청동을 진상하게 하여 아홉 개의 정鼎을 만들고, 그 위에 모든 그림을 새겨 놓고 백성들에게 신물神物과 괴물怪物을 알도록 하였다. 그래서 백성들이 냇가나 연못 산림에 들어가서 자신에게 해를 끼치는 것들을 피할 수 있도록 하였다. 그리하여 짐승의 형상을 한 리매螭魅나 도깨비 망량魍魎을 만나지 않게 되었다."고 하였는데, 이는 ≪산해경≫을 저술하게 된 까닭이다. 우禹는 치수에 성공하여 왕위를 양위 받아 천하를 다스리게 되었다. 이에 구주의 제후들이 청동을 진상하도록 하여 정을 주조하게 하고,

정위의 형상은 먼 곳의 그림에서 취하였다. 기괴한 산, 기묘한 물, 기묘한 풀, 기묘한 나무, 기묘한 짐승 등에 대하여 그 형상과 특징, 그리고 종류를 구분하여 말하였다. 혹은 보거나 들은 신기하고 놀랄만한 이야기들을 하나하나 모두 기록해 놓았다. 그 내용 가운데 보존할만한 것은 ≪우공禹公≫편에 모두 갖추어져 있다. 기괴하여 법도를 따르지 않는 것을 아홉 개의 정에 모두 그려놓았다. 구정이 완성되자 각 나라에 보였다. …… 이를 일러 ≪산해도≫라 하였고, 그 가운데 문장을 일러 ≪산해경≫이라 하였다. 진대에 이르러 구정이 소실되었으나 "도"와 "경"은 존재하였다. 진晉 도연명의 시에서 "산해도를 보았다"고 한 것은 완씨阮氏의 칠록七錄에 기록된 양梁 장승요張僧繇의 ≪산해도≫로써 증명할 수 있을 것이다.

지금 양씨의 설을 볼 때, 비록 사실에 관한 구체적인 내용은 고증이 좀 더 필요하겠지만, ≪산해도山海圖≫의 진실성은 오히려 믿을 만한 것으로 결코 허구는 아닌 것 같다. 우리가 금본 ≪산해경≫ 중의 "해경"과 "황경"을 보면 때때로 경문을 해설한 도화圖畵의 흔적을 엿볼 수 있다.

기괵국奇肱國은 하후계夏后啓의 북쪽에 있으며, 이 곳의 사람은 팔이 하나 눈이 세 개가 있는데, 움푹 들어가기도 하고 툭 튀어나오기도 했으며, 붉은 갈기의 말을 탄다. 새가 한 마리 있는데 두 개의 머리에 몸은 홍황색이며 그들 옆에 있다. (≪해외서경≫)

여축女丑의 시체가 이곳에 가로 눕혀 있는데, 그녀는 생전에 하늘의 열 개의 태양빛에 타 죽었다. 그녀 남편의 나라는 북쪽에 있는데, 죽기 전에 오른 손으로 자신의 얼굴을 가렸다. 열 개의 태양이 저 하늘 높이 있고 여축의 시체가 산 아래에 있었기 때문이다. (≪해외서경≫)

대봉국大封國은 견융국犬戎國이라고 불렸는데, 그 곳 사람의 생김새가 개와 같기 때문이다. 어떤 한 여자가 마침 무릎을 꿇고 술과 음식을 올리고 있었다. 오색무늬가 온 몸에 둘러져 있고, 흰색바탕에 붉은 갈기에 눈빛은 황금색인 말이 있는데 길량吉量이라고 한다. 누가 만일 이 말을 타면 천살을 능히 살 수 있다. (≪해내북경≫)

영민국盈民國이 있는데, 어於씨 성을 가졌으며, 기장을 먹고 또 어떤 사람은 나뭇잎을 먹기도 한다. (≪대황남경≫)

이와 같은 말은 ≪산해경≫에서 얼마든지 손쉽게 찾아 볼 수 있지만 경문을 말하는 것보다는 도화圖畵를 통해 설명하는 것이 더욱 이해하기에 쉬울 것이다.

이로써 증명할 수 있는 것은 "해경"과 "황경" 두 부분이 분명 도화圖畵를 토대로 만들어졌다는 점이고, 또한 ≪산해도山海圖≫가 한대 이전에 이미 존재했었다는 점이다.

그렇지만 유향 부자가 고적을 교정할 때는 ≪산해도≫에 대해서 언급을 하지 않았다. 진대晉代에 이르러 곽박이 도화를 근거로 하여 ≪산해경도찬山海經圖贊≫2권을 찬하였으며, 도연명陶淵明 역시 ≪산해도≫를 보았다고 하는데, 곽박과 도연명이 보았다는 도화가 현재로서는 선진시대의 고본인지 아닌지 분명하게 알 수가 없다. 애석하게도 이러한 도화가 모두 전해지지 않으며, 남북조시대에 양조梁朝 장승요張僧繇가 도화 10권을 만들었다고 하나, 이 역시 소실되어 전하지 않는다. 송대에 이르러 ≪산해도≫가 다시 출현하였는데, ≪중흥서목≫에 ≪산해경도≫10권이 실려 있다. 이는 바로 송 함평咸平의 서아본舒雅本으로 양대의 장승요가 그린 도화였다. 하지만 서아의 도화 역시 실전되어 전하지 않는다.

청대에 이르러 오임신吳任臣이 ≪산해경광주山海經廣注≫를 지었는데,

여기에 ≪산해경도≫가 실려 있다. ≪사고전서제요≫에 의하면 "구본 舊本에는 도화 5권이 있는데, 영靈을 말한 것, 이역異域을 말한 것, 수족獸族을 말한 것, 우금羽禽을 말한 것, 린개鱗介를 말한 것 등 다섯 가지로 분류하였다."고 하였다. 오씨는 자칭 이 도화가 장승요와 서아舒雅의 도화에 근거한 것이라고 밝히고 있다. 이후 왕보汪黼 역시 ≪산해경존山海经存≫에서 "산해도"를 다시 그려 매 편의 경문 뒤에 덧붙여 놓았다.

6. ≪초사楚辭 · 천문≫

≪천문≫은 전국시대 초나라의 대부 굴원이 지은 작품으로 후에 한대 유향이 ≪초사≫에 수록하였다. 이 문장은 바로 한편의 기이한 중국 고대 시가로 이루어져 있다. 전체의 시는 모두 170개의 질문형식으로 구성되어 있으며, 질문만 있고 대답은 없다.

이 시가 비록 문학 창작품이라고는 하지만 위로는 천문을 아래로는 지리를 물었으며, 그 가운데는 역사의 변화와 인간의 선악에 관한 일, 그리고 대량의 원시신화와 전설을 보존하고 있어 비록 간략해 보이지만 신화 연구에 참고할만한 충분한 가치를 지니고 있다.

예를 들어, "해와 달은 어디에 속하는가? 열두 개의 별자리는 어디에 줄지어 있는가? 태양은 어찌하여 탕곡에서 나와서 몽수의 지류에 머무는가?" 등의 십일신화十日神話를 화용化用하였으며, 그리고 "영永이 우산羽山에 감금되었는데, 어찌하여 삼년이나 사형을 시행하지 않았는가? 우임금이 곤에서 났는데 어찌하여 변하여 성군이 되었는가?"라고 하여 곤과 우의 치수신화에 얽힌 내용을 언급하였다. "강회康回가 크게 노하니 땅이 무슨 까닭으로 동쪽으로 기울었는가? 구주는 어떻게 형성되었는가? 강과 골짜기는 어째서 깊은가?"라고 하여 공공이 노하여 하늘을 떠받치고 있던 기둥을 들이받은 신화에 대해 언급하였다. 또 "예는 해를 쏘았는데 까마귀가 어찌 날개를 떨어뜨리나?"라고 하여 후예사일后羿射日에 대한 의문을 제기하였으나 여기서 그는 신화 속의 후예와 하대夏代의 역사에 보이는 예를 한 사람으로 오인하기도 하였다. 이어서 "여와는 이상한 몸을 가지고 있으니 누가 그를 만들었는가?"라고 하여 여와의 보천조인補天造人에 관한 신화를 언급하였는가 하면 "바라는 이익이 무엇이기에 달 속에 토끼를 돌아보는가?"라고 하여 처음으로 달 속에 토끼가 있다는 전설을 언급하였다.

≪천문≫이 우리에게 제공하는 자료는 원생신화와 진·한대에 발생한 신화를 변별하는데 커다란 도움이 된다.

7. ≪세본世本≫

≪세본≫은 ≪한서·예문지·육예략六藝略≫에 15편이 실려 있다. ≪사기·집해서集解序≫ 색은索隱에서 유향의 말을 인용하여 "≪세본≫은 예전에 사관이 옛 일을 밝혀 기록한 것이다. 황제이래의 제왕과 경대부卿大夫의 시호와 이름을 기록하였다. 일반적으로 진한시대 완성되었다고 알려져 있다. 사마천은 ≪사기≫에서 ≪세본≫을 많이 인용해 좌사左史의 계년系年과 사실史實을 교정하였다. 이 책은 이미 소실되었고, 청대 손풍익孫馮翼, 진가모秦嘉謨, 뢰학기雷學淇 등의 집본이 전한다.

이 책의 ≪작편作篇≫에서는 고대의 신성神性 영웅과 전설 속의 인물 창조에 관한 내용을 기록해 놓았으며, ≪제계편帝系篇≫에서는 고대 제신諸神의 계보를 수록해 놓았다. ≪씨성편氏姓篇≫에서는 성씨별로 그 원류와 고대 전설 속의 신계가 수록되어 있으며, 그 가운데 늠군신화廩君神話에 관한 기록도 전한다. 이러한 자료들이 이미 역사화되었다고는 하지만 아직도 신화의 흔적을 많이 찾아 볼 수 있어 참고할 만한 가치가 있다.

이 책은 ≪총서집성초편叢書集成初編≫ 등의 총서에 수록되어 있으며, 1957년 상무인서관에서 각종 판본을 모아 ≪세본팔종世本八種≫을 세상에 간행하였다.

8. ≪죽서기년竹書紀年≫

≪진서·속석전束晳傳≫에 "태강太康 2년 급군汲郡이란 사람이 위魏 양왕襄王의 무덤(혹은 위의 안리왕安厘王의 무덤이라고도 함)을 도굴하였는데, 죽서 수십 수레를 얻었다. 그 중에 ≪기년紀年≫13편은 하夏 이래로 주周의 유왕幽王이 견융을 멸한 일과 위魏나라의 일을 수록하였으며, 안리왕安厘王 20년에 마쳤다. 위나라의 사서는 대개 ≪춘추≫와 대부분 상응하기 때문에 비록 이 책의 고본이 이미 소실되었다고는 하나 후대의 전적에 종종 인용되고 있다. 금본 ≪죽서기년≫은 송대 이후 사람이 흩어진 자료를 모아 완성한 것이다.

금본 ≪죽서기년≫은 황제 헌원씨軒轅氏에서 시작하여 위 안리왕 20년에 끝나고 있으며, 책 앞에 태호太昊 포서씨庖犧氏와 염제 신농씨의 전설을 덧붙여 놓았다. 이 책은 전설상의 복희伏犧·염제·황제·소호少昊·전욱·제곡帝嚳·제지帝摯·요·순·우·계啓 등의 신성神性 조상과 영웅의 사적을 상세하게 기록해 놓았는데, 이 가운데 어떤 전설은 전통적으로 내려오는 전적의 내용과 다른 견해를 보여주기도 한다. 예를 들어, 요堯에 관한 일에서 "58년 제는 후직后稷으로 하여금 제帝 자주子朱를 단수丹水에서 석방토록 하였다."고 언급한 경우와 같다.

청대의 서문정徐文靖은 ≪죽서기년≫을 편찬하고 전箋을 달았는데, 후에 ≪사고전서≫에 수록되었다. 근인 왕국유王國維는 ≪고본죽서기년집교≫를 편찬하였으며, 범상옹范祥雍은 ≪죽서기년집교정보竹書紀年輯校訂補≫를 편찬하였다.

9. ≪목천자전穆天子傳≫

진晉 태강太康 2년(281년) 급군汲郡의 사람이란 사람이 위왕魏王의 묘를 도굴하여 죽서竹書 수십 수레를 얻었는데, ≪목천자전≫은 바로 그 가운데 하나이다. 그렇기 때문에 후대사람들은 대부분 전국시대 사람들이 지었거나 혹은 진秦·한漢시대 사람들이 저술한 것으로 여겨왔다. 이 책은 모두 6권으로 주周의 목왕穆王이 역외域外를 유람한 일정과 노선을 기본 실마리로 하여 형형색색의 역외의 여러 부족과 기이하고 괴이한 서방의 풍광을 그려내었다. 구상과 내용 모두 신괴神怪한 성질을 갖추고 있어 훗날의 신괴를 그린 전기소설과 비슷하며 이 안에 적지 않은 신화자료와 신화지리에 관련된 지식도 함께 보존되어 있다.

책 중에서 가장 중요한 신화적 가치가 있는 자료는 서왕모의 사적을 서술한 부분에 있다. 서왕모의 형상에 대해 ≪산해경≫에서 "옥산은 서왕모가 거주하는 곳이다. 서왕모의 형상은 사람과 비슷한데, 표범의 꼬리에 호랑이 이빨을 하고, 괴상한 소리를 질러대며, 산발한 머리에 옥으로 만든 옥승을 쓰고, 하늘의 재난과 질병, 그리고 다섯 가지 잔인한 형벌을 주관한다."고 묘사되어 있다. ≪산해경≫을 통해 볼 때, 서왕모는 바로 고대 죽음과 형벌을 관장하는 대신이면서, 아울러 사람과 짐승의 구별이 없고, 남녀의 성별도 명확하지 않으며 생김새도 흉악한 괴물로 그려져 있다. 그러나 ≪목천자전≫ 중에서 서왕모의 형상은 크게 변화한다. 권3에서 목왕이 서왕모를 배알하며 중원에서 가장 좋은 실크제품을 헌상하고 두 사람이 요지瑤池에서 술자리를 벌이고 대화를 나누는 장면을 그렸다. 이 때 서왕모는 목왕을 위해 노래를 부른다. 즉 "흰 구름은 하늘에 떠 있고, 그 속으로 산릉이 얼굴을 내미네. 갈 길은 아득히 멀건만, 산과 내가 가로놓여 있네. 그대여 부디 죽지 말고 다시 돌아올 수 있기를 기원하리라. …… 호랑이와 표범이 무리를 이루고, 까마귀와 까치가 함께 사네. 좋은 시절은 다시 돌아오지 않는다네. 나는 천제의 딸이고 그대는 세상 사람으로 장차 나를 떠나려하니, 마음이 숙연해지네. 그대는 세상 사람이라 하늘만 바라볼 뿐이네."라고 읊고 있는데, 여기 어디서 과연 산발한 머리에 표범의 꼬리, 호랑이 이빨의 흉악한 서왕모의 형상을 찾아 볼 수 있겠는가? 절대미인인 천제天帝의 딸로 변한 그녀가 목천자를 맞이하는 장면에서는 맑고 우아한 목소리와 노랫말에서 연민의 정이 넘쳐난다. 이로써 볼 때 ≪목천자전≫은 바로 서왕모신화 변천의 첫 걸음이라고 할 수 있다. 여기서 서왕모는 흉악하고 잔인한 괴물의 형상에서 고상한 여성신으로 변화되었다. 또한 ≪목천자전≫ 중에는 서방의 신산神山인 곤륜산과 현포懸圃의 구체적인 위치를 기록해 놓고 하백河伯과 장굉국長肱國을 언급하였는데, 이러한 것은 모두 ≪산해경≫과 서로 대조해 볼 수 있는 예들이다.

이 책의 주요 판본은 명대 정통년간에 간행한 도장본道藏本으로 문

물출판사가 1989년 이를 근거로 영인하였다. 이외에 사고본과 사부총
긴본 등이 있다. 근대에는 김용경金蓉鏡의 ≪목천자전집해穆天子傳集解
≫가 있으며, 1992년 산동문예출판사에서 출판한 정문걸鄭文杰의 ≪목
천자전통해穆天子傳通解≫가 있는데, 이 책이 ≪목천자전≫에 대한 주
석과 고증이 가장 상세하다.

10. ≪회남자淮南子≫

≪회남자≫는 또한 ≪회남홍열해淮南鴻烈解≫라고도 부르는데, ≪한
서·예문지≫에 내편 21편과 외편 3편이 있으며, 현재는 내편 21편이
전한다. 서한의 회남왕 유안劉安과 그 문인들이 공동으로 편찬했다고
전한다. 이 책은 제자백가의 학설을 잡다하게 섭렵하고 있는 까닭에
≪한서·예문지≫에는 잡가에 열거되어 있으나 사실상 이 책은 도가
사상을 위주로 여러 학자들의 학설을 겸취하여 논한 책이며, 그 가운
데 적지 않은 신화 내용이 보인다.

≪천문훈天文訓≫에는 고대 천지가 형성하게 된 전설과 "공공이 노
하여 부주산不周山을 들이 받았다"고 하는 신화가 수록되어 있는데, 이
는 고대의 선민들이 일월이 서쪽으로 기울고, 강물이 동쪽으로 흐르게
되었다고 하는 신화에 대한 해석을 반영한 것으로 ≪초사·천문≫에
기록된 내용보다도 더 명확하고 상세하게 기록되어 있다. 또한 황제·
태호·염제·소호·전욱을 중앙과 동·남·서·북 등의 다섯 방위를
다스리는 대제大帝로 삼고, 음양오행과 오좌신五佐神을 배합시킴으로써
선진시대에서 진한대에 이르는 시기에 점차 ≪사기·오제본기≫와는
또 다른 하나의 오제 세계가 구성되었다.

≪지형훈地形訓≫ 중에서는 곤륜산과 그 산계山系 중의 현포懸圃·량
풍산凉風山과 적수赤水·단수丹水·양수洋水·약수弱水 등의 4대 수신水神
을 언급하였으며, 건목建木·약목若木·삼주수三朱樹·촉용燭龍 등의 목
신木神을 묘사하였다. 또한 수곡민修股民·일비민一臂民·삼신민三身民·
결흉민結胸民·우민羽民·불사민不死民·천흉민穿胸民·삼두족三頭足·대
인국大人國·군자국君子國·흑치국黑齒國·일목민一目民 등의 36개 역외
민족의 지리적 위치를 수록해 놓았다. 이러한 신화 자료는 모두 ≪산
해경≫과 상호 인증해 볼 수 있는 자료가 된다.

≪남명훈覽明訓≫ 중에는 "여와보천女媧補天"신화가 중국 고대 전적
중에서 처음 출현하고 있는데, 여기서 신화는 여와라는 고대의 대여신
의 형상을 생동적으로 근사하게 그려내었을 뿐만 아니라, 또한 여와가
고대 신화 가운데 중요한 일원이 되는데 커다란 역할을 하였다. 이 외
에 "항아분월嫦娥奔月"에 관한 기록도 보이는데, 이 역시 현존하는 전적
중에서 가장 이르고 상세한 기록이다.

≪본경훈本經訓≫에는 "후예사일后羿射日"에 관한 기록이 수록되어
있는데, 후예가 천하의 백해百害를 제거하는 내용을 위주로 선진시대
이래 후예와 관련된 신화를 집대성해 놓았다. 이 책에 수록된 후예사
일신화는 ≪산해경≫의 내용과 다르게 표현되고 있다. ≪산해경≫에
서 후예는 제준帝俊의 명을 받아 인간세계의 해로움을 제거하는데 반
해, ≪회남자≫에 수록된 후예는 요堯의 천신天神으로 등장하고 있다.
이를 통해 중국 고대신화의 변이를 엿볼 수 있다.

또한 ≪병략훈兵略訓≫ 중에서도 고대의 황제·염제·전욱과 공공·
황제와 치우, 요堯와 유묘족有苗族과 전쟁을 수록하고 있어 역시 신화
적 가치를 지니고 있다.

11. ≪사기史記≫

≪사기≫는 서한시대 사마천이 편찬한 것으로 중국에서 첫 번째 기전체紀傳體 형식의 통시이다. 전서는 모두 130편으로 이루어져 있고, 전설 속의 황제로부터 한 무제시기까지 총 3,000년의 역사를 기록해 놓았다. 12본기, 10표, 8서, 30세가, 70열전으로 나누어져 있는데, 12본기는 역사적 사실을 서술하면서 그 가운데 신화와 전설을 함께 언급하였다. 후에 남조의 송나라 배연裴駰이 ≪집해集解≫를 지었고, 당대 사마정司馬貞이 ≪색은索隱≫을, 장수절張守節이 ≪정의正義≫를 지었는데, 이를 합쳐 ≪사기≫ "삼가주三家注"라고 한다. 세 사람의 주석 중에서도 신화와 관련된 자료들을 많이 볼 수 있다.

≪사기≫의 첫 편인 "오제본기"에는 황제·전욱·제곡·요·순 등의 오제에 관한 사적이 기록되어 있다. 비록 역사를 언급한 것이라고 하지만 오제는 중국 고대 신화 속의 인물이기 때문에 어떤 내용은 그대로 신화로 간주하여 이해해도 무방할 정도이다. 또한 ≪하본기夏本紀≫에서는 곤·우 치수의 전설과 익益·고도皐陶의 일을 기록하고 있고, ≪은본기殷本紀≫에서는 은설殷契의 모친 간적簡狄이 현조玄鳥의 알을 삼키고 설契을 낳았다는 신화가 남아 있고, ≪주본기周本紀≫에서는 강원姜原이 거인의 발자국을 밟고 잉태하여 후직后稷(기棄)을 낳았다는 감생신화感生神話가 수록되어 있다. ≪진본기秦本紀≫에서는 전욱의 후손 가운데 여수女修가 현조의 알을 삼키고 진나라의 시조를 낳아 대업을 이루었으며, 진나라의 시조 가운데 대비大費는 순舜을 보좌하여 조수를 훈련시켰고, 대렴大廉의 현손인 맹희孟戱와 중연中衍 두 사람은 새의 몸에 사람의 말을 한다는 등등의 매우 귀중한 고대 신화의 자료가 보존되어 있다.

12. ≪귀장歸藏≫

≪귀장歸藏≫은 ≪주역≫이전에 전해오던 아주 오래된 ≪역≫으로 전해지고 있다. 작자와 연대, 그리고 책이 완성된 시기는 상세하지 않다. 한대이전으로 간주하기도 하고, 심지어 선진시대 사람이 지었다고도 한다. 진대晋代 곽박이 ≪산해경≫을 주석할 때 이 책을 많이 인용하였다. 유협劉勰도 ≪문심조룡文心雕龍≫에서 "≪귀장≫의 경문은 변화와 괴이한 일을 밝히고 있는데, 바로 후예십일后羿十日, 항아분월嫦娥奔月 등과 같은 고사이다."고 하였다. 이 책은 이미 소실되어 애석하게도 우리가 그 구체적인 내용을 살펴볼 수는 없으나 곽박이 인용한 문장과 ≪문심조룡≫의 논평을 통해 이 책 가운데 고대 신화자료가 많이 수록되어 있었다는 점을 파악해 볼 수 있다. 정대 마국한馬國翰의 ≪옥산방집일서玉山房輯佚書≫1권이 있다. 현존하는 ≪정모경鄭母經≫과 ≪계서편啓筮篇≫의 일문逸文을 통해 볼 때, 곤鯀·우禹·계啓·후예·항아 등에 관한 신화와 전설이 많이 보이기 때문에 ≪산해경≫·≪회남자≫·≪천문≫ 등과 서로 검증해 볼 수 있으며, 또한 서로 보충할 수 있다.

13. ≪열녀전烈女傳≫

≪열녀전≫은 서한시대 유향劉向이 찬한 것으로 모두 7권이다. 또 ≪속열녀전≫1권이 전하는데, 혹자는 반소班昭가 지었다고 한다. 예전에 이미 이 두 책이 하나로 합쳐졌다. 송대 왕회王回가 흩어진 문장을 다시 편집하여 "모의母儀", "현명賢明", "인지仁智", "정절貞節", "절의節義",

"변통辯通", "폐얼嬖孼" 등의 일곱 가지로 분류해 놓았으며, 현재 세상에 전한다.

이 책은 봉건시대의 도덕적 선양을 목적으로 편집된 것이지만, 이 가운데 수록된 고대신화 중에서 간적簡狄, 요堯의 두 딸(아황娥皇과 여영女英), 강원姜原 등은 모두 신화 속의 여성신에 속하며 이들의 사적이 민간 전설에 근거를 두고 있기 때문에 참고해 볼 만한 가치가 있다.

14. ≪촉왕본기蜀王本紀≫

≪촉왕본기蜀王本紀≫는 한대 양웅이 저술한 작품이다. 원래의 책은 소실되고 청대 왕모王謨가 ≪한당지리서초漢唐地理書鈔≫와 ≪전상고삼대진한삼국육조문全上古三代秦漢三國六朝文≫에 집록해 놓았다.

이 책의 주요 기록은 촉지蜀地의 고대 역사와 전설 속의 촉나라 개국 영웅 잠총蠶叢·백호柏護·어부魚鳬·두우杜宇·개명開明과 신인神人 오정사五丁士 등과 관련된 역사적 사실과 고대의 신화를 싣고 있다. 예를 들어, "개명開明으로부터 위로 잠총蠶叢까지 이미 3만 4천여년이 되었다.", "촉왕의 시조는 이름을 잠총이라 하며, 그 다음 왕은 백호栢護, 그리고 그 다음 왕은 이름을 어부魚鳬라고 불렀는데, 이들은 각기 수백 살까지 살았으며, 모두 신이 되어 죽지 않는다.", 또 "두우杜宇는 하늘에서 떨어져" 스스로 왕이 되었으며, 망제望帝라고 불렀다. 그는 자신의 재상인 별령鱉靈의 처와 간통한 뒤 부끄러워 제위를 별령에게 양위하고 자기는 두견새(자규子規)가 되었다는 등의 신화가 실려 있다. 별령은 원래 형인荊人으로 죽은 후 시체가 강을 따라 흘러 가다가 촉 땅에 이르러 다시 부활하였다고 하며, 제위에 오른 후 개명제開明

帝라고 칭하였다. 이처럼 우리는 이를 통해 중국 고대신화 가운데 부분적인 측면을 엿 볼 수 있다.

15. ≪영헌靈憲≫

≪영헌靈憲≫은 동한시대 장형張衡이 찬하였으며, 1권이다. 원래의 서적은 이미 소실되어 전하지 않으나 후인들이 인용한 일문逸文의 내용을 통해 그 일면을 엿볼 수 있다. 이 책은 천문과 지리에 관한 지식을 연구한 서적으로, 청대 왕모王謨의 ≪한당지리서초漢唐地理書鈔≫와 엄가균嚴可均의 ≪전상고삼대진한삼국육조문全上古三代秦漢三國六朝文≫에 집복되어 있다.

이 책은 천지의 형태와 땅의 크기, 우주의 크기, 일월의 운행을 탐구해 놓은 책이다. 이 가운데 기록된 "항아분월"신화는 이전의 여러 서적(≪회남자≫를 포함하여)에 기록되어 있는 내용보다 더 상세하게 기록되어 있다. 그리고 항아가 달에 의탁한 후 달의 요정인 두꺼비로 변했다는 사실을 언급하고는 있지만 항아를 폄하 하고자 하는 의도는 보이지 않는다.

16. ≪풍속통의風俗通義≫

≪풍속통의風俗通義≫는 또한 ≪풍속통風俗通≫이라고도 부르며, 동한시대 응소應劭가 저술하였다. 원래 책은 23권이나 현존하는 책은 10권과 부록 1권이 있다. 노문초盧文弨의 ≪군서습보群書拾補≫에 ≪풍속

통일문風俗通逸文≫이 집록되어 있으나 현재 전해지는 판본은 없다.

이 책의 내용은 번잡하여 역사로부터 인물에 관련된 고사, 음악, 인생의 조우, 민간전설 등에 관한 내용이 기록되어 있으며, 이 외에 산천과 지리, 풍속과 예절 등 기록되지 않은 것이 없을 정도이다. 그 가운데 적지 않은 신화와 전설이 포함되어 있다. 예를 들어, "여와女媧가 진흙으로 사람을 창조하였다", "여와행모女媧行媒", "이빙두교李冰斗蛟" 등 등 모두 처음 보이는 문자 기록이다. 또 예를 들어, 황제黃帝가 신선이 되어 하늘에 오르면서 오호嗚號(황제가 지녔었다는 활의 이름)를 떨어 뜨린 일과 황제가 령륜伶倫(황제의 신하)으로 하여금 대나무를 이용해 황종黃鐘을 만들도록 했다는 일을 수록하여 황제의 전설을 보완하였다. 이밖에 책 중에서 사신社神·직신稷神·조신灶神·풍백風伯·우사雨師·사명司命 등의 민속신을 언급하였는데, 이 역시 민간전설에 근거를 두고 있어 신화연구자들에게 참고 자료로 제공할 만하다.

17. ≪삼오역기三五歷紀≫(부≪오운역년기五運歷年紀≫)

≪삼오역기≫는 삼국시대 오吳나라 사람 서정徐整이 지은 작품이다. 책 가운데 반고와 삼황오제에 관한 신화와 전설을 기록하고 있으며, 그 가운데 일월성신에 대한 신화가 섞여 있다. 원래의 서적은 일찍이 소실되고, 청대 마국한馬國翰의 ≪옥함산방집일서玉函山房輯佚書≫에 집록되어 있다. 후대의 전적 중에서 종종 인용되고 있다.

이 책의 가치는 반고의 천지개벽신화를 처음 언급했다는 점이다. 즉 "천지가 혼돈하여 마치 계란과 같았는데, 반고는 그 가운데서 태어났으며, 나이는 1만 8천살이었다. 천지가 개벽하여 양陽은 맑아서 하늘이 되었고, 음陰은 탁해서 땅이 되었다. 반고는 그런 속에서 살고 있었는데, 하루에 아홉 번을 변화하여 하늘에서는 신이 되었고 땅에서는 성인이 되었다. 하늘은 날마다 한 장丈씩 높아졌고, 땅은 날마다 한 장씩 두꺼워졌으며, 반고도 날마다 한 장씩 길어졌다. 이렇게 하여 1만 8천살이 되었다. 하늘은 아주 높음을 헤아리게 되었고, 땅은 아주 깊음을 헤아리게 되었다. 반고는 아주 길어졌다. 그래서 하늘에서 땅까지의 거리는 구만리나 되었다."고 밝히고, 중국의 개벽역사를 반고, 삼황, 오제의 순서로 배열하였다. "반고개천盤古開天"은 중국의 고대 개벽 신화의 공백을 메워 주었다.

≪삼오역경三五歷經≫ 이외에 서정에게는 또 ≪오운역년기≫가 있었으나 역시 소실되었고, 집본도 남아 있지 않다. 후대의 전적에서 인용된 일문을 통해 볼 때, ≪삼오역기≫와 서로 표리의 관계에 있다는 사실을 알 수 있다. 지금 두 가지 주요 일문을 인용하여 독자들에게 그 가치를 살펴볼 수 있도록 하고자 한다.

하늘과 땅이 형성되지 않았을 때 텅빈 공간에서 무형의 상태로 뒤엉켜 있었다. 여기서 둘로 갈라지기 시작하여 드디어 천지로 나누어지고 건곤乾坤이 바로 서게 되었다. 천지에 음과 양이 조화를 이루어 원기가 가득차게 되자 바로 중화中和가 잉태되었다. 이것이 사람이 되었다. 반고가 처음에 태어났다. (≪고금도서집성古今圖書集成≫, ≪황극전皇極典≫ 권7에서 인용)

태초에 반고가 태어났다. 반고가 죽자 몸이 여러 가지로 화하였다. 그의 기는 바람과 구름이 되었고, 목소리는 우뢰소리가 되었으며, 왼쪽 눈은 해로, 오른쪽 눈은 각각 달로 변했다. 사지오체는 각각 사극과 오악으로, 혈액은 강으로, 근육과 맥은 길로 변했다. 그리고 살은 전답으로, 머리카락과 수염은 별로, 피부의 털은 초목으로, 치아와 뼈는 금석으로 변했다. 뼈의 골수는 주옥으로, 흘린 땀은 비와 연못으로, 몸의 여러 가지 벌레들은 바람에 불리어 뭇 사람들로 변했다. (《역사繹史》 권1에서 인용)

위의 인용문을 통해 《오운역년기》에 인류의 탄생 신화와 반고가 죽어 만물로 변화했다는 신화가 처음 기록되어 있음을 알 수 있다. 비록 뒤늦게 출현한 신화지만 전체적으로 고대신화의 특징과 서로 부합되어 있어, 여와보천조인女媧補天造人, 삼황오제三皇五帝 등의 신화를 대신하여 곤·우치수 신화와 함께 하나의 신화체계를 형성함으로써 결국 중국 고대신화의 첫마디를 장식하게 되었다.

18. 《한무제내외漢武帝內外》(부《한무고사漢武故事》)

《한무제내외漢武帝內外》는 동한의 반고班固가 찬하였다고 하며, 《수서·경적지》에 2권이 기록되어 있으나 저자는 밝혀져 있지 않다. 내용상으로 볼 때, 당연히 위진남북조시대에 위조된 작품으로 《목천자전》에 덧붙이고자 쓰여진 것으로 보인다.

이 책은 선도仙道 계통의 서적으로써 서왕모가 천계에서 인간세계에 내려와 한 무제와 만난 일을 서술해 놓았다. 그러나 묘사된 서왕모의 형상은 《산해경》과 《목천자전》과 비교해 볼 때, 서로 차이를 보인다. 이 책은 한 무제가 한밤중에 서왕모의 행렬을 기다리는 정경을 묘사해 놓았다. 서왕모가 도착할 때,

홀연 서남쪽에서 흰 구름이 일이니면시 순식긴에 온 궁궐을 뒤덮었나.

구름 속에서 피리와 북소리, 그리고 인마 소리가 들려 왔다. 반식경이
지나 서왕모가 도착하였다. 궁전 앞에 모습을 드러내자 사람들이 까마
귀 떼와 같이 운집해 있는데, 혹은 용과 호랑이를 타고, 혹은 흰 기린
을 타고, 혹은 흰 학을 타고 혹은 수레를 타고, 혹은 천마를 타고 있
다. 수 많은 신선이 함께 모여 있으니 궁전이 한층 더 빛나는데, 이때
서왕모가 자색 구름 속에서 아홉 마리의 반용斑龍이 이끄는 연輦을 타
고 내려오는데, 그 앞에 오십 명의 천선天仙이 천자의 수레 옆에서 시
립하였다. …… 서왕모가 두 시녀의 부축을 받고 궁전에 오르고 ……
나이는 30여살쯤 되어 보이는데, 알맞게 올린 머리에 타고난 아름다운
자태와 수줍은 듯한 용안은 진정한 선인의 자태이다.

여기에서 서왕모는 용안이 절세 미녀인 여선女仙의 우두머리로 등장
하는데, 이는 바로 서왕모신하에 대한 두 번째의 변화로써 이 개조를
거쳐 서왕모신화와 선화仙話가 마침내 하나로 합쳐지게 되었다. 이 책
은 ≪사고전서≫등에 수록되어 있다.

≪한무고사≫는 한대 반고가 찬한 것으로 ≪수서·경적지≫에 2권
이 수록되어 있으나 현재는 1권만이 전한다. 노신의 ≪고소설구침古小
說鉤沉≫에 집록되어 있다. 이 책은 ≪한무제내전≫과 서로 참고해 읽
어볼 만하며, 주로 서왕모의 하강에 관한 일을 언급하면서 그 가운데
신화자료를 삽입시켜 놓았다. ≪사고전서≫에 역시 수록되어 있다.

19. ≪둔갑개산도遁甲开山圖≫

≪둔갑개산도遁甲開山圖≫는 ≪수시·경적지≫에 3권이 언급되어 있
으며, 영씨榮氏가 찬하였다고 한다. 이 책은 한위漢魏시기에 완성되었
으나 이미 소실되고 ≪한당지리서초漢唐地理書鈔≫에 집록되어 있다.

이 책은 천지개벽에 관한 일부터 천하의 명산대천, 그리고 고대 제황帝皇의 발상지 등을 기록해 놓았다. 그 가운데 적지 않은 신화전설이 보존되어 있다. 예를 들어,

거대한 신선이 원신元神의 도를 얻은 후 원기元氣를 일시에 뿜어 혼돈混沌을 낳았다. (≪태평어람太平御覽≫권1)

거대한 신선이 곤원坤元의 도를 얻어 능히 산천을 만들고 내와 강의 흐름을 열었다. (≪문선文選·서경부西京賦≫ 이선주李善注)

또 ≪노사路史·전기이前紀二≫의 주석에서 ≪수경주≫를 인용하여 "영씨榮氏(지황地皇)는 형제가 12명 있는데, 모습이 모두 여자 같고 뱀의 몸에 짐승의 다리를 하고 있으며, 용문산龍門山에서 나온다는 등의 말을 하였다."고 밝히고 있다.
이러한 일문을 통해 볼 때, 이 책에 기록된 일부 내용이 다른 서적에서는 찾아 볼 수 없는 내용이라 참고할 만한 가치가 있다.

20. ≪제왕세기帝王世紀≫

≪제왕세기帝王世紀≫는 10권으로 진인晋人 황보밀皇甫謐이 찬하였다. 이 책은 남송까지 존재하였으나 송대 말년에 소실되었고, 원명이래 도종의陶宗儀·왕모王謨·송상봉宋翔鳳 등의 집록본이 전한다. 근인 서종원徐宗元이 전인들의 집본을 참고하여 ≪제왕세기집존帝王世紀輯存≫을 편찬하였는데, 역시 10권으로 원래의 모습을 많이 복원해 놓았다.
이 책에는 천지개벽부터 위대魏代에 이르는 제왕의 역사를 기록해

놓았으며, 그 중간에 신화자료가 보존되어 있다. 복희·신농·황제를 "삼황", 소호·고양·고신·당·우를 "오제"라 기록하고 있으며, 태호 포희씨의 출생과 경력, 그리고 팔괘 발명에 관한 일을 언급하였다. 또한 염제 신농이 천하에 곡식 심는 방법과 약초를 고르는 방법, 병을 고치는 의술을 가르쳤던 일, 치우와 유망榆罔이 황제와 탁록에서 싸웠던 일, 황제가 기夔를 죽여 그 가죽으로 북을 만든 일, 염제와 황제의 전쟁 등에 관한 일들을 함께 언급해 놓았다. 이밖에 전욱·곡·요·순·우 등의 일 또한 비교적 상세하게 기록해 놓았다. 적지 않은 신화자료가 수록되어 있어 참고할 만한 가치가 있다.

21. ≪수신기搜神記≫

≪수신기搜神記≫는 진晉의 간보干寶가 저술하였으며, 무릇 20권이다. 금본은 후인이 ≪태평어람≫과 ≪법원주림法苑珠林≫ 등을 근거로 집록하여 만든 것이다. 또 ≪한위총서漢魏叢書≫8권본 ≪수신기≫가 전하는데, 내용면에 있어 금본과 상당한 차이가 있다.

이 책은 신괴소설처럼 내용면에서 정령이나 요괴, 신기하고 기이한 일들을 많이 기록해 놓았으며, 그 가운데 신화와 전설에 관련된 자료가 많이 보존되어 있다. 예를 들어 신농이 약초를 구별하기 위해 온갖 약초를 맛보고 백곡을 심은 일, 적

한대의 화상석畫像石
중국 전설 속의 삼황오제三皇五帝

송자赤松子가 곤륜에 이르러 서왕모의 석실에 들어간 일, 염제의 딸에게 선도를 배우게 한 일, 팽조彭祖의 사적에 관한 일, 순舜이 역산歷山에서 경작한 일, 신비한 능력을 지닌 원숭이, 도로귀刀勞鬼, 야조冶鳥, 교인鮫人과 같은 요괴와 정령에 관한 일, 고양씨 때의 몽쌍씨蒙雙氏와 불사초不死草, 고신씨와 반호盤瓠의 신화, 마두잠馬頭蠶의 전서, 예와 항아분월 신화, 전욱의 세 아들 즉 비귀疕鬼, 망량귀魍魎鬼, 소아귀小兒鬼 등의 내용을 기록해 놓았는데, 이러한 내용은 고대 중국의 신화와 전설을 서로 참고하여 보완할 수 있는 가치를 지니고 있다.

이 책은 ≪사고전서≫등의 대형서적에 수록되어 있으며, 당대 악록서사岳鹿書社에서 출판한 ≪백자전서百子全書≫에도 역시 수록되어 있으며, 여러 가지 판본의 단행본이 유전되고 있다.

22. ≪습유기拾遺記≫

≪습유기拾遺記≫는 진晉의 왕가王嘉가 찬한 것으로, 원래 19권 220편이었으나 후에 누락되어 지금은 10권만이 전한다. 이 책은 복희와 신농에서 서진西晉 말년까지의 역사를 기록하면서 기괴한 일들을 광범위하게 언급하였다. 그 중에는 ≪산해경≫ 등의 책에는 보이지 않는 신화와 전설을 많이 수록하고 있다. 예를 들어 황아皇娥가 낳은 소호少昊와 복희가 우禹에게 치수하는 방법을 가르쳤다는 등의 내용에 있어 많은 차이를 보이고 있다. 복희·신농·황제·전욱·고신高辛·요·순 등의 사적을 기록하면서 전설에 부족한 면을 보충해 놓았다. 그리고 서방 곤륜산과 동해의 봉래산·방장산·영주산 등의 선산을 언급하면서 동·서방의 신화계통을 언급해 놓았는데, 역시 참고할 만한 자료적

가치를 지니고 있다.

23. ≪괄지도括地圖≫

≪괄지도括地圖≫는 고대의 지리서로서 작자와 책이 완성된 연대가 모두 상세하지 않으나 대략 한漢·위魏 시기로 받아들여지고 있다. 원래의 책은 이미 소실되고 ≪한당지리서초漢唐地理書鈔≫에 2권이 집록되어 있다. 이 책은 지리를 기록하면서 그 중간에 때때로 신화와 전설에 관한 자료들을 언급해 놓았다. 예를 들어, 예羿·천흉국天胸國·기굉민奇肱民 등의 내용은 ≪산해경≫ 등에 기록된 내용과 서로 크게 차이가 난다.

24. ≪수경주水經注≫

≪수경주水經注≫는 남북조시대 북위의 역도원酈道元이 찬한 책으로 무릇 40권이다. 예전의 ≪수경≫1서는 상흠桑欽이 지었다고 하는데, 무릇 40권이란 역도원이 이에 주석문을 첨부한 것이다. ≪수경주≫는 바로 고대의 지리를 전문적으로 다룬 서적으로 하천이 흘러가는 지역의 명승고적을 신화와 전설을 인용하여 설명하였는데, 이 가운데 수많은 신화자료가 보존되어 있으며, 또한 많은 서적이 인용되어 있지만 오늘날 이미 대부분 소실되어 그 자료가치는 더욱 진귀하다.

25. ≪술이기述異記≫

≪술이기述異記≫는 2권으로 남조시대 양조梁朝의 임방任昉이 찬하였

다. 이 책은 민간전설, 요정과 괴물의 요술, 풍속과 역사 등을 기록해 놓고 있어 어떤 자료들은 키다란 신화적 가치를 지니고 있다.

예를 들어, 반고신화에 대해서 "옛날에 반고씨가 죽어서 머리는 네 개의 큰 산으로 변하였고, 눈은 일월로, 지방은 강과 바다로, 머리카락은 초목으로 변하였다고 한다. 진한시대 민간에서 반고에 대해, 머리는 동악東岳이 되었고, 배는 중악, 왼쪽 팔은 남악, 오른쪽 팔은 북악, 그리고 발은 서악이 되었다고 한다. 초기 유가는 반고씨에 대해 눈물은 강과 하河가 되었고, 숨은 바람이 되고, 소리는 우레가 되고, 눈동자는 번개가 되었다고 하며, 옛 전설에 반고씨가 기뻐하면 날씨가 맑아지고, 노하면 날씨가 흐린다고 하였다. 오와 초나라에서는 반고씨 부부가 음양의 시초라고 전한다. 지금 남해에 반고씨의 묘가 300여리나 이어져 있는데, 민간에서는 후인들이 반고의 영혼을 추모하여 만들었다고 전한다. 계림桂林에 반고씨의 사당이 있는데, 지금도 제사를 지낸다. 남해 한가운데 반고국盤古國이 있는데, 이 곳 사람들은 모두 반고를 성씨로 삼았다."고 기록하고 있다. 이 일단의 기록은 비교적 상세하게 서술되어 있어 대체로 우리에게 반고신화의 전체적인 풍격과 각 지역 전설의 차이점을 엿보게 해준다.

또한 우회도산禹會涂山과 주방풍씨誅防風氏에 관한 신화, 즉 치우의 형제 72명과 헌원씨가 탁록涿鹿에서 벌인 전쟁과 요가 곤에게 치수를 명하였으나 실패하자 우산羽山에서 곤을 처형한 일, 후에 곤이 웅熊으로 변하였다는 등의 내용을 싣고 있다.

이밖에 남조南朝의 제인齊人 조충祖冲이 ≪술이기述異記≫10권을 저술하였으나 이미 소실되었고, 노신이 이를 ≪고소설구침古小說鉤沉≫에 집록해 놓았다. 청대 동헌주인東軒主人 역시 ≪술이기≫3권을 저술하였다.

26. ≪헌원본기軒轅本紀≫

≪헌원본기軒轅本紀≫는 당대의 왕씨가 저술한 것으로 무릇 3권이다. ≪운급칠첨雲笈七籤≫ 권100 가운데 수록되어 있다. 이 책은 전설중의 헌원씨 황제의 사적을 기록해 놓았다. 이는 고대 황제에 관한 신화와 전설의 집대성이라고 할 수 있다. 기록된 황제의 사적은 그 어느 서적의 기록보다 상세하며, 그 가운데 신화적 자료가 많이 포함되어 있다.

27. ≪노사路史≫

≪노사路史≫는 송대 나필羅泌의 저작으로 1권이 전한다. ≪역대소사歷代小史≫·≪총서집성초편叢書集成初編·사지류史地類≫과 ≪경인원명선본총서십종景印元明善本叢書十種·역대소사歷代小史≫ 등의 총서 등에 모두 수록되어 있다. 또한 47권본이 있는데, 이는 ≪사고전서·사부별사류史部別史類≫에 수록되어 있으며, 나평羅苹의 주석문이 있다. 이 책은 모두 "전기前紀"9권과 "후기後紀"14권, "국명國名"8권, "발휘發揮"6권, "여론餘論"10권으로 나누어져 있다.

"전기"9권은 삼황(천지인)과 음강陰康, 무회지간無懷之間의 홍고전설洪古傳說이 기록되어 있고, "후기"14권에는 태호 복희씨와 하대의 역사적 사실, 그 중에서도 대부분 신화적 인물을 기록하는 등 대량의 신화와 전설이 포함되어 있다. "국명"8권은 고대부터 하상夏商대 여러 나라의 성씨와 각 씨족의 원류를 언급해 놓았다. "발휘"6권과 "여론"10권은 대부분 역사적 사실을 고증하여 새롭게 밝혀 놓은 전문연구서이다.

오늘날 나씨의 책을 보면 수집된 신화전설의 수량이 전인들의 책을 능가한다. 그러므로 우리는 고대 역사와 전설을 집대성해 놓은 송대의 작품으로 간주할 수 있으며, 우리가 참고할만한 가치를 지니고 있다.

28. ≪개벽연위통속지전開闢衍緯通俗志傳≫

≪개벽연위통속지전開闢衍緯通俗志傳≫은 명대 주유周游가 찬한 강사소설講史小說로써 반고의 개벽부터 상商의 멸망까지 서술해 놓았는데, 그 사이에 고대신화와 전설이 기록되어 있다. 예를 들어, 첫 번째 회에서 반고의 천지개벽을 서술하면서 반고가 몸을 한번 펴자 천지가 나누어졌으나 어떤 곳은 완전히 나누어지지 않자 반고는 왼손에 정을 잡고 오른손에 도끼를 잡고 도끼로 내려치고 정으로 끊어 마침내 천지를 창조했다고 묘사하고 있는데, 그 형상이 대단히 생동적이다. 또 예를 들어, 열여덟 번째 회에서는 신농神農이 약초를 가리기 위해 백각족百脚足의 맛을 보았다는 등의 고사가 실려 있다.

29. ≪역사繹史≫

≪역사≫는 청대 마숙馬驌이 찬하였으며 모두 160권이다. 개벽부터 진나라 멸망까지 역사적 사실을 기록해 놓았다. 앞부분의 12권은 하우夏禹와 그 이전의 고대 역사를 주로 기록하였으며, 그 중간에 신화와 진실을 기록해 놓았다. 이를 인용한 고적이 오늘날 대부분 전하지 않기 때문에 자료를 보충해 줄만한 진귀한 자료이다.

예를 들어, ≪삼오역기三五歷紀≫와 ≪오운역년기五運歷年紀≫ 중에서 반고의 개벽신화에 대한 자료를 인용하고 있는데, 각지의 고대 천·지·인 "삼황三皇"에 관한 전설을 섭렵하였을 뿐만 아니라, 수인씨·복희·여와·염제·황제·소호·고양·고신·도당·유우·우 등의 고대 신화 인물들을 상세하게 싣고 있으며, 아울러 역사시대 이전의 제왕의 전승 계보를 배열해 놓았다. 인용된 자료 역시 다른 서적들과 다르다.

이 책은 자료 모음의 성질을 갖추고 있어 동일 인물에 관련된 전설 자료를 하나로 함께 묶어 놓아 신화연구자들이 찾아보기 편리하도록 해 놓았다. ≪사고전서≫ 사부史部 기사본말류紀事本末類에 수록해 놓았다.

저자약력

임진호 任振鎬

현재 초당대학교 국제어학원장, 한중정보문화학과장

저서 및 논문

『길위에서 만난 공자』

『갑골문 발견과 연구』

『1421년 세계 최초의 항해가 정화』

『디지털시대의 언어와 문학연구』

「시경에 대한 유협의 문심조룡의 인식연구」

「설문해자에 인용된 시경의 석례연구」

「한대의 사부창작과 경학」

「유종원의 산수소품문에 대한 미학적 이해」 외 다수

신화로 읽는 중국의 문화

인 쇄   2010년 1월 5일
발 행   2010년 1월 10일

옮긴이   任 振 鎬
지은이   金 榮 權
펴낸이   한 신 규
편 집   이 은 영
펴낸곳   도서출판 문현

등 록   2009년 2월 24일(제2009-14호)
주 소   138-210 서울특별시 송파구 문정동 99-10 장지빌딩 303호
전 화   02) 443-0211
팩 스   02) 443-0212
이메일   mun2009@naver.com

ISBN   978-89-94131-02-3   03820

정 가   15,000원